殤鏡

MIROIR DE NOS PEINES

Pierre Lemaitre 皮耶・勒梅特 繆詠華 譯

為芭絲卡琳娜而寫

茲向凱瑟琳及阿爾伯特獻上我的感激之情與鍾愛

「發生任何事，怪別人就對了。」

——威廉·麥克爾文尼，《萊德勞》1

「那名男子，不論去哪，都帶著他的小說。」

——貝尼托·佩雷斯·加爾多斯，《兩個女人的命運》2

「痛不欲生、創傷、死亡，這些場面才能震撼人心。」

——高乃伊，「賀拉斯研究」3

1 威廉・麥克爾文尼（William McIlvanney, 1936-2015）：蘇格蘭小說家、短篇故事家、詩人。《萊德勞》（*Laidlaw*）是他於一九七七年首次出版的系列犯罪作品中的第一部小說。

2 貝尼托・佩雷斯・加爾多斯（Benito Pérez Galdós, 1843-1920）：西班牙現實主義小說家。《兩個女人的命運》（*Fortunata y Jacinta*）描寫花花公子Juanito周旋於天真多情的Fortunata和冷漠妻子Jacinta之間的故事。

3 高乃伊（Pierre Corneille, 1606-1684）：十七世紀上半葉法國古典主義悲劇的代表作家，法國古典主義悲劇奠基人。「賀拉斯研究（Examen d'Horace）」發表於一六六〇年，是他針對自己的名劇《賀拉斯》的一些想法與心得。

1940.4.6

一九四○年　四月六日

1

凡是認為這場仗很快就會打起來的人早就煩了，第一個就數朱爾先生。總動員了半年，這位「波希米亞女郎」老闆洩了氣，再也不相信眞會打起來。路易絲在餐館幫忙端盤子，她服務的整個時段，甚至聽到他大大咧咧地說，其實啊，「壓根兒沒人眞的相信這場仗打得起來」。在他看來，這場衝突無非是涵括全歐、大到不行的外交勾當，利用聳動的愛國演說，打雷似的窮嚷嚷，一場大規模賭局，總動員不過是額外加了一局罷了。到處的確都有死人——「可能比我們知道得多！」——「九月薩爾動盪害兩三百個人送了命，可是，再怎麼說，『打仗可不是這回事！』」他從廚房門裡探出頭來說道。秋天收到的防毒面具現已遺忘在餐具櫃角落，成了諷刺漫畫裡的嘲弄對象。大夥兒聽天由命，下到防空洞，跟履行枯躁無比的典禮義務似的，空襲警報響了半天，結果不見敵機蹤影，一場戰爭，沒有眞槍實彈，老在拖拖拖。唯一確確實實的東西是敵人，老是這些死對頭，半世紀以來第三回，就算咱們決心把他們開腸剖肚，可是宿敵似乎還不願意奮不顧身投入戰事呢。乃至於到了春天，參謀部竟然允許前線士兵……（說到這兒，朱爾先生換了隻手拿抹布，食指朝天，強調局勢異乎尋常）允許前線士兵開闢菜園，種起菜來了！「我跟你打包票，眞有這檔事兒！」他唉聲嘆氣。

而且，還有就是，儘管在歐州北部展開了實際敵對行動，可惜離他太遠，鞭長莫及，所以他才心心念念，再三把這件事掛在嘴上。誰想聽，他就對誰大聲嚷道：「希特勒在納爾維克那邊被盟軍打了個落花流水，撐不了太久啦。」話說此時他琢磨著這個話題該告一段落，他可以重新在他最看不下去的地方好好發揮，他尤其愛講這些主題：通貨膨脹、日常審查、沒開胃酒的日子、特種部隊埋伏、街區區長[4]獨裁專橫（主要是弗洛貝威爾這個老古板）、宵禁時程、煤炭價格，除了他判斷甘莫林將軍戰略勢不可擋之外，當前這個世道，在他眼裡沒一樣好。

「德國佬要是打來，想也知道會從比利時。我告訴你們，國軍正在那兒等候他們大駕光臨呢！」

路易絲端著香醋韭蔥和羊蹄羊肚卷，注意到有個客人撇了撇嘴，不置可否，邊嘟嘟囔囔：

「想也知道？想也知道才怪！」

「怎麼著！」朱爾先生大喊，邊走回櫃檯，「不然你要他們從哪裡過來？」

朱爾先生用一隻手把蛋杯收攏。

「那邊有亞爾丁高地⋯⋯過不來！」

他用濕抹布在空中畫了一大圈，以示不可置信。

「那邊有馬其諾防線⋯⋯銅牆鐵壁，過不來！那你要他們從哪過來？只剩下比利時！」

示範講解結束，他又窩進廚房，一邊碎碎念。

「這麼簡單的事，不需要是將軍就懂嘛，真他媽的！」

路易絲沒聽他們說完，因為她掛心的不是朱爾先生指手畫腳分析戰略，而是醫生。

4 chefs d'îlot：一九三九年，二戰期間，在巴黎原有的二十區下，各區又分為數個街區，由志願者擔任街區區長，負責被動防禦，例如：警報響起時，街區區長必須確保該街區熄燈，引導民眾前往避難所，幫助救援人員和消防員，指導街區住戶使用防毒面具等等。

大家都這麼稱呼他，他們管他叫「醫生」都叫了二十年了，每個禮拜六，他都坐在窗邊同一張桌子。他只跟路易絲說過幾句話，午安，晚安，總是客客氣氣的。他都是中午左右帶著報紙在老位子坐定。除了當日甜點外，從沒點過別的，「水果蛋糕，對，這樣就很好。」他的聲音平鋪直敘而且溫柔，路易絲畢恭畢敬幫他點了餐。

他讀著新聞，望著街上，吃著蛋糕，喝光長頸大肚玻璃瓶裡的涼開水，下午兩點左右，路易絲正在櫃檯結帳，他起身，疊好《巴黎晚報》，放在桌子角落沒帶走，在小碟子裡面放了小費，打了招呼，走出餐館。甚至去年九月，咖啡餐館因爲總動員吵翻天（那天朱爾先生精氣神旺得很，大夥兒恨不得委託他管理參謀部），醫生也絲毫沒有改變慣例。

誰知道四個禮拜前，路易絲端來茴香焦糖布丁，他突然衝著她微笑，朝她俯過身來，提出要求。要是他開門見山提出想跟她發生關係，路易絲會放下盤子，賞他一巴掌，然後裝得若無其事繼續端她的盤子，朱爾先生則會因此失去最忠實的老顧客。結果並沒有。他提出的要求當然跟性有關，沒錯，但……這怎麼說呢……

「看妳裸體，」他說道，語氣平靜。「一次就好。只看，就這樣。」

路易絲喘不過氣，不知道怎麼回答；她好像犯了錯，紅著臉，張著嘴，可是沒有後續。醫生又埋首於報紙，路易絲不禁納悶自己是不是在做夢。

在整個服務過程中，她一直在想這個怪異提議，從搞不清狀況到氣憤，卻又隱隱約約感到現在才回應未免有點遲了，她該當機立斷，立刻站在桌前，雙手叉腰，拉高嗓門，要其他客人當見證，讓醫生當場丟人現眼！她愈想愈氣。手一滑，盤子掉在方磚地板上，碎了，驚醒了她。她衝進廳裡。

醫生已經走了。

報紙疊了起來，放在桌邊。

她氣得要命，拿起報紙，一把扔進垃圾桶。「唷，路易絲，妳怎麼回事？」朱爾先生不高興，他盯著醫生的《巴黎晚報》，還有好幾把雨傘，客人忘了帶走，跟從屍體上剝下來的盔甲似的。

他把報紙挖出來，用手掌撫平，白了路易絲一眼，目帶不解。

路易絲十幾歲的時候就在「波希米亞女郎」當服務生。朱爾先生有個大鼻子，耳毛宛若茂密叢林，下巴略微後縮，外加一部胡椒鹽似的花白落腮鬍。腳上總是趿著不知有多舊的花格子呢絨便鞋，頭戴貝雷帽，黑黑的，圓圓的，包住腦袋瓜兒，向來沒人敢誇口看過他光著腦袋。咖啡餐館可以容納三十多人，他是老闆兼大廚。「巴黎美食！」邊說邊豎起食指，他非常重視這點。餐點別具風味，「家常菜，挑嘴的客人，過個馬路就得了。」他做菜帶著神祕光環。這名男子，矮矮胖胖，動作遲緩，大家明明覺得老看到他在櫃檯後頭窮磨蹭，沒人知道準備這麼多高品質的美食，他是怎麼辦到的。這家餐館向來高朋滿座，大可連晚上和禮拜天都開，甚至擴大營業，可是朱爾先生始終拒絕。「門開得太大，就不知道誰會進來囉，」他說，又補上一句：「我可是知道一些事情的。」這句話像個謎，宛若預言，就這麼一直懸在那兒。

那年，他老婆跟馬卡德街賣煤炭的兒子跑了，於是他提議路易絲來幫他跑堂，不過再也沒人記得這些。原本路易絲去他那兒，只是在住家附近打打零工性質，但她從師範學校畢業後就留下來。因爲她被分發到一所公立學校就在附近達姆雷蒙街上，所以她的習慣完全沒改，繼續幫忙跑堂。每個月，朱爾先生親手把工資交到她手上，總金額通常都無條件進位到十位數，瞧他一臉心疼，彷彿是她逼著他這麼做，他付得心不甘情不願。

醫生，她覺得自己一直以來都認識他。還有就是，他等於從小看她長大，對她來說，他想看她裸體就更敗德了。這個要求帶著亂倫的味道。何況她才剛剛喪母。可以對孤女提出這種建議嗎？其實，貝爾蒙特太太過世了七個月，路易絲沒戴孝也六個月了。這個論點未免薄弱了點，她蹙起眉頭。

她心想，像他年紀這麼大的老先生，怎麼可能想看她赤裸裸的樣子。她脫下衣服，站在房間中央立鏡前。她三十歲，小腹平坦，三角洲地帶一片淺棕。她側過身去。她向來不喜歡她的乳房，太小了，不過屁股嘛，她倒是挺喜歡的。她跟母親一樣，三角臉，高顴骨，一對藍眼睛閃閃發亮，一張漂亮的嘴有點嘟著。第一眼就看到這兩片豐滿的唇，矛盾的是，她壓根不笑臉迎人也毫不健談，她向來都不是，甚至連小時候都不太愛笑。街坊鄰居都說因爲她歷經磨難，所以才不苟言笑，父親於一九一六年去世，一年後叔叔也走了，母親又有憂鬱症，大部分時間都待在窗後，盯著院子。第一個正眼瞧了路易絲的人是一個從一戰退下來的軍人，半邊臉給砲彈削了去……她還有什麼童年可言呢。

路易絲是個美女，但向來不打算承認。「比我漂亮的多得是，」她不停對自己這麼說。她極受男性歡迎，但「每個女生都很受歡迎，這不代表什麼」。身爲女老師，同事和校長（何況還有學生家長）都對她有意思，在走廊上，巴不得摸她一下屁股，這沒什麼大不了的，到處都這樣，可是這些人，她不停往外推。她向來不缺追求者。阿芒就是其中之一。兩人在一起五年。照規矩訂了婚，注意著點兒！路易絲可不是那種女孩子，任由鄰居對她名聲說三道四。訂婚是椿非同小可的大事。招待、訂婚宴、婚配降福，貝爾蒙特太太極其明智，交給親家母全權處理。六十來個人受邀，朱爾先生身著燕尾服（路易絲後來才知道他是從一家戲服道具店租來的，每個地方都很合身，除了他老把長褲往上提以外，習慣性動作，他每回從廚房走出來都這樣），腳踩漆皮鞋，使得他走起路來像中國女人那樣蓮步輕挪，朱爾先生仗著自己餐館特別打烊作爲婚宴場地，擺出一副東道主的派頭。路易絲才不管這麼多，她迫不及待想和阿芒上床，她想要個孩子。問題是孩子從沒來過。

婚事拖延了。左鄰右舍，搞不懂。最後終於成了衝著這對未婚夫婦斜眼相向，且帶猜忌，在一起三年不結婚，這種事可沒見過。阿芒求過婚，堅持要結，路易絲非等月經沒來才要說「我願意」，每個月都推到下個月。一般女孩子家多半都向老天爺祈禱婚前千萬別懷孕，路易絲相反，沒孩子，就不結。偏偏沒有懷上。

路易絲又試了最後一遍，以絕望告終。既然生不出孩子，乾脆去孤兒院領一個吧，那兒可不缺窮孩子。阿芒認爲這是對他雄風的侮辱。「幹麼不去撿一條亂翻垃圾的狗回來？牠也一樣，牠也需要幫助啊！」他是這麼說的。兩人談不到一塊兒去，一而再，再而三，像老夫老妻那樣吵吵鬧鬧。好不容易，挨到收養那天，阿芒怒不可遏，回他家，一去不回。

路易絲鬆了口氣，因爲她認爲錯的是他。兩個人分手，街坊鄰居可有得說了！「那又怎麼樣？」朱爾先生喊道：「人家女孩子不喜歡！難不成你們想違背她意願，硬要把她嫁出去？」說是這麼說，他卻把路易絲拉到一邊：「妳都多大歲數了？路易絲。妳的阿芒好得很，妳還想怎麼樣？」他說這些話的時候，壓低嗓門，吞吞吐吐，隨後又加上這句：「一個貝比，一個貝比，貝比總會來的嘛！這種事需要時間哪！」說完，轉身回去廚房，「要是連我的奶油調味醬都搞砸了，那就倒大霉了！」

阿芒最令她懊惱的是他沒能讓她懷上孩子。原本，在阿芒之前，這只是個沒得到滿足的慾望，如今成了一種痴迷。她開始不惜任何代價，哪怕會造成自己不幸，都要有個貝比。看到寶寶平躺在嬰兒車裡，她的心揪了起來。她怨自己，恨自己，大半夜驚醒，確定聽到孩子在哭鬧，急匆匆下了床，撞上家具，跑過走廊，打開門，她母親說：「妳在做夢，路易絲。」將她摟入懷中，陪著她回到床上，彷彿她還是個小女孩。

家裡愁雲慘霧，跟墓園有得比。她先是把自己反鎖在那間她想整修成嬰兒房的房裡。然後又瞞著母親跑去睡在裡面，只裹了條毯子，席地而睡，其實她母親都看在眼裡。

女兒一頭熱，貝爾蒙特太太為她感到難過，經常攬她入懷，摸著她的頭髮，說她懂，可是人生在世，除了生兒育女，還有別的方式能有成就感。她自己生了孩子，說得當然容易。

「這太不公平了，」珍妮·貝爾蒙特承認，「可是……也許按照自然定律，妳得先幫孩子找個爸爸再說。」

這套說詞一派天真，自然定律，這些廢話，路易絲念小學的時候就聽得不耐煩了！

「對，我知道，妳聽了就煩。我的意思是說……按照正確順序做事通常比較好。先找到一個男人，然後再……」

「我有過一個！」

「八成不是對的那個。」

於是路易絲交了好幾個情人。暗著來。離住家、學校遠遠的，到處跟男人上床。年輕男子在公車上對她眉來眼去，她也在道德允許範圍內偷偷回應。兩天後，她閉上眼睛，盯著天花板的裂縫，輕聲叫起來，隔天開始密切注意下次月經。邊想著孩子，「隨便他對我怎麼樣都可以。」邊對自己反覆說道，彷彿承諾背負受難十字架有助於孩子到來。她意識到自己被宿疾糾纏，要孩子的想望揮之不去。

她曾在教堂懺悔自己根本就沒犯的過錯以博得救贖，現在她又上起教堂，點燃大蠟燭，夢想自己在餵奶。要是哪個情人將她乳頭含在雙脣之間，還會害她哭出來，她會賞他們耳光，全部都是。她撿到一隻小貓，髒得要命，她卻爲之慶幸；她花時間擦牠、洗牠、幫牠弄乾，自私的小畜牲，沒過多久就變肥、變得難伺候，這正是她需要的，用來彌補她自以爲生不出來的過錯。珍妮．貝爾蒙特說這隻貓是個大禍害，不過並沒有採取任何行動反對路易絲養牠就是了。

無止盡的追逐想望令她身心俱疲，路易絲決定去看醫生。檢查結果出爐，不能生育，輸卵管有問題，反覆發炎所致，無藥可醫。就這麼剛好，當天晚上，那隻貓在「波希米亞女郎」前被車撞死，「擺脫了一個大麻煩。」朱爾先生說。

路易絲放棄跟男人瞎搞，變得暴躁易怒。夜裡，她拿頭往牆上撞，她討厭自己。攬鏡自照，看見臉在輕輕抽搐，輕到幾乎無法察覺，這副德性，不開心、神經質、易怒、緊繃，是出現在不孕婦女身上的那種失落感所致。她身邊的其他人，例如同事艾德蒙德，或是經營煙草店的克羅伊茲太太，都不在乎自己沒當媽。路易絲卻感到恥辱。

她一把火硬往肚裡吞，令男人心生恐懼。連原本愛吃豆腐的餐館顧客，都再也不敢在她經過桌邊時對她毛手毛腳。她冷若冰霜，遙不可及。在學校，大夥兒背地裡叫她「蒙娜麗莎」[5]，這並不令人愉快。她把頭髮剪得短短的，懲罰自己幹麼要有女人味，刻意讓自己難以親近。弔詭的是，這種髮型

5 La Joconde：關於這幅名畫的畫名有多種說法，其中一種表示 La Joconde 義大利原文為 La Gioconda，gioconda 為「輕鬆的，無憂無慮的」之意，因此 La Gioconda 可以指「無憂無慮的婦人」。這裡應是反諷。

反而使她比以往任何時候都更漂亮。有時候她怕自己到頭來會像吉諾老師一樣把孩子當成瘟疫，因爲那個瘋婆娘叫調皮搗蛋的男生到黑板前面脫下褲子，下課時，叫不聽話的女生去牆角罰站，直到她們尿在三角褲裡面。

路易絲全身赤裸，面對鏡子，這些念頭在心中翻攪。或許是因爲現在她與男人不再有任何瓜葛，她這才突然意識到，醫生的提議儘管不道德，其實對她算是一種恭維。

下一個禮拜六，她總算鬆了一口氣。醫生也一樣，八成瞭解到自己言行失當，沒再提出要求。他對她親切一笑，感謝她的服務，感謝她送來一瓶涼開水，隨後便埋首於《巴黎晚報》，一如既往。路易絲從沒眞正好好看過醫生，趁機把他瞧了個仔細。上禮拜她之所以沒有立即做出反應，那是因爲他沒有任何不正經或値得擔心之處。一張臉飽經風霜，又長又累。她猜他七十歲，但她向來不擅長猜年齡，經常看走眼。唯有很久以後，她才會想起自己曾經覺得他長得有點像伊特魯里亞人。這個詞她不常用，所以當時並沒想到。她的意思是說像「古羅馬人」，因爲他有個大鼻子，略帶鷹鉤。

謠傳不久後宣揚共產黨將以死刑論處，朱爾先生大受鼓舞，提議擴大辯論範圍（「我啊，就連共產黨的律師，我也要把他們送上斷頭臺！對啊，本來就該這樣嘛！」）。路易絲正在整理醫生旁邊那張桌子，他起身離開。

「我當然會付妳錢，妳再告訴我妳要多少。我再說一次，只看，僅止於此，妳沒什麼好怕的。」

朱爾先生正在針對莫里斯·多列士[6]逃跑事件高談闊論（「這個畜生，八成在莫斯科！把他給斃了，我啊，我說把他給斃了！」），醫生伸手向朱爾先生輕輕打了個招呼，扣上外套最後一顆鈕扣，戴上帽子，笑了笑，若無其事走出去。路易絲以為再也不會聽到這種話，當場手足無措，餐盤差點鬆落。朱爾先生揚了揚眼睛。

「路易絲，有事嗎？」

接下來那一整個禮拜，她愈想愈氣，這個老糊塗，她要告訴他她是怎麼想的。她氣得要命，等禮拜六趕快到等得不耐煩，可是一看到他走進餐館，他是如此年邁，如此孱弱……害她整個服務期間，都在想著該怎麼說才好，火氣因而消了不少。醫生的提議害她心神不寧，他倒是一副老神在在的樣子。他笑了笑，點了本日特餐，讀了報紙，用了餐，付了錢，就在他離開的那一刻：

「想好了嗎？」他輕聲問道。「妳要多少？」

路易絲看了朱爾先生一眼，像這樣壓低嗓門，站在餐館出入口和老醫生談這種事，她覺得好羞恥。

「一萬法郎。」她脫口而出，跟在罵人似的。

她臉紅了。太多了，沒人會接受。

他點點頭，看似在說，我明白了。他扣好外套，戴上帽子。

「好。」

說完就走了出去。

朱爾先生問：

6　莫里斯．多列士（Maurice Thorez, 1900-1964）：法國政治家。一九三〇年至一九六四年去世時為法國共產黨領導人。

「好歹妳和醫生沒問題吧？」

「沒啊？為什麼這麼問？」

朱爾先生隨便比劃了兩下。不，沒什麼。

這筆錢數目之大使她害怕。她下了班，設法列出清單，一萬法郎能幫自己添置些什麼東西。她意識到自己即將接受男人付錢給她，要她寬衣解帶。她是個妓女。這個發現使她感覺很好。因為她覺得自己就是這樣。有的時候，她又想讓自己放心，告訴自己，赤身露體，沒比看醫生糟到哪兒去。有位同事就在美術學院當人體模特兒擺姿勢，她只覺得無聊，尤其怕著涼。

可是，一萬法郎……不，不可能，不可能只要她脫衣服。他想要別的東西。這種價錢，他大可……這種價錢，一個人能做出什麼要求？路易絲毫無概念。

或許醫生也抱持相同想法，因為他再也沒提。一個禮拜六過去。然後又一個。第三個。路易絲不禁自問莫非她要太多了？難道他去找另一個更好商量的女孩了嗎？她惱羞成怒，發現自己送餐的時候，動作竟然有點粗魯，他跟她講話，她哼著哈著，總之，如果她是顧客，她成了自己會討厭的那種服務生了。

工作告一段落，她正拿著海綿擦桌子。從這邊，可以看得到她在佩爾斯胡同的小屋正面。她瞥見醫生在街角，正在拐角處抽著菸，好整以暇，狀似在等人。

她盡可能拖，但無論你花多長時間，一件事總會做完。她穿上外套，走了出去，默默希望醫生等得不耐煩已經走了，可是知道他不會。

她走到醫生那。他對她笑了笑，笑容親切。她覺得他好像比在餐館裡面矮小。

「路易絲，妳想去哪兒？妳家？我家？」

他家？當然不要，太危險了。

她家當然也不行，那她成了什麼樣子？鄰居……她幾乎沒有鄰居，但這是原則問題。所以，不行。

他建議旅館。感覺起來好像妓院，她同意了。

他八成預料到她會答應，因爲他遞給她一張從筆記本上撕下來的紙。

「禮拜五，好嗎？晚上六點左右？我會用蒂里翁訂房，這上頭有寫地址。」

他的手插回口袋。

「謝謝妳接受。」他加上這句。

路易絲拿著這張紙待了片刻，塞進包裡，然後才回家。

這一個禮拜眞煎熬。

去？還是不去？一天改變十次主意，一夜改變二十次。先不管別的，萬一出事怎麼辦？地址是十四區的一個地方，阿拉貢旅館，她禮拜四就先去那裡探探路。才剛走到旅館前面，警報聲大作。警報。她四處找地方躲。

「快過來！」

顧客呈單列縱隊走出旅館，步履沉重不快，一名老婦抓住她的胳膊，這邊，旁邊這扇門。樓梯通向地窖，有人點燃蠟燭。她沒把防毒面具斜背在肩上，但沒人驚訝，因爲一半的人都沒有。這間旅館應該是半膳宿式的，住客彼此認識。一上來大家還盯著路易絲，不久之後，一名男子，大肚腩腆在褲子外頭，掏出紙牌，一對年輕夫婦拿出棋盤，再也沒人理會她。只有老闆，一名老婦，看不出幾歲，尖嘴猴腮，頭髮黑得可疑，活像假髮，目光冷峻、泛著鋼般灰白，披著薄頭紗，骨瘦如柴，弱不禁風——她坐著的時候，路易絲從她裙子布料下依稀看出她膝蓋瘦削——只有這位女老闆對她目不轉睛，這裡八成不常看見生面孔吧。警報沒持續太久，大夥兒又上了樓。「女士優先。」胖子說，感覺得出來他每次都說同樣的話，所以他覺得自己像個紳士。沒人和路易絲說話。她謝過看著她離開的旅館老闆，路易絲感覺到女老闆的目光，但她一轉身，街上空無一人。

第二天到了，一個鐘頭一個鐘頭以驚人速度飛逝。她決定不去。可是她從學校回到家，偏偏又穿戴好了。下午五點三十分，她提心吊膽，走出家門。

正要出門的時候，她向後轉，打開廚房抽屜，抓起一把菜刀，悄悄塞進手提包。

旅館接待處，女老闆認出她，滿臉詫異。

「蒂里翁。」路易絲只有這麼說。

老婦遞給她一把鑰匙，指指樓梯。

「三一一。三樓。」

路易絲想吐。

一切平靜、無聲。她從沒進過旅館，這種地方，不是貝爾蒙特家人去的，旅館屬於有錢人，總之屬於其他人，屬於那些度假或是趕時髦的人。「旅館」是個異國情調的詞，等同於宮殿，或者，如果你用特定方式發音，則與妓院同義，這兩個地方，貝爾蒙特家都沒人去過。然而路易絲卻正是在旅館裡。走廊鋪著小地毯，舊歸舊，不過乾淨。爬樓梯爬得有點喘，她在三一一號房門前待了好長一段時間，鼓足勇氣敲門。某處傳來聲音，她一怕，握住門把，一轉，走了進去。

醫生穿著外套，坐在床上，好像在候診室。他很平靜，路易絲發現他老得要命，確定用不到這把刀。

「晚安，路易絲。」

聲音輕柔。她喉嚨哽住，回不了話。

房裡有一張床，一張小桌子，一把椅子，一個五斗櫃，她看到櫃子上面有一只厚信封。醫生僅止於唇邊泛起微微一笑，態度親切，他稍微歪著頭，似乎是為了使她安心，不過她已經不怕了。

來旅館途中，她下定決心。首先，她要告訴他，她只做約定好的，他休想碰她，萬一眞是為了這樣，她立刻就走。隨後，她要先數錢，她不想上當！可是現在，在這間過於窄小的房裡，她瞭解到自己編出來的劇本派不上用場，接下來這一切只會平靜進行。

她的腳不知往哪站才好，由於什麼都沒發生，她瞄了一眼信封，得到鼓勵，後退一步，脫下外套，門上有掛鉤，她將外套掛了上去，脫下鞋子，稍事猶豫，脫下連衣裙，雙臂交叉，置於頭頂。

她原本希望他幫她，告訴她該怎麼做。房裡一片靜謐，悶著的那種靜，嗡嗡作響。她一度以為自己會昏過去。萬一她不舒服，他會趁機佔她便宜嗎？

她站著，他坐著，但這種位置沒使她佔到任何優勢。以靜制動，就是他的力量。

他僅止於看著她，他等。

他雙手插在外套口袋裡面，這時穿著內衣的是她，覺得冷的似乎是他。為了讓自己安心，她在他臉上找著自己熟悉的那種老顧客感覺，可是沒找著。一兩分鐘的尷尬後，而且因為總得做點什麼，她雙手交叉到背後，脫下胸罩。

男人的視線彷彿受到一盞燈吸引，升至她的胸口。儘管他的臉部線條都沒動，但她相信自己看出他臉上有股激動之情。她自己也在看著自己的乳房，粉紅乳暈，隱約發疼。

她想做個了結。這時她下定決心，脫下內褲，手一鬆，落在地上。她不知道該拿自己的兩隻手怎麼辦，只好又放回背後。

老先生的眼神極其溫柔，輕撫而過，緩緩往下，停在她的下腹。幾秒鐘過去。不可能猜出他有什麼感受。唯有在他那張臉和他整個人身上散發出一種莫可名狀、哀痛逾恆的落寞感。

她憑直覺知道自己該轉過去。或許她想擺脫這種令人心碎的情況吧。

她左腳撐地，轉了過去，盯著五斗櫃上方，盯著牆上掛著的那幅稍微有點歪的海洋版畫，就這麼凝視了片刻。她感覺得出來他的視線停留在她的臀部。

她怕他伸出手，企圖摸她，一想到這層最大顧慮，她轉了過來，對著他。

他剛從口袋掏出手槍，朝自己的頭開了一槍。

旅館住客發現路易絲時，她赤身露體，呈現蹲姿，全身虛脫，痙攣性震顫，老人躺在床邊，雙腳僅僅離地幾公分，看似午睡得正熟。根據這個情況看來，無疑是因為他沒想到路易絲會突然轉過來，致使情緒激動，開槍那一刻，手槍已經放低了。半張臉被轟爆，床罩上一灘血跡慢慢擴大。

快報警。隔壁房的客人跑出來，衝了過去。他發現這名年輕女子全身赤裸，一絲不掛，他不知道該抓她哪裡。抓胳肢窩？還是抓腿？火藥燃燒的濃烈氣味瀰漫著整個小房間，但嚇到他的是這麼多的血，她渾身都是血。

他蹲在路易絲旁邊，以免看到床，一隻手放在她肩上，發現她全身凍結，簡直像是石頭做成的，但她又因爲驟然驚跳而抖個不停，彷彿一塊布在強風中哆嗦。

他盡可能抓住她，抓她胳肢窩，使勁渾身力氣讓她站了起來，別再癱下去。

「好了，」他說，「會沒事的。」

她垂下雙眼，往躺在床上的老人望去。

他還有氣。眼皮一開一闔，盯著天花板，彷彿聽到怪異聲響，正在納悶是打哪兒傳來的。

就在這個時刻，路易絲瘋了。狂叫一聲，無比淒厲，好像女巫和發了瘋的貓被綁在袋子裡那樣死命掙扎，掙脫他，竄出房間，奔下樓梯。

一大堆人聚在一樓。鄰近幾間房的房客被槍聲驚動，看到路易絲光著身子，邊尖叫，邊把所有人推開。

她出了旅館大門。

只不過幾步路，她突然出現在蒙帕納斯大道，開始狂奔。

路人看見的不是一名裸女，而是幽靈，渾身是血，目光驚恐，她跑得歪歪扭扭，蹣跚搖晃，大家想知道她該不會突然衝過馬路，竄到車輪下吧？車子紛紛減速，公車也剎車，有人從平臺上吹了聲哨子，喇叭亂響，她什麼也沒聽到，光著腳，步履飛快，路人經過她身邊，無不目瞪口呆。她不停揮舞雙臂，彷彿要趕走假想的昆蟲大隊，順著彎彎曲曲的人行道，這裡，沿著櫥窗，稍遠處，又繞過公車站，她跌跌撞撞，所到之處，人群莫不散開，沒人知道該怎麼辦。

整條林蔭大道陷入混亂。這誰啊？一人問道，一個瘋婆子，八成是從哪個地方逃出來的，得把她抓住啊！天氣依然很冷，她身上開始到處冒出青斑。她一臉呆滯，兩隻眼睛瞪得又大又圓，彷彿就快掉出來。

人行道上，一名瘦削老嫗，像門房那樣包著頭巾，看到她跑過來，立刻想到自己的侄孫女，跟她差不多歲數。

「她突然停了下來，好像在找路。我一秒鐘都沒耽擱，立刻脫下大衣，披在她肩上。她看著我，然後癱下去，當場，就在我面前，跟個包袱似的，我撐不住她，幸虧有人幫我。她整個人都是冰的，那位小……」

人群聚集招來了警察，維安人員把自行車留在人行道上，用手肘左推右頂，從這一小群人中開出道來。

只見一名年輕女子蹲在地上，猜得出來大衣下的她一絲不掛，她正在用沾滿鮮血的手臂擦著自己的臉，喘得要命，像在生孩子似的。

路易絲抬起眼睛，先看到平頂帽，再看到制服。她犯了罪，他來逮她。

她驚慌失措，東張西望。

一道閃光從她身上劈過，她再度聽到槍響，聞到火藥味。一道血簾從天噴下，令她與世隔絕。

她伸直雙臂，大叫一聲。暈了過去。

2

濾毒罐，每二十只排成一排，看起來就像大號不銹鋼桶。這副超大牛奶罐的敦厚模樣，遠遠無法使加百列安心。這些濾毒罐被用來防止毒氣攻擊，但他只覺得它們像焦慮發愣的哨兵。馬其諾防線雖然由數百座用來抵禦德國入侵的碉堡和掩體組成，但近距離觀察，似乎極為脆弱。馬延堡，身為這道防線最重要的防禦工事，卻帶著老人家的弱點：雖可不受槍林彈雨攻擊，然而堡內全體官兵卻可能窒息而死。

「唷，你來了啊？長官。」衛兵問道，語帶挖苦。

加百列的手掌在褲子上擦了擦。他三十歲，褐髮，眼睛圓滾滾的，使得他看起來老是一臉詫異。

「經過而已。」

「是啊。」那名士兵邊說邊走遠了。

每次值班，都看到這位年輕的中士長「經過」。

加百列就是忍不住，經常過來看看這些濾毒罐，確保它們還在。蘭德拉德下士長向他解釋過一氧化碳和砷化氫檢測系統有多陽春簡陋。

「其實，一切還是得靠哨兵自己聞啦。但願他們沒有傷風感冒囉，就這樣。」

工兵勞爾・蘭德拉德是名電工，專門發布壞消息，以烙印了聽天由命的精確度到處散布有害謠言。他明明知道加百列有多擔心，深怕會有遭受化學攻擊的危險，所以向來不錯過機會，把自己知道的消息全都告訴他。簡直就像故意的。喏，前一天又來了：

「要隨時把濾毒罐裝滿，說是這麼說，可是我啊，我可以告訴你一件事：永遠也來不及重新裝滿，保護整座碉堡……我跟你打包票。」

這傢伙還眞是個怪咖，一綹頭髮橫過額頭，好像金黃逗號，黃到幾乎發紅，嘴角耷拉著，嘴唇薄似剃刀片，加百列有點怕他。他們當室友將近四個月了，加百列原本就對馬延堡心生畏懼，這傢伙一到就有辦法將他的擔驚害怕變得具體。在他看來，這座巨大地下碉堡像是猙獰饕餮，張著大嘴，隨時準備吞下參謀部送給它的一切作爲獻祭。

超過九百名士兵在堡裡生活。長達數公里的地道埋在好幾千立方米的混凝土下，永遠在運轉中的發電機組發出轟隆巨響，鐵板聲猶如來自地獄的嗥叫迴盪又迴盪，柴油氣味混入地底特有的濕氣，他們就是鎭日在這種環境裡面奔來跑去。一進到馬延堡，才走上幾米，日光就變得朦朧，不難想見眼前面對著的是一條無盡長廊，烏漆墨黑，電車發出駭人喧囂，載著一四五毫米砲彈駛往二十五公里外的工事群，世仇膽敢現身，隨時準備好發射伺候。等著上戰場期間，兄弟們將彈藥箱分選、堆疊、打開、分類、移動、檢查，其實大家不太知道該怎麼辦。這列電車被稱爲地鐵，除了用來運輸加熱大鍋飯的無火灶外，幾乎沒什麼用。大夥兒謹記上級命令，要部隊「即便遭到包圍，甚至完全孤立，無望很快得到救援，乃至於彈盡糧絕，也要死守馬延堡，絕不撤退」，但好久以來，再也沒人認爲會有什麼情況迫使阿兵哥走上這種極端。大夥兒等啊等啊，還沒等到爲國捐軀，自個兒倒先煩死。

加百列並不畏戰——不過，這裡沒人擔心就是了，馬其諾防線向以堅不可摧著稱——可是輪班守衛、沿著走廊排著一長道折疊桌、寢室窄小、飲用水貯藏，還有這種狹窄又幽禁的氛圍，凡此種種，都和潛水艇很像，他實在受不了。

他需要陽光。他像其他人一樣，每天只准外出三個鐘頭，這是命令。由於防禦工事尚未完成，所以他們得在碉堡外面澆灌混凝土，要不就是將鐵絲網架個好幾公里以減緩敵軍坦克車接近速度，不過架歸架，只要會妨礙農民耕種或是侵占到果園，一律跳過（可能他們心想德國鬼子基於尊重農業活動或是果蔬滋味會繞過這些地區吧）。他們還受命將鐵道枕木垂直栽入地底。兩道鐵軌中間的枕木放置好了，這段期間，如果唯一一臺挖土機被分配到別處作業，或是錨定鐵軌的機器再次出現故障，這時只得拿起專門爲沙子設計的半鍬半鏟，自個兒挖，簡直就是世界末日。

如果還剩下時間，大夥兒就養養雞啊，養養兔子什麼的。堡內一個小型養豬場甚至有幸登上地方報版面呢。

加百列最受不了的是從外面回來：又回到碉堡五臟六腑，害他心悸。化學攻擊威脅糾纏著他。芥子氣能夠穿透衣服和面罩，造成眼睛、表皮、黏膜灼傷。他對軍醫坦承，說他持續心神不寧。這位軍醫老是一臉倦容，蒼白得像洗手臺，陰森得像掘墓人，他覺得加百列一切正常……當然正常，因爲這裡一切都走了樣，不正常成了正常，大家無盡等待，卻不知道在等什麼。在這種地方，沒有人好過。軍醫意興闌珊，邊診斷，邊發阿斯匹靈，再找我回診吧，他說道，他喜歡有人陪伴。一禮拜兩三次，加百列都在棋盤上痛宰他，軍醫不痛不癢，他喜歡輸。去年夏天，加百列中士長養成和軍醫一起下棋的習慣，他並沒生病，由於生活環境害他苦悶，所以經常到醫務室來尋求一點安慰。當時碉堡濕度已經接近百分之百，加百列始終處於呼吸困難狀態。碉堡裡的溫度令人難以忍受，就是沒辦法不流汗，全身不停冒汗，床單又濕又冷，衣服濕津津的，穿在身上分外笨重，內衣褲再怎麼晾都晾不乾，每個人的壁櫥都泛著一股霉味。寢室裡的冷凝水接近飽和。通風管更是雪上加霜，每天凌晨四點送風裝置恢復運轉，轟隆轟隆，一刻不停。加百列一直都很淺眠，對他來說，馬延堡就是地獄。

大夥兒等得心焦，拖拖拉拉做著苦工，有氣無力，一心偷瞄那幾扇門，萬一敵軍砲彈襲來，這些門作爲緩衝衝擊波之用。加上兩次值班警戒期間，紀律大爲鬆懈，於是兄弟們把時間花在「戰士之家」（「家」門日夜開著，長官的眼睛閉著，視而不見，大夥兒都這樣）。有的人打大老遠趕來。夜幕低垂，遠在好幾十公里外的英國或蘇格蘭軍營的阿兵哥也上門，這些遠客並不少見，萬一他們喝得太醉，還得叫救護車把他們送回去。

正是在這個時候，下士長勞爾．蘭德拉德才鄭重其事開始忙活起來。加百列從不知道勞爾當老百姓的時候怎麼樣，可是在馬延堡，他很快就成了最大的黑貨販子，所有見不得人的勾當都由他接頭。他骨子裡就是這種人。對勞爾．蘭德拉德而言，人生是源源不絕的養魚塘，專門培養投機取巧和詭計花招。

他在馬延堡以猜杯子玩家之姿，開啟了自己的賭徒生涯。只需要一個翻過來的箱子和兩只平底大口杯，他就可以把東西一會兒變出來，一會兒變不見，一顆堅果啦，一粒彈珠啦，一塊小石頭啦，什麼都能變。他具有一種天分，專門激發他人自信，確定自己沒錯的自信，以至於很難抵擋得住猜紙牌或猜杯子的衝動。百無聊賴和無所事事總是幫他吸引愈來愈多的玩家。他聲名遠播，甚至傳到馬延堡外的小隊，其實他們討厭馬延堡的士兵，認爲他們享有特權。勞爾下士長受到所有兄弟熱烈歡迎，他演示起猜杯子戲法神乎其技，部隊從上到下，全都被他唬得一愣一愣。他的猜杯子手法一次比一次更出神入化，著實令人信服。而且，他只賭小錢，大家冒著賭一兩法郎的風險，即便輸了，也笑笑就算了。以這種速度，勞爾一天進帳三百法郎並不少見。沒猜牌、猜杯子的時候，他就跟附近啤酒店家、幾位後勤士官、「戰士之家」的服務生搞些勾當。也泡泡妞兒。有人說他在城裡有老相好，其他人則斷定他是去逛窯子，就這麼簡單。不管怎麼樣，每回不見他人影，等他回來時，總是春風滿面，笑逐顏開，大夥兒永遠都猜不透他為什麼這麼樂。

他在發電廠瞭望塔的警戒任務，他經常想辦法花錢買來手頭不方便的兄弟幫他執勤，上級對此睜一隻眼閉一隻眼。他因而多出空閒時間用於幫「戰士之家」走私補給，他想出一種回扣體系，完善卻難以理解：每回運酒桶過去，轉給他傭金，共享買賣小費，讓他抽頭之類的。按照馬延堡每天喝掉四百五十升啤酒計算，他大發橫財。其實不只啤酒，所有領域他都有興趣。於是，他偷偷向伙房動手，也從中得利，自誇後勤部門沒有的東西，他幾乎都有辦法供應；這是事實。他給軍官搞來難得吃到的美食，給吃膩了每天兩次牛肉的阿兵哥搞來別的東西改善軍隊伙食。隨著軍隊安頓下來，步上常軌，弟兄們愈來愈無聊，他提供吊床、一箱箱的酒、餐具、床墊、毯子、雜誌、照相機，不論你需要什麼，勞爾．蘭德拉德全包了。上個冬天，他提供了大量小型取暖器和鋸刀（因為萬物盡皆冰封，得把酒鋸成固態的一片一片才能喝）。隨後又推出一種防潮裝置，功效趨近於零，但卻像剛出爐的麵包一樣，大家搶著買。糖果、巧克力、杏仁軟糖、酸味糖果、甜食等等，也賣得相當好，尤其受士官歡迎。管理部門配給部隊每人一定數量的燒酒早餐喝，午晚餐則各有足足四分之一升葡萄酒。葡萄酒和燒酒以驚人數量送進碉堡，庫存以瘋狂速度更新又更新。蘭德拉德小心謹慎，靠著左手進右手出，使得貨暢其流，取得大量貨源，再以低價轉賣給鄰近咖啡館和餐廳、農民、外國日工。要是這場仗再打上一年，搞不好下士長蘭德拉德就可以買下整座馬延堡囉。

加百列去檢查換防有沒有確實執行。他當老百姓的時候原本是數學老師，所以編入通訊部隊，負責接收和轉接外面打來的通話。說起來這場仗啊，在馬延堡這兒簡化成了兩項任務：指示阿兵哥去堡外加強防禦工事，還有就是核准外出許可。話說堡內官兵外出頻率之高，已經到了令人咋舌的地步。加百列算過，好幾次，同一天有超過一半以上的軍官都因假外出，不在堡裡。萬一德國佬選上這個時候進攻，不出兩天，就可炸毀馬延堡，不出三個禮拜，便可開進巴黎。

加百列回到寢室。寢室裡有四張雙層床，他睡上鋪，下士長蘭德拉德睡他對面。下鋪睡的是安布雷薩，這傢伙有著兩道逆亂又粗濃的眉毛，一雙種田的大粗手，滿肚子的牢騷，沒人比得上。睡他對面的是夏布里耶，體格瘦弱又不結實，臉尖尖的，使人想起鼬鼠。你和他說話，他盯著你瞧，一副等著你對他開的玩笑做出反應的樣子。這種死盯著人看的眼神實在讓人不舒服，以至於大多數人最終只得尷尬一笑。於是，就這麼著，夏布里耶在向來沒提供任何證明的情況下，莫名其妙，爲自己博得了開心果的盛名。安布雷薩和夏布里耶是勞爾．蘭德拉德的嘍囉，這間寢室則是下士長的總司令部。他們在寢室運籌帷幄，由於加百列向來不願意蹚渾水，所以呢，通常只要他一進寢室，其餘三人立刻閉嘴，這種氣氛眞難受。這些偷雞摸狗的事就這麼編織著軍旅生活經緯，而堡裡這種有害身心的氛圍有時是其因，有時是其果。幾個禮拜前，他們小隊有士兵提出申訴，鐫著他姓名啟首字母的戒指被偷了。因爲他叫保羅．德萊斯特[7]，惹得兄弟們都笑了，笑歸笑，人人心中依稀感覺到軍營龍蛇雜處，使得爭吵、劍拔弩張、壞毛病的狀況更爲惡化，雖然盜竊並不常發生，不過，一枚金印戒，畢竟還是值點錢，這還不算情感因素，大家心裡這麼想。

加百列進到寢室，勞爾坐在他鋪位上，正在做帳。

「你來得正好，」他說。「算風量和體積，我做不來。」

他正在想辦法計算出一系列機器的產能。加百列拿起鉛筆。結果是〇·一三。

「眞他媽的！」勞爾脫口而出。

加百列愣住。

「怎麼了嗎？」

「啊，我對過濾空氣的發電機組有疑問。我是說，萬一我們被毒氣攻擊的話，你懂我意思嗎？」

看到加百列因爲擔心而沉默不語，勞爾繼續說道：

「那些笨蛋選了二衝程發動機。結果，由於發動機不夠力，所以得把它們增壓。這會害……」

加百列感覺自己臉發白。

他心急火燎的，又算了一遍。還是〇·一三。萬一發生毒氣襲擊，發電廠過濾出的空氣，連淨化……發電廠本身都不太夠，碉堡其餘部分勢必將瀰漫毒氣。

勞爾一副認了的樣子，把那張紙折了起來。

「好吧，我們還沒到那個地步，不過畢竟……」

7 保羅·德萊斯特（Paul Delestre）：姓名啟首字母為ＰＤ，在法文中與pédé（男同性戀者）諧音。

爲什麼不更換設備？加百列知道想都別想。無論發生任何狀況，他們都得靠二衝程壓縮機打這場仗。

「我們啊，我們可以躲在『工廠』裡面，」勞爾又說道，「可是你們通訊部嘛……」

「工廠」指的是發電廠。加百列感到喉嚨乾澀。用毒氣攻擊？這不合理。仗都已經開打了，沒有任何證據顯示德國人會這麼幹。儘管如此，加百列還是感到這種可能性頗大。

「萬一遇到麻煩，你可以來找我們啊。」

加百列抬起頭。

「我們彼此之間有密碼，可以打開『工廠』南大門。誰有密碼，就幫誰開門。」

「密碼是什麼？」

勞爾稍微退了一步。

「老兄，有來有往。」

加百列不太明白他有什麼好跟勞爾交換的。

「情報。後勤部門一舉一動，你們通訊部都瞭若指掌，倉庫有誰進出，馬延堡採購了些什麼，從外面進了什麼貨。我們知道這些東西更好辦事，你懂嗎？我們心裡好有個底。」

勞爾這是明目張膽地建議加百列在他們的黑市買賣裡摻一腳，以換取萬一敵軍來襲時進入「工廠」南大門的門票。

「我沒辦法，這……這是機密。必須保密，否則就是……」

他在想該用哪個詞才貼切。

「否則就是叛國。」

太荒謬了啦。勞爾大笑出聲。

「送牛肉罐頭進來是國防機密？唷，我說參謀部還眞有一套呢！」

他把加百列剛剛計算用的那張紙攤開，貼在他手心。

「拿著吧，你到『工廠』南大門的時候，可以好好研究研究。」

他走出寢室，留下加百列兀自擔憂。蘭德拉德總是使人不寒而慄，就像某些植物時時散發出令人不安的氣味。

這次談話使得加百列渾身不對勁。

三個禮拜後，淋浴時，他聽到安布雷薩和夏布里耶在說話，兩人談到「要測試火焰噴射器」，要把空氣打進地下防禦工事。

「那不就完了。」安布雷薩認同夏布里耶。

「就是說嘛，」夏布里耶火上加油。「濾毒罐好像被煙灰堵住！要不了多久時間，碉堡就會瀰漫毒氣。」

加百列忍不住笑了出來。這兩個滑頭演得眞爛，裝作剛好在這邊聊天，其實故意說給他聽，只爲了加深他的恐懼。完全造成反效果。

不過當晚他跟軍醫下棋的時候，軍醫向他證實的確有做這些測試。加百列頓時呼吸急促，心跳加快。

「測試？什麼意思？」

醫生凝視著這盤棋，好像在自言自語。邊咕咕噥噥，邊小心翼翼挪動騎士：

「測試不怎麼成功，這倒是真的。誰知道三弄兩不弄，突然又成了演習。而且這回還要實兵演習，玩真的，八成會一場糊塗，但是他們發誓會很順利，說什麼系統已經調整好了。演習完後，額外開一臺彌撒給大家壓壓驚，我可不會驚訝，他們需要，我們也需要。」

加百列，兩眼茫然，王后往前挪了一步。

「將軍。」他輕輕說。

醫生對戰果感到滿意，折好棋盤。

加百列，步履有些蹣跚，回到寢室。

一天天過去了。下士長蘭德拉德在走道上大步來回，破天荒的忙。

「你最好考慮考慮。」有時候，他經過加百列身邊時會脫口而出。

加百列等著指揮官下令演習，什麼都沒，結果，四月二十七日凌晨五點三十分，警報突然大作。

這是演習？故意讓部隊沒有防備？還是德國鬼子真的打來了？

加百列跳下床，緊繃像張弓。

走廊上已經迴盪著數百名士兵奔向戰鬥崗位的加乘聲響，命令四下爆出。勞爾．蘭德拉德和兩個跟班出了寢室，邊繫好腰帶，加百列扣著制服扣子，緊緊跟著他們腳步。阿兵哥從四面八方冒出來，電車突然衝進來，加百列緊挨著地道牆面，雙手貼著石頭，警報聲、彈藥裝箱的聲音、喧嘩聲，在在造成他感知混淆，他擺脫不了眞是德軍來襲的這種想法。

加百列跑在室友後頭，雙方有段差距，他呼吸愈來愈急促，雙腿發抖，賣力想把扣子扣好，上裝始終扣不起來。他看到十五米外下士長蘭德拉德向左走去，他加快步伐，輪到他，也轉了過去，但旋即發現自己面對著一群人，蘭德拉德帶頭，大叫著往回退，一團不透明煙幕像浪濤般緊跟著他們所有人，士兵一個個驚慌失措，跌跌撞撞，從煙幕中一湧而出。

加百列呆立了片刻。

德國毒氣向以來無影去無蹤著稱。從他大腦的黑暗一隅開始，這團白色煙幕是另外一樣東西的想法浮現。一種我們還不知道的氣體？他還在想，說時遲那時快，他已經被團團籠罩，煙霧飄來，肺部受到刺激，他咳嗽。他分不清東南西北，打了好幾個轉，有士兵經過，影影綽綽，只是模糊輪廓，所有人都在大喊大叫。這邊！出口往這邊！不對，往北邊走廊才對！

濃霧瀰漫，刺得眼睛好痛，加百列在濃霧中跌跌撞撞，蹣跚往前，到處被推來撞去。煙霧愈來愈濃，何況走廊這邊變得比較狹窄，幾乎不足以容納兩個人同時通過。兩條地道交叉口處，一陣過道風驀地吹散了煙霧，儘管視線依然因爲淚簾而模糊，但一切重新變得清晰。

他得救了嗎？

他轉過身，看到下士長蘭德拉德在他身邊，緊貼著牆，指著涵洞。這種洞，地道內壁每三十米都會挖上一個，主要作爲電車經過時，可以安全停車之用，但也有一些充當貯藏材料用的小倉庫，眼前就是這種，鐵門半開著。我們在發電廠附近？加百列還以爲自己在反方向。下士長蘭德拉德前臂遮著鼻子，滿眼是淚，示意中士長趕緊進去。加百列轉過身來，白色煙霧又往前飄，好像突然有陣風推動，飛快侵入地道。士兵一群群冒出來，眼淚汪汪，頻頻咳嗽，亂喊亂叫，彎腰駝背，找著出路。

「從那邊！」蘭德拉德大喊。

他指著那扇微微開著的鐵門。加百列想都沒想，走了兩步，進去，裡面相當昏暗。小小的工具倉庫，唯有天花板一盞燈照明。此時，砰地一聲，沉重鐵門在他身後關上了。

勞爾沒有跟著他進來，反而把他關在裡面。

加百列衝向鐵門，設法打開，可是把手轉了半天也沒用，他不斷拍門，倏地停住。白煙好像被吸進倉庫似的，開始從門下面、從側邊合頁的隙縫滲進來。

加百列大叫，用拳頭死命敲門。

煙霧又濃又刺鼻，滲入速度驚人，猶如洪水爆發。空氣耗盡。

他咳到胃部翻騰，一陣噁心，站直身子，隨後又彎下腰，加百列跪倒在地。

胸部隨時要爆炸，濃煙嗆到快窒息，眼睛好像就要從眼眶爆出。

他只能看到眼前幾公分。胸口一陣抽緊，趁著下回抽緊之前，他看了看自己大大張開著的這雙手。滿手是血。

他在咳血。

3

「貝爾蒙特，對吧？」勒普瓦德凡法官[8]問。

路易絲躺在病床上，嬌小得宛若少女。

「你說她不是妓女。」

他整天都在用一小塊麂皮擦眼鏡。對他的同僚、和他共事的人、執達員、律師來說，這個動作十足是一種語言。就在當下這一刻，擦鏡片的這隻手，清楚表達出他對這種說法感到懷疑。

「總之，沒她的紀錄。」警員回答。

「偶爾才出來賣。」這位司法官邊戴上眼鏡邊喃喃說道。

他對椅子這檔事吹毛求疵，要求非坐有椅背的椅子不可。他朝那具睡著的胴體歪過身去。漂亮。短髮，不過還是漂亮。這位法官閱人無數，他在法院辦公室裡，看過不少年輕女性絡繹不絕，更不用說他去聖維克多街妓院裡亂摸的那些。護士正在整理病房。嘈雜聲令他心煩，他猛地轉向她，狠狠瞪了她一眼。她僅僅斜眼瞄了他一眼，隨後依然故我，當他不存在。法官嘆了口氣，莫可奈何，啊，女

8　le juge：指的是le juge d'instruction（預審法官）。法國預審法官制度從一八〇八年拿破崙法典即已開始，職權類似檢察官，負責偵辦調查重罪，屬於司法官（le magistrat）的一種，故而下文有「司法官」。

人可眞難纏！他轉回路易絲，猶豫了一下，伸出手，碰了碰她的肩膀。拇指輕輕滑過肌膚。熱的。柔嫩。這個姑娘還眞不賴呢。因爲這樣就往自己的腦門開槍……拇指在路易絲肩膀上慢慢來回游移。

「你問完了嗎？」

司法官趕緊縮回手，好像剛剛被燒到。護士跟抱著嬰兒似的抱著盆子，低頭看著這個臉發白的小法官。

好了，問完了。他闔上卷宗。

接下來幾天，醫生不准他進一步訊問。要到下禮拜，這位司法官才能重新聽取陳述。這回路易絲是清醒的。如果可以這麼說的話。因爲警察還沒幫法官把有椅背的椅子搬過來，休想讓法官開口，他只管擦著鏡片，邊盯著路易絲，她現在坐在床上，雙臂環胸，眼神空洞。她幾乎都沒吃東西。

椅子終於搬來了，法官檢查了一下，這才同意坐下，打開放在大腿上的卷宗，儘管這位護士還是礙手礙腳，依然像三頭犬塞伯拉斯，在看門那樣杵在這兒，他開始念起案情紀錄。員警走到路易絲的床對面，背靠著牆。

「妳叫蘇珊．亞德麗安．路易絲．貝爾蒙特。出生於……」

他不時抬頭看看她，她連一根睫毛都沒動，一副事不關己的模樣。法官突然停了下來，把手伸到路易絲面前，她依然沒反應。他轉過身去。

「妳確定她聽得懂別人對她說什麼嗎？」

護士在他耳邊輕聲說：

「到目前爲止，她只說了幾個字，語無倫次。醫生提到精神錯亂，肯定有必要請專科醫生過來看一下。」

「如果外加她還是個瘋子，那咱們離結案有得耗了。」司法官嘆了口氣，重新埋首於卷宗。

「他死了？」

司法官驚訝地看著路易絲，她直勾勾盯著他的眼睛，嚇著他了。

「醫生……蒂里翁……呃……隔天就死了。」

他略事遲疑，加了句「小姐」。

面對這種女孩子，還得這麼委屈，令他惱火，他繼續說道，語帶微慍：

「這樣對他比較好，我向妳保證！因爲他那個狀況……」

路易絲看了看警察，又看了看護士，彷彿依然無法置信，然後說道：

「他給我錢，看我脫光。」

「這是賣淫哪！」司法官驚呼出聲，終於稱了他的心。

他很滿意自己證明了此一事實，於是埋首卷宗，振筆疾書，筆跡小而密密麻麻，字如其人，然後繼續問話。接下來，路易絲不得不解釋她是以哪種方式遇到蒂里翁醫生的。

「我並不算認識他。」

9 cerbère：希臘神話中看守地獄入口的惡犬，藝術作品中多將牠表現成有三個頭。

法官迸出一聲乾笑。

「是嗎？所以說妳隨便遇到誰都會在他面前脫衣服？」

他轉向警察，同時手往大腿一拍，這實在太妙了，你聽到了嗎？

路易絲提到餐館，禮拜六和禮拜天她在那邊端盤子，也提到醫生的習慣。

「這些我們都會再跟老闆確認。」

他俯身看了一下卷宗，嘟囔了一句：

「我們要查一下這家餐館還有沒有窩藏其他偶爾才出來賣的女子。」

由於這方面沒啥好挖掘的，勒普瓦德凡法官問起他真正感興趣的部分：

「好，這時候妳進了房間，然後妳怎麼樣？」

眞相對路易絲來說一清二楚，明白到她找不到話說。她脫下衣服，如此而已。

「妳要他先付妳錢嗎？」

「沒。錢已經放在五斗櫃上。」

「於是，妳數了！錢沒算清楚，沒人會在男人面前寬衣解帶！好吧，我猜妳應該有算，沒嗎？我哪知啊！」

他不時轉過頭來，擺出一副乞求答案的德性，可他那張臉偏偏因興奮而漲紅。

「然後呢？」

他愈來愈興奮。

「我脫下衣服，就這樣。」

「得了！沒有男人會給一萬五法郎，只爲了看年輕女孩全身脫光，這站不住腳。」

路易絲心想她明明記得他們說好的是一萬法郎，不是一萬五，不過她也不太確定。

「這就是我想瞭解的：這麼大筆數目，妳到底答應他做什麼？」

警察和護士看不出法官這麼問到底想證明什麼？不過他在鏡片上來回游移的手指洩露出他有多緊張，緊張到像極了亢奮，看了就噁心。

「因爲畢竟……這麼大筆數目……我們當然會有疑問！」

擦眼鏡的節奏加快。路易絲的胸脯在長睡衣布料下突突跳動，他瞧了好一會兒。

「一萬五千法郎，不是筆小數目！」

談話陷入僵局。法官沉浸於卷宗。看著看著，邊露出嗜血的微笑。即便指紋，身體位置，撞擊力道，在在表明蒂里翁醫生是自己往自己頭上開的槍，法官依然因爲主要罪狀而見獵心喜：

「妨害風化！」

路易絲盯著他。

「沒錯，小姐！妳覺得全身光著在蒙帕納斯大道閒晃很自然，妳覺得很舒服，可是妳知道嗎，一般善良老百姓啊，他們可不……」

「我沒有在閒晃！」

她幾乎是用吼的，聲音大到連肩膀都在抖。法官沾沾自喜。

「是嗎？那妳從頭到腳一絲不掛在林蔭大道上做什麼啊？逛街購物嗎？哈哈哈哈！」

他再次轉向員警、護士，可是他們依然板著臉，面無表情。沒差啦，他正在興頭上，繼續窮追不捨，聲音高了八度，彷彿要唱將起來：

「年輕女子觸犯妨害風化罪實為罕見，她想暴露自己的……，（他一把抓過眼鏡，興奮得差點掉了）向所有人展示她的……，（使勁抓著眼鏡，手指泛白）當眾展示她的……」

鏡腿頓時斷了。

法官彷彿性高潮後，得到了滿足，憐惜地看著這兩半。他打開眼鏡盒，小心翼翼把它們收好，邊像在夢囈那般說道：

「小姐，妳在公立學校的教職已經沒搞頭了。判刑後，妳將遭到撤職！」

「蒂里翁，對，我想起來了。」路易絲說。

牛頭不對馬嘴，害法官的眼鏡盒差點從手裡掉下去。

「是這樣沒錯。約瑟夫·尤金·蒂里翁，」他回得期期艾艾，「塞納河畔訥伊鎮奧柏戎大道六十七號。」

路易絲僅僅點了點頭。這位司法官有些狼狽，闔起卷宗，他可有多希望她哭啊。啊，如果是在他辦公室聽取證人陳述就好了！他離去時心有不甘。

不論是誰處於路易絲這種況狀都會問接下來會怎麼樣。她沒問任何問題，法官好失望，沒跟任何人打招呼，逕自走出病房。

路易絲在醫院又待了三天。她幾乎什麼都沒吃。

正當她準備出院，一名員警帶著法院裁定到她病房。確認是自殺，賣淫動機不成立。

護士停下手邊工作。略微歪著頭，凝視著路易絲，唇邊泛起一抹稍嫌苦澀的微笑。像這名員警一樣，她也記得這名年輕女子畢竟還是受到妨害風化影響，有可能賠上自己的教職。她和員警都不知道該說什麼好。

路易絲朝門口走了幾步。她到醫院時全身一絲不掛。除了警察和法院書記室外，沒人知道她留在阿拉貢旅館房裡的衣服怎麼樣。於是呢，護士去同事那邊轉了一圈，湊了一小堆衣服，雜七雜八，一條過長的羊毛裙，一件藍色襯衫，一件紫紅背心，一件人造皮草翻邊有領大衣。路易絲一副剛從舊衣店裡走出來的模樣。

「妳人眞好！」她好像突然才想起來，對護士說。

員警和護士目送她走遠，看到她步履疲憊又機械化，彷彿這就預備要往塞納河裡跳。

她沒跳河，取而代之的是往佩爾斯胡同方向走去。她在街角看到「波希米亞女郎」門面，顯出片刻猶豫，隨後眼睛死盯著地面，加緊腳步回家。

佩爾斯胡同九號的這棟房屋建於一八七〇年普法戰後，散發著昔日資產階級的闊綽氣息，這種住所是由有年金收入或是從商場上退下來的富裕人士差人興建的。路易絲的父母於結婚那年，一九〇八年，到此定居。其實貝爾蒙特一家成員不夠多，住不了整棟樓，不過亞德里安．貝爾蒙特，這個男人積極進取，賭他家準會人丁興旺，兒女成群。無奈天不從人願：他只有一個孩子，路易絲，之後他便於一九一六年凡爾登戰役期間在葡萄園峽谷東麓遇害。

從前，路易絲的母親珍妮．貝爾蒙特還沒嫁人的時候，對未來滿懷憧憬，她上過預科學校，拿到畢業文憑，當年像她這樣念過書的女人並不多。父母和老師盼著她當護士或市府祕書，誰知道她十七歲的時候，突然選擇輟學。而且她寧願幫傭，不願意當女工，她成了傭人，一個能像奧克塔夫．米爾博[10]筆下描繪的女傭那樣，既能讀會寫又揮著羽毛撢子。至於她那口子，他啊，他不許老婆工作，這是個面子問題。他去世後，珍妮不得不重操舊業，但願能為女兒路易絲留住佩爾斯胡同這棟屋子，這可是他們僅有的那麼一丁點財產。

仗打完了，珍妮．貝爾蒙特像陷入流沙一樣深陷憂鬱。身子骨隨著年久失修的房屋軌跡，一年不如一年。她暫停幫傭，再也沒有恢復。家庭醫生說是更年期、貧血，然後又說是神經衰弱，改變診斷跟換襯衫似的。貝爾蒙特太太這輩子大部分的時間都花在望著窗外。她準備吃的（通常都千篇一律），對路易絲的學業感興趣，隨後又對她的文憑感興趣，隨後又對她的工作感興趣，隨後，女兒當上老師，再也不需要她的時候，她就對什麼都不感興趣了。珍妮．貝爾蒙特無聲無息到幾乎沒有她這個人的地步。一九三九年春天，健康狀況倏地一落千丈。路易絲從學校回家，有時發現她躺在床上。路易絲披著大衣坐在她身邊，握著她的手。「有什麼不對嗎？」「突然覺得累。」貝爾蒙特太太苦笑著說。路易絲煮蔬菜湯給她喝，希望她能振作起來。

六月某個早晨，路易絲進到房裡，發現她死了。時年五十二歲。母女倆沒有道永別。

路易絲這輩子的一切就此向下滑落，不知不覺，悄然無息。她孑然一身，青春如同水果冰糕般融化，貝爾蒙特太太走了，這屋子有體無魂，名存實亡。多年以來，已經變得破爛不堪，以至於房客紛紛退租，再也沒人承租。路易絲決定有人出價，就把它給賣了，去別的地方開始新生活，沒想到清算遺產的公證人交給她前房客贈與她的十萬法郎，原來她還是個孩子的時候，房客對她有感情，希望為她的未來打算，所以留了這筆錢給她。事實上，除了十萬，還外加兩萬四千法郎，相當於這筆錢在二十年中的收益，貝爾蒙特太太從沒跟路易絲提過，原來在這二十年間，她透過投資，努力錢滾錢，又爲路易絲攢下了一小筆。雖然路易絲並沒因而成爲大富婆，不過卻讓她能夠保住這棟小屋，還有餘力把屋子翻新。

於是，她找來工頭，逐項討論估價。約好某天她下課後，當晚把活兒幹完。誰知道下午過了一半，達姆雷蒙街的報童開始大聲吆喝開戰啦。政府下達全民總動員令。泥水匠沒來。房屋整修計畫只得留待他日。

路易絲出院回到家，在院子裡站了很長時間，看著那棟小樓房，曾經作爲她父親倉庫之用，貝爾蒙特太太以微不足道的價格租出去，因爲裡面什麼都沒有，她不可能要求更高。由於她本身不久前才經歷過如此震撼的事件，還沒回過神來，不禁使她想起當年住在這裡的那兩名男子，十萬法郎這筆款子就是他們留給她的。自從他們搬走後，這個地方一直閒置。至多每兩到三年，路易絲會打起精神到這兒清掃、通風，把前次沒能斷捨離的東西給扔了。樓上天花板雖然低矮，不過窗戶寬大，如今在這一大間裡，只剩下一個煤爐，一扇屏風，上有綿羊和牧羊女圖案的亂七八糟織物，還有一張可笑的土耳其式長沙發，三分像十八世紀末督政府時期風格，綴滿鍍金垂花，至於扶手——這是一件適合左撇子的家具——則是冒牌昂首天鵝頭，路易絲堅持要翻新，沒人知道爲什麼，不過到頭來終究還是被拋在這兒，跟被收進閣樓沒兩樣。

10 奧克塔夫・米爾博（Octave Mirbeau, 1848-1917）：法國小說家、劇作家，這裡指的應該是他發表於一九〇〇年的小說《女僕日記》。

她看著這間耳房，這個夯土院子，這棟樓房，彷彿透過這種背景，看見自己這輩子的縮影，她感到淚水蒙上眼簾。她喉頭緊縮，雙腿不聽使喚，往前走了幾步，在通向耳房的木臺階上坐下，木臺階被蟲子蛀壞，任誰踩在上頭無不膽戰心驚。蒂里翁醫生腦袋爆開的恐怖景象和一位退伍軍人的影像重疊，從前這位退伍軍人和他戰友曾在這裡安身。

愛德華·佩瑞庫爾，這位年輕人的下半張臉被砲彈轟飛，所以總是戴著面具。當時她十歲。放學回家時，養成習慣，上樓找他一起攪拌紙漿，黏珠珠、貼絲帶、上色，牆上掛著幾十副面具，喜怒哀樂，各種心情都有。那時的路易絲已經很少說話，她聽著愛德華的呼吸聲，嘶啞又噓啊噓的氣音，她喜歡他搭著她瘦弱的肩膀，你能想像出一個人的眼神有多美，愛德華的眼神就有多美，路易絲再也沒見過像他那種眼神。在這個二十五歲的傷殘榮民和這個沒爹的孤女之間，生成了一份沉靜且眞切的愛，因爲天差地遠的兩個人，是有可能突如其來就惺惺相惜的啊。

醫生自戕重啟路易絲以爲已經癒合的傷口。因爲某天，愛德華棄她而去。

他和同袍阿爾伯特·梅亞爾一起，大膽幹起販賣假陣亡戰士紀念碑的不法勾當，賺進大筆鈔票。他不得不逃跑。那天，路易絲轉過來對著愛德華，像第一天那樣，食指夢遊似的順著他臉上的巨大傷疤游移，面部肌膚好似黏糊糊的腥紅肉團曝露在外……

天大的醜聞！

「你會回來跟我說再見嗎？」她問。

愛德華點頭表示「會，當然會」。這代表不會。

第二天，阿爾伯特，愛德華的同伴，曾是一名會計，她每次看到他都像葉子那樣瑟瑟發抖，還把汗涔涔的手猛往褲子上擦，他倒是設法和一名俏女傭帶著大把鈔票成功逃跑了。

愛德華，他留了下來，縱身往車輪一跳。

對愛德華來說，出售假陣亡戰士紀念碑向來都只是段插曲。

路易絲後來才知道這名可憐年輕人的一生有多麼錯綜複雜。

她意識到從那一刻起，她的生活再也沒有前進、也沒有後退過一毫一釐。僅僅是年華老去，她三十歲了。她淚如泉湧。

信箱裡有一封信，學校寄來的，問她為什麼沒去教課。她回了信，過幾天就會回去，但沒提供任何解釋。光寫這麼簡單的一頁就使她心力交瘁，她躺下，一睡就睡了十六個鐘頭。

她扔掉食品櫃裡爛掉的東西後，不得不外出購物。為了避開「波希米亞女郎」，她等著公車經過時遮住餐廳正門，再趁機溜過去。

一個多禮拜以來，她既沒看報也沒聽新聞。端看巴黎人又開始忙裡忙外，大家猜測前線戰事應該不怎麼吃緊。從日報中得知的那一丁點消息還算讓人放心。德軍處境艱難，受困於挪威，還被盟軍在萊旺厄爾地區擊退了一百二十公里，在北海，則遭到「法國魚雷艇三波重挫」，真的沒啥好擔心的。朱爾先生八成在櫃檯後頭，對甘莫林將軍的高明戰略大肆稱道，並且預測如果德國佬膽敢「上咱們這兒來撒野」，包管會被打得落花流水。

路易絲勉強自己關心時事，不過她緊追不放是為了設置障礙，阻絕那個影像浮現腦海，因為腦袋一空出來，蒂里翁醫生那顆被轟掉一半的頭顱影像便一湧而入。

雖然司法已經放棄追究，可是明明到隨便哪家妓院都能做的事，他為什麼偏偏選上她呢？這個問題經常害她在大半夜驚醒。她力圖將禮拜六這位顧客的臉和蒂里翁的這個姓氏連結起來，但她就是辦不到。法官說他住訥伊鎮。每個禮拜六來第十八區吃午餐，這個想法眞怪——難道那邊沒餐館嗎？雖然朱爾先生說過醫生是「二十年的老顧客」，其實在他心裡，這並不算是對醫生的一種恭維。在同一家餐館做菜一做就三十年，這他很容易相信，可是連著將近三十年到同一家餐館用餐，超出他理解範圍。令他最震驚的倒不是這位顧客這麼死忠，而是他是個悶葫蘆。「要是所有顧客全像他一樣，我還不如幫緘口苦修的特拉普教徒做菜！」事實上，朱爾先生向來不喜歡醫生。

路易絲想了好幾個鐘頭，才拼湊出她對醫生僅有的那麼一點點瞭解，她在客廳扶手椅上縮成一團，想睡，但徹夜難眠。

眼看吃的東西一點一點沒了，第二天她又出門。她自忖道，這個五月初天氣還不算糟。第一縷陽光怯生生地愛撫著她的臉頰，她感覺不再那麼沉重。她怕街坊鄰居、商家問東問西，於是遠離自己那區去購物，走走路使她精神爲之一振。風雨中的寧靜並沒持續太久。她回到家，一封信正在等她。勒普瓦德凡法官因爲「與她相關的案件」，傳喚她五月九日禮拜四下午兩點到他辦公室。

驚慌失措，她找著出院時警方交給她的文件，白紙黑字，宣告此案已結，她沒擔上任何指控。在這樁本身就相當荒謬的事件中，新接到的這張傳票毫無意義。路易絲沒法呼吸，連衣服都沒換，穿著外出服，一屁股癱坐在客廳扶手椅上。

4

加百列再度痙攣彎下腰，不過肚子裡什麼都不剩，就沒什麼好吐的了。現在煙霧濃到一米外便伸手不見五指。他該不會死在這兒吧？四堵牆之間？他呼吸得像在嘶啞喘氣，濃煙不斷竄入，罩住他的臉，他抬起頭，門半開著。

過道風鑽進涵洞，掀起一陣旋風。

加百列從淚簾望出去，看見地面有一層較為透明的空氣。他不加思索，開始爬，碰到一團嘔吐物，他繼續匍匐前進，終於爬到走廊。腳步匆匆經過他身邊，有些踢到他，但都沒停下來。

加百列瞎闖亂撞了很長一段時間，沒找著路，氣力用盡。臨了，好不容易終於辨識出醫務室，立即敲門，沒等回應就開門進去。五張病床都是滿的。人群推擠中，有人摔倒。

「你也是，你的狀態可真好哪！」軍醫說，他比任何時候都更慘白。

「我被關在地道那邊的小倉庫裡面。」

從聲音便可聽出他驚魂未定。醫生皺皺眉頭。

「有人推我！」

醫生叫他進去診療間，讓他光著上身，幫他聽診。

「有人推你？什麼意思？」

加百列沒有回答，軍醫瞭解他言盡於此，不會再多說什麼。

「哮喘！」

軍醫說出診斷，聲音近乎興高采烈，言下之意不言而喻。只要加百列確認想解甲還鄉，醫生就會將他列入提前退伍的傷兵候選名單。

「我不要。」

軍醫專心聽他的診，對加百列這句「我不要」半信半疑。

「醫生，一切都很好……我的意思是說，我好多了。」加百列抓回襯衫，穿了回去，他氣力放盡，想吐，臉上不見一絲血色，手指在鈕扣上直打哆嗦。

軍醫盯著他看了一會兒，然後點點頭，好吧，隨你。

對加百列來說，提早被送回鄉的前景剛剛消失。是什麼激勵了他？他這個人，既非懷抱理想的思想家，亦非積極好戰分子，至於英雄豪傑，就更甭提了。這個可以解甲還鄉的大好機會，鮮少有士兵會錯過，那麼，是什麼強而有力的理由致使他不善加利用呢？——因爲他看報。他從未相信過希特勒的和平申明，《慕尼黑協定》對他來說簡直是瘋狂之舉，義大利吹來的這陣風使他不寒而慄。他對總動員令沒有表示不滿，因爲他認爲有必要抗德。這場四不像的怪戰[11]，不止使他一個人灰心喪氣，而且，說眞的，他考慮過無數次，搞不好重回多爾中學教數學還更有用。但是造化弄人，卻把他安置在馬延堡，他留了下來。德國人從挪威入侵，巴爾幹半島局勢緊張，納粹「警告」瑞典……最新消息使他認爲他在這兒或許不會一直都徒勞無功，總能做點什麼。事實上，加百列這個男人算膽子小的，鮮少傾向於採取勇敢壯舉，不過面對危險倒是不常退縮，最令他恐懼的狀況下，反而隱隱約約感到有成就感。

軍醫留他觀察兩天，加百列剛好趁這段時間好好想想發生在他身上的事。對軍醫來說，這位年輕的中士長被鎖進小倉庫的時機依然相當神祕。

「你該寫份報告。」他設法勸他。

但是加百列不願意。

「我說中士，諸如此類的事，這樣不好啊。在我們馬延堡這種地方，這麼封閉狹窄，人擠人。大家知道怎麼會發生這種事，可是……」

軍醫八成對這份報告念念不忘，因爲加百列從醫務室出來，重返崗位的那一天，軍醫遞給他一紙命令，通知他去找馬延堡指揮官報到。立刻執行。這回指揮官要召見他，軍醫顯然是始作俑者，他倒是一臉沒事，既沒感到抱歉，也不覺得不好意思，加百列因而察覺到軍醫呆板得稍嫌荒謬，自以爲在盡本分，實則不知變通。他原本想發脾氣，可是除了氣以外，什麼也不會改變，反而需要解釋一大堆，想了就累，於是就算了。

加百列在走廊坐著，靜待指揮官俯允接見，等候期間，他想著自己的處境。

終於叫到他，他立正站好，準備好要應付一堆問題……沒必要，軍醫寫過報告。至於軍醫對他的

11 drôle de guerre：一九三九年九月，德軍入侵波蘭。兩天後，法國繼盟友英國之後也對德國宣戰。但到隔年一九四〇年五月這段期間，法德兩國只有輕微衝突。英國稱這種「戰況」為「假戰」（Phoney War），德國稱為「靜坐戰」（Sitzkrieg），法國稱為「怪戰」。

哮喘診斷，從他嘴裡說出來就成了「健康小問題，老毛病」。

「你當老百姓的時候是數學老師，是這樣沒錯吧？」

加百列甚至還沒來得及說對，就被任命爲軍需福利品士官。

「達拉瑟少尉要離營三個月，由你暫代。」

加百列原本一顆心七上八下，這會兒喜出望外，整個人愣住，馬延堡暗無天日的地底生活再見囉，堡外生活等著他，來回於蒂永維爾鎮，盡享露天新鮮空氣和陽光！

「任務內容，你是知道的。去挑三個弟兄，負責補足後勤部門軍需品採購訂單，管理零用金支出。你受我直接管轄。出任何差錯，唯你是問。有沒有問題？」

加百列好想抱指揮官。他當然沒抱，而是伸出手，緊緊抓住這紙命令，隨後敬禮退下。

後勤部門負責供應馬延堡肉品、咖啡、麵包、蘭姆酒、豆類等等，這些糧食補給由整輛卡車或是電車運來。其餘的，時蔬、家禽類、奶製品，則歸入「福利品」類別，現由加百列負責，他也負責「零用金支出」，用這筆現金支付不是部隊固定供應商的商家。鎮上不可能採買到的東西，兄弟們可以向福利站訂購，不過近幾個月來，受到下士長蘭德拉德搶生意影響，福利站沉寂了不少。

加百列終於大鬆一口氣。他順道去謝謝軍醫，軍醫瞧都沒瞧他一眼，僅僅擺了擺手作爲回答，表示甭謝了。他從醫務室出來後，跑回寢室打包。從今以後加百列要住到堡外後勤部門的倉庫附近。白天，可以呼吸田野空氣，夜裡，還可以出去看星星呢。

「是嗎？軍需福利品士官！」勞爾．蘭德拉德歡呼起來，羨慕得要命。

加百列只顧著收東西，誰也沒打招呼，打好包，走進走廊，通往自由。

軍人裝備負擔沉重，壓得他有點蹣跚，他先在通訊部稍事停留，傳達幾個指令，並在登記簿上簽名。三個月後，等到那位正式擔任軍需福利品的士官返回崗位，他就得回來執勤，現在他不想想這些，畢竟，每天都是新的一天。然後，他走出馬延堡。

寬闊廣場被車輛佔領，好些阿兵哥正在架設鐵絲網，一小隊一小隊邁著平常的步子來來往往。加百列像囚犯剛被放出來那樣貪婪得大口呼吸，邊往後勤部門走去。

約莫下午五點，他擁有了一間寢室，小到不行，不過一個人一間，冷得像冰窖，但有一扇窗戶可以俯瞰廣場周遭樹林。

他的軍人裝備幾乎還沒落地，就聽到隔壁寢室，供他未來團隊使用的那間，傳來腳步聲，有人在大聲講話，他打開門。下士長蘭德拉德，身邊還有夏布里耶和安布雷薩，剛把這裡給佔了。

「啊！」加百列叫了一聲。

三名士兵轉過來對著他，狀似驚訝。

勞爾．蘭德拉德笑著往前一步。

「新官上任，我們就在想你可能需要有經驗的人幫忙。」

加百列整個人僵住。

「想都別想！」

勞爾看似火了。

「有人幫你一把，你總不至於拒絕吧！」

加百列走近。

他咬緊牙關，一把火持續往上衝，聽到自己喃喃說道：

「你們給我滾開這裡。三個都是。而且立刻就滾。」

勞爾惱羞成怒。低下頭，在口袋裡摸索了好一會兒，掏出藍條紋手帕，慢慢打開。加百列喘不過氣。勞爾掌心有一枚金圖章戒指，黯淡無光，上面刻著ＰＤ，像一隻碩大凶狠的昆蟲躺在那兒，這枚戒指好幾個月前就不見了，當時大家還拿它大開玩笑。

「我們看見你把它藏在皮挎包裡，老兄。」

勞爾說完，轉過身去。

「兄弟們，我們都看到，嗯？」

安布雷薩和夏布里耶使勁點頭，一臉煞有介事。

不到一秒鐘的時間內，這種威脅的後果，在加百列腦中羅列而過，被控竊盜，他不可能在三段確鑿證詞面前證明自己清白。如此一來，除了他會失去才剛進來的這個臨時天堂外，這已經是個沉重打擊，被如此不公正指控的這個事實，更使得他不敢輕舉妄動。

勞爾悄悄將戒指包回手帕，塞進口袋。

5

七點三十分整，德希雷·密格律師出了商務飯店，買了好幾份早報，依照慣例，在公車站等車。他登上車尾平臺，發現每份日報頭條都是「瓦蘭汀妮·博希耶審判」一案，一點都不奇怪。瓦蘭汀妮·博希耶就是一年多以來被大家稱爲「普瓦塞糕點蛇蠍女」的那名女子，因爲她父親在當地開了一家麵包店，她被指控謀殺情夫與其情婦。公車將德希雷載到離盧昂法院三百米處，他緩緩走過去，步步持重，這種步伐跟他年齡（肯定不到三十歲）與身材完全不搭，他算頎長、瘦高，運動那型的。

德希雷·密格律師拾級而上，一大群關注審判的人頓時湧過來，其中包括派駐當地的通訊員。毫無疑問，他正在思考可怕的起訴書，有可能把他的當事人送上斷頭臺，這份起訴書的內容基於兩大壓倒性要素：預謀犯案與意圖滅屍。年輕的瓦蘭汀妮的處境堪憂就不用說了。「甚至已經敗訴！」有通訊員如此評論，因爲儘管辯方律師，一位公設辯護人，依然不放棄，前幾天甚至還跑去冷凍貨櫃車底尋找新事證，但這個小插曲並沒能改變維持今天宣判。「本案之所以沒有延期宣判，就是因爲判決已定」。

密格律師恭恭敬敬和同僚打過招呼，換下便裝，套上黑色律師袍，袍上有三十三顆鈕扣[12]和翻領

12 中世紀時，律師多為修道士，所以律師袍上才有三十三顆鈕扣，象徵耶穌逝世時的年齡。

以及毛皮帶飾。這些盧昂律師看著他，密格注意到他們眼帶質疑，想看他好戲。話說這位不到一個月前才從巴黎空降來的青年才俊，出於家庭因素，回到諾曼第（據悉他的老母親一直住在本地，身體狀況不佳），二話不說，立馬接下這個沒人要的「燙手山芋」。此一起手式備受矚目。

被告一走進法庭，風姿綽約，吸引住所有目光。一名纖細少婦，臉蛋雖美卻凝重，雙頰豐潤，兩眼碧綠。儘管她身著保守套裝，依然遮掩不住她天生麗質，從上到下，令人目不轉睛。誰也不知道外貌吸引人是否會對陪審團產生正面影響？美麗佳人比庸脂俗粉受到更嚴厲譴責之情狀並不少見。

密格律師熱情積極，握了握她的手，低聲交代幾句後，靜靜在她前方入座，等候宣判，訴訟結果前途黯淡。

有鑑於針對被告的重磅式罪證，辯護人又經驗不足，檢察長弗蘭奎特前一天僅將此案各個事證在起訴書中概述了一番，搬出八股文，呼籲「社會應對本重大刑案負起責任」云云。他這個人就是懶。感覺得出他在打混。盧昂公眾見識過其他優秀公訴檢察官辦案，如今不禁納悶，自己大老遠趕來聆聽宣判，難道說將被告定罪，完全不歸功於檢察官辦案嚴謹，亦非拜公訴人技巧純熟所賜。

一早上檢察長問了兩三個問題，草草把證人給打發走了，值此同時，密格律師卻低著頭，仔細檢閱卷宗，刻意低調，一看就知道，不過這點每個人都能理解，情勢明顯不利，想必他方寸大亂。陪審團成員觀察他，就像看著偷蘋果賊和戴綠帽老公那樣，眼帶憐憫不捨。

早上才過了一半，在盧昂法院聆聽宣判的群眾已經感到無聊透頂。

訴訟審理前日和次日，也就是說終結審理的這天早晨，使人感到沉悶。檢察長將於十一點半左右依法對被告提起公訴。大家一致認爲檢辯雙方言詞辯論不會拖太久，因爲倘若辯方律師如他所表現出來的這般茫然不知所措，那麼他的辯護將流於形式，應程序所需罷了。原則上，快中午時，陪審團交換一下意見，中午的時候，大夥兒便可打道回府吃午飯囉。

九點三十分左右，檢察長訊問過最後一位證人，埋首於卷宗的密格律師突然回過神來，眼神迷茫，望著證人席上的那名男子，以一種沒人聽得清楚的聲音問道：

「弗耶布瓦先生，三月十七日早上，你可曾看到本席的當事人？或是與她擦身而過？」

對方立刻答道：

「收到！（他現在幫人看大門，可是原本是軍人，所以才會派上軍事用語『收到』，代表『肯定』）我甚至還兀自納悶：唷，怪了，這位小姐起得可眞早，好認眞啊。」

法庭一陣喧嘩，審判長抓起法槌，密格律師站了起來。

「你爲什麼沒告訴警察？」

「這……又沒人問我……」

喧嘩成了鼓譟。聽聞此言，現場群眾無不瞠目結舌，很快地，密格律師的辯護就成了對檢察長的凌遲。的確如此，因爲接下來他請每位證人出席作證，一個又一個。

大家很快瞭解到檢方調查證據十分草率。

這位年輕律師展現出對卷宗瞭若指掌，眾人爲之折服，他使證人推翻證詞，承認自己原本搞錯了，於是法庭又熱鬧了起來，陪審員聽得津津有味，就連還差幾個禮拜就要退休的審判長也多少回了春，彷彿回到美好當年。

調查員缺失、謊言、證人記憶不清、預審倉促，這位年輕辯護人銜著這些緊咬不放，連遭到遺忘的判例法都挖了出來，外加分析刑事訴訟法條文，大家試圖弄清楚這名出色的年輕律師，眼看即將翻轉陪審團看法，究竟是何方神聖。

德希雷·密格並非一直都是密格律師。

這件訴訟案前一年，他是希瓦瑞昂布薩耶村上唯一一班的小學教師，當「密農老師」當了三個月，他在該校實行的教學方法極其創新。當時這所小學清空課桌，搖身一變，成了古希臘音樂堂，第一學期完全用於起草「理想社會憲法」。督學來校前一天，密農老師突然失蹤，但在學生心中（也在父母心中，只不過出於截然相反原因）留下永難抹滅的回憶。

幾個月後，他再度現身，成了埃夫勒飛行俱樂部的德希雷·密聶飛行員。他從未登上飛機，卻出示了飛行日誌與硬化鋼質證書。他對飛行的熱忱，感染了諾曼第和巴黎地區好幾位富豪，專程央請他安排一次美妙的遠颺之旅，搭乘道格拉斯DC—三雙引擎螺旋槳飛機，從巴黎，經由伊斯坦堡、德黑蘭、卡拉奇，飛往加爾各答，並由經驗豐富的密聶飛行員親自駕駛（殊不知這將成為他的首航洗禮，當然沒半個人想得到）。話說當時德希雷全套盛裝，在技師焦急目光下，把發動機弄得轟隆作響，因為技師發現他的動作極不確實，接著，突然為了謹慎起見，他表明非再檢查最後一次不可，於是他下了飛機，朝機庫走去，帶著飛行俱樂部的現金捲款而逃，永遠消失，令二十一位乘客久久難以釋懷。

他的職業生涯雖然剛起步卻朝氣蓬勃，最大亮點首屬他在索恩河畔伊弗農鎮上聖路易醫院執業行醫，當德希雷·密夏醫生當了兩個多月。他一心懸壺濟世，差點就對一位病人進行肺動脈束紮術，然而該名患者只不過在臨床上稍微表現出有點心室中膈缺損，並無大礙。話說麻醉師正要對病人進行麻醉，最後一秒鐘，德希雷制止了他，離開手術室，也離開醫院，帶著總務室的現金悄然離去。病人嚇得趕緊出院，院方則怕被別人看笑話，這件事迅速遭到平息。

從來沒人能夠掌握德希雷·密格的眞實身分。唯一可以肯定的是，他出生於聖農拉布勒泰什，在那裡度過童年，他念小學、中學時還有跡可循，在此之後，蹤跡便付之闕如。

跟他打過交道的人意見紛紜，與他本身的生命軌跡一樣莫衷一是。

飛行俱樂部成員認識的飛行員德希雷·密聶，他們將他描繪成一幅大膽進取的飛行員肖像（「天生的領導人物！」有人這麼說過），德希雷·密夏醫生，病人提起他時，說他是一位認眞、不苟言笑、內斂的外科醫生（「話不多。這小子，八竿子打不出句話來」），至於德希雷·密農老師，學生家長口中的他是個不愛表現、內向害羞的男孩（「活脫脫像個大閨女……有點自卑，我覺得。」）。

休息過後，即將再度開庭，這時檢察長已完成起訴，激動得快喘不過氣，然而由於缺乏確鑿證據，他寫的起訴書內容含糊不清，難以服人。

德希雷·密格律師開始辯護：

「各位陪審員先生，首先感謝各位對本案另眼相看。因爲通常在各位面前的是誰呢？最近幾個月，各位又判決了誰呢？酒鬼拿鑄鐵鍋砸了兒子的腦袋，老鴇刺了難伺候客人十七刀，原本幹警察的，成了收贓物的窩主，把供他貨的下線綁在巴黎到勒哈佛港的鐵軌上，任其被火車碾成三塊。各位陪審員先生，本席的當事人是虔誠天主教徒，是受人尊敬麵包師傅的善良女兒，她曾是聖索菲中學傑出卻不傲嬌的學生，和那些殺人犯以及通常坐在法庭審判長椅上的凶手有天壤之別，相信各位必會毫不遲疑贊同本席。」

這位年輕律師，一上來大家看他毫不起眼，簡直算驚慌不安，隨後在審訊過程中變得正直又堅定，現在則以清晰響亮的聲音在慷慨陳述。他優雅無比，表達時搭配的手勢既精確，又能引起共鳴，而且銳利，在庭上走動時，步步持重，從容自在。他愈來愈討人喜歡。

「各位陪審員先生，檢察官承辦本案，既不困難也不複雜，因爲，請恕本席直言，本案儼然已未審先判。」

他回到自己的長椅，拿起幾份早報，呈給陪審團。

「《諾曼第快報》：『瓦蘭汀妮．博希耶在盧昂刑事法庭玩命。』《柏卡格日報》：『糕點蛇蠍女離斷頭臺只差兩步路。』《盧昂早報》：『瓦蘭汀妮．博希耶能期待自己被判無期徒刑嗎？』」

他住口不言，微笑良久，這才繼續說道：

「鮮少有人民的聲音與檢方膽敢公然指揮陪審員判決，所以也就不會導致更爲明目張膽……更爲可恥……姑且這麼說吧，更爲可恥的判決失誤！」

隨著他斬釘截鐵說出這番話，現場一片死寂。

於是對被告的所有指控就此一一收回，密格律師公開抨擊這些指控，出人意料地稱之爲「合理化的理由」，這種說法諱莫如深，使得陪審團不禁對他加倍景仰。

「各位陪審員先生，」他總結說道，「本案判決可以到此爲止：所有可以強制要求撤銷審判程序的全部理由都在這兒（他揮舞著一大疊文件，多到令人瞠目結舌），因爲不符合法律規定之處不可計數。就某種意義而言，新聞界對本案未審先判，沒想到現在連法院自己也起而效之。可是我和我的當事人寧願奉陪到底。因爲拜程序瑕疵所賜才自由走出法庭，我的當事人拒不接受。」

此話一出，全場無不震驚。

德希雷的當事人瓦蘭汀妮・博希耶更是差點昏倒。

「她請求各位重視有意的犯罪行爲。要求各位要基於事實判決。各位宣告判決的那一刻，她懇求各位看著她的眼睛。她乞求各位明察秋毫，她的作爲深深烙印著自我防衛和出於防禦本能啊。因爲，是的，各位陪審員先生，你們面對的這樁所謂的犯罪行爲實乃正當防衛！」

法庭聽眾窸窸窣窣，審判長撇了撇嘴，表示這點有待商榷。

「沒錯，正當防衛！」德希雷・密格又說了一遍。「殊不知所謂的被害人才是眞正的劊子手，遭到指控的凶手才是被害人。」

他花了很長時間陳述他的當事人因爲承受情夫侮辱、暴力、凶殘、欺凌，所以才會開槍射殺他。虐待畫面之殘忍令人髮指，震撼了陪審團和在場聽眾。男士們雙目低垂。女人家緊咬拳頭。

她爲什麼從來沒有向警方或預審法官陳述這些情況，直到今天才公諸於世呢？

「出於給他留點尊嚴，各位陪審員先生！純粹自我犧牲！畢竟是自己深愛過的男人，瓦蘭汀妮・博希耶寧死也不願意傷害他的聲譽啊！」

德希雷接著證明瓦蘭汀妮之所以掩埋兩名受害人，不是爲了毀屍滅跡，而是要確保他們有個「像樣的葬禮，因爲他們道德淪喪，教會是不允許他們安葬的」。

德希雷提到被告遭受情夫施暴，身上留下的傷疤慘不忍睹，這時，他轉向當事人，要求她把上衣脫至腰際，展示給大家看，顯然，德希雷的辯護在這一刻達到最高潮。全法庭驚聲四起，審判長衝著被告喊道，不要脫，瓦蘭汀妮嚇得不知所措（其實，她那可愛的胸部猶如青春少女的椒乳那般白皙無瑕），臉更是紅到不行，看似因為害羞所致。鼓譟聲持續不休。德希雷・密格像指揮官的雕像[13]那般凶悍駭人，朝審判長方向揮了揮手：很好，我不堅持。

於是，在他巧妙結合了森林食人魔、撒旦接班人、變態虐待狂之下，就這麼描繪出了一幅「那個殘害瓦蘭汀妮的屠夫」肖像，並對評審團員動之以情，以一番鏗鏘有力的說詞結束辯護：

「各位在此是為了正義發聲，明辨是非，力抗盲目譴責無辜的民粹雜音。各位在此正是為了認知勇氣，認可寬容，認定無罪。本席毫不懷疑各位為無辜者發聲的悲憐話語將使各位成長，並將隨著各位成長，本席要說的是，多虧各位，今日，我們國家的正義方得以伸張！」

陪審團磋商的時候，德希雷被文字記者、採訪記者團團包圍，就連律師同僚也心不甘情不願跑來向他祝賀，律師公會會長自個兒開出道來，一把摟住這位年輕人肩膀，將他拉至一旁。

「我說密格律師，你的律師資格，我們在巴黎律師公會怎麼都沒找到任何紀錄啊。」

德希雷狀似詫異。

「這可怪了！」

「我也覺得。陪審團一審議完，要是你能立刻來找我的話，我想……」

會長說到一半，重新開庭鐘聲響起。德希雷・密格只有時間趕緊去了趟洗手間。

很難確定陪審團是否被辯方說服，或是因為鄉下人閒得沒事幹，所以律師辯護能否使陪審團感到排憂解勞相形重要，並且還得像瓦蘭汀妮・博希耶一案，能夠提供他們一個表現自己品德高尚的大好機會，凡此種種，就是被視為可以減輕罪行之情事。臨了，瓦蘭汀妮・博希耶被判處三年有期徒刑，兩年緩刑，受惠於減刑並扣除她的拘留時間，遭到當庭釋放。

至於她的辯護人，就此杳然無蹤。由於質疑判決意味著被迫承認一整條司法鏈被一個冒牌律師騙得團團轉，所以再也沒人提起這件事。

13 la statue du Commandeur：指的是莫里哀《唐璜或石頭宴》一劇中的那尊雕像。話說唐璜曾誘惑一位貴族少女，並殺害少女的父親。後來唐璜到了墳場，遇見貴族少女父親的雕像（幽靈），並被雕像拖入地獄。「指揮官的雕像」有深具威脅的意思。

6

這張勒普瓦德凡法官發的傳票，路易絲看了又看，忖度千百次，她對這件「與妳相關的案件」感到不解。毫無頭緒。夜裡，焦慮匍匐到她腳下，爬升到她咽喉。如果是法官相當重視的妨害風化一案，現在不是已經提交司法審理了嗎？他爲什麼要傳喚她呢？她想像自己面對一大堆司法官神經質地把玩眼鏡，弄斷鏡腿，送她上斷頭臺，而劊子手的臉正是勒普瓦德凡法官那張臉，一邊用刺耳的聲音吼道：「啊，我們要展示她……她的……」她赤身裸體，法官死盯著她的胯下，她醒過來，渾身是汗。

禮拜四一大早，七點，她就準備好了，太早了，傳喚時間是十點。她又煮了咖啡，手有點發抖。時間快到了。終於，還差一個鐘頭，算了，早到就早到，她沖洗一下杯子，這時門鈴響了。

她小心翼翼走到窗邊，看到「波希米亞女郎」老闆在人行道上，邊往她這棟樓看，一邊腳還一下一下在地上拍打。她不想幫他開門，不想跟他說話。朱爾先生明明就與這樁不幸事件無關，路易絲卻表現得好像古羅馬市政官，專門殺死帶來噩耗的信使，話說回來，不然你想怎麼樣呢？她需要找罪魁禍首，於是就把「波希米亞女郎」和她這次的不堪經歷連結起來，彷彿一切都怪朱爾先生，怪他沒有善盡保護她的職責。怪的是，只需要過條馬路就可以來按路易絲的門鈴，可是他穿著像要參加盛會，緊身套服，漆皮鞋，即使他帶著一束鮮花也不足爲奇，他看起來簡直像要上門求親，只不過一臉認命，一副求婚准會被拒絕的樣子。

幾天前，路易絲作爲掩護的公車遲到，她只好硬著頭皮現身。她以強行軍速度疾步走過餐館，瞄見朱爾先生正在端盤子。這一幕眞慘，難得有幾次她沒能來幫忙，聽大家這麼說過。不論是幫客人服務，還是幫客人點餐，朱爾先生心不在焉。他搞混各桌點的餐點，穿過大廳，只拿來一小根湯匙，忘了麵包，餐點好不容易終於送來，卻又冷掉了，客人等結帳又等了整整好幾刻鐘，顧客變得不耐煩，朱爾先生也火大，不爽你可以去別的地方啊，顧客放下餐巾，很好，我們正打算這麼做，老主顧只有嘆氣的份。路易絲難得有幾次沒來，總是給「波希米亞女郎」的聲譽和營業額帶來壓力，所以，自從她出事，朱爾先生從沒想過把她換掉，而是寧願自己在內外場之間大耍特技，失去客人，可以，僱用別的服務生，門兒都沒有！

路易絲瞥了一眼掛鐘，時間一分一秒過去，她不得不去開門。

朱爾先生雙手背在身後，一路望著她走到大柵欄門前。

「好歹妳總可以過來一趟……我們，我們擔心哪！」

「我們」代表餐館的所有顧客、街坊鄰居，擴大到整個地球，但在他心裡，這個「我們」其實類似於以複數的「我們」來代表單數的「我」，每回他說不出「我」的時候就說「我們」。

「我的意思是說……」

但他沒辦法把話說完。他在偷偷觀察路易絲。

她本該打開院子大柵門，可是她沒有。他們透過大柵門細桿盯著對方，好像朱爾先生來探監，接見一名叫路易絲．貝爾蒙特的囚犯。她不知道自己沒去餐館上班、出院回家，大家怎麼傳。她沒差。

「最起碼妳還好吧？」朱爾先生問。

「還好。」

「妳要出去？」

「沒。其實……對，我要出去。」

他點點頭，表示理解，突然他像囚犯一樣用雙手抓住柵欄。

「我說……妳會回來嗎？」

路易絲看見他的大臉往前靠，貝雷帽蹭到柵欄，歪到腦門後頭去了，使得他看起來有些可笑。而他，因爲這個問題壓在心上，佔了所有心思，所以沒注意到。

路易絲聳聳肩。

「應該不會吧。」

她心中好像與什麼東西決絕。比蒂里翁醫生自殺，比面對預審法官那段經歷或是妨害風化，甚至比宣戰，這個決定都更使她感覺自己正在往未知的新生活縱身一躍，不禁感到害怕。

對朱爾先生來說也一樣，目中含淚，震驚之餘，倒退一步。他想勉強擠出一絲笑容，擠不出來。

「是啊，當然。」

路易絲意識到自己正在棄他而去，她心情沉重，不是因爲她後悔就這麼離開，而是因爲她喜歡他，他屬於她剛剛才結束的那段生命的一部分。

朱爾先生穿著新郎服，貝雷帽歪在一邊，遲疑不決。

「那，好吧，那我走了，我……」

她不知道該說什麼，望著他走遠，大屁股一搖一晃，新郎服對他來說太小件，褲腿到腳踝而已，上裝背上的縫線幾乎快要綳開，一命嗚呼。

路易絲沒出去，反而上了樓，拿了手帕，瞥了窗外一眼，朱爾先生剛好關上「波希米亞女郎」大門。直到這一刻，她才意識到他什麼都沒問。醫生這件事，他都知道些什麼呢？他怎麼可能知道些什麼？他絕對有注意到醫生都沒上門（二、三十年來頭一遭），但他怎麼可能把醫生沒去光顧和她連結在一塊呢？難道《巴黎晚報》詳盡報導了這則社會新聞？難道因爲這樣，他就能把這件事和路易絲牽連到一塊嗎？

不久後，她就出門了，這次沒有遮掩，而是大大方方走過餐館去搭公車。和朱爾先生短暫會晤後，路易絲心神不寧，思緒混亂，沒法多想傳喚正在等著自己。她從包包拿出那張「與妳有關的事件」的傳票。

「本案的確與妳有最直接關聯！」勒普瓦德凡法官說道。

他沒戴眼鏡，八成送修了。沒眼鏡可擦，取而代之的是擺弄鋼筆，鋼筆扁圓狹長，對他那雙小手來說顯得相當大，一邊瞇起眼睛瞅著路易絲。

「妳……」

感覺得出來他很失望。坐在醫院病床上的那名年輕女子，那麼精疲力盡、心煩意亂，似乎頗爲吸引他——猶如林蔭大道的珂賽特[14]，這方面對他極其受用——而不是現在坐在他辦公室的這位，顯得

14 珂賽特（Cosette）：雨果的《悲慘世界》裡，處於社會底層的可憐女孩。

平常、平庸、平凡，簡直像名已婚婦女。法官放下鋼筆，鼻子倏地探入卷宗。

「針對妨害風化……」路易絲開口說道，語氣堅定，連自己都嚇一跳。

「啐，那算什麼！」

路易絲從他懶洋洋、失望的語氣中聽出，就連這條他指控她的主要罪狀也可能遭到撤銷。

「既然這樣，你有權力再度訊問我嗎？」

不論她用任何詞彙，這位法官都可能回答她。但她提到「權力」，也就是說司法方面，這是他的領域，他爆發了。負責記錄的年輕書記官八成習以為常，僅僅雙臂環胸，望著窗外。

「我有沒有『權力』？此話怎講？」勒普瓦德凡吼道。「小姐，妳現在可是在『司法』（感覺得出他特別強調）之前啊。妳必須回答『它』，回答司法！」

路易絲依然鎮定。

「我不清楚我在這裡做什麼。」

「這個世界上不是只有妳一個人！」

路易絲不明白法官拿她和誰比。

「沒錯。」他又補上這句。

對路易絲來說像是個壞消息，對他來說則是個好消息。

他對年輕書記官揮揮手，書記官嘆氣，走出辦公室，幾秒鐘後又回來，後頭跟著一位女士，六十多歲，身著黑色套裝，優雅，一臉哀痛。沒有別的位子可選，她只好在路易絲旁邊坐下，路易絲聞到她的香水味，與眾不同又清新淡雅，這種高檔貨，她向來都買不起。

「蒂里翁夫人，很抱歉，非得要妳……」

他指著路易絲，她的臉漲得緋紅。

蒂里翁遺孀直勾勾盯著前方。

「的確，已經結案了。有關妳先生死亡的案子……」

他刻意停頓了相當長時間，藉此強調事實造成的後果有多嚴重，這次重新傳喚她們有多神祕。路易絲的心立刻懸了起來。既然已經結案了……現在她還有什麼好怕的呢？

「因爲還有別的東西！」法官好像看懂她的心思，一個一個字地說了出來。「本席撤銷賣淫和妨害風化起訴，不過還剩下……」

這種營造懸念的方式有些怪誕、淫穢，卻也帶著可怕威脅，在公正嚴明的司法實務操作中著實罕見。聞起來帶著自由裁定複審[15]的味道。

「詐財！因爲既然這位『小姐』沒有靠自己的『魅力』賺錢，那麼這筆錢是做什麼用的？當然是勒索！」

路易絲驚訝得張大了嘴。她能對蒂里翁醫生進行什麼勒索呢？太荒謬了。

「夫人，妳一提告，檢方就能進行調查，證明勒索情事的確存在。詐財！」

他轉過來對著路易絲。

「至於妳，妳將被判處三年有期徒刑和十萬法郎罰鍰！」

15 la justice discrétionnaire：指由上訴法院自由裁定對案件進行複審，而非因為當事人上訴而複審。亦稱為「酌情複審」。

他啪地一下，鋼筆甩在桌上，強調威嚇結束。

路易絲被打敗了。她才剛逃過一個指控，另一個威脅又起……要被關三年！她幾乎放聲大哭，這時，她並沒看到，而是感覺到蒂里翁夫人做了一個動作。

她搖著頭。

「夫人，但請三思。妳蒙受重大傷害。失去德高望重的丈夫，他可不是那種『經常和年輕女性來往』的男士。他給這位『小姐』錢，必定有不可告人的理由啊！」法官說道。

路易絲感到蒂里翁夫人全身緊繃。她看到她打開手提包，拿出手帕，擦了擦眼睛。顯然，這不是勒普瓦德凡法官第一次鼓勵醫生夫人提告，而且，即便迄今爲止，他的努力都徒勞無功，他也並沒放棄說服她這麼做。

「這筆天文數字的鉅款是從家用裡面挪出來的！我們可以藉此找出原因，將罪魁禍首繩之以法！」

他大笑出聲，神經質又戲劇化。路易絲想說些什麼，但是這位寡婦，默默擤著鼻涕，她的存在使路易絲不寒而慄。

「什麼也無法證明，這位小姐沒有從妳先生那兒謀取更多好處！而且可能不是頭一回！這名輕佻女子從妳已故夫婿那裡詐取了多少財物？這等於是從妳本人這裡啊！」

論據強而有力，遺孀的臉爲之一亮。

「因爲這筆錢是妳的，夫人！是妳女兒亨莉埃特的遺產啊！妳不提告，本席就無法調查，不調查，就沒有眞相！妳提告的話，檢方可以將這些全部釐清。」

路易絲正準備插話，她不想讓蒂里翁夫人以爲自己從這筆錢撈到好處，她甚至連拿都沒拿走，信封還放在五斗櫃上。這些論據使她喘不過氣，法官打斷了她。

蒂里翁夫人搖著頭。

「妳怎麼說不聽呢！」司法官喊道。「書記官！」

他不耐煩揮舞著他的小手，一切都進行得不夠快，尤其是這位年輕的書記官，只聞他長嘆一聲，從架上拿了一樣東西，看不到是什麼，轉身往法官辦公桌走來。

「這個，蒂里翁夫人，請妳看一下，還挺夠瞧的呢！」

他指著路易絲帶過去的那把菜刀，肯定是在她的衣服裡面發現的。刀上貼著一張米黃色小標籤，標籤上寫著貝爾蒙特這個姓氏，後面跟著一個序號，不起眼的廚房用具，卻一派危險。很容易就想像得出殺人凶手將它握在手中。

「一個『姑娘』口袋裡帶著這樣東西到處晃，難道沒有犯意？我倒是問妳啊！」

但是不知道這個問題，法官是在問誰。迫於情勢，他只得對她不予起訴，害他快氣瘋了。他要將她繩之以法，啊，這個姑娘惹毛了他！

「夫人，提告吧！」

他抓起那把刀，好像他要砍人，因爲起訴理由不足，或是死者配偶拒絕接受他懲辦她的起訴理由，使得他必須放過這名變態的年輕女子，他實在氣不過。

不要就是不要，蒂里翁夫人的頭從左搖到右，她不想，可能是想趕緊把這件事做個了結，一勞永逸。她突然走出辦公室，如此之快，乃至於年輕書記官都來不及反應。法官也是。他十分懊惱。對路易絲來說，這樁事件二度結案。

她也站起來，往門口走去，提心吊膽，深怕有聲音命令她坐回去，結果並沒有。她走出法院，如釋重負。這關過去了，但是這位寡婦在場給了她重重一擊，胸口彷彿有千斤大石。

經過拱廊的時候，她很驚訝，竟然看到蒂里翁夫人正在柱子附近和一名女子聊天，該名女子沒她優雅，不過兩人輪廓依稀是同一家人，八成是她女兒。路易絲走過去，兩人目光一路尾隨著她。路易絲不得不努力別走得太快，以免顯得自己心虛。她感到羞愧，雙眼朝地，走過廣場。

她從一個房間走到另一個房間，這麼打轉了一兩天後，寫信給校長，她下禮拜一回校復課。之後，她去了墓園，她感到無所事事的時候都這樣。

她逕走到家族墳墓，把花瓶裝滿水，將她帶來的花束放進去。父親和母親的搪瓷相片兩相依偎，緊貼在大理石上。他們似乎不屬於同一代，也不屬於同一個世界。可能是因爲她父親於一九一六年去世，而她母親則又活了二十三年。

路易絲對父親毫無記憶，對她而言，他只是一張老照片，不過她和母親倒是十分親近。母親盡其所能地愛她，可惜憂鬱症擊垮了她，鎮日魂不守舍。

路易絲的部分童年花在照顧母親，母親雖然死氣沉沉，但路易絲感到跟她很親。因爲她們長得很像。路易絲從不知道這是不是件好事。她眼前的母親，這幅停格影像，這張臉和她的一樣，嘴巴也一樣，最要緊的是，眼睛也一樣，清澈得罕見。

珍妮走了以後，路易絲才第一次想和她聊聊，遺憾的是，還來得及的時候，她從不知道這麼做。

如今逝者已矣，她難過的正是這點：再也無法和自己深愛過的女人講講話。遺憾歸遺憾，其實她再也哭不出來了。

7

勞爾·蘭德拉德併吞了加百列的管區後，終於擁有一塊符合他野心的地盤了。第一天，他坐上卡車駕駛座，這輛卡車作爲去蒂永維爾鎮採買和後勤部門倉庫之間來回之用，終於能夠大展身手，整個人散發出一股自信。

後面坐著安布雷薩和夏布里耶，這兩條看門狗漫不經心看著路。

「那個新來的菜鳥叫什麼來著？」勞爾問。

這個問題立即敲響加百列心中的警鐘。

「尙－米榭·弗洛塔。」

勞爾點了點頭，半信半疑。擾亂決策的影響戰剛剛開打。未戰先輸。加百列出了商店後去監督卡車裝貨，看到勞爾和商家鬼鬼祟祟，隨後，勞爾就不見人影一個鐘頭，有時候甚至更久。勞爾到此一遊，只關心自己的生意。中午剛過，他們在卡車旁邊等他都等了一個鐘頭。

「八成去逛窯子了。」夏布里耶看得倒開。

「要不就是在哪條小巷子猜杯子賭博啦，」安布雷薩加上這句。「贏幾根香菸之類的，拖不了多久。」

勞爾終於出現，推著手推車，車上滿是麻布袋和木箱，木箱都用帆布蓋著。加百列以他所擁有的一丁點權威，提醒他要守規矩。

「咱們這就走，老大，咱們這就走！」勞爾回道，語帶戲謔。

一行人上了路，都下午五點了。卡車從沒這麼晚才回到馬延堡，這還是頭一遭。

第二天，到了蒂永維爾鎮口，勞爾逕自往新供應商那開去。加百列沒說話。這種默許，又不敢告發他，勞爾唯利是圖的熱情立即受到鼓舞。不到一個禮拜，方方面面，他都撒了網、布了線。

通常情況下，卡車因為回程得滿載貨物，所以幾乎是空車駛出。從第二個禮拜開始，勞爾駛離馬延堡時，紙盒、貨箱、袋子幾乎裝了半卡車。加百列爬上車斗，正待掀起防水布，這個動作立即遭到勞爾制止。

「私人用品。」

因為語帶威脅，致使他說話的聲音微微發顫，他想笑一個緩和場面，於是兩片薄薄的嘴脣擠出一絲微笑，介於挑戰和挑釁之間。

「我們幫幾個兄弟的忙，你知道的。」他邊小心翼翼蓋好貨箱，邊如此說道。

隨後站起身來，對著加百列。

「我們也可以跟他們說他們被騙了，我們連伸根小指頭都不會幫，如果你比較想這樣的話，看你囉。」

其實他們已經享有特權人士盛名，因為他們幾個可以一整天在城裡招搖過市，其他弟兄卻得待在馬延堡肚腸裡不見天日，逐漸萎蔫，何況他們也不用冒著雨倒混凝土，不難想見其他弟兄會有什麼反應了。加百列下了車斗，坐回副駕座位。

開了幾公里，路面凹凸不平，卡車一路顛簸，聽到玻璃破掉的聲音，大家都沒動，片刻後，駕駛室瀰漫著蘭姆酒酒氣。

「我們在這兒停一下，」勞爾說，「爲了一個兄弟順道繞一下。」

加百列沒來得及抗議，夏布里耶已經在把貨箱往下搬，搬給站在「運動啤酒屋」前面人行道上的安布雷薩，勞爾則衝進啤酒屋裡不見蹤影。他八成是從後勤部門存貨裡偷運酒類和咖啡，轉賣給酒館店家。

「喏，」勞爾坐回駕駛座說道。「沒什麼大不了，不過還是……」

他伸出三張皺巴巴的鈔票。

「不能再這樣下去，蘭德拉德！」加百列脫口而出。

他氣得臉發白。

「是嗎？那你想怎麼樣？向參謀部解釋你這一個禮拜以來容忍這一切？順便告訴他們你撈到多少好處，他們聽了八成會很開心喔。」

「我從沒撈過任何好處！」

「你有，你有分到，我們全都看到了，嗯，兄弟？」

安布雷薩和夏布里耶鄭重其事點了點頭。勞爾一把揪住加百列的肩膀。

「得了，老兄，鈔票拿著！三個月後，你就結束了代理勤務。到時候，誰管你這麼多！」

加百列推開勞爾的胳臂，勞爾立即接著說：

「隨你的便。快，兄弟們，動作快，咱們還有活兒得幹呢。」

第三個禮拜，勞爾從軍方洗衣房開啟了走私新門路。只見內褲、軍大衣、毯子，甚至軍靴，裝了滿滿好幾袋子，勞爾把它們賣給附近農民，有了農民這個龐大客戶群，有如養著一池塘活魚哪。

說起來下士長蘭德拉德還眞是天賦異稟。從馬延堡運出軍服和軍用貯藏的動作如此快密準，以至於加百列有時納悶莫非是自己眼花了。碉堡入口，私運與官方貨物混雜，沒人看出任何不對勁。

禮拜五是大補給日，爲了載回又重又多的食品，豆類啦、罐頭啦、桶裝酒啦、咖啡啦等等，從堡內出發時專程開了四輛卡車。回馬延堡後，先把採買來的東西全搬到小電車車廂上，小電車在通往後勤部門倉庫和伙房的走道上來回穿梭，一一運貨。誰知道，運到一半，燈突然滅了，地道黑漆漆的。阿兵哥吼了幾聲，搞什麼鬼嘛！只得通知發電廠，技術人員戴著頭燈，發著牢騷，走了過來，電來了，這不是來了嘛，燈亮了。沿著地道內壁，加百列只來得及看到一間小倉庫的門突然關上。前一截車廂上，一半食品不翼而飛。直到一個鐘頭後，才又看到勞爾和他兩個跟班，志得意滿，對自己這一天開心得很。

接下來的禮拜二，勞爾逮著加百列，將他拉到一邊。

「要不要鬆一下？」

他翻翻口袋，掏出一小張票證，上頭怪裡怪氣蓋著墨水印，戳印上只有一個數字和幾個字母。

「你要的話，我們載你過去，我們去兜一圈，再回去接你，事情就辦成了。」

蘭德拉德剛剛發明了「嫖票」。兩家妓院，一家距馬延堡三十公里，另一家六十公里。兩家都得搭火車才到得了。獲准短暫外出的阿兵哥，光他們就足以確保這條鐵路線生意興隆。勞爾鼓勵加慫愚，手一直伸著，票在手上。

「不用了，謝謝！」加百列打斷他。

勞爾把票塞回口袋。他和鴇母有什麼協議？他談出什麼價碼？為了哪些服務？加百列什麼都不想知道，不過他開始看到這些票券流通，多半是靠猜牌、猜杯子賭贏的，而且很快就被用於拿各種食物去交換。因為下士長蘭德拉德，馬延堡的地下經濟變得活絡，幾天後，「嫖票」就成了堡內的平行貨幣。

通行比例之高令人憂心。

不到三個禮拜，「蘭德拉德體系」已全速運轉。實施速度與覆蓋範圍，加百列無力控制，因為他遭到勞爾要脅，沒辦法採取行動，於是身為老師的他，基於反射動作，開始做起筆記。每天回房後，他雖然沒有提及確切流通數量或蘭德拉德都和誰接頭，卻在筆記本上記錄下他懷疑食物來源或用途、日期和時間等等。蘭德拉德把肉鋪女掌櫃、雜貨店老闆、葡萄酒廠家拉到一邊說話，他假裝沒看到，可是都記了下來。卡車開回馬延堡，帶回去幾條菸、幾包菸草、幾盒雪茄，但這些菸品都不在採買清單上，加百列也都一一記錄。

日子就這麼過去。原本因為擺脫馬延堡令人不安的陰沉氛圍，讓加百列鬆了一口氣，現在他反而巴望著想趕緊回去，但願終於能擺脫這些齷齪勾當，其規模之大，令他憂心，主事者遲早會受到軍法處置，遭到嚴懲。值此同時，他卻被迫在金額上動手腳，數量上弄虛作假，幫著遮掩令人不堪的偷雞摸狗。

不過很快就突然發生了一件大事，隨後又發生了另一件，在加百列弄清楚自己怎麼了之前，他早已陷入他那個時代的巨大漩渦之中，他的生活即將產生巨變，再也回不去了。

誠如有時候複雜操作瞬間便能解開，下士長蘭德拉德的買賣也是，短短一天，倏地土崩瓦解。一切都始於一個不經意的動作。

加百列在卡車車斗發現四個手提柴油油桶卡在兩個空貨箱間。

「這沒什麼大不了，」蘭德拉德說。「對軍方來說一點都沒差，不過，我說你倒是設身處地爲窮農民想想，因爲定量配給，他們的油壓根就不夠用！」

這些燃料來自於儲存在馬延堡裡的四百立方米柴油，指定用於通風和濾毒罐，那些濾毒罐，加百列經常勤於過去檢查。

對加百列來說，偷柴油的嚴重性並不在於帶給勞爾的那一點點額外利潤，而在於萬一毒氣襲擊，他們等於助長敵軍殘害堡內兄弟窒息。這是叛國行爲。

光看到這些油桶一眼，他就覺得自己吸不到空氣，快窒息了。

他轉過身來，臉色白得像雪。

「我再也受不了你的走私勾當，蘭德拉德，結束了！」

他下了卡車。

「欸。」勞爾追在他後面嚷道。

兩個嘍囉快步靠了過來，擋住加百列。

「這一切都結束了，你聽到我說的！」

現在，由於加百列大聲叫囂，引得到處都有兄弟掉過頭來。他出示硬皮筆記本，上面有他的紀錄。

「我這裡全都有！你的不法勾當、日期、時間，你去向指揮官報告吧！」

勞爾，這個男人腦筋動得快，衡量當前情勢嚴峻，後果不堪設想。加百列看出勞爾眼中帶著一絲慌張，這還是頭一回。

蘭德拉德眼角瞥見好幾個阿兵哥正往這兒走來。他先是往加百列肚子猛地一拳，加百列應聲彎下腰去，隨後架著他的胳肢窩，把他拖到沒人看到的地方，加百列使勁將筆記本摀在胸前，生怕被奪走。安布雷薩拉住他的前臂，勞爾拼命想把筆記本從他身上扯下來，偏偏加百列這個該死的傢伙死摀著不放。三個人加快腳步，架著他走到一扇門前，打開門，裡面半明不亮，只靠天花板光源照明，拳頭齊發，加百列的肋骨挨了第一輪。

「給我，王八蛋！」勞爾抿緊嘴唇，擠出來這幾個字。

加百列翻了個身，肚子朝下趴著，死命抵抗。勞爾的爪牙想把他稍微提起來一點，白忙了。安布雷薩做事很少不做個徹底，用軍靴尖頭狠狠往加百列的胯下踹，將他踹翻在地。加百列痛到翻腸倒胃，立馬吐了出來。

「住手！」蘭德拉德大叫一聲，拉住安布雷薩，他正想過去繼續踹。

然後蘭德拉德歪在加百列身上。

「來，把筆記本給我，站起來，這樣就沒事了……」

但是加百列還是捲得跟蝸牛似的，緊緊包住自己那本筆記本，護著它，彷彿是他的命根子。

警報聲驟然四起。

就戰鬥位置！

勞爾打開小倉庫的門，好幾十個士兵在走廊狂奔。」

有個二等兵被自己的裝備絆倒，勞爾抓住他。

「搞什麼鬼？」

加百列趴在地上正朝著出口爬，這位年輕士兵被這副景象嚇得呆掉。

勞爾搖搖他的肩膀，又問了一遍。

「開戰了。」男孩愣頭愣腦，終於回道。

加百列抬起頭。

「德國鬼子……攻進了比利時！」

8

禮拜一路易絲到校，同事們漫不經心跟她打招呼，沒人問她近況，不像是對待一個大病初癒的人。的確，所有人的心都懸在另一樁大事上。一九三九年沒被動員的教師，現在全都被召集了。要不就是已經出發了。無論如何，教學人員稀稀落落，大爲減少，難民的孩子大量湧入，學校既缺桌子，也缺椅子，樣樣都缺。唯有不缺侮辱譏諷。不少法國小孩在學校重複他們在家裡聽到的話，把比利時小孩當成「北邊來的德國鬼子」，嘲笑盧森堡小孩口音怪腔怪調，也嘲笑庇卡底人、里爾人，戰爭透過毛細作用，攻陷了操場。

日報紛紛以兩天前德國突然開始進攻作爲標題。「我軍與德軍展開殊死戰」，甘莫林將軍如此宣示，豪氣萬丈，使人安心。雖然這一切都在預料之中，不過這種殘酷進攻畢竟還是害法國人措手不及，氛圍詭譎，引人驚愕。原本支持這場戰爭可以透過外交折衝解決的人士愈來愈不敢吭氣。報紙斷言參謀部胸有成竹。其中一家報社以「荷蘭和比利時力抗德意志國，與這群烏合之眾勢不兩立」爲標題；「德國人打到比利時防線前就會知難而退！」另一家如此宣布。沒什麼好擔心的。今天早晨，新聞界再次保證，法英聯軍在比利時「癱瘓了敵軍進擊」，侵略者的殘酷衝擊「撞上了盟軍強大的戰略後備部隊」，法國軍隊開到，甚至已經「重挫對方士氣」。

一切都既美又好，不過還是有人納悶，報上這一切是否眞的符合現狀？自從去年九月以來，新聞界翻來覆去重複這次戰爭的決勝武器將是情報。值得擔心的是，報紙之所以鋪天蓋地這麼宣傳，目的就在於維持法國人求勝士氣。針對擊落敵機數量也是如此。小男生在操場玩騎馬打仗，教師們在操場上談的正是這個話題。

「每天十架，我告訴你們！」蓋諾老師刻意強調「十架」。

「電臺說三十架。」有人回道。

「那這個呢？這怎麼說？」拉福格老師邊問，邊秀出他那份《果敢報》，報上宣稱五十架。

沒有人知道究竟幾架。

「*Num nos adsentiri huic qui postremus locutus est decet?*[16]」校長會心一笑，如此問道，可惜沒人聽得懂。

學校教職員一發現路易絲身影就一哄而散，這種舉動當然不是要騰出地方讓給她，而是要與她保持距離。

「我啊，這些人家一竅不通，」蓋諾老師說，「反正啊，打仗是男人家的事嘛。」

她的聲音原本就做作，可她說這話時又更變態，目光更邪惡，顯示出她隨時準備好，要將她那卑劣無恥的天性著實發揮個徹底。

「男人家的事嘛……只跟某些女人有關係呀！」

兩三個同事轉向路易絲。上課鐘聲響起，教師紛紛朝自己的教室走去。

16 拉丁文：「我們能相信這是最後說法嗎？」

食堂用餐和下課時間一樣沉重，將近傍晚，路易絲決定去問校長，這個國民義務教育界的史前標本，早在八年前路易絲到校述職的時候，大家就以爲他快退休了，結果八年後，他還在當校長。從前他教純文學、拉丁文，性喜咬文嚼字，九彎十八拐，不知迂迴到哪兒去，聽者莫不難以一虧堂奧。他個子矮，爲了讓自己高一點，跟人說話都踮起腳尖，一踮一踮，跟打擺子似的，使人覺得好像在和比爾包開[17]對話。

「貝爾蒙特老師，」他回路易絲，「妳看得出來我怪難爲情的。我這個人啊，一點都不習慣道聽塗說，這個妳是知道的。」

一言驚醒夢中人，路易絲瞬間醒了。這是個謠言滿天飛的年代，而且其中之一與她有關。看到這名年輕女子兩手搓來搓去，狀似緊張，校長這下子蹭了：

「而且，我向妳保證，不管誰不符合禮儀規範或者造成輿論，都和我沒多大關係！」

「發生什麼事了嗎？」路易絲問。

她問得這麼單刀直入，校長猝不及防。白色山羊鬍和下嘴脣同時抖了一抖。他怕女人。他使勁深深吸了口氣，這才走過去打開辦公桌抽屜，把一篇《巴黎晚報》的報導放到路易絲面前，從這篇報導的狀態看來，已經過了好幾手：

十四區某旅館傳出自殺悲劇

女教師偶爾賣身大賺皮肉錢，

被人發現在悲劇現場一絲不掛。

這篇報導可能是在出事當晚寫的，其中包含許多不詳實之處。沒指名道姓，路易絲大可不認，裝作不知道，但她羞愧得無地自容，兩隻手在發抖。

「小道消息混淆大眾視聽，貝爾蒙特小姐，妳又不是不知道。*Sic transit gloria mundi.*[18]」

路易絲直盯著校長眼睛，感覺到他氣勢弱了。他回去抽屜那邊時，看起來像個壞脾氣的小學生。

他又遞給她一篇，第二篇報導，這篇更爲露骨：

十四區自殺事件：謎團照亮

蒂里翁醫生花錢買來女教師尋歡，

卻當著她的面自殺身亡。

「妳要我建議的話，我會說：*Ne istam rem flocci feceris*[19]。」

17 un bilboquet：「比爾包開」為音譯，意譯則為「杯球」。一種遊戲，把長細繩繫在一根小棒上的小球往上拋，然後用小棒尖端的盤子接住。

18 拉丁文銘言：「塵世繁華轉眼即逝。」

19 拉丁文：直譯為「砍木頭的時候，碎屑到處飛」，類似「無風不起浪」、「若要人不知，除非已莫為」之意。

第二天，路易絲回到學校，像小學生一樣悶悶不樂。音樂老師歪著頭，佯裝在看別的地方，對她視而不見。蓋諾老師在走廊嘀嘀咕咕，說著風涼話。路易絲遭到排斥，就連小矮子校長也不敢正眼瞧她。同事們看到她在走廊，紛紛低頭望鞋履。和在法官跟前似的，學校同事也拿她當妓女看。

晚上，她自己把頭髮剪得比平時還要短，第二天到校時特地化了妝，她從沒這樣過。下課時間，她索性點了根菸。

顯然，男人感興趣的，女人就看不順眼。於是，路易絲才有了這個點子，把自己搞得人盡可夫，全校只要是公的都可以上她。她在校園裡雙臂環胸，抽著菸，她數了數，一打男老師，沒有什麼是不可能的。她盯著一個學監，想像他在她教室的辦公桌上用狗爬式佔有她。不知道他懂了些什麼，不過他臉一紅，垂下雙眼。

小矮子校長注意到兩道紅唇和一抹睫毛膏對這群成年人造成毀滅性影響，嘆了口氣：

「*Quam humanum est! Quam tristitiam!*」[20]

對路易絲來說，假裝煙視媚行只是一時興起。最要緊的是，她感到孤單、格格不入、羞恥，她把那包菸給扔了。

軍事局勢演變分散了大家對她的注意力。

像其餘巴黎人一樣，隱約又惱人的疑問糾纏著這所小學。若說敵軍突然入侵比利時證實軍方主事者直覺無誤，那麼德軍出現在亞爾丁高地一帶，未免有點與預測背道而馳。報紙紛紛以各種方式評論德國這種新攻勢，眾說紛紜，反映出整體莫衷一是。《果敢報》標題下得倒好「德軍進攻遭挫」，《小巴黎人報》卻承認德國人「正朝納慕爾和梅濟耶爾之間的默茲河逼近」。到底該相信誰？

看大門的校工，這名男子臉發黃且性好猜疑，問得毫不客氣：「這下好了，他們到底是經過比利時？還是亞爾丁高地？什麼玩意兒嘛！」

大家希望接下來幾天情勢能變得明朗，可惜未能如願。一會兒在這份報上讀到：「敵軍絲毫未能突破我軍主要防線」，但在另外一份報又讀到：「入侵者持續挺進」。戰事進展毫不確定，路易絲的事又使得學校氣氛怪異，變得不堪忍受（因為攸關性事之故，使得詭譎氛圍加上了一絲既變態、又撩人、外加禁忌的甜美香氣），夾在這兩者之間，學校生活愈來愈難熬。

路易絲自問：她在這兒做什麼？沒有人想再見到她，她也不想再待在這兒。莫非是時候該換一種生活了？可是怎麼改變呢？朱爾先生沒辦法負擔一個全職服務生，她除了教孩童讀書識字和端酸辣醬汁小牛腦花給客人外，什麼也不會。她和其他所有人都處於相同情況：希望奇蹟出現。

禮拜五晚上，她人累心也累，把手提包放在廚房桌上，走到窗前，看著「波希米亞女郎」大門。要是朱爾先生現在來找她回去，包管有用。有那麼一瞬間，路易絲想像他八成正在對顧客疲勞轟炸，不懂裝懂，大肆評論受德國威脅下的當前局勢，她笑了笑，這才注意到自己竟然連大衣都沒脫就吃起晚餐。她的生活真的有點不對勁。蒂里翁醫生開的那一槍，她不懂是什麼意思，對她造成的傷害卻沒完沒了。

20 拉丁文：「人哪！真可悲！」

9

總負責人是一名六十多歲的男士。臉蛋胖乎乎的，嘴脣噘著，一副隨時要爆哭的模樣。肯定是因爲累，外加責任重大所致。管理情報部，換句話說，負責審查，共有五百名工作人員，多半是師範畢業生、擁有教師資格人士、教師、軍官、外交人員等等，不是樁小事。只消走進這間「大陸」大飯店，這個蟻窩，便可瞭解，他眼睛下方大大的黑眼圈絕非因爲聚會搞到太晚或是家有悍妻。

「科德斯先生？」他若有所思地說道，「我見過他一兩次面……一位了不起的男士！」

坐在他對面的年輕人，雙手老老實實放在大腿上，畢恭畢敬，點頭表示贊成。在他那圓形大眼鏡後面，眼神迷茫得怪異，看似漫不經心。知識分子因爲鑽研某項尖端專業學科殫精竭慮，受盡折騰，部長經常在他們身上觀察到這副遲疑又狂熱的模樣。東方語文。部長拿著法國遠東學校寄來的一封信，上有喬治．科德斯簽名，信中大力推薦他的高徒，該生嚴謹認眞，抗壓性強，又有責任感。

「是啊……」

「你會說越南話、高棉話。」

德希雷鄭重其事點了點頭。

「我也……」他補上一句，「泰國話和嘉萊話[21]也略通一二。」

「好，好。」

不過部長感到失望。他意興闌珊，把推薦函放回辦公桌上。感覺得出來這位高官遭到命運戲弄，總是所遇非人，心已倦了。

「年輕人，我的問題不是東方，而是能力。遠東學校有位教授帶了三個學生過來。本部在這方面的人已經滿了，只好對你說聲抱歉。」

德希雷眼睛眨得又快又急。他懂了。

「不，」部長繼續說，「我的問題是土耳其，你懂嗎？本部只有一位土耳其語文專家，偏偏又被工業和貿易部要走。」

德希雷的臉亮了起來。

「也許我幫得上忙。」

部長瞪大眼睛。

「家父，」年輕人解釋得從容不迫，「曾是公使館祕書，我整個童年都在伊士麥度過。」

「你……你會說土耳其話？」

德希雷硬是把謙虛假笑壓回去，回道：

「我當然沒辦法翻譯大詩人穆罕默德．埃芬迪的作品，不過，如果是詳讀伊斯坦堡和安卡拉新聞並且做出摘要，我相信……」

「太棒了！」

21 嘉萊話（jaraï）：越南官方認定的五十四個民族之一的語言。

其實部長絕對找不到這位土耳其大詩人的雪泥鴻爪，因爲德希雷剛剛臨時瞎掰，但由於老天爺竟然會送給他這位青年才俊，部長太開心了，壓根兒沒想到要去找。

德希雷跟在接待員後面，沿著迷宮般小徑穿過「大陸」一條條奢華走廊，這家大飯店位於斯克里布街，其中四百間客房專門提供負責執掌情報的各個團隊所用。

「你爲了什麼原因不能當兵？」部長起身送他出辦公室，邊試探問道。

德希雷難過地指了指眼鏡。

在這間被政府徵用的豪華大飯店裡，各式各樣充滿活力的動物群體與你擦身而過，有身著套裝的男士，穿著制服的軍人，忙進忙出的學生，抱著檔案的祕書，甚至連交際花都有，很難搞清楚誰在做什麼。國會議員大呼小叫，記者四下找著負責人，法學家交相質問，接待員在大飯店裡來回穿梭，邊把金鍊子晃得叮咚響，教授們忙著建立理論，還看到一位劇場演員杵在大廳，非要求一個說法不可，可是還沒人聽懂他有什麼訴求，他就消失不見，眞是來無影去無蹤。話說靠關係走後門的和名門子弟群聚於此，蔚爲壯觀，乃至於人人都想加入此一政商雲集的戰時大熔爐。此地往昔曾由一位知名劇作家管理，如果能稱之爲管理的話，但由於他的管理措施令人不解，改由一位歷史教授取而代之，教授雖然來自於國家圖書館，卻受到前審查部門大殺手嚴厲管控，而這位審查大殺手又受到情報部部長指揮，凡此種種，在在顯示出上流社會人人步調不一，各自爲政，從而深深吸引著知識分子、女人、臥底、學生族群，以及鑽空子的冒險家。德希雷立刻就感到自己在這裡如魚得水。

「土耳其新聞，這方面你可有得忙了，」部長拍拍年輕人肩膀，邊說道。「你會發現這方面，我們有點耽擱。」

「報告部長，我會竭盡所能趕上進度。」

接待員帶他到了門口後先行離去，房間狹小，表明政府對土耳其興趣缺缺。房間中央有張桌子，桌上堆滿報章雜誌，德希雷連名稱都唸不出來，在他眼裡，這些都無關緊要。

他把它們打開、弄皺，胡亂剪了幾篇，再把它們堆好，然後去了檔案室，收集一下幾個禮拜以來好幾份法國日報，報上刊載了一些資訊，八成是來自於土耳其當地新聞，他從中整理出一份土耳其對法國和盟國的情報清單。

可以肯定的是，土耳其這個沒人在乎的世界角落，不會有人想到要將他的工作紀錄和大使館戰況公報做比對，他從一本上溯到一八九六年的法土辭典中偷抄幾條名詞，隨後便一頭埋進撰寫結論，大書特書，他在結論中說明，目前在伊斯坦堡，中間偏左運動新領導人努里·維菲克和親西方的溫和派人士，兩大陣營因爲土耳其的中立地位起內鬨。要搞清楚這些主事者在土耳其內鬨中究竟各自有什麼盤算，恐怕不容易，因爲這一整齣都是德希雷編出來的，不過他刻意下了使人心安的結論：「土耳其會不會捲入歐洲衝突，無論是東方還是西方都不免擔憂。但是，仔細閱讀土耳其新聞界報導後，不難發現法國在該國始終大受歡迎，儘管土國兩大陣營彼此對立，但對我國的愛好倒是意見一致，因爲我國知道如何在穆罕默德·古爾沙尼[22]和穆斯塔法·凱末爾[23]的故鄉找到眞誠、堅定、可靠的盟友。」

「好極了。」

---

22 穆罕默德·古爾沙尼（Muhyi-i Gülseni, 1528-1604）：土耳其學者兼作家，以土耳其語和波斯語寫作。

23 穆斯塔法·凱末爾（Mustafa Kemal, 1881-1938）：土耳其軍事將領、改革家、作家，土耳其共和國建立者，被奉為土耳其國父。

部長十分滿意。他只有時間看結論，結論使他安心。

土耳其報紙不定期才送到巴黎，其餘時間，德希雷閒來無事，只好在走廊度過。於是大家養成習慣，在粉紅大理石巨柱、樓梯、過廊之間看到這個年輕人，高大害羞又專心致志，跟人打招呼還緊張地窮眨眼。瞧他那股矬勁兒！男人不太把他放在眼裡，女人則對其報以憐惜一笑。

「你啊，你來得正好！」

部長愈來愈像大廚，突然湧入一大群顧客，害他忙得不可開交。因爲電臺、電影、廣告、劇院、攝影、出版、歌曲、博士論文、股份有限公司的股東大會報告，天南地北，全都適用審查制度。有那麼多事要做，他像個無頭蒼蠅似的，到處亂撞。

「我需要有人監聽電話，跟我來。」

電話審查部門設在頂樓套房，同仁圍在一排耳機前監聽，不光監聽而已，還隨時打斷受監聽者對話，舉凡士兵與家人，新聞記者與編輯人員，以及一般而言，所有可能傳遞國內外有價値訊息均涵括在內，也就是說，包山包海，無所不包，大家再也搞不清東南西北，反正必須加以控制、審查就對了，沒人眞的知道該怎麼做，這份工作深不可測。

某人拿了有胳臂這麼厚的檔案給德希雷，裡頭將監聽部門認爲有必要監聽的對象全都清查列冊。從甘莫林將軍出差到今日氣象，從食物價格到謀和言論，從要求調漲工資到軍隊伙食，所有可能對敵人有用或者可能影響法國士氣的一切，都必須從嚴審查。

德希雷插上第一個插頭，聽到東北部維特里勒弗朗索瓦鎭上一個二等兵正在和未婚妻對話。

「你還好嗎，親愛的？」她先開口。

「噓噓噓，」德希雷打斷她。「不准提到部隊士氣。」

感覺得出來這名年輕女子無言以對。她猶豫了一下，然後：

「起碼天氣不錯吧？」

「噓噓噓，」德希雷說。「不准提天候狀況。」

隨之而來的是沉默良久。

「親愛的……」

士兵等著被打斷。竟然沒有，他這才終於說道：

「告訴我，葡萄收成怎麼……」

「噓噓噓。法國葡萄酒是戰略資訊。」

年輕的阿兵哥生氣了，壓根兒沒辦法聊天。他決定算了。

「好，聽著，家裡的財……」

「噓噓噓。不准提到法蘭西銀行。」

靜默。

那名年輕的女孩終於大著膽子說道：

「那好吧，我先掛了。」

「噓噓噓，不准抱持失敗主義心態！」

德希雷狀態好得很呢。

監聽兩天期間，他盡心盡力，連他幫忙代班的同事回來述職，他都感到莫大遺憾，但是，因爲土耳其相關業務只花了他很少時間，於是部長又臨時派他去審查郵件，他樂於從命，全心投入新任務，受到大家一致欽佩。

他打開阿兵哥寫給父母的家書，認爲有必要優先對語法核心——動詞——下手，他一一塗掉。於是收件人收到諸如此類的信件：「我們■堅定，你■。我們■一樁苦差事■另一樁，卻不見得眞■，我們在這邊■。兄弟們常常■，大家都■。」

每天早晨，信檢部門都收到新指示，德希雷旋即以熱切又精確的態度覆命。如果命令他將諸如MAS三八衝鋒槍之類的任何訊息審查掉，那麼，除了動詞外，德希雷還把所有「M」、「A」、「S」都用墨水塗掉。於是就變成像這樣：「我們■，你■。我們■一樁苦差事■■一樁，卻不見得■，我們在■■。■們■■，大■都■。」

上級認爲他辦事效率甚佳。有鑑於部長對他的信任日益增長，繼審查信件之後，德希雷又開始負責新聞審查了一段時間。每天早晨，他進入「大陸」大飯店宴會廳，只見廳內雄偉壯麗，雕梁畫棟，科林斯式列柱和彩繪天花板，美臀小天使在那兒笨重地飛過來飛過去，他坐在大桌子邊上，各家報紙的付印樣，在桌上排排放，都是已經將遭到禁止的元素刪除後又送過來審查的。新聞審查部門約有四十名同仁受到高尚愛國熱忱激勵，恪遵當日禁令（除了前幾天的，當天又額外加上去不少，如今登錄在冊的禁令已離一千頁不遠），正在執行上級賦予他們的大規模刪塗任務。

「丹尼爾之家」的女服務生端著不冷不熱的啤酒和濕答答的三明治穿梭其間，新聞審查部門同仁針對當日收到的指示討論得正起勁，討論完後執行大清掃任務，各人按照各人的方式，各掃各的，人人標準不一，充滿矛盾和差不多，莫衷一是。這些指示造成的荒謬現象並不少見。不過老百姓習以為常，比方說，看到報上刊載「上個月還賣■法郎，今天賣■！」的食品新聞時，沒人皺一下眉毛。德希雷在軍備領域聲譽鵲起。大夥兒欽佩他條理分明，根據他的邏輯，審查制度應該從其「引申義」來理解。

「必須歸納、演繹，因爲敵人深謀遠慮啊！」他邊發表意見，邊緊張地猛眨眼。

他語帶謙遜，示範講解清楚得令人讚嘆，使得他的說明如此顯而易見，而由於一連串論證環環相扣，將「武器」與「破壞」連結起來，隨後又和「損害」、「受害者」、「無辜」相連結，從而又連結到了「童年」，凡此種種，無不指向家庭單位具有潛在戰略要素，有鑑於此，應該予以禁止。於是乎，父親、母親、叔伯、姨嬸、兄弟、姊妹、堂表親戚……等等遭到無情追捕，格刪勿論。一幅契訶夫的戲劇廣告招貼成了「三〇X」[24]，屠格涅夫的小說書名成了「X與〇」[25]，甚至看到「我們在天上的X」，還有「荷〇[26]的奧德賽」。多虧德希雷，審查制度晉升至美術水平，阿納斯塔西[27]成為第八位繆斯女神指日可待。

24　指的應是一九〇〇年，契訶夫創作並發表的四幕劇《三姊妹》。
25　指的應是屠格涅夫發表於一八六二年的代表作《父與子》。
26　指的自然是Homère。但mère在法文中為「母親」，所以遭到審查刪除。
27　阿納斯塔西（Anastasie）：原為一八七四年André Gill畫的諷刺漫畫人物，一位叫阿納斯塔西的老太太手持利剪，經過笑鬧劇推波助瀾，逐漸演變成為「審查」代稱。

10

「我聽別人說好像要去色當那邊。」阿兵哥回答得支支吾吾，加百列沒聽清楚。

朝令都可以夕改，而且接二連三都是如此，那麼不確定地點也就不足爲奇了。因爲要用走的，於是大家等了一個多鐘頭，才終於朝車站走去，孰料參謀部一聲令下，又折返馬延堡，但是，才剛到，又走回車站，到了這會兒，才終於爬上運牲畜的車廂。德國進攻比利時在預料之中，可是敵軍出現在亞爾丁高地卻使所有人猝不及防，長官們來不及制定對策因應。

夏布里耶和安布雷薩被派到別的地方，沒參加這次長征。下士長蘭德拉德一秒鐘也沒受影響，立即把他這兩個忠實嘍囉拋到九霄雲外。他在車廂角落和還沒被他騙過錢的幾個弟兄在猜杯子賭錢，不過也有被騙過又回來賭，到處都有不信邪的人。他贏了四十多法郎，任何事他都撈得到好處。

不用一分鐘，他就和每個人稱兄道弟，他走到哪都一樣。有時候，他撇過頭來，衝著加百列嘻嘻一笑，彷彿所有他幹的好事，現在因爲超過追溯時效而一筆勾銷，搞不好他正是這麼想的。

對加百列來說完全不一樣，他胯下奇痛，安布雷薩穿著軍靴往那裡狠狠踹了一腳，毫不留情。從一出發，他就感覺自己的生殖器腫到兩倍大，想到就噁心。

至於部隊方面，德國展開進攻，塵埃落定，兄弟們反而鬆了一口氣。

「那些混蛋，老子不幹爆他們的臉才怪！」有個小阿兵哥激動大喊。

歷經無休止等待這場怪戰，白白耗損精力，大家渴望上戰場拼個你死我活。由於火車停的時間愈來愈長，大夥兒唱完馬賽曲，開始唱起將進酒。

大約晚上八點，淫穢小調紛紛唱出口。

色當到了，該下車了。

軍營萬頭攢動。連食堂都改裝成寢室，堆滿了人。安置過程吵翻天，為了毯子你爭我搶，不過這支部隊就像人體，碩大無朋，數月來毫無作為，關節僵硬，作為同袍兄弟，大夥兒樂於活動活動筋骨。

一個鐘頭後，已經可以聽到開心起鬨聲，蘭德拉德在歡聲雷動中把新兵的軍餉全都一掃而光，納入囊中。

加百列一到，立刻衝進廁所，看看自己傷得怎麼樣。他的胯下非常敏感，現在又腫又痛，不過生殖器倒沒像他所擔心的那樣腫脹。他從廁所回到寢室，蘭德拉德向他眨了眨眼，搗著嘴，悶聲一笑，彷彿加百列不是因為蛋蛋挨了一軍靴，而是下課期間背上被綁了一條愚人節的魚。

加百列看到好幾十個人擠在一起。這場規模宏大的群聚將青菜蘿蔔大雜燴原則表露無遺，實令人欽佩，法國軍方認為把各小隊拆開，然後按照沒人看得出所以然的高深邏輯重新組織起來，這種規則才符合現代治軍思維。寢室裡的士兵，來自於三個不同軍團的三個營的四個連，誰也不認識誰，最起碼幾乎誰也不認識誰，唯一可以告訴你一二的人是正杵在你跟前的士官。只不過士官也茫然不知所措，但願上級領導長官知道自己在做什麼就好。

有人端來熱湯給那些幸運分到四分之一壺酒的阿兵哥，問題是這湯清得咧，好比那岩石縫裡冒出的泉水。其他人傳著不知打哪兒弄來的香腸，同時大口大口啃著麵包。

一個二十多歲的小胖子在行列間走動，邊問：

「誰有鞋帶？」

勞爾·蘭德拉德動作最快，刷地遞出一副黑鞋帶。

「喏。三法郎。」

小胖子的嘴，像魚一樣張了開。加百列翻翻背包。

「喏，拿著吧。」他說。

從他的手勢，小胖子瞭解到這副鞋帶不用錢。勞爾·蘭德拉德認命，稍微撇了撇嘴，把他那副塞回包裡，隨你。

小胖子鬆了一口氣，倒在加百列身旁。

「你救了我的命。」

加百列看著蘭德拉德的側面，尖嘴猴腮，兩片薄嘴唇，可是他已經在忙著喬別的事，正在把一盒盒的菸賣給缺菸的戰友。當勞爾轉過來對著他的時候，脣邊隱隱泛起一絲笑意，加百列不難想像，情況允許的話，這傢伙準會衝著他的蛋蛋使勁踹上一大軍靴。

「我最後幾個才到倉庫領軍服，」那名年輕士兵邊解開上裝釦子，邊又說道，「剩下的鞋子不是太大就是太小。我當然寧願選大的，結果沒想到我需要鞋帶，可是鞋帶也沒了。」

大夥兒被這個小故事給逗笑了。一個小故事喚醒另一個。諸如此類的故事，兄弟們有一籮筐。有個傢伙站了起來，引起哄堂大笑，原來啊，人高馬大的他找不到自己的尺寸，還穿著一般老百姓的長褲呢。軍營生活這些不如意的雞毛蒜皮事，非但沒使兄弟們不開心，反而士氣高昂，絲毫不受影響。一名軍官走過，立即被阿兵哥攔住。

「怎麼樣？上尉，終於要幹爆他們的嘴臉了嗎？」

「哦，」軍官帶著遺憾的口吻說，「恐怕我們只能跑跑龍套囉。他們暫時不會進攻這兒。如果他們有進攻過的話！翻得過亞爾丁高地的德國鬼子，只會有幾小隊而已啦。」

「咱們還是要著實歡迎他們啊！」有人興高采烈嚷道。四下大呼小叫了幾聲，彷彿部隊的精力與其微不足道的貢獻成正比。

上尉微微一笑，走出寢室。

第二天早上七點鐘左右，加百列去向軍官報告軍情，恰巧是同一位軍官。他從通訊設備收到的訊息推翻了前一天的淡然篤定：色當東北部出現德軍大規模行動。

警報上呈指揮官，隨後又呈給將軍，將軍揮掉情報，高聲說道：

「光學效應。亞爾丁高地是一片森林，你懂嗎？在裡面放上三個機動小分隊，立即就覺得有一整個兵團。」

他朝牆上那幅部署地圖走了幾步，彩色大頭針沿著比利時邊境勾勒出偌大一個新月形。眞正戰事在那兒如火如荼進行，他卻耗在這裡，手臂晃來晃去，扮演三流角色，眞夠他難受的了。他的英雄魂受到沉重打擊啊。

「算了，」經過長時間懷想當年出生入死後，他終於鬆口說道，「就派點增援去那兒吧。」

這一讓步，讓他付出了代價。他原本能夠……他原本可以安然返鄉回老家的。

於是一支由兩百士兵組成的連隊奉命前往第五十五步兵師，必要時可以伸出援手，該師負責監視三十公里外的默茲河口動靜。

沒有火車通往該地。加百列的小隊有四十來個步兵，在一名五十多歲，名為吉博格的後備中尉隊長帶領下，又開始徒步上路。吉博格當老百姓的時候在夏托魯當藥師，一戰時，這位軍官戰功彪炳，當年勇可有得他炫耀。

上午剛過一半就烈日炎炎，炙烤腦門，融化了前一天的豪情壯志。加百列從眼角偷偷監視蘭德拉德，甚至連他都難受得要命。在蘭德拉德身上，疲倦是憤怒前兆。他那張臉扭曲緊繃，完全不是個好兆頭。

昨天那個大塊頭拿自己穿老百姓長褲開玩笑，現在笑不出來，那個昨天還嫌鞋大的鞋帶阿兵哥，這會兒反倒遺憾鞋不夠大，害自己起了好多大水泡。正常情況下，他這小隊原本有八個人，但有四個派到其他地方增援了。

「派去哪？」加百列問。

「我沒怎麼聽懂。我想應該是北邊吧。」

隨著一路往前，看到遠方天際被橙黃微光間歇劃出道道條紋，可以看出有煙裊裊上升，說不出來距離多遠——十公里？二十？更遠？吉博格自己也不知道。

這次遠征令加百列感到不安。這些猶豫，這些不確定，對他來說都大大不妙，這一切都將爆發。

前有戰事，後有蘭德拉德，他無處可逃。

走著走著，兩條腿重得要命。帶著這身裝備走了二十公里，還有差不多這麼遠的路得走，背包太大，馬口鐵水壺就這麼掛在皮帶上，每走一步，都甩到大腿……背帶卡進加百列肩膀，皮太硬，沒辦法調整得剛剛好，因爲束帶滑槽卡住，滑都滑不動。他全身痠痛。步槍又重得要命。一個踉蹌，差點摔倒，還是蘭德拉德及時拉住他。從馬延堡出發後，他們沒講過半句話。

「給我吧。」下士長拉著背包皮帶說。

加百列正想婉拒，但他來不及說，他正要謝謝他，勞爾超前三步，已經把加百列的背包吊在他自己的背包上，好像忘了有這回事。

軍機從高空飛過。法國的？德國的？很難說。

「法國的。」吉博格隊長說，他像印第安人一樣，手放在眼睛上方遮陽瞭望。

這樣就安啦。比利時和盧森堡難民人潮也安了心，他們大多開著車，和要去迎戰敵軍的部隊交錯而過感到寬慰。相反的，這個地區的法國人反應則較爲隱晦，老用前一次大戰的口號形式來鼓勵部隊（「我們會把他們一網打盡！」邊握緊拳頭）。二十年後，這種相似性使人渾身不自在。

兄弟們怨聲四起，停了下來，從早上開始，大夥兒都空著肚子，走了二十三公里，是時候放下裝備，吃點東西塡塡肚子了。

大夥兒分著吃麵包，喝著酒，講起軍營和打仗的事。最好笑的是某個布桂將軍被搬上檯面，他好像說過阻擋德國裝甲車最有效的工具是……床單。先安排四個兄弟，每個角落各一個，好像要攤開桌布那樣，然後動作協調一致，衝到坦克上，用床單蓋住旋轉槍架。這麼一來，坦克車全體組員，看不見，無能爲力，無計可施，只有投降的份兒。兄弟們彼此尷尬一笑。加百列不知道這件「趣聞」有什麼值得一提的？不管是不是眞的，不論哪種情況，聽了都難受。這是一位將軍說的話嗎？大夥兒難以置信，兀自納悶，但是沒有人聽到答案，因爲該站起來繼續上路，好了，兄弟們，士官換班，最後加把勁兒，就可以在默茲河裡游泳囉，哈哈哈。

「謝謝。」加百列說道，邊拿回在勞爾身邊的背包。

蘭德拉德開心一笑，手伸到太陽穴旁，行了個禮。

「聽你差遣，我的中士長！」

這段路的第二部分與第一部分相似，不同之處在於現在經過身邊的難民比之前那批話少，或許是因爲這批是用走的，懷裡還抱著孩子。據瞭解，雖說他們正在逃離德國軍隊，可是沒人能夠提供有用的戰略情報，只知道他們過來尋求法國軍隊庇護，就這樣。

同一天在這片森林裡，他們第二次走過一棟孤伶伶的混凝土建物。

「去他媽的！」

突然聽到這聲叫罵，害加百列驚跳起來。蘭德拉德走近他。

「唷，咱們法國國防門面可眞美呢！」

只見碉堡和掩體尚未完工，徒留蒼涼之感。這些防禦工事似乎跟他們待過的馬延堡不屬於同一計畫。沒有設備，遭到棄置，荒煙蔓草，即將淪爲廢墟，只不過看起來已經像了。蘭德拉德朝地上吐了口痰，頭往加百列胯下一比劃，開著玩笑：

「退伍回老家前就會沒事，得了，你甭擔心。」

加百列本來想回答，但他既沒體力，也沒精力。

好不容易，終於和沿著河畔紮營的部隊接觸上了。可是一接觸之下，所有人都感到失望，加百列隊上的弟兄和第五十五師的一樣失望。前者是因為他們行軍四十公里，抵達此地時精疲力盡，竟然還感到不受歡迎，後者則是因為他們期望得到更強大增援，不是像這樣稀稀落落。

「你要我拿你們這兩百個傢伙有什麼用？」中校吼道。「我需要三倍的人！」

軍機不再飛來飛去，兄弟們看不出尋求更多支援的理由。大砲發射的距離夠遠，除了默茲河對面「有大量敵軍集結」外，沒收到任何新情報，而且大家知道應該怎麼想：光學效應。

「我，我有二十公里的河岸得守！」即便如此，中校還是大聲叫罵。「十二個戰略點需要增援！這裡不是一條戰線，是格呂耶爾起司，到處都是洞！」

德國佬裝備齊全大舉侵略，這只是嚇唬人的，不太可能啦，因為基本上，他們都從比利時那邊進攻。

「那你們聽到的是什麼？貓叫嗎？」

每個人豎起耳朵，更加專心地聽。是的，的確，東北方，砲聲隆隆。藥師官問：

「偵察機是怎麼回報的？」

「沒有偵察機！就這樣。這裡沒有！」

吉博格中尉白天已經走得累得半死，一心只想閉上眼睛休息片刻。想得美！頂頭上司已經下令召來所有軍官，並且攤開了大地圖。

「我們要派弟兄過去看看德國鬼子在默茲河對岸搞什麼名堂。我需要有人掩護他們回來。所以，你，你把你的小隊安排在這邊。你，那邊。你，那邊……」

長官粗大的食指沿著默茲河的蜿蜒曲流一路比下去。他指著特雷吉埃河，要吉博格隊長注意，這條默茲河支流狀似鈴鐺，呈現出倒過來的U字。

「你們，去這邊。執行命令。」

小隊將武器、彈藥板條箱、藥箱吊上卡車車斗，車斗上鉤著一門三十七口徑大砲，在森林盡是石塊的路上晃啊晃的。

所有人都感覺剛剛翻過新的一頁。

這群人現在縮減成大約二十個阿兵哥，他們要深入叢林，隨著天色漸暗，詭譎氣氛油然生成。北邊天空覆蓋著厚重雲層。難民潮倏地枯竭，也許他們正從河畔更遠處的某個地方逃難。沒人公開表示意見，不過，要不就是他們在這等候敵軍，雖然大家不太知道這怎麼可能，因爲即使有砲兵助陣，武力這麼弱的小隊哪有能力抵擋他們？要不就是沒啥好怕的，那麼，弟兄們就搞不懂自己在這裡幹麼？

加百列發現自己剛好走在吉博格隊長身邊，他嘟囔著：「只差沒下雨而已。」幾分鐘後，他們回到軍卡那邊，這時候，下雨了。

特雷吉埃河上這座橋是上世紀的小型混凝土產物，帶著老式田園風韻，夠寬，重型卡車過是過得去，但是所有車輛都得讓出道來就是了。

吉博格中尉開始部署，想辦法保護火力裝備，尤其是那門三七口徑大砲、機槍（性能優秀的全新

FM 24/29輕機槍），以免被愈下愈大的雨水淋濕。爲了拉好掩護營區用的帆布，兄弟們只得在爛泥巴裡掙扎，六個最早被派去橋兩邊放哨的士兵大發牢騷。

勞爾・蘭德拉德倒是落了個輕鬆，他經常都這樣。他被指派看守武器。他充分利用自己的下士長軍階，坐在卡車駕駛室，笑咪咪看著雨水在擋風玻璃上流淌，兄弟們在傾盆大雨中跑來跑去。

加百列在稍遠處的篷布下把通訊器材架好，吉博格中尉隊長走過來問他話。

「我說中士，好歹你有跟砲兵保持聯繫吧？」

砲兵駐紮在幾公里外。萬一敵軍襲擊，就得靠他們轟炸河對岸，把敵人困在遠處。

「報告隊長，你明明知道……」加百列回道，「我們沒有權利用無線電和砲兵聯繫。」

隊長感到爲難，摸著下巴。參謀部對非常容易遭到攔截的無線傳輸保持警惕。要求砲兵射擊，只能發射煙霧信號彈。然而，現在中尉偏偏碰到一個小問題：

「上級幫我們配備了全新自動信號彈發射器，可是我們小隊裡沒人會用。而且又沒有操作手冊。」

遠方，樹梢再度被砲擊染紅，不過大雨減輕了砲聲。

「肯定是法國軍隊在擾亂德國鬼子。」隊長說。

加百列沒來由地想起甘莫林將軍的名言：「勇氣、毅力、信心。」

「肯定是，」他回道。「只可能是這樣……」

11

儘管「大陸」寬敞的接待大廳早已滿得像雞蛋，但男男女女，三教九流，依然持續到來。從門口開始，人人隨意端過香檳，這個動作顯示出這是好幾十年來的慣例，然後，認出綠色盆栽槽旁某個側影，喊著一個眾所周知的名字，邊護著香檳高腳杯，跟今天刮大風似的，邊穿過大廳。

實際上，這陣風持續刮了四十八個鐘頭，參雜著焦慮不安與解脫放鬆，信心滿滿與躍躍欲試，將眾人情緒激發到了最高點。終於，來了。戰爭。硬碰硬的戰爭。人人迫不及待想瞭解更多細節。每個人都衝到「大陸」大飯店，因為這兒是情報部突突直跳的心臟所在。外交官員被問東問西，軍人遭到攔下，新聞記者被團團包圍，消息從一個小集團傳到另一個，英國皇家空軍轟炸了萊茵河，比利時人的表現令人激賞，有位將軍捻熄香菸，壯志未酬之餘，終於鬆口：「仗已經打完了。」他這麼篤定，聞者無不震驚，於是乎，從院士傳到大學教授，從交際花傳到銀行家，就這麼傳開來，一直傳到了德希雷耳裡，他有什麼反應？十幾雙眼睛密切注意著，因為他從兩天前開始負責大聲宣讀戰況公報，就是一些官方專門發布給新聞界的最新訊息，所以大家公認沒人比他更消息靈通。

「當然，」他說，語帶審慎，「法國和盟友掌握局勢，但是無論如何，要說『仗已經打完了』，這話或許說得稍微快了點兒。」

交際花笑得花枝亂顫，這是她的註冊商標，其他人僅止於淺淺一笑，等著後續。可惜未能如願，因爲有人推開人群，打斷了他們：

「說得好，老兄！這……這可眞使人安心哪！」

德希雷垂下近視眼以示謙虛，因爲他看得很清楚，在場群眾分爲崇拜和嫉妒兩大陣營。崇拜陣營裡婦女人數眾多，使得嫉妒陣營人數更加稠密，這位高官（殖民地部的一號人物）突如其來支持他，來得正是時候。德希雷在「大陸」可說是扶搖直上，批評和質疑的兩把火同時被撥旺。這小子，有誰知道他的來歷？有人問道，但是關於德希雷的訊息遵循有關戰爭情報的相同規則，各人相信各人想相信的，在目前情況下，這個男孩子單純，混合著靦腆、魅力、堅毅，人家可是「大陸」的當紅炸子雞啊。他從情報部被調來管新聞，直屬副部長管轄。說起副部長這個人哪，他就像充飽了電的電池一樣，神經質又焦躁亢奮。

「不妨想想，這些人，我們圖的是他們的什麼，」他們第一次碰面時，他對德希雷這麼說過，「這個萊昂．布魯姆[28]，設立了宣傳部，我會說『設立得好』。但我不會說『這個人值得佩服！』因爲他是猶太人嘛，不過，設立宣傳部畢竟是個好主意！」

他們第一次見面時，副部長雙手負於身後，在辦公室裡來回踱步。

「好，現在，我問你，年輕人，我們的任務是什麼？」

「提供情報。」

出乎他意料之外，這是個他很久都沒有想到的答案了。

---

28 萊昂．布魯姆（Léon Blum, 1872-1950）：三任法國總理。第二任時（一九三八年三月到四月，為期甚短），創立情報部，當時稱為宣傳部。

「好吧，你要這麼說也行。但是爲什麼要提供情報呢？」

德希雷絞盡腦汁，環顧四周，突然靈光一閃：

「爲了安撫！」

「這就對啦！」副部長大聲喊道。「姑且說法國軍隊負責發動戰爭吧。但是，如果操作大砲的人沒有得勝心態，將大砲裝進砲組是沒有用的。爲了這個緣故，必須要讓這些人感覺得到支持，他們需要我們對他們有信心！全法國都必須相信這場戰爭必勝，你明白嗎！相信會打贏這場仗！全法國！」

他杵在德希雷面前，可惜德希雷比他高一個頭。

「這就是我們在這裡的目的。戰爭期間，情報正確沒有情報安撫人心來得重要。眞正的情報不是重點。我們的使命更爲崇高，更有遠大抱負。我們啊，我們情報部負責的是法國人的士氣。」

「我懂。」德希雷說。

副部長在觀察他。這小子，眼鏡鏡片厚歸厚，但才思敏銳，大家在他跟前提過好多次，說他不招搖，這是明擺著的，至於傑不傑出嘛……有可能。

「所以呢，年輕人，你在我們部裡服務，你怎麼看這份工作？」

「A、E、I、O、U，」德希雷是這麼回的。

副部長聽得懂他的「母音」，僅僅眼帶疑問，看了看他。

德希雷續道：

「分析，記錄，影響，觀察，利用[29]。按時間順序排列的話則是：我觀察，我記錄，我分析，我利用，我造成影響。影響法國人士氣。讓士氣維持在最高點。」

副部長立刻懂了，上級派給他的是精英中的精英來著！

五月十日一到，德軍對比利時發動大規模攻勢，得好好掌握怎麼對新聞界發布消息，德希雷·密格的大名就此橫空出世。

每天早晚，記者和通訊員都來收集最新前線消息。德希雷先把這半天該預留的內容準備好，然後一本正經讀出來，都是些符合大家最想聽到的，諸如：「法國部隊力抗入侵者」和「敵軍部隊並無取得重大進展」。德希雷照本宣科，氣定神閒念著經，不過增加了一些細節（「在阿爾伯特運河和默茲河附近」、「在薩爾地區和孚日省以西」），以加強其眞實性，又不至於洩漏可茲敵人利用的任何細節。因爲這種操作的困難就在於：安撫、告知，卻又得維持含糊不清，因爲德國鬼子竊聽、刺探毫不懈怠，無時不刻都在監看、窺伺。上級三令五申，千萬什麼都不得透露。到處都張貼著海報，提醒大家保密防德人人有責，一條新聞，不論眞假，都有可能比坦克小隊更具有決定性影響，眞正的戰爭部是情報部，德希雷則是傳令官。

情報部邀請了全巴黎的上流精英前來。這是戰爭時期，也是歡宴時刻。

整個晚上，大家都拽著德希雷的袖子，要求細節，懇求祕辛。《晨報》記者把他拉到一邊：

「我說，德希雷老弟，部裡對這些傘兵有更多瞭解嗎？」

眾所周知，德方已在盟軍國土到處都部署了一些特務，他們持有武器，而且訓練有素，專門負責

29「分析，記錄，影響，觀察，使用」，這幾個詞的法文依次為Analyser、Enregistrer、Influencer、Observer、Utiliser，它們的首字母縮合詞正是德希雷口中的「A、E、I、O、U」。

融入人群，時機一成熟，便向入侵部隊提供決定性支持。這些游擊隊員，被稱爲第五縱隊，有可能是德國人，也可能是比利時人，或是與第三帝國[30]交好的荷蘭人，甚至連法國人都可能！顯然就是從第一大賣國賊窩裡吸收來的，也就是說共產黨。自從三名僞裝成修女的德國傘兵遭到揭發以來，如今四下諜影重重。德希雷偷偷朝右肩方向拋去一眼，隨後悄聲說道：

「十二個侏儒假扮成……」

「不會吧！」

「千眞萬確。十二個侏儒，全都是德國大兵。上個月月底跳傘。假扮青少年在文森森林露營。還好被我們及時逮了個正著。」

記者嚇呆了。

「有武裝嗎？」

「持有化學毒劑。非常危險。準備污染巴黎飲用水網絡，衝著小學食堂來的。接下來，天知道還有什麼花招！」

「這……我可以嗎？」

「一小篇短文，不能再多寫。他們目前正在接受偵訊，你懂吧？不過嘛，只要他們一招，這個情報就歸你啦。」

副部長從大廳另一頭觀察德希雷，他對這位年輕的左右手滿是父執輩的惜才之情，他看到德希雷穿梭於各個群組之間，回答提問既有分寸又洞察明晰。德希雷准許一名通訊員記下他對德國丘八士氣的看法：

「希特勒最後決定進攻，因爲他們那兒正在鬧饑荒，他沒有其他解決辦法。法國軍隊倒是可以廣發傳單展開大規模情報戰：德國士兵只要投降，就有資格享有一日兩餐熱騰騰的飯菜哪。不過參謀部有所遲疑，當然嘛，這風險可大著呢，萬一被兩三百萬德國大兵纏上，養活所有這些人，你想想看哪！」

幾米遠處，副部長滿臉笑意，夜未央，何其美好。

「東方語文學系的學生，對嗎？」一位高官指著德希雷，驀地問道。

聽聞德希雷在河內待過二年半，高官大爲讚嘆。

「是這樣沒錯，」副部長說。「年紀輕輕，這個奇才從遠在河內的法蘭西遠東學院到了我們部裡。精通一大堆亞洲語文，眞有他的！」

「這敢情好，他可找到人聊天了呢！我說，德希雷……」

德希雷轉過身來。面對一位五十多歲的亞洲人，正衝著他露齒大笑。

「我幫你介紹一下，這位是唐先生，土著勞動力服務處祕書。剛從金邊回來。」

「Angtuk phtaeh phoh kento siekvan，」德希雷握住他的手說道。「Kourphenti chiahkng yuordai。」

面對這一大串湊不出半個高棉詞的零散音素，唐先生略事遲疑。既然這個年輕人以炫耀自己精通高棉語爲傲，當場指正他，未免太不禮貌。於是他僅僅微笑以示感謝。

「Salanh ktei sramei。」德希雷邊走開邊又加了一句。

30 第三帝國（le IIIe Reich）：即納粹德國，指德國的納粹黨統治時期（1933–1945）。

「很厲害吧？對不對？」副部長說。

「是啊，好厲害。」

「德國空軍持續在法國領空採取行動。後續無關緊要。」

爲了這次新聞發布會，德希雷選了二樓一間光線充足的套房，可以容納大約六十名通訊員。

「我國空軍猛烈轟炸一些主要軍事標的作爲回擊。三十六架敵機遭到擊落。我軍光一個戰鬥機大隊就在同一天擊落了十一架敵機。摩澤爾省和瑞士之間一切如常，沒有什麼値得跟大家報告的。」

最初幾份戰況公報內容圍繞兩個想法：德軍進攻在我軍預料之中，甚至我軍有以待也；還有就是我軍全面控制情勢。

「國軍部隊在比利時中部繼續正常推進。」

在場通訊員紛紛向編輯部回報最新敵情（以及照片），反映出戰事激烈，第二天起，德希雷改採他所謂的「刻意渲染」策略：

「德軍強勢進逼，愈來愈凶殘。敵軍雖在積極部署，但國軍和同盟國部隊無不奮勇抵抗，各地皆然。」

新聞發布會結束時，德希雷親自站在門口，向每位與會人員發放他在會中讀過的聲明文字稿。

「屬下就是以這種方式爲法蘭西探測輿論動向，」他向副部長解釋說，「平息憂慮，灌輸信心，堅定信念。從而造成影響。」

德軍開始進攻三天後，有位記者一派天眞，問他：

「既然國軍和同盟國軍隊如大家所說的那麼無敵，爲什麼德國鬼子持續挺進呢？」

「他們沒有挺進，」德希雷反駁，「他們正在往前移動，兩者大大不同。」

第四天，既然亞爾丁高地向來以難以翻越著稱，爲什麼敵軍還是到了納慕爾以南的默茲河岸，襲擊了色當一帶，這就比較難解釋了。

「德軍在多處都曾嘗試渡河，」德希雷宣稱，「我軍強勢反擊。空軍介入後，效果卓著。德國空軍即將遭到殲滅。」

副部長感到遺憾的是，戰爭並沒遵循戰況公報描繪的曲線進行。根據他們所能得到的資訊顯示（參謀部提供極少具體情報），其實德軍進攻默茲河和色當，法軍處境相當艱困。因此，德希雷建議從「刻意渲染」轉變爲「策略性保留」：

「爲了維護指揮作戰之最高利益，在此階段，本部不提供任何進行中的作戰行動詳細資訊。」

「你認爲這樣新聞界就會滿足嗎？」副部長擔心事態發展，如此問道。

「一點都不會，」德希雷微笑著回答。「不過還有其他方法可以使他們放心。」

通訊員紛紛因爲缺乏有關軍事現況的內容而感到失望，德希雷長篇大論，向他們報告了盟軍現狀及進展：

「只見處處唯有決心、勇氣、信心、確定。全體國軍弟兄士氣高昂，全力以赴，保家衛民。法國參謀部穩扎穩打，堅定卓絕，持續執行這項長期計畫。國軍同時擁有強大軍備、卓越戰技，組織架構又無懈可擊。」

12

橋頭部署了十幾名弟兄。雷諾軍卡擋住通道，簡直像憲警人員設置的陽春路障，車斗上唯有一挺輕機槍作爲逼退敵人之用，此情此景實在堪憂。稍遠處，那門三七大砲對著北方。五十米開外，一輛小拖車，上頭放置著第二挺輕機槍和彈藥箱，至於迫擊砲旁邊的那幾箱則已經打開了。

吉博格隊長來回穿梭於通訊部（「有沒有什麼消息？」）和特雷吉埃河上的那座橋（「一切都很好，兄弟們，甭擔心！」），偵察小隊奉命去瞄一眼德國佬在搞什麼鬼，約莫二十條漢子，輕裝武備，兩輛摩托車，全都受一名軍官指揮，他顯然很高興去會會敵人，直到早上過了一半的時候，偵察小隊才終於到來。吉博格隊長在通訊哨所，兩條腿大大叉著，一隻手負於身後，目光掃射現場，只看見一名預備役藥師官，一門三七口徑大砲，一支隊伍駐守橋前……他嘆了口氣。

「給我你的部署地圖。」

「可是……」

「出了點小錯，我這幅是六八七區，可是我們現在在七六八區。」

加百列看到吉博格隊長遲疑不決。像他一樣，分享生存工具，誰都不願意。

「監視這座橋，不需要部署地圖。」杜洛克上尉解釋道。

吉博格中尉讓了步，不再堅持。

幾分鐘後，偵察小隊沒入林中。

夜裡雨已經停了。現在晴空萬里，砲彈火光一覽無遺，回聲正在逼近。吉博格隊長仔細觀察樹梢。

「要是空軍能夠飛到那一區，告訴我們那裡怎麼回事就好了。」等，卻不知道自己在等什麼，就是這點最折磨人。

上午，砲火更加猛烈。進攻砲聲隆隆，分分鐘愈來愈近。感覺得出來兄弟們愈來愈擔心。除了天空，前前後後，到處都有點火光外，還是沒接到任何命令；通訊肯定中斷了，參謀部沒有回應。隨後，終於有軍機飛過頭頂，不過是德國空軍。飛行高度中等。

「偵察機。」

加百列轉過身去。原來是勞爾．蘭德拉德在講話，只見他身子往後仰，望著天空。他拋下卡車駕駛室裡的舒適崗位，一臉憂心。加百列突然感到不安。他急忙回到小隊主力所在，兄弟們現在都悄然無聲。沒人敢隨便聊天。

吉博格隊長過來找他，必須傳訊息給參謀部。

「敵人正在準備，」他說。「幾個鐘頭內，就會展開攻勢。得派戰鬥機過來。」

他激動到快窒息。加百列連忙衝去傳訊。莫非是恐懼效應？他怎麼覺得砲聲愈來愈強，愈來愈近。參謀部回訊非常慢。吉博格隊長只得又增派六名士兵去橋前。

剎那間，一切加速。

引擎怒號，槍聲大作，叫喊聲不絕。他們放低肩膀，握緊槍托，輕機槍對準橋上。沒想到冒出來不是敵軍，反而是兩輛偵察摩托車，上頭坐著幾名法國士兵，一臉驚恐，叫得聲嘶力竭，一上來，大家沒聽懂他們在嚷嚷什麼。摩托車在吉博格隊長面前稍微停了一下。

「快逃，兄弟們，沒救了！」

「什麼？什麼？」吉博格結結巴巴。「沒救了？怎麼會？」

「德國鬼子！裝甲車來了！」偵察兵邊把車騎得飛快邊叫道。「快跑啊！」

這會兒輪到小隊其餘隊員全都衝了出來。杜洛克隊長，這位上尉軍官剛剛還輕鬆瀟灑，倏忽老了十歲。

「快給我把這些全都撤了！」

聽起來他想徹底清除現場。吉博格要求知道原因。

「爲什麼？」吉博格中尉隊長大喊。「爲什麼？」

杜洛克上尉伸直胳臂，指向森林和橋的另一邊。

「一千輛裝甲車馬上就要開到，要多少輛你才懂？」

「一千……」

他說到一半，突然停住。

「我們被出賣了，老弟……他們……」

他說不出話。

「大家得逃命，我們沒辦法對付。太多了！」

這時軍中任官階級將法國軍隊整體狀況表露無遺。杜洛克上尉決定有必要銷毀法國武器，以免落入敵人手中，隨後南返和軍團主力會合。但是吉博格中尉對他這種態度深深不以爲然。離開當前這個位置就是放棄抵抗。無論對他，或是對他部下，臨陣脫逃都萬萬不可能！

這兩個人並沒有直接當面衝突。

雙方都很氣對方，不顧對方反對，各自採取相反部署。杜洛克下令移防，但在吉博格眼裡這就是不戰而逃，於是他召集願意出戰的士兵，面對這麼沒大腦的指揮，兄弟們群情激憤。

小隊其他阿兵哥靠了過來，望著橋，惴惴不安，隨後又望著他們隊長。

「我們最好跟著他們一起撤，不要嗎？」一名士兵說。

吉博格隊長從槍套裡拔出手槍，把大家嚇了一跳，沒人會想到他竟然會掏槍。

「我們在這邊是爲了守住這座橋，兄弟們，我們要守住！誰第一個逃跑，我就給他一槍。」

沒人知道如果這些人選擇逃跑，後來會怎麼樣，因爲就在這個當下，德國軍機開始轟炸，出奇猛烈，從遠到近，把地面炸得百孔千瘡，隨後飛來的軍機削去樹梢，整片森林陷入炸彈、爆炸、火光、地震煉獄，爆裂聲四起。好幾個阿兵哥臥倒在地，被震得猛地躍起，胸膛被炸開，四肢被扯掉。至於另外那幾名法國阿兵哥，他們趴在地上，靠著兩挺輕機槍和一門有個歷史的大砲捍衛國門，說時遲那時快，現在他們身邊只有火焰、灰燼、大洞，在煙霧和火焰中，甚至看不出他們的身影。

這時，法國砲兵似乎大夢初醒，突然朝著離橋有段距離的森林那邊陣陣猛轟。

加百列的小隊遭到箝制，被卡在德國部隊和法國砲兵之間，前者正在往前挺進，裝甲車少說也有好幾千輛（可能而已，因爲他們還什麼都沒看到），後者則試圖從河上方轟炸，把德軍困在遠處。

不需要再有什麼狀況，便足以使大多數士兵抓起裝備往森林那邊逃竄，直奔前方，邊跑邊恐懼大叫。

森林被德國空軍炸得面目全非，到處都在熊熊燃燒，留在原地的士兵眼睜睜看著其他人竄入林中逃跑。他們面面相覷。望著橋。橋邊躺著兩個男人。其中一挺輕機槍被炸成兩半，成了燒焦的碎鐵片。

「兄弟們，得先把橋炸了才能逃命。」

吉博格的軍帽掉了，恐懼使然，稀溜溜的幾根毛在腦門上豎了起來，一張臉白得像斂布。

他們大概有十來個，被當下這種情勢和在他們頭頂飛來飛去的大砲爆裂聲，震得昏頭昏腦。其中就包含加百列、勞爾．蘭德拉德、那個鞋帶小胖子。

「我們有什麼可以炸橋的？」蘭德拉德嚷道。

「麥寧炸藥！」小胖子用吼的，這樣他們才聽得到。「炸藥包在那邊，那邊下面！」

四名兄弟衝向架在離橋頗遠的那挺輕機槍，把它拉過來。蘭德拉德朝卡車狂奔而去，加百列和小胖子緊跟其後。蘭德拉德爬上卡車，急忙掀起篷布，到處翻找，不管摸到什麼，全往車外扔，然後才像展示獎杯似的展示一筒炸藥，他咧嘴大笑，成功了，好像他剛玩猜杯子，把整個小隊的錢都搜刮殆盡的樣子。

蘭德拉德從卡車側板上方一筒接一筒把炸藥遞給加百列，加百列再把它們屯在底盤下。炸藥有十公斤，足以炸飛這座橋。

「操他媽的！」蘭德拉德嚷著。「沒有東西可以引爆，這些他媽的爛炸藥筒！」

他背對著車輪坐著。那個鞋帶小胖子利用底盤掩護，正在往回爬。加百列用兩個膝蓋抵住一支火箭筒。

「好，」蘭德拉德說，「沒有雷管可以引爆，只能拆安全引信。你去幫我找東西，把這些全都綁起來，好嗎？」

話還沒說完，他又爬上車斗，加百列彎下膝蓋，拱起背部，往營區跑去，幾分鐘後回來，帶著六條綁篷布用的帆布帶，蘭德拉德用它們把麥寧炸藥筒一個個綁在一起。

加百列從勞爾肩膀上方望去，看著這座微不足道的橋梁陷入可怕的爆裂聲中，砲彈在他們前後方爆炸，還炸毀了森林周遭好幾處地方。他也看著蘭德拉德。

這個男人……加百列不懂。

若說他發誓哪個士兵準會第一個逃跑，蘭德拉德八成是第一個，萬萬沒想到他竟然留下來，爲了把炸藥綁在橋上，正在使勁全力拉緊帆布帶，邊恨得牙癢癢地低聲叫罵，好像在自言自語：

「看老子從它屁股下面把它炸個開花，這座他媽的屁橋，拖不了多久！」

他們站起來，蘭德拉德和加百列一起搬最大的那捆，小胖子搬額外的兩小捆，搬得很痛苦，走得跌跌撞撞，軍靴太大，可幫不上忙。砲擊絲毫沒有減弱，他們三個人低著頭，左閃右閃，歪歪扭扭到了河邊。終於來到橋墩，蘭德拉德分派任務：

「我，我去放最大這捆。你們，你們放其他兩捆，一個放右邊，一個放左邊，我負責點燃傳爆管，然後……『轟』！」

法國砲彈落地時愈來愈靠近河岸，代表敵人正在逼近。

幾個阿兵哥圍著最後一挺輕機槍，微不足道的身影令人心酸，他們沒想到會看到這個三人組到來，大叫一聲，如釋重負。橋沒了，當然就不用守了。他們並沒有像兔子一樣第一個落跑，現在他們這支決絕的團隊準備好要把這座橋炸飛，送上藝術品西天，大功告成後再逃命，大家包管會很開心。

加百列從右邊把十公斤重的炸藥抬上混凝土造的橋。他朝另一邊看。小胖子也和他一樣，把等量重的炸藥抬了上去，正高舉著手，大拇指朝天，此時一顆砲彈掉到約十五米深的河裡，小胖子被砲彈碎片震飛，落入河中。加百列嚇傻了。這時蘭德拉德已經拉好引線，來到他身邊。

「看到沒？」加百列指著小胖子死掉的地方問他。

蘭德拉德抬起頭，看見那個阿兵哥肚子朝下，漂在河上。

「眞衰，」他說，「虧他有新鞋帶。」

說這話的同時，伸直手臂，已經把引線綁好了，並且開始把安全引信末端切成斜面。

「好了，你現在快跑吧，」他隨口說道。「我把這些都點好，再腳底抹油，溜之大吉。」

可是加百列依然一動不動，同袍的屍體在河中漩渦上載浮載沉，逐漸漂走，這個景象把他給催眠了。

「我叫你快點，快跑！」

加百列往臨時營區衝去，吉博格隊長正在等他們。

「好兄弟，幹得好！」他說。

現在整個小隊好像在森林裡人間蒸發。唯一還在場的三個人看到蘭德拉德像瘋子一樣朝著他們這邊狂奔而來，彷彿他剛剛點燃的炸藥在追著他跑。他喘不過氣，癱倒在他們旁邊。

他一到，就轉過身去，眯起眼睛，仔細觀察那座橋。

「媽的，虧我還點了一條短引信，這個爛貨，到底在搞什麼屁？」

他這麼氣，我們能理解。電荷濕了嗎？傳爆管故障了嗎？二十秒，三十秒，一分鐘。這時他們終於確定，自己冒著生命危險炸橋，結果白忙一場，因爲什麼都不會發生。

此時敵軍猛地向特雷吉埃河對岸投下一陣煙霧彈，彷彿爲了回應他們的灰心喪氣，證實自己所向無敵。炸橋失敗了。白色煙幕後，影影綽綽，看出正準備要將充氣船推入水中的敵軍身影。大地開始震動，表明德國裝甲縱隊正從對岸往這開來。

「快逃啊！」蘭德拉德邊叫邊站了起來。

吉博格隊長也贊同，他拍拍加百列的肩膀，算了，老弟，我們盡力了。

加百列的腦袋到底是怎麼回事？很難說。他毫不英雄氣概，但是一絲不苟。他爲了做某件事才到這邊，結果卻沒做，這怎麼行？

他沒考慮風險，往橋奔去，在輕機槍後方站定。

站好以後，他愣住了。該怎麼辦呢？他看過這些武器，不過是大老遠地看。長方形彈匣豎在砲管上方，他把手放在彈匣上。煙幕緩緩散去，充氣船的影子逐漸清晰。這挺輕機槍每分鐘可發射四百五十發子彈，加百列握緊槍把，槍管對準敵人，咬緊牙關，繃緊全身肌肉，他記得要這樣才能抵銷子彈後座力。

他扣下扳機。咻，射出一發。就一發而已。可憐兮兮的一發子彈，好像在市集射氣球。

在他面前，事情發生的速度之快，簡直就瘋了。他正拼命想把輕機槍的子彈通通打光的時候，大地在駛抵橋上的重型裝甲車輪下悶聲震動。

「我說，傻小子，你在幹麼啦？」

勞爾．蘭德拉德來了，笑咪咪的，在他身邊就定位。

他的到來令加百列十分震驚，雙手緊緊握著輕機槍的他，突然連發射了出去，兩人看著槍管，好像它剛剛對他們說了驚天動地的話。

「去他媽的！」勞爾欣喜若狂說道。

加百列剛剛懂了，板機得扣兩次才能連發。他瞄準橋面。勞爾站起來，把滿滿一箱子彈拉到身邊，加百列邊開槍，他邊幫忙餵子彈，還邊大吼大叫，要加百列把這一整區都給轟了。

說實在的，射擊準度有待加強。子彈射進樹幹不見，飛進羊齒草叢中，也有幾發落入河裡，相當少就是了，大多數都射到離目標好幾十米外的地上。

加百列意識到了這一點，試圖改變彈道軌跡，可惜不是太高，就是太低，從沒達到剛好的高度。

「哈哈哈！快啊！」勞爾大聲笑他，嘴張得像鯨魚一樣大。「朝那些白痴臉上打啊！」

或許有什麼頑皮衝動的精靈覺得加百列的模樣和勞爾的笑聲很好玩吧，因爲加百列的子彈打到炸藥，引爆了炸藥的時候，第一輛德國坦克剛好開上特雷吉埃河上的這座橋。

橋垮了，坦克車被拖進河裡。

加百列和勞爾喘得要命。

橋倒了，造成對岸一陣騷動。他們聽到德語命令，坦克縱隊暫停行動。加百列癱軟在地，無法動彈，一個勁兒傻笑。勞爾用胳臂捅醒了他。

「我們現在最好別拖……」

兩人瞬間爬了起來，目標森林，邊跑邊開心大叫。

13

路易絲意興闌珊，從學校回到家，就像從前她很注意經期的時候，肚皮毫無動靜，她都會擔心地摸著肚子，現在她也精力不足，下不了床。於是到了下午，她請好好先生庇佩侯醫生過來，他幫她開了拔罐療法，也開了醫療證明，好跟學校請假。

禮拜六就這麼過了。隨後是禮拜天。她感到沉重、虛空。兩次空襲警報，她無動於衷。「可能我不想活了吧。」想是這麼想，其實她並不相信眞會這樣。警報聲在巴黎上空響個不停，她穿著套頭毛衣窩在床上，毛衣都變形走樣了，但她再也離不開它。

禮拜一，她有課，可是她好累。她本來該去找庇佩侯醫生看診，或是請他過來，可是穿好衣服，走上一整條街去打電話，她沒這個力氣。

一大清早，她邊啜著溫咖啡邊望著窗外院子，此時大柵門的鈴聲響起。她毫不猶豫，打開屋門，往院子一看，果然是朱爾先生，雙手插在口袋，站在柵門外。

這次他沒盛裝出席——「穿得正經八百也沒成功，謝了」——而是穿著做菜時穿的那條長褲和花格子呢絨便鞋。

路易絲留在屋門口。兩人相距約十來米。

她靠著門框，雙手捧著那碗咖啡。朱爾先生想講話，又改變心意，忽然住了口。這名年輕女子，短髮，一臉嚴肅，眼帶哀傷，偏偏美得要命。

「我……我因為警報來的！」他終於說道。

他的聲音透著怒氣，就是那種懶得再說第二遍的聲音。路易絲點點頭，又喝了一小口咖啡。距離迫使朱爾先生得大聲說話，對一個中氣不足的男人來說不怎麼舒服。

「路易絲，妳自己的時間，妳愛怎麼樣就怎麼樣，可是警報一響，妳得像其他所有人一樣下樓避難！」

就理論上，這句話聽起來蠻橫，不過根據他評論法國大砲戰功彪炳時，每次一開頭都擲地有聲，那麼這句話應該會由盛而衰，愈講愈沒力，最後變得像碎碎念，以請求、懇求告終。

沒這麼累的話，路易絲會笑出來。好，警報。朱爾先生這輩子的一大悲劇就是沒當上他們這個街區的區長，負責街坊鄰居的被動防禦工作。話說除了餐館外，他還有一小棟樓房，跟餐館差四號，他欣然把小樓房地窖提供給左鄰右社作為避難所，換來他自以為街區區長一職「自然而然」會落到他身上。唉，可惜經過多次錯綜複雜的來回折衝，最後警察局竟然指定弗洛貝威爾先生擔當此重責大任，這個「明明沒去從軍還領半餉的非在役軍人」，朱爾先生對他嗤之以鼻。從那以後，歷經多次迂迴曲折的悶著幹，這兩個男人卯上了。不過路易絲心裡明白，即便因為她不在，削弱了餐館陣營勢力，但這並不是朱爾先生的來意。

她終於走下四個臺階，穿過小花園。

朱爾先生清了清嗓子。

「妳不在，餐館都不一樣囉。」

他想擠出笑容。

「我們在等妳回來，妳知道！大家都問我妳的消息。」

「大家都不看報嗎？」

「他們才不管什麼報不報！餐館每個人都愛妳。」

這陣表白使他低下了頭，像一個做錯事被逮個正著的孩子。路易絲眼裡含著淚。

「有警報的時候，妳得下去避難，路易絲……連那個老糊塗弗洛貝威爾都為妳擔心。」

路易絲稍稍擺了擺手，朱爾先生寧願看成是同意的意思。

「那就好，那就好。」

她喝完那碗咖啡。朱爾先生在她身上發現「藝術家的一面」，他都這麼稱呼那些幫人擺姿勢當模特兒的妙齡女子，那些放浪形骸的女孩兒，披頭散髮，看似對世俗不屑一顧，渾身散發著野性魅力，性感得使人為之瘋狂，這附近就有一兩個，她們在街上抽菸，路易絲就像這樣，她那張俏麗的臉蛋白皙得猶如大理石，雙唇豐滿，這個眼神……

「妳瞧瞧，我都還沒問妳，妳好嗎？路易絲。」

「為什麼這麼問？我看起來不好嗎？」

他輕輕拍拍口袋。

「那好，先這樣吧。」

路易絲又上了樓回到家。她都是怎麼打發時間的？後來，這些她都想不起來，她唯一只記得一個影像，對任何人來說都是無害的影像，對她卻殘酷得可怕。下午過了一半，她意識到自己在同一個地方待了好幾個鐘頭，胳臂肘撐在這扇對著院子的窗臺，和珍妮完完全全在同一個地方，丈夫過世後，她也站在這兒，再也不離開。

路易絲很快就要瘋了嗎？她也會嗎？

她最終會像她母親一樣嗎？

她好怕。

屋裡的氣氛好壓抑。她燒熱水，梳洗好，穿好衣服，走出門，經過「波希米亞女郎」，頭都沒回。發現自己與珍妮相似得怪異，嚇到她了。

去哪？她漫無目的。

她一路走到林蔭大道，直挺挺待在公車站，她等。垃圾桶裡有報紙，她伸出手，原本站在她旁邊的人走到一邊，只有流浪漢才會掏垃圾桶。路易絲，彷彿她已拋下所有自尊，掏出那份日報，弄平。戰事順利，敵方損失慘重，數以百計的敵機遭我軍擊落。

翻到第二頁，她看到一張照片，照片裡的人擠來擠去，眼神徬徨。「比利時難民湧向北站，向我們講述這一路逃難經過。」前景中有一個孩子，是個男孩？還是女孩？看不出來。

一小篇補白引起她注意：

巴黎教師接待難民

全國教師聯合會拜託全體成員立即響應政府，

幫忙接待從比利時和邊境各省來的難民。

全天都有人值班，接待地址如下：

巴黎勞工聯合會，水塔街三號（十區）。

路易絲沒有加入全教會。如果早些時候從路易絲身邊走開的那名婦人沒跟隔壁那名婦人講話，也許事情會朝不同方向發展：

「妳確定有公車？」

「當然有，不會停駛了吧？」隔壁那名婦人猶豫了。「我知道六十五路已經停了。」

「四十二路也是！」有人說。「去載難民了。」

「我是不反對難民啦，可是如果他們要搭我們的公車，那我可不贊成！我們自己都得靠配給，一天沒肉，另一天沒糖。我們法國自己都不夠，還想要我們怎麼供他們……難民……吃呢？」

路易絲又看起報來。公車來了，她上了車，專心看報：「軍機出現，飛得離屋頂很近。大肆濫炸。大人因為要疏散，把好幾個孩子聚在一起，結果他們反而被炸得粉身碎骨。」

她把日報折起來，望著這座城市。放眼望去，有巴黎人，他們去上班，下班回家，買東西，也有軍用卡車，難民成群結隊，約莫每三十名由一名童子軍護送，有紅十字會救護車，還有一些保安警察，步槍斜掛在肩上……

勞工聯合會很好找，她一下就找到了，好多人擠在前面，她走了進去。

蜂巢活動統御全場，有人提著大包小包到了，有人走了出去，所有人都在問來問去。

路易絲小心翼翼往前走，彷彿怕打擾到別人。一進大廳，她發現廳裡巨大玻璃屋頂下有一百多個人，疲憊不堪，一整家一整家的人，或坐或躺在木頭長凳上，就像在鳥舍那樣，此外到處也都擺了些桌子。喧囂聲從不停歇。一群一群的人川流不息，在他們中間，有位婦人，穿著大衣，遞出一張照片。路易絲只聽到：「瑪莉埃特，五歲。她走失了。」婦人一臉憔悴。怎麼有人連自己五歲的女兒都掉了？路易絲不解。

「去北站。」一個聲音說。

在她身邊，一位六十多歲的紅十字會護士，也在大廳裡四處張望。

「人太多了，所以有人引導他們去地下室，卡車已經到那邊接他們了。人山人海，你沒概念……一鬆開孩子的手，你朝一個方向走上一步，孩子朝另一個方向走上一步，你再轉過來，孩子就不見了，嚷嚷得再賣力，也沒人能告訴你孩子在哪兒。」

路易絲望著那名婦人，只見她在臨時形成的小通道之間來回穿梭，手臂伸得直直的，使勁揮著照片，彷彿耶穌前往殉難地點，繼續走著她的苦路[31]。路易絲感到淚水蒙上眼簾。

「妳是？」護士問。

「教師，我……」

「妳先去大廳走一圈，看看大家缺什麼。辦公室在那邊。」

護士指著一扇敞開著的雙扉門。路易絲想回話，但是護士已經又走開了。

31 chemin de croix：指「耶穌前往殉難地點的路線」。

行李箱充當桌子，長板凳代替床鋪，毯子捲起作爲床墊。有人在發麵包，男人家吃著沒摻奶油的乾點心，女人家自己累得半死，還得安撫累到受不了的孩子，嬰兒也在哭鬧……

迷失於流離失所的人群中，路易絲不知如何是好。有幾柄掃帚綁在兩根柱子之間，用來晾衣物，主要是晾尿布。離這裡一米處，一名少婦席地而坐，正趴在膝蓋上抽泣。路易絲聽到小貝比在嚎啕大哭，她對這種聲音特別敏感，聽得非常清楚。

「我可以幫妳嗎？」

少婦抬起頭來看著她，因爲疲憊而形容枯槁。寶寶睡在她的裙子上，小屁股用圍巾包著。

「多大了？」路易絲問。

「四個月。」

婦人的嗓音低沉又嘶啞。

「爸爸呢？」

「他把我們送上火車，他不甘願這樣就放掉一切……妳懂嗎？我們有養乳牛……」

「我可以……」

「我帶的尿布不夠用。」

她看了看右邊臨時搭的晾衣架。

「而且，我不知道爲什麼尿布在這裡都不會乾。」

路易絲鬆了一口氣。弄到尿布，這件事她辦得到，她突然覺得自己還有點用。

她使勁握了握這位小媽媽的手，走去管理辦公室，原來最缺的就是孩子的衣服和用品啊。

「從三天前缺到現在，」之前與她擦肩而過的那位護士說。「他們每天都向我們保證……」

路易絲往門望去。

「如果妳找得到，」護士繼續說著，「眞是幫了每個人大忙。」

路易絲衝回少婦那邊。

「我去找妳需要的東西。馬上回來。」

她差點加上「等我」，要是眞的說了，未免太蠢了。

她走出大廳，信心滿滿，精力充沛，她有任務在身。

她回到佩爾斯胡同的時候已經六點了。她上了樓，打開貝爾蒙特太太房間的門。

自從母親去世以來，路易絲從未踏進一步。葬儀社員工抬走屍體後，她立刻扯下床單、毯子，將床頭櫃上所有東西一股腦兒全收了起來。隨後還打開衣櫃，幾分鐘後，除了一件裙裝、一件背心、一雙長筒襪，母親的衣物也全被她清光。貝爾蒙特太太甚至還沒下葬便已消失。第二天，路易絲出門去「波希米亞女郎」的時候，看到她清出來的四袋衣物在夜裡已經不見了。

房裡很冷，泛著一股霉味，她走過去打開窗戶。

衣櫃堆滿亞麻床單，母親收得整整齊齊，連她從沒拿出來用過的桌布和餐巾也一樣。那名少婦一提到缺尿布，路易絲立刻想到這些床單，把它們割成一條一條的，足夠做成好幾十條耐用的尿布。

但是她忘了……這些床單可厚著呢！她抓住五、六條，掂掂重量，還行，她可以再多拿一兩條。

這時，她看到一個假皮檔案夾，貝爾蒙特太太用它來保存家庭回憶，存放些明信片、信件。路易絲好久沒看到這個檔案夾。她打開來，裡面有一張父親的照片，還有一張父母結婚照，一些信件，應該是一戰期間寫的。她把這些全都放在床墊上，把一半床單搬到樓下，然後又拿著粗麻布袋上樓裝剩下的。她猶豫了一下，隨後抓起那個裝著照片和信件的小檔案夾，走了出去。竟然在胡同拐角處攔到計程車，太神奇了，連忙驅車前往勞工聯合會。

夜幕降臨。司機大罵這年頭連汽油也得定量配給。路易絲不想聽他嘮叨，寧願翻開檔案夾假皮殼套，隨意翻看內容。

「這些難民，」司機說，「多到不敢相信！我眞納悶我們要把他們往哪兒放。」

拎著箱子、背著包袱的難民確實很多。路易絲垂下雙眼，目光落在泛黃照片、海水浴場明信片，以及上有雷內叔叔簽名的鄉下廣場明信片上，雷內是她父親的弟弟，一九一七年走了，他寫得一手好字，花寫書法和大寫字母渦形裝飾都無比細膩。她還找到父母的信件，全都是一九一四年到一九一六年間寫的。

「親愛的珍妮，」她父親寫道，「這兒冷得可怕，連酒都結凍了。」

或者：「我的老大哥維克多腳受了傷，不過醫生說不礙事，他大鬆一口氣。」他署名寫著：「妳的亞德里安」。

貝爾蒙特太太寫的信，開頭則是「親愛的亞德里安」，隨後話起家常：「路易絲在學校非常好學，物價不停上漲，萊德林格太太生了雙胞胎。」她署名寫著：「鍾愛你的珍妮」。

對路易絲來說，闖入這個不是她的故事，若有似無的罪惡感並沒持續多久，反而主要是驚訝。她彷彿又看到母親斜倚窗臺，整天兩眼放空。但是看這些信，路易絲非但沒追溯出貝爾蒙特太太因爲良人遠去而黯然神傷的蛛絲馬跡，反而發現這些家信像人行道一樣平，信上什麼也沒寫，誰都沒寫，唯有夫妻相敬如賓，一個是去打仗的阿兵哥會寫的信，一個是阿兵哥妻子會回的信。

路易絲若有所思，望著計程車窗外巴黎景致羅列而過。眞沒想到。沒有一絲溫柔，全是些客套話。這對夫婦，在信中寫的都是些日常瑣事，可是貝爾蒙特太太於丈夫過世後徹底心碎，很難把這兩件事聯繫起來。

路易絲闔上檔案夾，就在這一刻，一張卡片滑落在計程車地上。

她愣了一下。

儘管卡片是倒著的，可是路易絲立刻看出名稱：坎帕涅—普雷米爾街阿拉貢旅館。

勞工聯合會大廳是空的。

夕陽西下，大家認爲難民應該是被帶去里摩日附近的收容中心了，可是沒人知道確切情形。

路易絲沒跟任何人說一聲，就把床單放在地上，出了那棟樓，攔了輛計程車，手裡拿著那張阿拉貢旅館卡片，自從發現它後，就一直佔據她的思緒。

計程車在蒙帕納斯大道靠邊。

「我在這兒下就好。」路易絲說。

最後一段路，她用走的。

她沿反方向重新走過幾個禮拜前走過的路，當時她一絲不掛，渾身是血，整個人失魂落魄，在汽車喇叭嚎叫聲中和行人驚恐目光之下走著。

接待處沒人。

她逕自走到櫃檯，檯上放著專門給顧客看的價目表，上面印著阿拉貢旅館標誌。圖案已經和這張卡片上的不一樣了，她這個是有點走西班牙風格的阿拉伯式裝飾圖案，現在這種則比較有現代感。

這張卡片是什麼年代的？

出其不意，那位年邁婦人走了進來。依然如此纖細、輕盈，緊繃著臉，神情嚴肅，花邊頭紗直落肩上，頭紗裡面，看出是一件綴有珠母貝鈕扣的黑色裙裝。她的假髮稍微有點歪。

路易絲勉強嚥下口水，剛好聽到她說：

「晚安，貝爾蒙特小姐。」

她眼帶不悅，整個人都散發怨氣。

她猛地一比，指著接待櫃檯旁邊的小沙龍，補上一句：

「去那邊談比較好。」

14

橋才正在往下倒，加百列和蘭德拉德已經拔腿狂奔。身後機槍掃射。他們跑過一輛燃燒的卡車，趕上一些速度較慢的戰友。周遭每棵樹都慘遭斬首，被劈成跟人差不多的高度，放眼望去，林間小徑百孔千瘡，炸彈炸得處處盡是坑洞。

他們到了之前第五十五師駐紮處，上級派他們到此支援該師，還從此處被派去特雷吉埃橋那邊。沒半個人。

不見大罵兵力不足的中校蹤跡，幕僚也是，幾個鐘頭前還在這兒紮營的好幾個小隊也無影無蹤，只剩下帳篷坍塌，餐車毀敗，裝備棄置，文件四處散落，正在到處亂飛，輕機槍遭到摧毀，殘片深陷爛泥巴裡。載著大砲的軍卡在燃燒，濃煙嗆得喉嚨刺痛，這片軍事荒漠散發出潰不成軍的臭氣。

加百列衝向通訊哨所。只剩下兩臺淪爲碎片的收音機，通訊遭到切斷，這世界只剩下他們小隊的這一小群人。加百列滿頭大汗，他擦了擦額頭。

每個人都轉過身去，只見五百米外，第一批德軍裝甲車隊在亞爾丁高地開出一條路，還有履帶運輸車隨同。

軍事縱隊像肉食動物那般從林中探出吻部，慢歸慢，卻狂暴、張揚，準備好要把觸手可及的一切盡皆吞食落腹。

這是信號。他們全都衝進溝裡，盡可能快，順著溝壁爬到對面，衝進灌木叢中。幾百米外，遇上一條小徑，另一列德國裝甲車縱隊正在迅速前進，堵住通道，敵人同時從四面八方開來。

兩人拱著背退了回去，在相當距離外蜷縮著身子，仰仗幾株小灌木叢庇護，等了好久，坦克縱隊漫無盡頭，完全沒把法國大砲火力放在眼裡，法國則因爲軍機不足，無法將它們確切定位，只能對這一區全面盲炸，一會兒炸得太往左，一會兒又轟得太遠，半個鐘頭內，只有兩枚砲彈命中目標。報銷了三輛坦克，德軍縱隊不痛不癢，立即繞開冒著煙的坦克殘骸，繼續往前。

加百列早就開始數著有幾輛坦克車，數也數不清。少說也有兩百輛，還有裝甲車、摩托車……他們這一小撮法國阿兵哥，丟盔棄甲、筋疲力竭、灰心喪氣、孤立無援得可怕，眼睜睜看著一整支德國軍隊羅列而過，正在入侵祖國。

「我們被出賣了。」有人低聲埋怨。

加百列看著他。誰出賣了誰？不得而知，但是「出賣」一詞，他倒是隱隱覺得相當貼切。

勞爾．蘭德拉德，他啊，他點了一根菸，揮著手，驅散著煙。跟在唱歌似的喃喃念道：

「我們會贏，因爲我們是最強的！」

法國砲兵隊是被殲滅了？還是被俘虜了？沒人說得出來。

法方砲火驟停，德軍通過，留下一片傾頹森林，車轍像屍體一樣深，路面凹凸不平，凹陷處有軍卡車輪那麼高。

這幾個人站起來，目光掃過這片景觀，殘敗、荒廢，他們感同身受。

大家束手無策。

卡車和坦克的車痕清楚表明，德軍正在向西行駛。加百列是在場唯一士官。

「我建議往東。」他只能賭一把。

蘭德拉德第一個站起來，呈立正站姿，抬頭挺胸，菸叼在嘴角，吊兒郎當行了個軍禮，回道：

「遵命，我的中士長！」

他們走了一個鐘頭，從大難中搶下來兩馬口鐵壺的水，大家分著喝，很少有人說話，這些喪家之犬，這是前一天無法想像的。這些鈴響終了被擊倒在地的拳擊手。蘭德雷德落在隊伍後頭抽著菸，像在閒晃看熱鬧。

從林間透光看出終於快走出森林已經好一陣子。大夥兒加緊腳步。我們在哪？沒人知道，這一點都不要緊，反正大腦再也起不了作用。只要有人轉頭，無不顯得一臉焦慮，全都覺得後有追兵，敵人正在追殺他們，得趕緊往前。逃。向西幾公里處，戰事進行得如火如荼，火砲光暈照得天空閃著橘光。

他們發現其他士兵，來自四面八方，同樣發了狂。三名步兵，一名砲兵，一名補給兵，兩名剛從火車下來……他們怎麼會聚在這個地方？真是個謎。

「你打哪來的？」留著金色小鬍子的高個年輕人走在加百列旁邊，如此問道。

「特雷吉埃橋。」

士兵撇了撇嘴，面露疑惑，他不知道這是什麼地方，就算加百列在那送了命，也沒人會關心。

「你呢？」

但是士兵沒聽到這個問題。他還在想自己已經想了一陣子的那件事，他刻意放慢腳步，強調自己有多震驚：

「德國佬穿了法國軍裝，你想想看哪！」

加百列不解，看著他，滿臉狐疑。

「德國佬僞裝成法國軍官下令撤退！」

士兵重拾正常步伐，繼續說道，聲音顫抖，情緒極爲激動。

此人如此斬釘截鐵，加百列好像聽不太進去，臉上八成表現出來了，因爲年輕人又說了，聲調激昂：

「絕對沒錯！間諜的法語講得像你我一樣！他們下達撤退命令，結果每個人還都信了！他們拿著參謀部的證件，當然都是假的！」

加百列想起來了，從亞爾丁山區森林裡突然冒出來過一群人。

「你看過他們的證件嗎？」他問。

「我沒，可是我們隊長有，他看過！」

可是這位隊長上哪兒去了？沒人知道。

加百列一行人走到森林邊上的一條小路，好幾個難民，不知來自何方，突然出現，推著手推車，走得很快；不時也有汽車駛過，要不就是騎自行車的，有些經過他們身邊時還大喊：「快點！別拖啊！」

這列隊伍毫不協調，以三種速度前進，汽車迅速消失，自行車慢慢騎走，步行的人邁著機械式的緩慢步伐，猶如送葬行列。

加百列正準備也要走上這條路，這時有一群人停在路邊，吸引了他的注意力，他看到一輛翻倒的摩托車邊車上有第六十六步兵團標誌，可是沒看到任何該軍團的士兵，邊車上還攤著一幅部署地圖，邊上圍著三名軍人。其實是兩名軍官圍著第三個人，後者整個人歪在這幅地圖上。加百列上前看看他的飾帶。原來是一位將軍。他眼前的這幕場景全然靜止，宛如一幅風俗畫。三個軍人像大蠟燭般凝結。令人震驚的是將軍的側面，看似震驚到愣住，一個大男人，面對全然陌生、完全不屬於他這個級別的場面，嚇得目瞪口呆。加百列舉目四望，毫不費力就看出這幅景象和這位發愣將軍極其相襯，只見將軍沒有任何數據，正在苦思解決問題，而這群衣衫襤褸的士兵，七零八落，已經開始跟在農民、推車、牛隻後頭……

喧囂聲中，他們背後的戰事似乎朝西遠去。加百列被這位將軍仔細審查部署地圖的哀傷場景給耽擱了，不得不加快步伐，以免和他那一隊的人失聯，可是他們那一隊早已在路上被沖散、瓦解，隊不成隊。

蘭德拉德突然出現嚇了他一跳，儘管情勢不妙，他還是像魔鬼一樣從盒子裡面蹦出來。

「還眞他媽的，嗯！過來這邊！」

他拉住加百列的袖子，拽著他來到排水溝，原來排水溝邊上停著一輛淺米色的雷諾Novaquatre，引擎蓋掀了起來。

「找到人了！」蘭德拉德得意洋洋，指著加百列說。

開車的是一名褐髮男子，闊肩，在一名年輕女子的陪伴下等待，肯定是他的妻子。他伸出手，向加百列自我介紹：

「菲利普。」

年輕女子個頭嬌小，褐髮，靦腆。相當漂亮。正是出於這個原因，所以勞爾才幫他們的嗎？男子笑著感謝勞爾幫忙。

「引擎熄火，」他對加百列說。「我們幫他們推一下。」自顧自說完，沒等加百列回答，又說道：「我開。你推旁邊，他們推後面。好，幹活兒吧！」

他興高采烈，俯身向加百列低聲說道：「外國闊佬！」然後打開車門，握住方向盤。車裡滿滿都是紙盒和行李箱。

「使勁兒推啊！」他大喊。

於是輪到加百列也從後座那邊抓緊車身，轉過身去開始推。年輕夫婦則在車子後面，雙手平放在引擎蓋上，推得齜牙咧嘴，車子緩緩開路肩。

這時一輛車飛快駛過他們，加百列認出車裡坐著他剛剛看到面對部署地圖一籌莫展的那位將軍。再往前開了一點，看似平緩，稍微有點下坡，車速不覺變快，引擎抽抽搭搭，加百列加倍使勁推，然後，倏忽一聲，跟誰在嚎啕大哭似的，車子發動了。

「快跳上來！」蘭德雷德忽然大叫。

前門是開著的。加百列不加思索，登上踏板，在蘭德雷德身邊坐下，勞爾猛地加速。

「你幹麼啊？」加百列大喊，邊轉過頭去。

蘭德拉德重重按了好幾聲喇叭，逼小推車讓路。加百列看到那對年輕夫婦在車子後面，已經落在遠處，眼睜睜看著自己的車子跑掉。那名男子拼命揮著手臂，加百列看了好難過，但最強烈的還是憤怒，他一把抓住蘭德拉德的手肘，逼他停車。回應他的是嘴角挨了一記老拳，加百列的頭撞到門框，連忙捧住下巴。

他昏昏沉沉，神智還沒恢復，他要下車，他爲自己感到慚愧，可是已經來不及了，汽車以時速五十公里奔馳，現在這個地方，逃難隊伍變得稀疏。

蘭德拉德輕輕吹起口哨。

加百列的血從下巴一直流到脖子，他四處找，看看有什麼東西可以止血。

15

「面對德國在默茲河前線發動進攻，慘絕人寰，本部以法國軍隊爲榮，在此向各位確認我軍驍勇善戰，奮勇殺敵，並且旗開得勝！法國和同盟國的反擊在條頓人軍隊中到處造成混亂，令敵軍心生畏懼。」

從前幾場新聞發布會起，德希雷就認出哪些人是懷疑分子、質疑分子，以及不人云亦云分子。每逢關鍵段落，他就轉向他們，透過厚厚的鏡片，將他那最赤誠的愛國目光射向他們。

「德軍攻勢猛烈，不過法國司令部已將一道銅牆鐵壁部署到位，抵禦侵略者大舉進攻。我國有這幾道主要防線鎮守，敵人休想越雷池一步。」

一小陣騷動。德希雷．密格如此肯定，斬釘截鐵，不容置喙，人人聽得順耳之至。

「我說，密格先生……」

他佯裝在找聲音是從哪裡發出的，啊，右邊那邊，是嗎？

「德軍應該從比利時進攻，可是他們也從默茲河那邊……」

德希雷一本正經點了點頭。

「此言甚是。德國統帥以爲在東線箝制可以誤導我軍，殊不知我方參謀部思路清晰，德軍這種欺敵戰略可說是相當天真。」

如此措詞引得四下爆出幾聲悶笑。

記者正準備再度發言，德希雷豎起食指，打斷了他的一頭熱。

「大家難免會有問題，這很自然。但前提是這些問題不能造成國人疑慮，甚至猜忌，值此決定性的戰役時刻，疑慮和猜忌，這些情緒都是反民族、不愛國！」

記者把他的問題吞了回去。

德希雷每回都以綜合形式的一小段獨白結束發布會，如果需要的話，其中每句措詞的目的都在於增強大家對國軍的信心，間接也增強了對部裡發布的戰況公報信心。

「福煦[32]和凱勒曼[33]後繼有人，我軍統帥雄才大略，龍馬精神，充分得到發揮，我國空軍精良，敵人望塵莫及，我軍坦克與德國裝甲車有天壤之別，步兵兄弟更是雄壯威武，無人能出其右！致勝關鍵如此之多，鐵證如山，使得勝利猶如一條康莊大道：戰鬥將一直持續，直到法國取得勝利。」

不幸的是，事與願違，現實走向違反法軍意願，往反向而去，迫使德希雷不停哄抬，用詞愈形誇張。

隨著北部和東部地區戰況慘烈攀升，來自前線的消息愈發使人不安，德希雷斷言戰況樂觀的說法就愈發強硬。

一天早上，他請教副部長是否認爲他們情報部是振奮法國士氣之最佳喉舌。

32 福煦（Ferdinand Foch, 1851-1929）：法國名將、陸軍統帥。一戰期間戰功彪炳。

33 凱勒曼（François Christophe Kellermann, 1735-1820）：法國名將，拿破崙時期擔當法國元帥。

副部長往扶手椅後坐了坐。揮著食指，示意他說下去。

「儘管這些戰況公報是『官方聲明』，但即便如此，依然引起社會大眾相當程度疑慮。請恕屬下斗膽……」

「說，老弟，你就放膽說吧！」

「那好，屬下想說的是，群眾對官方說法天生不太相信，還不如……酒肆間聽來的小道消息。」

「難不成你想在酒館開新聞發布會？」

從副部長神經質的乾笑聲中，德希雷聽出他自以為高人一等，見人所未見。

「當然不是，先生！我想到的是廣播電臺。」

「俗不可耐！」副部長旋即喊道。「本部總不至於降低水準……跟斯圖加特廣播電臺同流合污！自我貶低到賣國賊費多內的檔次！」

大家向來都只稱呼保羅．費多內為「賣國賊費多內」[34]。他是斯圖加特廣播電臺主要負責人，受德國豢養，專門播送假新聞，打擊法國人士氣——甚至達到讓法國人放下武器的程度——種種作為被視為叛國，三月時，遭巴黎第三軍事法庭判處死刑。這傢伙背信忘義，然而他有不少口號一針見血，業已達到目的：「英國提供武器，法國提供奶子」、「砲聲隆隆，反正永遠也打不到將軍辦公室」、「你上前線去打仗，他在後方工廠增產報國，陪你老婆睡大覺。」……德希雷認為這種宣傳非常有效，值得考慮，甚至可以仿而效之。

「屬下在想黃金時段的每日專欄能造成多大影響，由匿名官員在節目中說出……說出所有行政部門不能說的話。」

德希雷詳盡闡述了他的構想，因為非官方說法最容易取信於民，法國人會被牽著鼻子走，相信政府說的話……只要政府躲在幕後。

「法國人和廣播關係密切，近乎貼身的肉慾關係。法國人感覺播音員在和他說話，只和他一個人說話。政府想維持全民信心，再沒什麼比電臺廣播更適合。」

即便副部長這個人向來喜怒不形於色，這時竟也顯出一臉不可置信。

「我們必須向斯圖加特廣播電臺證明，」德希雷續道，「我們法國也瞭解我們的敵人，甚至知敵甚深！」

於是「杜邦先生專欄」就這麼誕生了，透過巴黎廣播電臺向國土全境播送，這個節目每次開場白都一樣，宣告某匿名政府官員，位高權重，消息靈通，由他來解答聽眾透過郵件提出的種種問題。

「一箭雙鵰！」德希雷打包票。「聽眾會有我們重視他問題的感覺，而且我們判斷他夠成熟，可以共享戰略情資。」

「大家晚安。來自土倫的S先生（德希雷堅持要把確切地名說出來，依他之見『地理位置務必眞實，問題方能深植人心』，此一說法，著實令上司佩服）問我『一年來德國都毫無動靜，爲什麼突然決定繼續進攻』。（德希雷在這裡插入一小段音樂，目的在於強調這個問題問得眞好，也藉此提高答

34 費多內（Paul Ferdonnet, 1901-1945）：原為法國記者，擁護極右派。二戰期間，成為第三帝國斯圖加特電臺主持人，為德軍宣傳，重挫法軍士氣。戰後因叛國遭判死刑，予以槍決。

案的重要性。）依我說：德國別無他法，只能如此。德國這個國家，不論經濟或士氣，都一敗塗地，德國什麼都缺，人民在空空如也的商店門口大排長龍。希特勒為了避免國內鬧革命，被迫對外發起戰爭，轉移注意力，藉以抑止德國老百姓對民族社會主義的不滿情緒。各位必須意識到今日這個國家的現狀，軟弱無力，空無一物，意志萎靡。德國進攻無非是納粹政權試圖給德國新願景、新希望的無謂掙扎。藉以拖延時間罷了。」

德希雷真知灼見。廣播節目一推出，巴黎廣播電臺收到數百封寫給杜邦先生的信，提出各種問題。毫無疑義，「杜邦先生專欄」節目無比成功，副部長高興之餘，還向高層表示這個點子出於他個人發想。

「各位晚安。來自科隆布的聽眾B女士要求我具體說明一下，我所謂的『德國什麼都缺』是什麼意思」。

音樂。

「有關德國物資匱乏的例子比比皆是。比方說吧，德國人民因為煤炭短缺痛苦不已。此外，德國母親帶著孩子去墓園，為的就是把手放在焚化爐上取暖啊。而且因為皮革保留給軍隊使用，婦女只得穿魚皮力圖禦寒。至於一日三餐，由於馬鈴薯是軍隊唯一食物，乃至於德國婦女連馬鈴薯都沒得烹飪，也沒有奶油，因為奶油全拿去給武器上油了。這種日子都一年多了，家家戶戶，沒有任何一家見過一粒米或是一滴牛奶，一禮拜只能有一天能夠吃到一小塊麵包。顯然，物資短缺對最脆弱的人造成的危害尤其嚴重。母親營養不良，生下來孱弱嬰兒。超過百分之六十的德國兒童罹患佝僂病。定量配給可說是結核病在德國全境造成可怕蔓延的元凶。因為沒有肥皂可以清洗，每天數以百萬計的德國學童去上學的時候，髒得跟梳子不相上下，因爲他們身上爬滿了蝨子、蝨卵啊。」

隨著專欄節目進行，德希雷精心穿插一些有關法國人自己的情資，目的在於使聽眾安心。

「說什麼法國人缺咖啡，」某晚，他在節目中解釋說，「一派胡言。咖啡一點都不缺，根本就買得到啊。只不過我們法國人愛喝咖啡，所以才永遠都不夠。還有就是，我們想喝的咖啡不見得每次都找得到，因此才造成咖啡短缺的印象（當然是大錯特錯）。」

德希雷．密格的詭辯才幹，「大陸」有一半的人爲之折服，暗中跟他較勁的另一半，對他的嫉妒也變本加厲。在走廊上，大家愈嘲弄他，高層對他這種強而有力的法式反擊感到滿意就愈表露無遺，因爲長久以來，德國在情報領域表現得尤其有效率，對法國危害甚大。

德瓦蘭博恩先生自封爲反德希雷地下投石黨[35]領袖。他這個男人什麼都長，腿長、話長，就連想法都長，而正是想法長這點彌補了他性格上的短處。每當他逮著一個想法，他就死咬著不放，並以令人欽佩的嚴謹態度悉心耕耘陣地，可說是固執得像頭牛。就是他暗地裡把唐先生，那位土著勞動力服務處祕書，弄了來，想讓德希雷當眾出洋相，可惜功敗垂成。密格到「大陸」之前，沒人聽過這號人物，令德瓦蘭博恩大感不可思議。

副部長雙眼圓睜。

「難不成法國遠東學院院長科德斯先生的推薦，對你來說一文不值！」

35 投石黨（la Fronde, 1648-1653）：或音譯為「福隆德運動」。是法西戰爭（1635-1659）期間發生在法國的一連串反專制的政治運動。

眼看苗頭不對，德瓦蘭博恩先生當場改變航向，改採迂迴戰術。除了這位科德斯先生外，這兒從沒人見過，也從來沒人跟德希雷・密格打過交道，不論是近距離或是遠距離皆然。

「我說，年輕人……」

德希雷轉過身來，匆匆伸手，推了推眼鏡。

「先生？」

「在『大陸』之前，在河內之前，你都在哪兒待過啊？」

「土耳其，先生。主要是在伊士麥。」

「那……你認識波特凡嗎？」

德希雷瞇起眼睛，他在想……

「拜託，波特凡欸！」德瓦蘭博恩重複了一次。「他可是全土耳其的頭號要角啊！」

「我對這個姓沒印象，他確切是什麼職位？」

德瓦蘭博恩惱羞成怒，手用力一甩，算了，掉過頭，大步走回走廊。他挖的坑，德希雷沒有往裡跳，但失敗爲成功之母，每回失敗，他都從中汲取新的力量。他會棄而不捨，追查到底。

至於德希雷這方面，他重拾回頭路。揭開他身分之前颳的這一陣小風，他熟悉得很，他這輩子一直都知道，現在是時候該趕緊想想撤退戰略囉。

破天荒頭一遭，他難以割捨一個角色……未免太早了點。他喜歡這個角色在這場戰爭中做的這些事。可惜啊！

16

旅館女老闆雙手交叉放在大腿上，癟嘴薄唇，臉上時陰時暗，充滿怨懟。報喪鳥般的灰白雙眼死盯著路易絲。路易絲則擔心自己將聽到什麼，也不知該從何說起。兩人依然沉默不語，路易絲低頭看著地毯圖案，女老闆，虎視眈眈望著遭自己擄獲的獵物。

路易絲原本緊緊抓住手提包寬皮帶，這時終於努力鬆開手指，儘量控制聲音不要發抖，說道：

「這位太太……」

「亞德麗安．佟貝爾。」

好像一記耳光。以哪種方式、針對哪樣東西開始談話並不重要，女老闆緊緊盯著路易絲剛剛露出來的手提包開口，驟然說道：

「難道妳覺得可以到別人的地方尋死嗎？」

這種問題怎麼回答呢？路易絲眼前再度浮現那個房間，老人屍體……她沒從旅館老闆的角度來看這件事，她感到內疚。

「因爲眞的太過分！」女老闆續道。「難道醫生在這裡受到的接待不夠好嗎？他和他的情婦？他就不能去別的地方嗎？媽還不夠，連女兒都要？」

路易絲腹部一陣翻攪，硬把噁心壓了下去。

女老闆抿緊嘴脣，她就是忍不住，這句話她從一開始就想說，她整天一再對自己複誦，都好幾天了，在她見不得光的接待中，對她來說這似乎是理想說法，完美表達出她有多怨，可是親耳聽到自己這麼大聲說了出來，感覺畢竟不同。

輪到她望著地毯，她感到後悔，她並沒安著壞心眼兒，她只是氣。

「因爲所有這些後續……」

她再也無法正視路易絲，緊張地轉著結婚戒指，轉了又轉。

「警察什麼的，妳能想像嗎⁉」

她抬起頭。

「我們旅館向來循規蹈矩！這間旅館乾乾淨淨，不是一間……」

這個詞懸在空中。說到點子上了。這是一樁「窯子」的事。一樁買春的事。

「這件……意外發生後，房客揚言要退房，小姐！再也不要住我們旅館，這些都是常客欸，在這裡住了好多年！」

這次事件對她的旅館、生意、房客、營業額造成這麼大影響，害她心灰意冷。

「還有，經過這件事，想也知道，再也沒有女孩子願意到我們旅館打掃，妳懂嗎？現在都是我……」

路易絲的思緒飄到別的地方，剛剛女老闆說的「母女」，這種說法令她困惑，深陷其中，難以自拔。這麼說她，她能理解，畢竟她表現得像個不要臉的女人，可是她母親……

「到處都是血，連樓梯都有。還有血腥味。我都多大歲數了，還要這麼折騰，妳覺得這樣正常路易絲有積蓄，她早該想到上這兒來時帶著錢。她的提議受到歡迎，立刻就看出來了。

「很好，不過針對這點，他們還算公道，我是說，醫生的家人。他們有派人過來、公證員還是什麼的，可是沒有討論到這些雜費，僅僅清償損失。」

現在比較好了，她們談到錢，她提出顧客不敢上門，憋在心裡將近一個月的那句話也說了出來，即使這種表達方式不如在她內心深處所想像的那麼有震撼力，她還是鬆了一口氣，輕嘆一聲。

她第一次看著路易絲，不是在看引起這麼大麻煩的禍水，而是在看坐在她對面扶手椅上的這名年輕女子，實實在在的路易絲，既羞愧難當又焦躁不安。

「妳很像妳母親。她好嗎？」

「她過世了。」

「哦……」

年表在路易絲腦海中全速轉過。醫生有可能是她父親嗎？

「家母，妳認識她？什麼時候的事？」

女老闆噘起嘴脣。

「應該是在……一九〇五年吧。對，就是一九〇五年年初。」

路易絲出生於一九〇九年。

即將聽到的一切強壓在她心頭，她無法呼吸。試想，她竟然在……面前一絲不掛……簡直無法想像。

「妳確定是我母親來……？」

「啊，小姐，千眞萬確。妳母親是珍妮，不是嗎？」

路易絲喉嚨發乾。很難想像她母親經常光顧旅館。她是客人嗎？才十七歲？彷彿現在遭到指控的不是她母親，而是她本人，路易絲轉守爲攻：

「當時她還未成年。」

女老闆拍了拍手，突然開心起來。

「我就是這麼對他說的，我那可憐的先夫，願他安息。『雷奈，我們旅館不是接待情侶的那種地方，大白天的！剛好你在，不如你現在就去跟他說！』可是他呀，妳知道嗎，他從小就跟醫生是朋友，他們一起念小學，他堅持，又堅持，說什麼那是特例，我只能答應，否則我又能怎麼樣呢？女人哪，要是結了婚，就得配合[36]老公啊……」

路易絲笑不出來。

「不過，」女老闆繼續說道，「因爲他們還算安分，否則我才不接受！他們每個禮拜來一、兩次……兩次比較對。接近中午的時候到，醫生付房錢，一過中午，下午剛開始時離開。非常守規矩，沒得說的。妳母親都會稍微離他遠一點，她怕。」

逃避眞相沒有用，路易絲鼓起勇氣問：

「他們來了多久？」

「應該有一年吧……對，一直到一九〇六年，年底，我還記得，那時候我先生他表弟結婚，親朋好友從外省趕來，旅館沒有空房間。我心想，萬一他們這個禮拜來，就得去別的地方囉，結果沒來。突然，再也沒看到他們。」

他們換了地方？女老闆好像看穿路易絲正在這麼想。

「他們再也沒見面了。醫生跟我先生說的。據我瞭解，害他，我是說醫生，害他很痛苦。」

路易絲鬆了一口氣。他們的關係在她出生前三年就結束了。她不是醫生的女兒。

「所以他們又上門的時候，我才沒有嚇一跳。那是一九一二年。」

路易絲臉發白。那時候她母親都結婚五年了。

「妳要不要喝杯茶？還是咖啡？哦，不，對不起，我們好像只有茶，咖啡……比較難……」

路易絲打斷她：

「一九一二年？」

「對。他們回來了，像以前一樣。但是更常過來。醫生還是像往常一樣禮數周到，他都會給打掃房間的清潔工小費，妳母親不是那種亂七八糟的女人，如果我這麼說，能讓妳能稍微放心一點。感覺得出來他們之間是在……談情說愛，如果可以這麼說的話。」

路易絲當時三歲，那又是另外一回事了。一九一二年的時候，她母親和醫生之間不再是青春期激情，成了婚外情。

36 faire des conceptions：為「受孕」之意，帶有性暗示與譏諷。作者原文以斜體字表示，刻意表現旅館女老闆故意利用faire des concessions（做出妥協）諧音，語帶雙關。從下文中可以發現，利用諧音，語帶雙關，是女老闆的習慣。

「算了，我還是喝杯茶吧。」

「費爾南德！」

聽起來好像動物啼叫，孔雀還是母雞之類的。一名年輕女子應聲出現，相當魁梧，圍著圍裙，垮著一張臉。

「老闆？」

女老闆要她端茶過來，加上一句「我的小費爾南德」，她都刻意做給顧客看。

路易絲設法讓自己神智清醒一點。

「所以說妳母親什麼都沒告訴妳？」

路易絲猶豫了。答案像將硬幣往空中一拋那樣，一翻兩瞪眼，女老闆會繼續說？還是閉上嘴？端看她怎麼回答。這是一場賭注，她說道：

「沒有。我只想瞭解……」

路線錯誤，女老闆看著指甲，剛剛閉上了嘴。

「我母親臨終的時候，只對我說：『我要把一切都告訴妳，希望妳能理解』，可是她還來不及說就走了。」

多虧這個謊，路易絲才扳回一城。女老闆又張開了嘴。死者遺願，要把自己感情的祕密向女兒老實交代，這件事滿足了她自己內心深處的缺憾，因爲她嫁了個窩囊廢、性無能，她先生原本是幹警察的，所以她向來沒膽找情夫，可她偏偏又欠缺有同理心的耳朵，可以聆聽這些她從沒告訴過任何人的辛酸。

「我可憐的孩子。」說是這麼說，可她哀嘆的是她自己。

路易絲不好意思，垂下雙眼，並沒因而昏了頭，忘記重點：

「妳說他們一九一二年又回來了？」

「又來了兩年。之後，就打仗了，大家把心思放在別的事兒上頭，顧不得這些男歡女愛囉。那是個什麼年代啊！」

茶端來了，不冷不熱又淡而無味。

「拉警報那天，妳一到，我看著妳，心想，真不敢相信，巧合得怪著呢，她怎麼這麼像小珍妮（「小珍妮」，我都這麼叫她，因爲她的年齡，妳懂的）。兩天後，我看見醫生到了，我心想，噢啦啦，機關藏在倉庫[37]？他老好多，我都快認不出來了。我告訴妳，想當年他可是個美男子，帥著呢，不過就是這麼回事，好比我那可憐的先夫，願他安息，他也曾經是個帥小伙子，結果到後來，下巴啦，肚子啦，大腿啦，全都有原本的兩個大，好吧，反正就是這樣。我說到哪兒啦？啊，對，醫生到了，他要三一一號房，跟當年一樣，他把房錢放在櫃檯上，我驚訝到連吭都沒吭一聲就給了他鑰匙。『有人會來找我。』他這樣說。我立刻想到小珍妮。但是，我一看到妳走進來，我心想，我的老天爺啊，和二十五年前一模一樣，這怎麼可能！當然不可能，不可能是她。我心裡七上八下：難不成媽媽之後，這會兒輪到女兒。」

---

37 il y a aiguille sous roche：原文以斜體字表示。原本應該是il y a anguille sous roche（直譯為「岩石下面有條鰻魚」，代表「其中必有緣故」之意）中的anguille（鰻魚）講成諧音的aiguille（針），顯示出女老闆有玩諧音的習慣。

女老闆喝著劣質的茶，蘭花指朝天花板一翹，從端著的杯子上方瞅著路易絲。她總算把悶在心裡的這句話又說了一遍，爽快極了。

一戰期間的那些明信片，路易絲又看了一遍。現在這些全都有了新意義。她看了就難過。貝爾蒙特太太與蒂里翁醫生有過一段男歡女愛的過往。她從沒愛過她丈夫？也許亞德里安也從沒愛過她？誰知道呢？他們兩人寫的信都太平淡了。

路易絲之所以感到受傷害，那是因爲她發現自己是一個平淡無奇、老套得要命的故事產物，不過也因爲她從沒想像過自己的母親竟然會愛得那麼痴狂，跟她熟悉的母親這個人搭不起來。簡直就像兩個截然不同的女人。如今路易絲在猜的是貝爾蒙特太太鬱鬱寡歡，後頭遮掩住的是哪個祕密？這依然是個謎。她剛剛得知的這些並不能解釋二十五年後，醫生爲什麼過來當著自己老情人女兒的面，自我了斷的這種做法。並沒有比……

路易絲僵住，深深吸了一口氣。難道是因爲……這有可能嗎？

她放下明信片，穿上大衣，走出家門，步履堅決，走進「波希米亞女郎」。朱爾先生正在吧檯擦玻璃杯，但她沒有往吧檯走去，而是向左轉，在醫生的那張桌子坐了下來。

從這兒，透過窗戶，可以看到路易絲她家正面。

珍妮．貝爾蒙特她家。

朱爾先生喘了口氣，拿起濕抹布擦著吧檯，下午四點，餐廳沒人，他慢慢擦。

路易絲，緊緊裹著大衣坐著，一動不動。朱爾先生走到門口，打開門，往外瞥了一眼，彷彿他突然對這條街、對左鄰右舍感到好奇，覺得觀察他們無比有趣，隨後，終於，他又關上門，把掛牌從「營業中」翻到另一面，「休息中」，拖著步子，走過來，在路易絲對面坐下。

「好，我們得談談，妳就是想這樣吧？」

路易絲沒有答話。朱爾先生左看看右看看，大廳空蕩蕩、櫃檯……

「妳要問我？好，妳要問我什麼？」

她眞該打他一巴掌。

「你從一開始就什麼都知道，可是卻什麼都沒告訴我！」

「我什麼都知道？我什麼都知道！我只知道一兩件事，就這樣，路易絲！」

「好，那你就從告訴我這一兩件事開始說吧。」

朱爾先生穿過大廳。從櫃檯問道：

「妳要不要喝什麼？」

由於路易絲沒有回答，他用兩個指尖捏著一杯酒，捧著寶貝似的，回到她對面。

「醫生過來坐在這兒（他挑挑眉毛，比著這張桌子），是哪一年來著？一九二一？還是二二？妳才十三歲！妳能想像我對妳說：『我的小路易絲，妳看到那邊那位先生，每個禮拜六都會來的那位，那好，他是妳媽媽的老情人！』這實在是……」

路易絲沒動，沒眨眼，冷冷盯著朱爾先生，一副絕不原諒他的模樣。他喝了一大口酒。

「然後，隨著時間過去，妳長大了，他繼續每個禮拜都過來，這時候再告訴妳，已經太遲了。」

他跟頭熊似的低吼一聲，彷彿這句「已經太遲了」是對他自己說的，一語道盡他的一生。

「妳母親和醫生，妳知道嗎？是件陳年往事。可以追溯到我們……幾歲？十六、十七歲的時候。」朱爾先生一直都住在這一帶，他父母住在奧爾登納街。珍妮·貝爾蒙特和他曾經就讀同一所小學。朱爾先生應該比珍妮大個兩三歲。

「噢，她美得咧，妳母親……跟妳一樣，嘿！比妳愛笑，就這樣。蒂里翁醫生的診所在科蘭庫爾街街尾，那一區都上他那看診。他們就是這麼認識的。每個人都感到特別奇怪。妳母親有預科學校文憑，大家以爲她會去念護校，沒想到竟然成了女傭，家務一手包辦，進了醫生家幫傭！好，當我發現他們之間有點什麼的時候，我比較懂了。一開始，我以爲醫生只是像其他人一樣玩弄女傭，這再稀鬆平常不過。可是這下好了，不是那樣，他戀愛了。總之，她是這麼認爲的。他比她大二十五歲，反正八九不離十。我對她說：『我說珍妮啊，妳爲了愛，進他家當傭人，妳跟這個男人能有什麼未來？』說不聽，她也戀愛了，總之，她自以爲是這樣。妳母親，她是個浪漫的人，妳懂嗎？她看小說，這些玩意兒向來不是好東西，害腦袋走了樣。」

他又喝了一口酒，邊搖著頭，彷彿在可惜好好的一個人就這麼糟塌了。路易絲想起母親的書架，她讀過的書，而且還可能一讀再讀：《簡愛》、《安娜·卡列尼娜》，還有保羅·布爾熱[38]、皮耶·羅狄[39]的作品……

「就這樣？」她問。

「『就這樣』？什麼意思？妳還想知道什麼？他們相愛，他們上了床，敢情好哇！」

朱爾先生發起火來，忘了路易絲是全世界最瞭解他的人。她完全知道顧客哪個確切動作會惹毛他。

「我還想知道，」她語帶平靜，「為什麼他們兩年後就分開了。為什麼五年後，他們又再在一起。我還想瞭解，這些年來，為什麼每個禮拜六他都坐這張桌子。你剛剛告訴我的，我已經知道了，我感興趣的是其他我不知道的部分。」

朱爾先生輕輕刮了刮貝雷帽。「關於他來這裡的這個習慣，我從沒想過要問他，妳應該想得到……不過，好（他們轉向窗玻璃，雙雙看著貝爾蒙特家那棟樓房正面），我們猜得出來，八成是因為他想見她，搞不好甚至是他正在偷窺她。由於她向來不出門，時間都花在望著院子，可是另一邊卻……」

這幅景象害路易絲心頭一緊。想像這兩個人，二十五年中，相距兩百米，各自往反方向望去，心裡邊想著同一件事，令她迷惑，感到無限悵惘。

朱爾先生假裝沒注意到路易絲神情哀戚，於是清清嗓子，繼續說道：

「他又回來坐在這裡的時候，距離他遷診所已經很久了。我壓根兒就沒再想過這個人，甚至花了好久時間才認出他，但是我啊，妳知道我的作風，我說話向來不會大小聲，對我來說，他是客人，所以，我就放明白點兒，話少一點。」

他一口氣把剩下的酒給乾了。

「我想知道他在這兒搞什麼名堂，因為他每次都坐這張桌子，唯一一張桌子可以看到妳家，我是

38 保羅・布爾熱（Paul Bourget, 1852-1935）：法國小說家、評論家、法蘭西院士。代表作為《弟子》。

39 皮耶・羅狄（Pierre Loti, 1850-1923）：法國小說家和海軍軍官，作品極富異國情調，在當代甚受歡迎。代表作為《冰島漁夫》。

說，珍妮她家，我是說妳母親她家……於是我就想，他是爲了偷看她才來的。」

「你沒想到要跟她說醫生到你這邊，他……？」

「當然想過，拜託妳，妳把我當成誰了？」

這回他是眞氣，不是裝出來的，因爲一想起當時情境就害他悶悶不樂，他好像在生自己的氣。

「我去告訴她說醫生禮拜六會來。『你要我怎麼樣呢？』她回我，就像這樣，當場給我碰了個釘子。反倒是我，看起來像個白痴！我只想幫她的忙啊。」

路易絲晚了一年才領聖體，也就是說十三歲，她母親就是從那年開始坐在窗前，幾乎再也沒有離開過。也就是朱爾先生告訴她醫生來了的那個時候。她坐在那扇窗前，背對著「波希米亞女郎」。

醫生當然不是來看那棟樓，而是在等珍妮。

「她不願意見他，我以爲他會知難而退，可是關我什麼事！過了一個禮拜六又一個禮拜六，他在那，帶著報紙。起初，我看了就難過，後來習慣了，就再也不想這回事。直到他和妳說話。我看得很清楚，你們中間有什麼，可是既然妳不想告訴我……到底是什麼……」

他沒把話說完，過了一會兒，因爲這個問題從一開始就折磨著他，他還是問了：

「醫生，他到底要妳怎麼樣？我的意思是說……在那家旅館裡面究竟發生了什麼事？」

他動機單純，只想知道路易絲遭受多大痛苦，而非刻意探她隱私。於是她就說了，提議、接受、錢、房間、那一槍，全說了。

「天哪，」朱爾先生說，「太可惡了。他想看的不是妳，是妳母親，當然，不過還是……」

他握住路易絲的手。

「對妳做出這種事情實在太惡劣！要是讓我逮到這傢伙的話！」

「他們在一起的時候，我母親，她是怎麼跟你說醫生的？」

「這個嘛……一個女人能和一個不是跟她上床男人說的話，她和我說的就是這些！」

路易絲忍俊不住，笑了出來。

「那你呢？朱爾先生，你跟她上過床嗎？」

「沒有，不過眞的是因爲她不願意。」

他拍拍口袋。

「你並沒有全部告訴我，朱爾先生，我沒說錯吧？」

「什麼，什麼，我沒有全部告訴妳？我知道的，我當然全都告訴妳了！」

路易絲走到他身邊。她喜歡他，這個男人，因爲他有顆慷慨的心，一顆單純的心。他沒辦法對她說謊，雖然他正在設法這麼做，可是他不知道怎麼做。她不想傷害他，她握住他的手，放在頸邊，像在溫暖它。

朱爾先生再也不知道該如何是好。或許是因爲他要向她透露的內容，因爲他會再度傷害她，也或許是因爲他要托出一個不屬於他的祕密，他心情沉重，只顧著大聲用鼻子吸氣。

她用眼神鼓勵他，在課堂上，害羞的學生遲遲不敢說話，她就是這麼做的。

「路易絲……妳母親她……她和醫生生了一個孩子。」

17

「天啊，停下！」

勞爾氣呼呼突然煞車，在河堤中央停了下來。加百列轉過頭去。葡萄牙夫婦早就不見人影。

「好！」勞爾說。「你現在到底想怎樣，嗯？」

周遭景觀平淡無奇，一片死氣沉沉。

「你的腳還不夠痛嗎？你想再走二十公里嗎？」

加百列拿手帕緊緊貼著臉頰，看著一望無際的耕地。他們開在次要道路上。看得出來大型農莊愈來愈遠，消失於無垠。幾棵樹稀稀落落，使得景觀平添了幾許荒涼。

「看看他們！」蘭德雷德說道，邊指著那些經過他們身邊的難民，推手推車的，騎自行車的，還有好些用走的。「這年頭大家自求多福。不認清這點，你走不遠，還不如坐在界石上，等德國鬼子算了。」

勞爾又發動了車。

「得了，」他陪笑說道，「這沒什麼大不了，中士長，你該不會小題大作吧！」

「你他媽的給我停車！我們偷了他們的車！我們大可以請他們載我們一程！」

勞爾哈哈大笑，頭朝滿是行李和紙箱的後座那麼一比。加百列臉一紅，爲了掩飾窘態，趕緊把後視鏡轉過來，打量著臉上的出血狀況。他的下嘴唇腫了。

路上冷冷清清予人一種走錯方向的感覺。副駕駛座前面儲物箱裡有一幅地圖，加百列負責辨位，他們正在往東行駛。

「你想去哪兒？」勞爾問。

「回馬延堡。」

「你開玩笑的吧？捲毛的早就輾了過去。」

加百列又想起自己小隊分崩離析。他用過一些亂七八糟的方法，設法阻止一支德國重裝縱隊，如今看來，這種做法簡直就在找死，自不量力的瘋狂行為。半點用都沒。他們可曾好歹讓德國人受到延誤超過一個鐘頭嗎？可曾改變什麼了嗎？眼前又浮現那個鞋帶小胖子的屍首在河中載浮載沉……他偷瞄蘭德拉德側面，他正全神貫注看著路。儘管勞爾弄虛作假，謊話連篇，偷雞摸狗，可是，就連他都想跟德國人拼了。

眼前的這一切怎麼可能發生呢？

法國軍隊超前部署大半天，備戰眞這麼差勁？

「他們一再告訴我們那邊銅牆鐵壁，德國鬼子休想突破！」

「什麼？」

加百列突然想到一個詞：

「我們算不算是……逃兵？」

這個詞眞可怕，他沒認知到自己就是。蘭德拉德沒像平常那樣放肆大笑、聽了就討厭，而是搓搓下巴，若有所思。

「我認爲軍隊中有很大一部分兄弟和我們處境相同。」

「畢竟還是有很多人眞的在打仗，不是嗎？」

他的意思是，像我們一樣的人，在特雷吉埃橋上，但這不是一個非常有教化作用的例子，因爲他們現在正在一輛偷來的車子裡面，而且盡可能離他們原本該對戰的敵人遠遠的。他好羞愧。至於蘭德拉德，他看起來也不怎麼自豪。

「怎麼了嗎？」加百列問。

「我們被出賣了，就是這樣！第五縱隊，共產黨。」

「出賣，怎麼會？」加百列想問，但他閉上了嘴。他又想到那個留著金色小鬍子士兵說的話，德國人僞裝成法國軍官，可能就是他們下令撤退的。難道說只需要這麼一點點人，就足以把全體國軍搞垮？可信度不高。加百列自己觀察到的是國軍裝備不良，武器不優，負責指揮的軍官準備不足，群龍無首，參謀部不知道跑哪兒去了，簡直匪夷所思。

「我們應該回巴黎。聽參謀部差遣。」

勞爾含糊其詞，敷衍他說道：

「參謀部，是啊，很好啊，再看看吧。反正，巴黎，我可以啊。也就是說，我們不走這條路……」

左邊傳來的槍砲聲響逐漸遠離。加百列看著地圖。

「既然德國佬往西邊去，我們應該可以再開遠一點，然後就可以接上通往巴黎的路。」

勞爾沉默良久，隨後點了一根菸，望著這片低矮的天空，這種黯淡的陽光，這片陰沉的景觀。

「那些人眞他媽的幹！」

「誰啊？」

「那些人啊，這裡……搞了半天，對他們來說，前線這裡，打仗，是打好玩的！」

他一臉認眞，看起來好像眞的這麼想。

他們一停車休息，他就開始全車左翻右找。加百列走到一邊去小便。他回來時，行李被捅破，紙箱被撕開……因爲夜幕低垂，他看不清楚詳細情況，不過就連排水溝裡都有一大堆衣服和各類物品，毯子啦、不怎麼樣的二手貨啦，就是那些到處都看得到的玩意兒。儘管這兩天來，加百列見識過比這糟糕一千倍的，看到這些私人物品，依然令他揪心。

「沒半樣有用的。」勞爾晃著空行李箱，低聲埋怨。

加百列隨他去，他累得要命，站都站不住，還是回車上坐著吧。勞爾又坐上駕駛座。

「你，我的好兄弟，你得睡會兒。虧你還是中士長，體格像個娘兒們似的。」

勞爾還有精力開他玩笑。這小子可眞耐操。

他們開了好長時間，加百列在引擎轟隆聲中整個洩氣，癱軟在座位上。蘭德拉德開著車，載著他們兩個一路往前，加百列暗自感激他，他就沒辦法這麼生龍活虎。

「去你媽的！」

加百列睡得昏昏沉沉，驟然驚醒。車停了。勞爾開始倒車，一直倒到右邊一條非常小的路，路兩旁栽著白楊樹。

「好像不賴喔，你不覺得嗎？」

加百列瞇起眼睛，只見這條柏油路沒入暗夜，他看不出前途有多光明。憑著雞鳴狗盜之徒的直覺，勞爾嗅出好運氣味，一處大宅院，算是稍微帶點貴族風，相當矯飾，園林栽滿巨木，林蔭道盡頭是一棟石造建物，碩大無朋，端看兩扇鑄鐵鍛造的大柵門，不難猜出建物有多恢宏壯觀，車子就停在大柵門前。這一大片產業似乎空無一人。

「我們好像中大獎囉，老兄。」

勞爾拿出工具箱，鉗子、扳手、錘子，夯不啷噹一大堆，加百列八成不會用。他拍了拍生鏽的鐵鏈，還扭上一扭，鐵鏈發出可怕聲響。

「我們會被發現，」加百列東張西望，探視周遭，如此說道，不過夜裡黑漆漆的，三米外就啥都看不見了。

一刻鐘後，在勝利叫聲伴隨之下，大柵門投降了：

「我辦到了，這個王八蛋！快，西蒙妮上車吧[40]！」

車頭燈旋即照亮了建物正面，礫石在車輪下嘎吱作響，臺階寬闊到可以用來拍婚紗照。每扇窗戶都以厚重的深色百葉木窗板關上。

加百列還在看著忍冬和攀爬上樓的玫瑰花叢，勞爾已經又打開工具箱，開始撬門，邊嘀咕，邊搬出各式各樣的髒話，罵鎖、罵門、罵屋子、罵屋主，整體說來，所有東西，只要對他拒而不從、害他氣得發瘋，都難逃一罵。

鎖終於認輸。

入口大廳昏暗不明。勞爾想都沒想，像在自己家一樣，溜進過道，加百列聽到他在左邊亂翻亂摸，廳裡突然亮了起來，不到兩分鐘，勞爾就找到電錶。

這是一棟住家大宅邸，正在休眠，等待屋主歸來，扶手椅和沙發上蓋著白床單，顯得奇形怪狀，神祕詭譎，怪嚇人的，地毯沿著踢腳板捲起，猶如昆蟲正在沉睡。勞爾杵在一幅立像前，畫中那名男子大肚便便，神氣活現，鬢髮濃密到看不見雙頰，一隻手搭在一名坐著的女子肩上，女子神態高傲卻順從。

「祖宗八代吃人夠夠！這傢伙八成吃乾抹盡好幾代農工和季節工，才搞得出這麼一棟破房子，混帳東西！」

勞爾抓住畫框下端，猛一扯，整幅畫翻在他身上。他伸直手臂拎著它，像塊桌布似的把那幅畫鋪在客廳長桌上，隨後又衝著椅背揮了四五拳，把畫撕了個稀巴爛，打破畫框，最後連框上的板條都往餐具櫃稜邊猛砸，才算大功告成。加百列看得瞠目結舌。

「你為什麼……」

「好了，」勞爾搓搓手，心滿意足，「還沒完呢，去瞧瞧有什麼可以吃的，我啊，我快餓死了。」

他在食品櫃找到培根、肉罐頭、洋蔥、小洋蔥頭、白葡萄酒，幾分鐘後，就看到他用這些材料即興做出一餐，加百列心想：勞爾．蘭德拉德這個男人比他適應戰爭多了（至少在這場四不像的怪

---

40 en voiture Simone：這個說法源於一九二九年，當時很少有女性拿到駕照。一位名為Simone Louis de Pinet de Borde、芳齡十九的少女不但拿到駕照，後來還在賽車中數度奪冠，故而有了「en voiture Simone, c'est toi qui conduis, c'est moi qui klaxonne」（西蒙妮上車吧，妳開車，我按喇叭）一說，來向她致敬。

戰裡）。要是只有他一個人，他可能整晚都在嚼煙燻培根，可是勞爾卻找出利摩日[41]餐具和水晶玻璃杯，布置出一張貨眞價實、過年過節才會擺上的正式餐桌。

「去找幾個燭臺過來，那邊應該有。」

那邊果然有。加百列帶著燭臺和蠟燭回來，勞爾已經開好一瓶老酒，還倒進長頸玻璃瓶（「得醒酒，你懂吧！」），他坐著，滿臉笑意，說道：

「我的中士長，這會兒看我把你伺候得跟王子似的，不然我就不姓蘭德拉德。」

是因爲燭光？這家資產階級宅邸的氛圍？這段時間他們的種種經歷造成疲憊？也或許是面對和你一起經歷過一些事的人，使你不由自主感受到的這種蠢不可耐的團結情緒？八成這些同時都有吧，勞爾·蘭德拉德好像變了一個人。儘管嘴唇痛得要命，加百列狼吞虎嚥，跟個餓死鬼似的，他看著蘭德拉德，再也找不到那個猜杯子出老千的騙子，那個走私食物的販子，那個他認識的粗鄙、手腳又快的丘八。眼前這個人，用大叉子刷一下叉住食物，笑得像個孩子。

「『命令是死守陣地，絕不撤退！』」他伸長手臂，欣賞著自己那杯酒，說道。

加百列沒笑，不過他任勞爾幫他斟酒夾菜。他想站起來幫忙，勞爾說：「甭了。」然後跑去找咖啡研磨機和布質咖啡濾袋。

「所以說，你是從巴黎來的？」他問。

「我被派到多勒鎮。」

聽都沒聽過，勞爾輕輕撇了撇嘴。

「在弗朗什孔泰。」

「啊……」

他也沒印象。

「你呢？」

「哦，我啊，我到處換工作。」

蘭德拉德眨眨眼，又換了副嘴臉，就像他在馬延堡的時候，對肉鋪掌櫃或餐館老闆敲完竹槓後回到卡車上，他說：「這傢伙，也被我們削了一頓！」

已經很晚了。勞爾打了個大飽嗝。加百列站起來收拾。

「你少多事。」蘭德拉德說。

他隨手把所有利摩日餐具掃進粗陶大洗滌槽裡。杯子和餐具唏哩嘩啦，砸在裡面碎掉的聲音真慘。加百列伸手想拉住他，可是全都碎了，勞爾又開口說道：

「現在吃也吃過啦，咱們去參觀參觀吧。好了，走啦。」

樓上，一條過道通向五、六間臥室和一間浴室。蘭德拉德推開一扇扇門。

「老人的房間嘛。」

他說這話的語氣帶著恨意。他往裡走了幾步，平靜歸平靜，不過彷彿承受著壓力，隨時準備搞他個天翻地覆。走沒幾步，立即轉回過道。

「哦，見鬼了！」他說。

41 利摩日（Limoges）：法國知名瓷都。

加百列跟著他走進一間少女房，裡面是粉紅色的，有華蓋的床、桌子、椅子、書櫃，上頭擺著言情小說，幾幅幼稚的版畫。

勞爾拉開彩繪梳妝臺抽屜，扯出幾件內衣，在指間搓磨。隨後，兩條胳臂伸得直直的，正在評估一副胸罩。

「這種啊，我挺喜歡這種大小的唷！」

加百列走回過道，找到一間客房，連衣服都沒脫，往床上一倒。睡意襲來，他被打敗了。

被打敗了沒多久。

「你給我起來，過來這邊，明天，我們會很急。」

加百列已經失去了時間感和空間感，彷彿從沉沉夢境醒來，機械式地跟著下士長走進過道，進了一個房間，肯定是屋主的，裡頭有好幾個大衣櫃。

「喏，」蘭德拉德說，「試穿看看。」

他看到加百列滿眼不解，補上一句：

「怎麼？你打算繼續穿著軍裝到處晃嗎？萬一被小德國鬼子逮著……我是不知道他們會怎麼對待戰俘啦。依我看，他們寧願餵戰俘吃子彈，也不願意餵他們吃牢飯！」

他說得沒錯，可是這個坎，加百列很難跨得過。他們偷了車，還可以想辦法幫自己開脫。相反地，穿上便服，則是眞正脫離軍人身分，從此淪落到東躲西藏的逃兵處境，試圖躲過天羅地網，後果不堪設想。至於蘭德拉德他啊，倒是毫不猶豫。

「很合身吧？」

他穿著深色套裝，袖子有點短，不過裝裝樣子夠了。

輪到加百列，他從衣櫃掏出粗布長褲、格子襯衫、套頭毛衣，試穿了一下，心情沉重。他看著鏡子裡的自己，認不出來自己是誰。蘭德拉德早已不見蹤影。

他發現蘭德拉德站在剛剛那間孝親房門口，正對著床在撒尿。

18

蒂里翁醫生住訥伊鎮。十九世紀以來，有錢人開始炫富，在訥伊當地蓋出一棟棟宏偉方正建物，俯瞰寧靜街道，其中一棟就是醫生他家。路易絲第一次走過去，看到臺階，窗上有幃幔，高大林木樹梢探出屋頂上方，園林八成在屋後，建物外觀漂亮。她想像裡面有蘭花溫室、噴水池、雕像……諸如此類的東西。

她都走到十字路口了，又折了回來。

這一區外人不多，很容易就看出她不是當地人，一名女子在這條街上走來走去，很快就引人側目。這時，她停在鍛鐵柵門前，門上有小鏈條和門把，她抓住門把，門鐘聲音又細又尖，有點像學校的下課鐘聲。

「是個死胎。」朱爾先生說。

路易絲驚訝得張大了嘴。這個消息害她無法喘息。

朱爾先生又坐了下來，揉著下巴。吐露隱情就像珍珠項鍊，線一斷，劈里啪啦，全說了出來。

「我對她說：『算了吧，珍妮，這個孩子，不然妳得養他啊！妳想想看妳會過什麼樣的生活？孩子又會過什麼樣的生活？』她同意了，不同意又能怎麼樣呢？她才十九歲，她不知道怎麼辦啊，她母親一哭二喊三上吊，鄰居又會怎麼說她？可是她死也不肯把孩子流掉。」

痛苦回憶不堪忍受，朱爾先生放低了聲音。

「她家裡的人把她送去西萊絲特姨媽那兒，她母親的姊姊。」

路易絲依稀記得那個女人瘦小乾癟又神經質，只有望彌撒的時候，才會脫下藍大褂，她也記得那間在勒普雷聖熱爾韋鎮工人區的低矮房屋。一戰快打完的時候，西萊絲特過世，沒有丈夫，沒有子女，正是典型的當年婦女，她們的存在只有她們自己在乎，在任何人的記憶中都不曾留下一絲痕跡。

「那是什麼時候？」

「一九〇七年。春天。」

女傭走下臺階，來到大柵門前。

珍妮·貝爾蒙特，她年輕的時候，也穿過這件月牙白圍裙、這雙黑平底鞋，也做過這身小人物裝束？也像她一樣眼帶提防，盯著陌生人嗎？

「有何貴事？」

她的聲音也有如金屬般刺耳，矯揉做作，還帶著優越感嗎？

「我想見蒂里翁夫人。」

「您是？」

路易絲跟她說了姓名。

「我去請示一下。」

珍妮回去通報的時候，也邁著這種慢呑呑、幾近懶散的步伐？她也是這副模樣？什麼樣的主人就有什麼樣的家僕嗎？

路易絲像員工一樣在大柵門外候著，大太陽底下，眞的好熱，汗水從帽子底下滲出。

「夫人沒空。」

女傭說出這句話，無所謂高不高興，只不過她的態度不容分說，她有任務在身。

「我什麼時候可以再過來？」

「我們不知道。」

這個「我們」，相當疏離，凸顯等級制度，從她開始，上溯到她東家，可以無限上綱到天主，或是階級鬥爭天堂，端看你怎麼看待這個世界。

路易絲臨陣脫逃，走回林蔭大道，沒進一步得知些什麼，反而鬆了一口氣，她從朱爾先生那裡知道的事情已經夠她難過的了。是的，鬆了一口氣。除了朱爾先生和旅館女老闆告訴她的之外，她再也不會知道任何細節，光這些就夠了。

雖然公車繞來繞去，可是地鐵站太遠，所以她還是在公車站等。

眼前日常交通川流不息，一輛輛車載著大包小包，滿到連車頂都是行李，看起來全城有一半都在遷徙。盼著公車到來的人，等得不耐煩，又走了，路易絲留在那兒，大衣搭在手臂，既不急著要去做什麼事，也不會等得不耐煩，她在想像母親幫傭的樣子。在曾經是她愛人的男人家裡幫傭好奇怪。是醫生要求的嗎？她想像母親十九歲時得知自己懷孕的心情。母親她自己失去過一個孩子，她的女兒又因爲孩子沒了而一度發狂，那段期間她是怎麼熬過去的？路易絲試圖想起當時母親安慰她的話，但記憶模糊不清，甚至連母親的臉也在淡出，她熟悉的那名婦人與她新發現的這名婦人完全是兩個人。

等了半天，公車沒來，輪到她放棄了，用走的算了，結果……並沒有，她看到蒂里翁夫人走出家門，於是停下腳步。

面對面，彼此相距幾米，兩人都沒想到。

蒂里翁夫人率先回過神。她又抬起頭，疾步走過公車站，但為時已晚，她們已經意外碰了面，路易絲想都沒想，跟在她後頭。兩人就這麼相互窺伺，走了一段時間。蒂里翁夫人再也按捺不住，轉過身來。

「我丈夫都輕生了，妳還不夠嗎？」

但她立刻意識到自己的反應有多愚蠢，於是又繼續往前走，但她再也沉不住氣。她怪自己不夠冷靜，從她較不堅定的步伐就看得出來，她已經開始軟化，正準備棄械投降。

路易絲只顧走在她後面，不知道自己為什麼這樣做，也不知道形勢將如何轉變。豁出去，當街大吵大鬧？在這兒？在這條離她家三百米遠的街上？

「妳到底想怎麼樣？」蒂里翁夫人又轉過身來，說道。

這是個好問題。路易絲也不知道自己想怎麼樣。

面對這名年輕女子默不作聲，蒂里翁夫人重拾步伐，不過又停了下來。她無法想像再繼續玩這種遊戲，忍受如此荒謬、不符合她身分地位的情境。她們總不能就這麼在人行道上，像看大門的三姑六婆那樣說三道四。

「走。」她的聲音不容分說。

稍遠處有間茶室，兩人走了進去。

蒂里翁夫人死板又封閉，雖然同意和路易絲談談，但刻意表現出這番對談將速戰速決。

「一杯茶。牛奶加少一點。」

她八成是用向女傭發號施令的語氣點茶。這張稜角分明的臉，這對銳利的眸子，路易絲想從中找出她在勒普瓦德凡辦公室曾經打過照面的那名哀痛婦人。再也找不到一絲痕跡。

「我點一樣的。」路易絲說。

「好，」蒂里翁夫人說。「其實，這樣也沒什麼不好。我碰巧也有一些問題要問妳。」

沒等她開口問，路易絲簡明扼要，從容不迫，全都說了，彷彿在講述一則與她無關的社會新聞。

她描述旅館，那間房間，浮現腦海的卻是珍妮·貝爾蒙特的影像，十七歲的少女，像她一樣，進到一間旅館，爲了和同一個男人進行一樁性事，期間大約相距三十年。

「外子遇見珍妮時已經四十多歲了。」

蒂里翁夫人沒請路易絲用茶，自行斟了茶。兩人以桌子正中央爲分界線，壁壘分明。

路易絲沒問，她逕自講起過往。

「我怎麼能接受這種事呢？」

她雙手交叉，置於胸前，凝視著茶杯，不再是法官辦公室裡的那位含淚遺孀，也不是同意此番對話的這位專橫貴婦，而是一個女人，受盡丈夫行爲傷害，一個人妻。

「我不接受這種私情，但是我懂。我們的婚姻早已名存實亡，我們彼此從沒愛過對方，說眞的，這沒什麼好驚訝的，他會……」

她聳聳肩，她認命。

「我寧願這樣，也不要看到我先生和我朋友搞七捻三。但我很快發現，這已經不僅止於一樁和女人上床的風流韻事，這一點，我無法容忍。因爲……眼睜睜看著他們愛得死去活來，比他純粹瞎搞更痛苦得多。更羞辱。我一直很害怕在家裡……不論哪裡……當場逮到他們，我不想讓我女兒親眼看到這種事。我決定把珍妮趕出去，結果他們改去旅館幽會，老天爺才知道哪家，我再也不想聽到任何人說起這件事。」

她拿起放在腿上的皮包，東張西望，找著女服務生。

「這陣子，我先生老了好多，突然就老了。前一天，還是一位對歷史、文學、植物學無比有興趣的退休醫生，第二天，成了一個老頭子，步伐變慢，不修邊幅，忘東忘西，說過的話一再重複。他從沒跟我提起過，但我看在眼裡，他知道自己的狀態在退化。他想做個了結，他要保留尊嚴。他不願意自己風燭殘年的狀況讓別人看笑話，他寧願一死了之。我沒想到他竟然決定那麼做……當著妳的面……我可以想像這對妳來說有多殘忍……所以我才拒絕提告。」

她看著櫃檯，準備叫女服務生過來。

「我敢肯定他並無意傷害妳。」

路易絲萬萬沒想到，這個男人，她從來都沒愛過，何況他還負了她，害她再怎麼不願意還是被迫到預審法官面前接受訊問，現在她竟然幫他講話，幫他開脫。

女服務生帶著帳單過來，蒂里翁夫人掏出錢包。路易絲說了一句話，阻止她先別忙著走：

「那……孩子呢？」

蒂里翁夫人掏錢掏到一半，動作懸在半空中。她原以為言盡於此，自己就可以離開，沒想到，並不夠。

「拿去。」她說道，邊拿一張鈔票打發走女服務生。

她閉上眼睛，設法找到一點勇氣，再次睜開眼睛，低下了頭。

「儘管我先生是醫生，但也沒想到珍妮竟然拒絕……總之，她要留著。這次實在太過分了。我叫我先生選，選她還是選我。」

路易絲感到面對這種盛怒之下的最後通牒，醫生八成屈服了。

從兩人談話開始，蒂里翁夫人一直說「珍妮」，好像她眼前這名年輕女子不是「那個女人」的女兒，而是一個鄰居、一個熟人。

「她別無選擇。她還不到二十歲，情況不允許。她堅持非生不可，企圖讓我先生心軟。」

她的目光轉為冷酷。

「我可以告訴妳，她千方百計，動盡手腳，可是沒有得逞！」

她八成是想到當時自己寸步不讓的決心，搖了搖頭，表示珍妮休想如願以償。現場陷入一片死寂。

就在當下這一刻，她心中肯定百轉千迴，感慨萬分。

面對蒂里翁夫人這張故作鎮定、面無表情的臉，倘若路易絲沒有按兵不動，而是主動問起孩子是怎麼死的，這件事不知會如何發展？蒂里翁夫人八成會即興編出一套說法，而路易絲也會採信。尤其是身為本市醫生夫人，身邊哪會找不到死胎的案例呢？蒂里翁夫人大可隨便搬出一個例子，把孩子的事敷衍過去，慶幸自己這麼容易就脫了身。

在這場騙局中，路易絲贏得勝利……慘勝。

路易絲沒搭話，任由沉悶死寂延續，蒂里翁夫人終於讓了步：

「那孩子一出生就被遺棄了。我先生親自督辦。之後我要他賣掉診所，我們才搬到這兒，從此再也沒聽起過珍妮的消息，我也不想知道。」

「遺棄？」

「對，送去收容所。」

「女孩？男孩？」

「男孩。應該是吧。」

她站了起來。

「小姐，妳經歷過的那一切可能不堪忍受，不過妳是爲了錢才那麼做的。我和那件事沒有任何關係，我只想保護我的家人。妳逼著我想起痛苦往事。我不希望再見到妳。」

她沒等路易絲回覆，逕自走出茶室。

路易絲又待了一會兒，茶一口都沒喝。她母親和醫生一起生的孩子沒有死，當時還活著，在某個地方。

19

「我們法國終於可以高枕無憂……」

這才公平嘛！打從德希雷．密格使出壓箱寶絕技，把一丁點兒大的新聞說成樂觀無比的重大訊息，造成「大陸」景仰，現在是時候了，終於等到一個無可爭議、振奮人心的大好消息來回報他了。他大可裝腔作勢，藉此大肆炫耀，但這焉是他的風格。何況，他光耍嘴皮子就夠出風頭了。

他用食指把眼鏡推回山根。

「……因為繼貝當元帥以總理、議會副議長身分入閣之後，這回輪到魏剛將軍接任國防部參謀總長，他同時也被任命為總司令，負責戰區全面作戰行動。如今由拿下凡爾登一役的貝當元帥和福煦愛將魏剛將軍執掌大局，法國得以休養生息：蓋因前者用兵如神，冷靜堅韌，後者運籌帷幄，天生領導力卓絕，今日兩人已然結盟。如今再也沒人懷疑，一九一八年十一月向德國人宣讀強迫德方接受停戰條件的貝當大元帥，幾個禮拜後，將再度扮演此一重責大任。」

德瓦蘭博恩先生杵在大廳最後方，猶如指揮官的雕像般陰魂不散，每天兩次盯著德希雷做簡報，觀察他，一心要揭開他的祕密。這個臭小子，從天而降，想找出他的生平事蹟，竟是如此困難。

德希雷．密格宣讀完法國「全面箝制」德軍進攻，在前線各地部署的確切位置之後，在場眾人再度有機會對他的精彩表現表示欽佩之意，不料此時卻有一位記者膽敢提出質疑，而且不是針對魏剛將軍任命一案，而是衝著大家都閉口不談的魏剛前任甘莫林將軍被趕下臺一事。

「這位先生，勝券在握之榮光從一隻手傳遞到另一隻手，僅此而已。甘莫林將軍把國軍打造成一道銅牆鐵壁，無法逾越，抵禦德軍推進，魏剛將軍負責將這道牆往前推進，一步又一步，一米又一米，直到逼得敵人走投無路，全軍覆沒。這兩位男士都是英雄，擁有相同意志，各自具有軍事領導人三大必不可缺的基本素質：指揮、料敵、組織。『任何部隊無法挺進，寧願當場戰死報國，也不能將祖國託付給部隊的任何一寸山河拱手讓敵』。由甘莫林將軍頒發的此一正式命令，將由其繼任者恪遵奉行。我們法蘭西倒要教教德意志，如何創造奇蹟！」

德希雷．密格這番慷慨陳詞，德瓦蘭博恩先生和所有人一樣都大為激賞，只不過在他身上，欣賞他人總是變質成了怨懟。他首先就對副部長死纏爛打，拿一堆有關他這名愛將的問題對他疲勞轟炸，但有鑑於軍事形勢不斷惡化，值此時期，壞消息如同當年在格拉沃洛特[42]時那般不斷從天而降，必須想辦法安撫人心，德希雷從而變得必不可缺，甚至變得就此碰他不得。

遺憾的是，任命貝當和魏剛只起到短暫作用。法國士兵正在為捍衛國土任務全心奉獻，犧牲性命，即便沒有任何人懷疑這點，但每個人也都注意到德軍持續挺進，全面侵略，所向披靡。

他們首先從比利時拉出一條戰線，趁著法國軍隊為了奪回該地衝鋒陷陣之際，伺機越過亞爾丁高地，透過足以列入軍事青史之鐮刀閃擊戰略，包抄法軍和盟軍，使其險遭殲滅，被迫從敦克爾克那邊

42 格拉沃洛特（Gravelotte）：普法戰爭中的一次會戰。一八七〇年八月十六日，法軍眼見撤退無望，只得在格拉沃洛特一帶築起堅固防禦工事；八月十八日，雙方展開會戰，普軍集中強大兵力，逐一攻佔法軍陣地。

撤回英吉利海峽彼岸。

靠這些……鼓舞國人士氣？

「盟軍堅守陣地」，這套不知說了多少遍，觀察家心知肚明，眼見德國人衝著亞眠、阿拉斯猛攻，當前情勢並不樂觀。史無前例，兵敗如山倒，德希雷．密格必須使出渾身解術才能賦予此一慘狀光彩假象。而這正是杜邦先生在巴黎廣播電臺的專欄節目中，每天卯足了勁在幹的事。

「各位晚安。波爾多的V女士問我：『為什麼法國軍隊阻止德國入侵企圖，會遇到比預期稍微多一點的頑強抵抗？』」——（音樂）——「法國遭遇困難的眞正原因是第五縱隊，也就是說，潛伏於我國境內的特勤人員，他們的任務在於破壞國軍行動。各位知道嗎，德國最近在法國北部空投了將近五十名少女（沒大男人那麼顯眼），她們藉助鏡子向德國部隊發送信號，不過也像印第安人那樣以煙傳訊，指出法軍駐紮陣地給德軍看。雖然這些少女遭到逮捕，但損害已經造成。有證據表明，德方甚至滲透進農家，把母牛放入田野，以便幫德國士兵指路。如此一來，有法國軍官發現賣國賊把狗叫聲訓練成在發摩斯電報，也就不足為奇了！不到一個禮拜前，我軍擊落一架德國軍機，裡面裝滿了蝗蟲卵，準備要空投在我們的莊稼上啊！此外，共產黨也是組成第五縱隊的成員，比方說，他們滲透進了郵局，透過干擾郵件遞送，打擊國人士氣。在工廠搞破壞更是不計其數。沒錯，V女士，第五縱隊就是法國的主要敵人。」

這個專欄節目是否有效轉移了法軍潰敗之事實，從而重振國人士氣，這點不得而知，但是，好歹予人一種他對此有所貢獻的感覺，感謝德希雷對愛國付出的努力。

至於德瓦蘭博恩先生，他啊，他也很努力，整天都花在努力逐行核對檢驗一份文件。這份他唯一擁有的有關德希雷的文件，原來就是德希雷・密格剛到「大陸」時，交給副部長的那份簡歷。

「你看！這邊寫道：『一九三三年就讀於弗勒里內高中（瓦茲省）。』這個年輕人是一所法國高中的學生，偏偏該校學籍資料卻在一九三七年被燒毀了，你不覺得奇怪嗎？」

「你猜是他放的火？」

「當然不是！只不過如此一來，他的學籍就無從驗證，你懂嗎？」

「就算無從驗證，也不代表是假的！」

「你瞧，這裡：『科學院院士奧爾森先生私人祕書』，院士去年過世，家人都住在美洲，沒人知道他把文件放哪！」

這堆所謂的事證，欠缺真憑實據，副部長認為難以服人。

「我說你到底想把他怎麼樣！」

毫不誇張，像許多強迫症患者一樣，愈是障礙重重，反而愈激起德瓦蘭博恩鬥志，只不過他多少有點失去了最初探尋這些真相的初衷。

「我會找到的！」他回道，抱著塞滿缺東缺西的厚重檔案走了出去，同時下定決心，很快會再回來證明給副部長看。

雖然副部長覺得德瓦蘭博恩沒事找事，但也不免心生疑竇，他寧願搞個清楚，讓自己安心。因此，他召密格到他辦公室。

「我說，德希雷，這位奧爾森先生，你當過他的祕書，他這個人怎麼樣？」

「非常和藹可親的一位先生，可惜，唉，病得很重。」德希雷回道，「我只在他那任職四個月。」

「那……你的工作內容是什麼啊？」

「我負責收集有關量子力學的資料。限制非對易量之可測量性。」

「你……所以你也是數學家？」

副部長大吃一驚。德希雷的眼睛在厚重鏡片後頭緊張地眨了眨。

「不算是，不過那份工作做起來很有意思。實際上，海森堡不確定原理規定……」

「好好好，的確很有意思，可是現在不是時候。」

德希雷伸手比了一下，表示聽您差遣，同時遞出一張紙，上面寫著下回他要宣告戰況公報的文稿：「德軍在法蘭德斯重大損失，我軍在索姆河當地表現出色」等等。

這位年輕人知道，儘管他準備得如此充分，但他的求學和職涯歷程不可能永遠站得住腳，德瓦蘭博恩先生棄而不捨，終將取得成果。但他並不驚慌。他賭自己可以留在這個職位上，直到法國軍隊全面潰敗，就快了。

日復一日，第三帝國不停推進，負責抗敵的法軍和盟軍士兵受限於敵我兩大陣營的戰略位置，英雄無用武之地。然而，遲早都得背對英吉利海峽，和德國人面對面。屆時將是一場殺戮大戰或是潰不成軍，或許兩者皆是，在此之後，再也沒有什麼能夠抵禦德國長驅直入法國內地，幾天之內，希特勒便可開抵巴黎。德希雷也將和這場戰爭一起宣告下臺一鞠躬。不過，在此之前，他依舊「堅守崗位」。

「各位晚安。格勒諾布爾的R先生問我『關於第三帝國領導人的眞實情況』，我們有什麼瞭解。」

音樂。

「如果我們相信斯圖加特廣播電臺的宣傳，那麼將正中希特勒下懷。根據我方間諜和反間諜人員提供的情報，只怕第三帝國將感到較爲尷尬了。首先，希特勒病得很重。他染上梅毒，這一點都不奇怪。即使他竭盡全力掩飾，眾所皆知，希特勒是個同性戀，此外，他還誘拐許多年輕小伙子滿足他的性幻想，這些年輕人從此下落不明。再來，他只有一粒睪丸，並且深受不可逆轉的陽痿之苦，使得他喪失心智。他咬地毯，撕窗簾，情緒低落，一消沉就好幾個鐘頭。至於他的幕僚方面，情況也沒好到哪去。里賓特洛甫[43]失勢後，帶著納粹寶藏跑了。戈培爾[44]很快將因叛國罪論處。德國軍隊由於缺乏頭腦清楚和神智清醒的領導階層，注定只能做唯一一件不需要思考的事，那就是：悶著頭直直往前衝。我軍將領對此有充分掌握，姑且放任德軍在這場瘋狂競賽中消耗殆盡，一旦它再也無力抗拒，我軍便可立即克敵制勝，這一天指日可待。」

43 里賓特洛甫（Ribbentrop, 1893-1946）：納粹德國政治人物，擔任過外交部長。

44 戈培爾（Goebbels, 1897-1945）：德國政治人物。納粹德國時期的國民教育暨宣傳部部長。

20

儘管夜裡交戰聲愈來愈近，加百列還是沉沉睡去，像樹樁似的一動不動。雖然只有冷水，不過他在屋主浴室發現一整套陶瓷沐浴設備，終於感到有點安慰。洗完後，他穿好衣服下樓，勞爾已將屋裡一掃而空。

「一掃而空才怪，屋裡值錢的東西早都被他們帶著逃跑了，這些王八蛋！」

加百列看到他們兩個，一個穿著粗布長褲，另一個穿著不合身的套裝，他又渾身不自在。

「這回，我們眞的是逃兵了。」

「我們是便衣士兵，中士長。」

勞爾指著一只紙板手提箱。

「我們的軍服在裡面。要是我們找到一小支法國軍隊準備好要打仗，而且好歹有個會帶兵的長官，我們就穿上軍服，打爆那些王八羔子的臉。還沒找到之前……」

勞爾走到屋外，上了車，預熱引擎。還有什麼需要加百列做的嗎？

加百列認爲他們現在正在前往巴黎的路上，他寬了心。蘭德拉德會照他吩咐的辦，開回巴黎，聽參謀部差遣。

他查看地圖。他們不知道確切位置，也不知道其他地方出了什麼事，他們只看到那邊，頂多三、四十公里外，戰火引起片片紅彩。聽到軍機在呼嘯，但是不可能知道是敵軍入侵還是盟軍在反制。一開出園林，就遇到比前一天更多的難民，運輸工具五花八門，沿著一條路線，隱隱約約往西南而去，他們兩個也順著這條路開去。砲火連天，響徹雲霄，是否反映出德軍取得重大進展？推進到了何處？他們該不會自個兒往狼嘴裡跳吧？隨著難民一致行動是有道理的，可是像這樣盲目往前使加百列愈來愈緊張不安。

「我去打聽一下。」勞爾說道，邊剎了車。

爲什麼他要在這兒停下來，而不是一公里前，加百列立刻就懂了。兩名婦女騎著自行車過來。她們一停下來，勞爾一臉失望，這兩位不怎麼漂亮。她們從武濟耶來，打算去蘭斯。她們到處聽來的消息既糟糕又眾說紛紜。德國人，「色當大屠殺後」，現在正朝著拉昂？還是聖康坦？還是努瓦永進攻？大家都不怎麼清楚。德國軍隊摧毀一切，「他們整個屠村，婦女和兒童也不放過」，軍機多得要命，還有「成千上萬輛坦克」，靠近勒泰勒那邊，還看到德國傘兵在天上飛，好幾百個！這兩名婦人來自鄰近地區，多虧她們，勞爾和加百列才能在地圖上辨識出方位，原來他們到了蒙昂維爾附近。

「好吧，」勞爾說，「我們走。」

半個鐘頭後，勞爾板著張臉。不是這些消息讓他擔心，而是沒油了。

「開不了多遠，這輛車眞他媽的耗油！搞不好還沒找到吃的，車就先拋錨了，我啊，我快餓死了，吃得下一匹馬。」

他開得愈來愈慢。照地圖看來，再開十公里，便可接上國道開往巴黎。就算要拋錨，好歹也拋在車水馬龍的幹道上，而不是鳥不生蛋的鬼地方。

勞爾輕輕刹車，隨後停下，油量表降到最低位置。

「那是駱駝嗎？」他困惑不解，問道。

「單峰駱駝，不是嗎？」加百列回他。

在他們面前，一匹大型野生動物正在過街，步子遲緩，看了就難過，邊慢吞吞嚼著東西，甚至連頭都沒轉過來。他們看到牠跨過排水溝，走遠了，恍如夢中，兩人面面相覷。左側，灌木叢遮住田野。勞爾把車子熄火，兩人下了車。

灌木叢後，荒地上有三輛翻覆的篷車，其中一輛柵欄敞開。那匹駱駝肯定是從這輛跑出去的。第二輛篷車外面貼著海報，海報上有一個滑稽的小丑，黃頭髮、紅嘴唇。勞爾精神立刻來了。

「我最喜歡馬戲團了，你不喜歡嗎？」

沒等加百列回答，他爬上第一輛篷車的四個階梯，轉動門把，門一下子就開了。

「搞不好有東西可以吃。」勞爾說。

加百列跟著他，戒慎恐懼。氣味好重。一種他沒聞過的氣味，帶點野性。四張床被小鐵鍊鎖在隔板上，床上滿是海報、匣子、碗盤，全都因爲馬戲團趕著離開而被匆匆扔在這兒。要不然就是被搶過。櫥櫃和箱子大敞開。衣服散得到處都是。這兒的氛圍跟馬戲團完全無關，反而像流浪漢的窩。抽屜裡，空空如也，全被一掃而空。他們正打算離開，突然注意到左邊有什麼東西稍稍移動了一下。勞爾伸出手臂，扯下格子花呢毯，哈哈大笑。

「小矮人！我從來沒這麼近看過欸！」

這名男子，大頭、小肩膀，縮成一個球，張著奇大無比的嘴，眼中就快流出淚來，他揮著手臂，一隻手像扇子似的擱在身前護著自己。勞爾更是樂不可支。

「放開他！」加百列拉住蘭德拉德的袖子說道。沒用，蘭德拉德被這個新發現吸引。

「你說他幾歲啦？」

他轉向加百列，一臉不可置信。

「侏儒的年齡看不出來，對吧？」

他抓住對方的胳肢窩，一把提溜起來。

「看他跑來跑去一定很滑稽！」

加百列加大力道，使勁壓住勞爾的手臂，可是他不動如山。侏儒怕到癱軟，一條胳臂還是緊緊貼在身上，遮掩什麼東西。勞爾猛地抓住他的胳臂。

「去他媽的，」他笑著說，「這個白痴力氣大得很！」

加百列還在拉他，不停地說「放開他，放開他」，一點用都沒有。勞爾索性把侏儒揪出他躲藏的地方，猛地鬆手。

「什麼鬼，你看到沒？」

原來是猴子，好小一隻，像葉子一樣瑟瑟發抖，看似嚇壞了，不難想見牠熱得像可頌麵包，毛非常軟，耳朵非常大，眼睛圓不隆咚，飛快眨啊眨的。勞爾簡直不敢相信。他驚嘆不已，讓小猴子對著他，滿眼艷羨，看著牠那雙小手。

「牠好瘦，」他說，「不過也許這很正常，狗也是這樣，就算吃得飽飽的，還是摸得到肋骨。」

勞爾走下篷車階梯，小猴子貼著他，縮成一團，保護自己不曬到太陽，偏偏太陽照得牠睜不開眼睛，於是牠緊抓著勞爾不放。勞爾把牠塞進襯衫，小猴子不動了。

加百列束手無策，怎麼辦呢？他轉向那個侏儒，侏儒拿手遮住了臉。

「我要……你需要……」加百列開口說道，可是話沒說完，因爲他發現蘭德拉德不見了。

他一整個慌了，不知所措，衝出篷車。

加百列呼喚勞爾，他聽出自己的聲音有點擔心：

「勞爾！」

他走到車子前面，沒人，他從車的這一側轉向另一側。萬一他得一個人繼續往前……他不會開車啊，他會被困在這兒。反正，沒汽油了。焦慮使他喉頭一緊，緊張得喘不過氣。

「嘿，中士長！」蘭德拉德突然歡天喜地大聲叫道。

他騎著馬戲團的自行車，一輛兩人座協力車，沒有制動裝置，只有車把、腳踏板，他使勁反踏，煞了車，機械裝置停住，勞爾大笑不止。

「媽的，等等你就知道，沒你想得那麼容易！」

加百列連連搖頭，不，不，他不可能騎。

「騎這個最好，我跟你打包票。不到十公里，這輛車就會沒油拋錨，到時候我們怎麼辦？難不成用走的？」

天氣好熱。剛剛在車上，每扇車窗都開著，他還不覺得，可是現在他們在這兒，光禿禿的一片，赤日炎炎似火燒。對小猴子來說，這種天氣舒服，可是對他們……勞爾把自行車豎直，小動物在他的襯衫下隆起一小坨。

「難道你比較想在大太陽底下用走的？」

「軍服怎麼辦？」

小猴子好像有答案，慌慌張張，探出腦袋。

「牠很好玩，嗯！」

「我們得把猴子還給他，」加百列指著篷車，可是勞爾已經騎上協力車，問他：

「好，你打算怎麼樣？」

加百列的頭，左轉右轉，終於妥協了，這會兒輪到他也跨上協力車。勞爾把前座留給他。踏腳曲柄很短，踏板踩起來很不順。蘭德拉德好像在騎旋轉木馬，樂得笑呵呵。協力車搖搖晃晃，不過勉勉強強有了點速度，總算達到平衡。他們騎過那輛車，騎上省道，開始騎得比較快，也騎得比較直。

蘭德拉德吹著口哨，他在度假。

「『願心懷祖國使我們堅定不移！』」他大聲喊著口號，好不愜意。

加百列不敢轉身，可是他確信勞爾沒有踩腳踏板，而是讓加百列載他，這時，不知道為了什麼，小猴子突然害怕起來。

「哎呀！」勞爾搖晃著自行車，大叫一聲。「牠咬我，這個大笨蛋！」

他揪著猴子的頭，像垃圾一樣，把牠甩得離他老遠。加百列看到那個小小身影飛過天際，落在溝裡。他立即停住協力車，把車放倒。勞爾看了看手，把手伸到嘴邊。

「死猴子！」

加百列跑到排水溝旁。他小心翼翼往前，他怕踩到牠，可是路邊已經太久沒有養護，草長得好高，荊棘把路全都擋住。沒有動靜，他走了一步，瞭解到自己白費力氣。他轉過身去對著馬路，勞爾騎著協力車，已經騎得很遠了。加百列看著排水溝，無能爲力，同時意識到，就在確切的這一刻，他有想哭的衝動，因爲一隻兩百公克重的小猴子，使得他倍感哀傷。這時，他發現蘭德拉德停在通往國道的路中間。

彷彿帷幕一下子升起，嶄新景象躍入眼簾。強烈對比使他們愣在原地。

男女老幼，成百上千，朝同一方向行進，一張張臉，專注、沮喪、驚恐，羅列而過，無休無止。加百列不由自主抓緊協力車，輪到他們，也往前騎去，融入集體行動。

「怪了！」勞爾往前伸直脖子，語帶讚歎，好像在欣賞體育賽事。

兩人剛好騎到一輛馬車附近，馬車由一匹馬拖著，一家人走在邊上，其中包括一名少女，褐色短髮，一臉倦容。

「你們這樣一整家子，是打哪兒來的啊？」勞爾笑咪咪地問她。

母親板著張臉，對女兒說：

「別理他，過來！」

勞爾揮揮手，隨妳的便，但這並沒破壞他的好心情。

他們繼續往前。騎過一輛軍用救護車，車子拋錨，翻進溝裡，兩名步兵脫了隊，灰心喪氣，坐在界石上喘口氣。

這波人潮裡有一大堆四輪汽車、一大群牛車、小推車、神思恍惚的老人，這兒有個瘸子拄著拐杖，走得倒比所有人快，那兒有某個團體，是一整班學生嗎？可是好像有各個年齡層的小孩，難道是一整所學校？誰知道。是老師？還是校長？不停對學生精神喊話，我們必須撐下去，永不放棄，慷慨激昂的聲音在發顫，不知道誰更害怕，是孩子們？還是他自己？騎自行車的把行李綁在車架上，女人家緊緊抱著一個娃娃，有時候抱著兩個，人山人海，一波又一波，你推我擠，你罵我我罵你，雖然有時候也互相幫忙，但僅僅點到為止，因為立刻又想到自己，又開始你推我擠。有個農民的馬車翻倒，一名男子停下腳步，伸出手，扶農民站起來，農民發了瘋，東南西北，橫衝直撞，邊狂喊「奧黛特！奧黛特！」叫聲透著絕望。

令加百列感到震驚的是這群人，由來自四面八方的各種群體組成，卻一致散發出心灰意冷的氣息，明顯得幾乎觸碰得到。幾名脫隊落單的阿兵哥，驚恐、喪氣，沒了武裝，軍服衣衫不整，拖著腳步，為當前這種景象平添一種船沉了、沒救了的感覺。德軍進犯加劇國軍土崩瓦解，這是明擺著的，老百姓怕德國鬼子打過來，前仆後繼上了路，紛紛落荒而逃。

人潮突然湧到四叉路口，道路緊縮，各類群體匯集於此，爭先恐後，排成一隊，這列斷斷續續的長隊，在這條看不到盡頭的路上，如昆蟲般麇集，邁著沉重、機械化又固執的步伐一路往前。在這種牲口交易會氛圍中，牛隻叫聲此起彼落。人人自求多福，既沒看到官員指揮，也沒憲警保護；一位低階下士在指揮交通，一點用都沒有，引擎聲轟隆轟隆響，蓋住他的發號施令，就連母牛拖著一大車家具、兒童、床墊，也在哞哞直叫。加百列被捲入這波人潮，方寸大亂，不知如何是好。一輛摩托車騎過來，猛按喇叭，趨開人群，原來是在幫後面那輛雪鐵龍開道。大夥兒讓開。加百列看到關著的車窗後頭，坐著一名穿著普通軍服的軍人和幾位軍服飾有條紋的高級軍官。

終於走過十字路口，在這條沒入遠方的路上，難民隊伍現在像手風琴一樣伸展，拖得長長的。

至於勞爾，他在這條路上簡直像在遊樂場一般怡然自得，一下招呼這個，一下叫住那個。德國特遣部隊正步步進逼內地，造成恐慌，夷平村莊，據說還大肆屠殺，老百姓紛紛逃離。勞爾到處要東西吃，加上左偷右摸，不時弄來一顆水果或是一塊麵包，但這些遠遠不夠。累了，也渴了，可是很難找到水喝，每個人都只剩下自己貯藏的那點水，烈日當頭，沒人樂於與他人分享。這條荒涼的漫漫長路，沿途連座村莊都沒有。

「我們去那碰碰運氣。」勞爾指著上有阿南庫爾字樣的路標說道。

加百列猶豫不決。

「走吧，走啊。」勞爾堅持。

他們跨上協力車，騎得歪歪扭扭了一會兒，好不容易，終於找到最省力的前進速度。只有一輛軍卡超過他們，車斗上載著七八條大漢，身著軍服。

騎了差不多二十分鐘才騎到阿南庫爾，村舍低矮，家家戶戶都關著門堵著窗，屋主逃難去了，店鋪也被掛鎖鎖住，窗板也拉了下來。這兩名軍人在這種末世景象中行進，彷彿這場大難只剩下他倆逃過一劫。

「唷，我說法國人跑得可真快呢！」勞爾驚嘆道。

驚嘆聲嚇了加百列一跳。

「我們也一樣，我們也跑了。」

勞爾走著走著，停在空蕩蕩的街道中央。

「我說這位老先生，才不一樣！完全是兩碼子事。老百姓才是落跑，我們軍人啊，我們是撤退，兩者有細微差別！」

兩人走在馬路正當中。他們經過時，有幾副窗簾在顫抖。一名婦人跟小老鼠似的挨著牆奔跑，衝進屋裡，碰一聲，關上門。一名男子騎著自行車突然冒了出來，但幾乎瞬間消失。難民潮打遠處湧過，這裡也一樣，居民多半都跑了。

幾百米外，村口就在眼前，彷彿這條省道一不小心就越過阿南庫爾，急著要離開。他們以小教堂鐘樓爲導向，往左邊那條街騎去，再往右邊另外那條街，騎到一處空地，這麼一小塊地方，光小教堂的廣場就佔了一大半。廣場對面，麵包糕餅店沒遭到損害，完好如初，兼賣香菸的咖啡館鐵捲門倒是遭外力破壞，扭曲變形，好幾處還掀了起來。

「不要，走吧！」加百列求他別進去，可是勞爾已經彎下腰，走進去。

加百列嘆著氣走到石頭臺階那兒坐下。他連心都累。他靠著小教堂大門，曬曬太陽眞舒服，使得他昏昏欲睡。

一陣震動驚醒了他。他睡了多久？重型車正往這兒開來。他看到對面，廣場另一側，有扇鐵捲門微微開著。引擎聲愈來愈接近，他站起來，彎下腰，連忙鑽進黑漆漆的店裡。小櫃檯上擱著好幾個盒子、紙箱，全都被開腸剖肚。店裡酒氣沖天。

加百列猛地轉過頭去。他知道那輛卡車已經開進廣場。他往前一步，全身發抖。

「啊，我的老哥……」勞爾說道，嗓音沙啞。

他躺在酒窖門邊，酒窖的門還是開著的，爛醉如泥，嘴唇紅豔豔的，兩眼發直，口袋裡塞了好幾包菸，好幾根雪茄還從鼓鼓的口袋裡冒了出來。

加百列俯在他身上，「快起來，不能待在這兒。」可是卡車停了——是店東嗎？

左邊有東西在動，發出金屬聲，好像腳手架快要塌了的聲音。

鐵捲門硬生生被拉開，在刺耳的嘩啦聲中，三名法國士兵衝將過來，撞開加百列，揪起勞爾，掐住他們喉嚨，死命把他們兩個摁在牆上。

「趁火打劫！別人在打仗，你們在這幹這種下三濫的勾當！混帳東西！」

「等一下！」加百列開口說道。

太陽穴立馬挨了一記，眼前一黑，有一瞬間看不到東西。

「把這兩個敗類給我帶走！」一名軍官下令。

士兵不需要軍官說兩次，立刻把兩個人往門口一扔，衝著倒在地上的兩人一陣猛踢。他們被揪了起來，勞爾東倒西歪，走都走不穩，加百列想辦法用胳膊護著頭。

兩人被拖到人行道上，旋即又被步槍槍托推上卡車車斗，三名士兵拿槍指著他們，其他幾名用軍靴朝他們死命地踹。

「兄弟們，夠了，」軍官說是這麼說，其實並沒眞的這麼想。「好了，上路吧。」

軍卡再度發動，阿兵哥抓住側欄杆，繼續衝著加百列和勞爾拳打腳踢，他倆雙手高舉護著頭，縮成一團。

21

母親未婚生子，怪的是，路易絲很快就對這種想法習以為常。女孩子懷孕，偷偷墮胎的事到處都在傳，在各個家族的葬禮和繼承場合都聽到過，她看不出來貝爾蒙特家族憑什麼逃得過。母親未婚生子，她並不以為意，使她耿耿於懷的是遺棄。焦慮情緒壓在心頭，這和她自己想要個孩子的渴望有關。她母親竟然會做出這種事，這個陰影糾纏著她，但她很快意識到，在她腦中縈繞不去的那張臉，與其說是貝爾蒙特太太，不如說是蒂里翁遺孀。都三天了，她的眼神，陰沉、高傲、刻薄，不斷浮現腦海。她一遍又一遍回想當天的談話內容，究竟是哪些話害她心亂如麻？卻沒找著原因。

「遭到遺棄？是嗎？」朱爾先生聽到事情真相的時候，是這麼說的。

正是在這個時候，路易絲才瞭解真相，因為朱爾先生和蒂里翁夫人截然不同，他絕對真誠。醫生的妻子向她保證，孩子已經遭到遺棄。路易絲確信她有所保留。

於是，她跑去市政廳。

這座城市瘋了、愁了。大白天的，好像宣告有示威遊行那樣，商家戒慎恐懼，拉下鐵捲門，躲在後頭。路易絲快步疾行，看見路人背著防毒面具小包。報童大聲嚷道：「德國人打進北部啦！」賣時鮮果蔬的菜販忙著把籮筐搬上小貨車。

這個時候，市政廳原本應該已經開始辦公，結果卻沒開。

路易絲走進一家咖啡館，借用電話號碼簿，然後又走出來，下到地鐵站。午後三點，車廂人擠人，地鐵突然停在兩站當中，車燈熄滅，女人在尖叫，男人的聲音在安撫。燈又亮了，光線重回發白又緊繃的臉上，乘客凝視著一閃一滅的燈泡，只聞竊竊議論聲，人人都像在教堂裡面那樣低聲說著話，今夏巴黎的高熱似乎一股腦兒全湧進車廂，每個乘客都在想辦法多找到一點空間。「我嫂子不願意離開，她大兒子得考大學」，一名婦人對另一位說著心事，後者回她：「我那口子說得等到週末，可是今天都禮拜四了」——地鐵再次開動，將大家的憂心從一個車站載到另一個，並沒帶來絲毫緩解。

收容所位於地獄路一百號。地獄路……有時候眞不知道政府的腦子是怎麼想的……一棟巨型建物，呈馬蹄形。因爲有中庭，一排排相同的窗戶，一扇扇沉重的門，看起來倒像是一所宏偉學校。兩名搬運工正在把密封紙箱搬上篷式卡車，門房崗亭關著，整體予人一種怪異的空洞感。路易絲走進大廳，大廳有一般大教堂這麼高，聽見樓梯間的員工腳步聲，響亮，益顯淒涼，還看到滿是箭頭和強制命令的宣導小布告，一位女護士和幾名修女與她擦肩而過。其中一位指示她去南翼那邊的檔案室，行政部門都在那裡辦公。

「我不知道那裡還有沒有人就是了。」

路易絲抬起頭，朝掛在這棟建物三角楣上的大鐘望了一眼，鐘上顯示下午才剛開始，那名女子續道：

「好多公務員都請了休假。（她微微一笑，表示理解。）好多人甚至連假請都沒請就走了。」

路易絲拾級登上寬闊樓梯，走在裡面，腳步顯得特別大聲，她沒遇到任何人。三樓，再上去就是頂樓，儘管所有窗戶都開著，還是悶熱得要命。她敲門，沒聽到回應，她推開門，走進去。裡頭有名員工驀地轉過來，滿臉詫異。

「公眾禁止入內！」

路易絲立即權衡當前情勢，做了她最厭惡的事。她對那人諂媚一笑。他二十出頭，臉上痘疤處處，青春正茂。這種轉大人的小男生，手足無措，不用看過他母親，就可以確定他八成跟她很像。路易絲巧笑倩兮，年輕男子臉頰泛起紅暈。在這灰塵、紙張、無聊乏味的慘澹環境中，路易絲的微笑充滿朝氣，猶如悲傷汪洋中的一盞明燈，他卸下了心防。

「如果你願意幫我，只需要花你兩分鐘的時間。」路易絲說。

沒有等他回答，逕自走了過去，那人的汗水味撲面而來，她一隻手扶著櫃檯，注視著他，刻意在自己的笑容中增添一絲懇求與感激，這種感激方式八成也會打動其他許多男人。年輕男子環顧四周找救兵，沒找著。

「我想查閱一九〇七年七月的棄兒登記冊。」

「不可能！這是禁止的！」

這麼答覆使年輕人鬆了一口氣，代表談話結束了，他開始拉下袖套。

「禁止？什麼意思？」

「法律規定！任何人都不准看，任何人！妳可以向部裡提出書面申請，不過每次都會被打回票，從來都沒例外。」

路易絲的臉刷地變白。她的慌亂，反倒使這位年輕檔案管理員感覺良好，誰叫她害他心慌意亂，他得到一種報復快感。但這時他本該對路易絲指著門，請她出去，卻不自覺在用手慢慢撫平放在木頭櫃檯上、已經折起來的袖套邊緣，他的頭也依然像濕鸚鵡一樣轉來轉去；嘴脣慢慢蠕動，似乎在重複念道：「法律規定，法律規定……」路易絲的手往前伸了伸。她那微微隆起的手指甲，何其美妙，他的灰色袖套和這些指甲靠得這麼近，何其殘酷，男孩的心動搖了。

「誰會知道呢？」路易絲柔聲說道。「你大多數同事都擅離職守了。」

「問題不在這兒，是我會被解僱！」

這種事一翻兩瞪眼，沒什麼好說的。他終於又可以呼吸了。他的工作、職涯、升遷、未來、人生，沒人能要求他做出危及這些的事。

「當然！」路易絲立刻叫出來。

檔案管理員從如釋重負轉為開心，既然這名年輕女子能夠理解，他安全了，現在可以好好聊聊囉。這是什麼樣的一張臉蛋兒啊，俏麗嬌媚，還有這張嘴，這對眼睛，這個微笑……因為她還在對他微笑啊！他也對她報以微笑，啊，他有多想親親她啊！摸摸她也好，嘿，就是這樣沒錯，把手指放在這兩片嘴脣上，光這兩片嘴脣就是一整個世界了啊，他想得都快哭出來了。

「一般人沒有權利，」路易絲說，「可是你……你並沒有被禁止。」

男孩傻了，大張著嘴，冒出一聲嘆息，聽起來倒像是一聲喘息。

「你查閱登記冊，然後大聲唸出來！法律總不至於不准你說話吧！」

路易絲完全理解這個男孩的腦袋裡正在發生的事情。大致上和醫生問她時，她想的一樣，混合著理性思考和招認自己無力拒絕，又渴望違反禁令。

「一九〇七年就好，」路易絲說這話的聲音像在推心置腹，把他當自己人。「七月。」

她從頭到尾都知道他會投降，但是眼看他低著頭走開，她還是感到愧疚，勝之不武啊。爲了查閱這本登記冊，她還能做出什麼事來？她聽到年輕人在檔案架間來回走動，自己則在顫抖。幾分鐘後，他抱來一大冊，封面按照行政部門書寫規定一板一眼寫著「一九〇七」，並像潛水員那樣慢吞吞打開，翻到分成好幾欄的那些頁面。年輕人再也不發一語。他翻著那一大冊，似乎不瞭解該做或者該說什麼。

「『編號』這一欄是什麼意思？」

路易絲這麼問他的時候，職業反應拯救了他，使得他免於尷尬：

「登記號碼，利用編號查完整檔案。」

他突然一臉開心，路易絲此言猶如醍醐灌頂。

「完整檔案不在這裡！」

眞是一大勝利。

「在『公共救助』那棟樓！」

他用食指朝窗戶那邊指了一個方向。

路易絲則專注於登記冊。

勝利轉爲自豪。

「七月的時候，」檔案管理員眼睛邊看邊找邊說，「收進來三個。」

他還記得自己答應大聲唸出來，於是開始唸，聲音要死不活：

「七月一日——法蘭西妮·阿貝拉。」

「我找的是男生。」

只有一個男生。所以說是他。

路易絲正在找的那個：

「七月八日——勞爾·蘭德拉德。編號一七七零六三。」

唸完以後，他立刻把登記冊闔起來。

一個新世界展現在路易絲眼前。她重複唸著「勞爾」，她從沒喜歡過這個名字，但倏忽間，「勞爾」蒙上了不同色彩。他該有三十三歲了吧。他後來變得怎麼樣？或許他現在已經死了……這個想法使她受到衝擊，太不公平了。她有著孤獨的童年，自己既沒兄弟姊妹，也沒堂表親戚，使她感到遺憾。這個男孩子，與她年齡相仿，兩人同母異父，母親卻始終隱瞞著她。萬一他死了，她永遠也見不到他的面了。

「你剛剛說『公共救助』？」

「關了。」

其實他並不確定，他只是在硬拗。路易絲甚至不需要回他，他就慚愧得低下頭。

「我有鑰匙，」他招認，聲音小到幾乎聽不見，「可是檔案不能拿出去，這個妳能理解。」

「我完全能理解，先生。但是法律並沒有禁止你去那裡，也沒有白紙黑字規定禁止有人陪你去。」

可憐的年輕人放棄掙扎。

「不是我們部門的外人都不可以……」

「我又不是『外人』，」路易絲邊說，邊忙不迭把手放在男子的手上。「你和我，我們有點算朋友，不是嗎？」

這位年輕的檔案管理員，沿著行政部門無休無止的空蕩走廊，像動物般，邁著沉重步伐朝屠宰場走去。

他們連中庭都不用穿過去，因爲他對這個地方瞭若指掌，到處轉來轉去，打開一扇扇的門，避開一道道走廊，走上樓梯。鑰匙轉了兩圈，門開了。一整面牆都是抽屜。年輕人讓路易絲通過，她步履堅定，往前走去。「拉比——拉普[45]」。她打了開。上這兒來的途中，原本說好由他唸給她聽，但這個約定已經打破。路易絲拉出一份不怎麼厚的檔案，攤在桌上，年輕人留在門口，背對著門，好像想擋住自己幻想出來的一大堆人。

檔案第一行寫道「辦公時間有人送來一名孩童之紀要」：

一九〇七年，**七月八日**，**上午十時**，一名**男**性，來到公共救助辦公室，向本所表明要遺棄一名孩童。依照指示……

孩子的確是蒂里翁醫生本人親自送過去的。針對這一點，他的遺孀沒有撒謊。

45 Labi–Lape：檔案分類依照姓氏字母排列。蘭德拉德的法文為 Landrada，所以路易絲打開 Labi–Lape（拉比－拉佩）這個抽屜。

一、孩子姓名？

勞爾・蘭德拉德。

二、出生年月日？

一九〇七年七月八日。

三、出生地？

巴黎。

四、備註：

交給我孩子的那位先生聲稱自己是醫生，但拒絕留下姓名。他向我保證，孩子還沒有在市政單位報過戶口，也還沒有命名。有鑑於此，本人依法為他分配姓氏和名字。

路易絲看著掛在牆上的日曆。七月七日是聖勞爾，下一天是聖蘭德拉德，這位公務員似乎沒怎麼花腦筋，萬一當天有兩名棄兒，不知道他會怎麼幫他們取名字。

紀要詳載：「孩子穿著白色針織羊毛長袖內衣。身上沒有任何特徵，看似身體健康。」

路易絲跳到最後面：

茲依一九〇四年六月二十七日頒發之法律，

茲依該年七月十五日部級通告，

茲依一九〇四年九月三十日之省級法規，

茲依上述紀要，由此可知該名孩童**勞爾・蘭德拉德**符合**棄**嬰分類條件。

檔案裡面只剩下一份行政文件，標題為：「將國家收養之一名棄兒轉交一戶人家收養紀要」。

路易絲感到肌肉緊繃。

小勞爾後來並沒有被送去孤兒院，而是於一九〇七年十一月十七日託付給了一戶人家。

茲依塞納省省長命令，鑑於第三十二條……

路易絲翻到下頁：

將國家收養之棄兒勞爾・蘭德拉德交付予居住於訥伊鎮奧柏戎大道六十七號之蒂里翁一家……

路易絲不敢相信自己的眼睛。

她又看了一次，然後闔起檔案，無比震驚。蒂里翁醫生以珍妮的名義遺棄孩子，之後又收養了他。肯定還扶養他長大。

路易絲還是不懂為什麼，不禁失聲痛哭。她琢磨著這個謊言嚴重到什麼程度。原本她母親遺棄親生兒，她對母親心生怨懟：一個女人幸運有了孩子，怎麼可以將他遺棄在收容所？但她突然瞭解珍妮受到的不公平待遇有多可怕，她是受害者啊。她一輩子都以為自己的孩子遭到遺棄，其實孩子卻被人收養，而且扶養長大。那個人就是他的親生父親！

和他的妻子。

她又闔上檔案，走向年輕人剛剛打開的那扇門。看到這名年輕女子在哭，害他六神無主。路易絲在走廊上走了一步，轉過身來，她想謝謝他，他爲她做的事很不得了。她能感謝他的話微不足道。她拿起手帕，擦擦眼睛，走回他身邊，踮起腳尖，在他乾燥的嘴脣上輕輕一吻，對他微微一笑，走出了他的生命。

朱爾先生把抹布一扔，繞出櫃檯，速度快到沒人會相信，一把將路易絲攬入懷中。

「我說妳這是……」他說。「發生了什麼事？我的小心肝。」

他剛剛叫路易絲「我的小心肝」。

她放下摀著臉的手，看了他一眼。

這張胖臉，五官粗獷，搞得她心好亂，她哭得跟淚人兒似的。

有生以來第一次，她設身處地爲母親想。

有生以來第一次，她爲母親感到難過。

22

長期以來，德希雷似乎一直都是個自我矛盾的怪人。很難想像，這位年輕人在「大陸」走廊上輕手輕腳、緊張兮兮快步走著，邊猛眨眼睛，每天卻又好整以暇對大家發表談話，將戰情娓娓道來，向所有不理解的人說明得如此鉅細靡遺，表現出對情報瞭若指掌。

不過，軍事情況變化移轉了「大陸」關注焦點，公認的情報砥柱德希雷·密格再也不受任何人關注，除了德瓦蘭博恩先生例外，他持續順著自己的蛛絲馬跡一路往上追查，決心猶如剛毛獵狐梗般頑強，任何人都不覺得驚訝，因為壓根兒沒人聽他說這些事。德瓦蘭博恩實乃「大陸」卡桑德拉[46]。

所有人的目光都聚焦在北部，雖然法軍和盟軍部隊在德國大軍進逼壓迫之下撤退，不過「大陸」一干人等卻受到鼓舞，因為亞爾丁高地一戰告捷，國軍兄弟快速挺進，沿途還掃蕩了一支驍勇善戰的敵軍軍隊，只不過由於沒有任何高層將領相信這一仗會告捷，所以大出眾人意料之外。想要淡定地對新聞界評論內容愈來愈困難。即便前線通訊員跟著唱和，對國軍軍隊歌功頌德，卻無法幫忙遮掩色當戰役潰敗之實[47]，再加上不久之前，法蘭德斯一役又吃了敗仗，現在又朝敦克爾克方向「往後移防」

46 卡桑德拉（Cassandre）：希臘神話中的特洛伊公主。原為阿波羅祭司，受其賜予而有預言能力，後因抗拒阿波羅，預言不被人相信。

47 la déroute de Sedan：第二世次界大戰法國戰役中一場決定性的戰鬥，對一九四〇年法國淪陷影響甚巨。

（引用德希雷之語），法國軍隊在敦克爾克英勇保護盟軍撤退，避免了這一小群盟軍戰友落入德國潛艦口中。德希雷處變不驚，繼續保證「盟軍驍勇善戰，令人欽佩」、「遏阻德軍前進」或「國軍各師團不畏敵人強攻」。然而大家確切瞭解，超過三十萬名士兵恐有性命之憂，有可能遭到納粹軍隊全數殲滅，或是沉入英吉利海峽海底。

五月二十八日，眾人得知比利時國王利奧波德三世放棄抗戰，選擇投降德軍，德希雷再度有機會大顯身手，展現出他推論清晰過人，反應機敏。

「天大的災難！」副部長雙手抱頭，喊道。

副部長的肢體動作是法國現狀的永恆縮影。每天早上，只消幫副部長拍張照片，便足以取代德希雷主持的新聞發布會。沒錯，因為德希雷依然故我，持續以堅定自信的嗓音在安定人心。

「正相反，這才是我們的機會。」他回副部長。

副部長抬起頭來。

「原本面對德軍進攻，國軍部隊撤退，我們缺乏合理解釋來為國軍辯護。現在有了：法國遭到盟友出賣。」

一言驚醒夢中人，這是明擺著的，德希雷的這番分析令副部長大為折服。像道聲早安一樣輕而易舉，像古董珍玩一般冠冕堂皇。無法反駁啊。傍晚一到，德希雷就站在前排那幾位老面孔記者和通訊員面前，針對此說加以發揮：

「想我法蘭西勝利之師，原本勝券在望，完全可以扭轉局勢，向德國前線推進，從而將其入侵推回東部邊界。唉，可恥的是，比利時竟然變節投敵，致使入侵者取得先機，幸虧只有短短數個鐘頭。」

新聞發布會上的聽眾對這種說法有所遲疑，無法贊同。

「難道說比利時軍隊如此關鍵，乃至於他們一投敵，就徹底改變局勢？」一位省級報社記者問道。

德希雷眨眨眼睛，搖搖頭，就像教授面對學生不解，還得說明一遍而感到失望：

「這位先生，任何軍事局勢都有其平衡點。不論任何地方遭到打破，皆會全盤改觀。」

正是這些時刻，連德瓦蘭博恩也不得不佩服他。

德希雷絲毫沒耽擱，緊接著提供戰略情報，連最惴惴不安的人都會放心：

「各位先生，你們可能覺得有點自相矛盾，但是，我們不妨自問，眼見德軍將我軍推至英吉利海峽，果眞對我方無利嗎？」

此言一出，全場旋即一陣譁然，德希雷以溫和大度之姿，撫平現場躁動。

「德軍看似穩操勝算，但盟軍的確有辦法將德軍勝算轉爲慘敗。英國盟軍在海底建立了管道系統，能夠將石油灑到海面，一聲令下，便可點燃，那片海域立時化爲一片火海。德國軍艦膽敢前往英吉利海峽，艦隊必將立即起火沉沒！屆時法國海軍只需要將國軍部隊接回陸地，便可繼續在陸地完成破敵大業，也就是說一舉將德軍全數殲滅！」

「拿去！」德瓦蘭博恩嚷道。

他坐直身子，勝利效應發揮之下，抬頭挺胸，伸手遞出一份文件，不過已經薄了不少，幾乎都沒了，用一隻蒼白的手捏著。原來是一份名單。副部長正在翻閱。歷經九個不眠之夜，德瓦蘭博恩不再質疑，而是在等答案。答案即將揭曉，因爲德瓦蘭博恩可沒耐性再耗下去。

「一九三七年東方語言文化學院畢業生名單。完全沒有提到你的德希雷・密格。我擔心萬一有所疏漏，還特地將一九三五年到一九三九年的畢業生都補了進去：共計五十四名。沒有一個德希雷・密格！」

他有多興高采烈就有多愚蠢驕傲。

德希雷被叫到上司辦公室，發出一小聲刺耳冷笑，類似鳥叫或是門嘎吱作響，不悅耳至極，還好他很少笑。

「布爾尼耶。」

「你說什麼？」

德希雷伸出手，如同正義女神那般，用食指指著一九三七年那屆布爾尼耶這個姓氏。

「家母姓布爾尼耶，家父姓密格。我的完整姓氏是布爾尼耶－密格，但這未免有點賣弄，不是嗎？」

副部長又可以呼吸了。因爲德瓦蘭博恩的荒謬癡迷，害他正打算除掉德希雷，這都第三回了，他實在累了。

他放愛將回到走廊。

德希雷開心得很。德瓦蘭博恩得花大把時間才能找到眞正布爾尼耶的下落，此君於一九三七年通過會考取得大學畢業證書，並於次年過世。幾天來，由於法國行政單位陷入混亂狀態，致使德瓦蘭博恩揭發德希雷眞面目的努力始終受到阻撓。郵件收發不順。電話，更甭提了。德瓦蘭博恩取得一些小成就，完全不足以撼動德希雷在「大陸」的地位。

德希雷並不擔心，但依然感到如同芒刺在背，一種說不出來的感覺。他心想，或許是因爲「大陸」的氛圍吧。

六月前三天，「大陸」就像公司宣布破產那樣，已遭大量清空。大樓梯上熙熙攘攘，寬敞廳室一片亂哄哄，召喚、叫聲此起彼落，緊接著相互詢問而來的竊竊私語，壓低嗓門說東道西，滿臉愁容，外加兩眼無神，走在走廊上，就像走在瀕臨沉沒的郵輪過道上。連新聞發布會的工作人員都減少了。

一九四〇年六月三日，「空中力量」[48]轟炸雷諾和雪鐵龍工廠。巴黎近郊、心臟地帶止中一擊。兩百名罹難者多半是工人，這次空襲擊潰了法國人意志。雖然這並非是德國轟炸機第一次遍布法國首都上空，但是：亞爾丁高地、法蘭德斯、比利時、索姆河、敦克爾克，繼這一切之後，老百姓感覺遭到德軍重重包圍。

德國槍砲不再衝著其他人，而是自己被瞄準了啊。

猶如一群麻雀。成千上萬的巴黎人急著上路，往南奔逃。

副部長的部下四散他去，他愈來愈仰仗德希雷，沒了他不行。

值此同時，出了一樁怪事，反而結清此案，如果可以這麼說的話。

話說一大早德希雷去了「大陸」，離他進去幾步之遙處，眼前景象使他止步，一上來他還稱其爲一支羽之舞。正中央，一隻鴿子。四周，小嘴烏鴉，這些鳥羽毛黑亮，大家經常將牠們與渡鴉混淆。

48 la Luftwaffe：指的是一九三三年至一九四五年的納粹德國空軍，也是當時全世界最強大、先進，戰鬥經驗最豐富的一支空軍。

德希雷很快就意識到這其實是獵犬在分食獵物：小嘴烏鴉蹦著跳著，驟然以喙部襲擊那隻受傷的鴿子，鴿子一拐一拐，努力尋找庇護。一群如假包換的獵犬，由其中一隻領頭，圍攻鴿子。處於最佳位置的那隻往前一步，猛地啄鴿子一下，立即把位置換給下一隻。勢不均力不敵，眼見鴿子就快喪命，於是德希雷腳一踢，驅走小嘴烏鴉。牠們小心翼翼飛開。但他一往「大陸」跨一步，鴉群又旋即飛回獵物這邊。他又把牠們趕走，牠們又飛回來，鴿子沒有出路，腿又瘸得厲害，脖子伸直，羽毛亂七八糟，因為不停被啄飽受驚嚇，牠慢慢轉了一圈，好像想衝進瀝青人行道上。

這時，德希雷豁然開朗，困獸之鬥毫無意義。已經結束了。鴿子已經完了，小嘴烏鴉已經贏了。

這只是一件小到不行的小事，卻緊緊扣住德希雷心弦。此一分食獵物場景在他腦海中佔著無比重要的地位。他既無力反制，也無力列席旁觀這場處死大典。他胸口一緊，看了看眼前這扇大飯店的旋轉門，向前走去，但就在他要右轉走進「大陸」的那個當下……他向左轉。走向地鐵。

再也沒人見過他。

德希雷脫逃，副部長被徹底擊垮。對他而言，這場仗剛以屈辱告終。

23

有時候就是這麼好運，路易絲很容易就找到她了。醫生的女兒沒有改姓[49]，電話簿裡面有。美西納大道，只有一位亨莉埃特．蒂里翁。

一切都很順利，路易絲走進大樓，跟門房說要找樓上住戶，她上了樓，按了鈴，亨莉埃特打開門，認出路易絲，閉上眼睛。她不像她母親，閉上眼睛並不是惱怒或不耐煩的反射動作，而是面臨一樁可怕任務最後期限到來，情緒難以承受。

「進來吧。」

放棄抵抗，聲音透著無奈。公寓不大，面對蒙索公園，儘管有點遠就是了。整個客廳被一架三角鋼琴霸佔，鋼琴又被好幾堆樂譜淹沒。角落有張獨腳小圓桌，夾在兩張覆有提花裝飾布的扶手椅當中。

「大衣給我。坐啊，我去泡茶。」

路易絲還是站著。她聽到燒開水的聲音，杯子放在托盤上叮咚作響。這一刻宛如永恆，如此漫長。隨後，亨莉埃特終於回來了，坐在應該是她通常習慣坐的位子上，路易絲在她對面坐下。

49　法國婦女婚後習慣從夫姓，所以路易絲才擔心亨莉埃特改姓。作者沒交代亨莉埃特是否已婚，從她未改姓看來，應該是維持獨身。

「有關令尊……」路易絲先開了口。

「貝爾蒙特小姐，妳有對法官據實以告嗎？」

「當然有！我……」

「那麼，不，妳不用解釋。我看過妳的供詞。如果妳講的是眞的，對我來說就夠了。」

她微微一笑，自我安慰。這位婦人，五十多歲，不太在意髮型，幾綹白色髮絲已在頭上攻城掠地。貌不驚人，眼神黯淡，一雙鋼琴家的手，大而「陽剛」。這個詞令路易絲心頭一震，沒來由地感到難過。

「我去見過令慈。」

亨莉埃特沉痛苦笑。

「啊，妳說太后啊。我就不問妳去看她的經過了，否則妳就不會在這兒。」

「令慈對我說謊。」

路易絲不想顯得一副咄咄逼人的樣子，她試圖改口，但此時亨莉埃特睜大眼睛，目瞪口呆。路易絲瞭解佯裝震驚是她的一種幽默形式，她笑了。

「對我母親而言，說謊不算說謊。茶？」

她繼續倒著茶，手勢肯定、冷靜、精確。這名婦人有條不紊到龜毛，路易絲有點怕她，但八成是她性格習慣使然，因爲她始終保持微笑，好像在向路易絲保證她沒有什麼好怕，外表是會唬人的。

「好了，貝爾蒙特小姐，妳對這件事瞭解多少？」

路易絲說了。亨莉埃特饒有興味聽她娓娓道來，彷彿在聽一則聽了會跳起來的社會新聞。講到檔案管理員那段，她插嘴道：

「好，說白點，妳色誘他。」

路易絲臉紅了。

蒂里翁小姐，慢條斯理，又幫自己斟了茶，沒有問路易絲要不要，她沒想到。輪到她說話時，她放下杯子，雙手交叉，放在大腿上，就像在等著音樂洋溢整個房間，她好開始打瞌睡。

「妳母親我記得非常清楚。大家一定經常跟妳說妳長得有多像她。我不確定妳聽起來順不順耳，換作是我，如果有人跟我說同樣的話……好，看到家裡來了新女傭再正常不過。令人驚訝的是，這個女傭好年輕，又沒經驗，尤其是，她竟然留了下來。我母親辭退女傭跟僱用女傭一樣快，這點還蠻討厭的。女傭剛到不久，我母親就拒絕跟她說話，當她不存在。我可不一樣。當時我應該是十三歲？還是十四歲吧？珍妮十八歲，我們兩個人年齡相差不大。只不過她是我父親的情婦，而且這點，不可能裝作不知道，他們的關係非比尋常，全家到處都感覺得出來，一點都不誇張。對太后來說，八成很丟臉。她那把怒火在悶燒，愈來愈旺，好像誰把炸彈扔進走廊似的。說眞的，我母親沒理由不高興，她一直都跟我父親分房睡。一生下我，她盡了職責，自認就此擺脫了婚姻義務。她認爲性這檔子事是男人野蠻天性的一種表現。她不瞭解怎麼會有女人對性感興趣（我母親對很多事都不瞭解）。她對從一而終一直比對自己的丈夫更感興趣。她沒辦法怨我父親有外遇，不過這件事發生在明媒正娶的妻子家裡，畢竟還是令人震驚。我不知道我父親造成這種情況，眞正的原因到底是什麼？也許我父母比我所以爲的還要更憎恨彼此吧。其實，我欽佩妳母親。一個人的個性必須非常堅強，才能承受得住這一切，月復一月，一屋二妻這種荒謬狀況傷害了每一個人。當然，除了我們家這個圈子，沒有外人知道。這種事傳揚出去，對我父親（他為診所聲譽擔心）和我母親（一向把自己的名譽視為王冠上的明珠）都沒好處。然後，這下好了，兩年之後，珍妮突然消失。當時離一九〇六年年底不遠，年底有許多節日，我記得很清楚，家裡邀了好多賓客，珍妮不在，另一個女傭在當差。在太后的嚴格管控下，又像美好當年那樣，那個月，家裡的傭人又開始忙進忙出，好長一段時間相安無事。後來，我父母經常在一起說話，壓低嗓門，竊竊私語，說著悄悄話，感覺起來有什麼事難以決定，在暗中搞鬼。我十五歲，我在門口偷聽，但是我不懂怎麼了。幾個月後，我父親宣布他把診所給賣了，我們要搬去訥伊鎮。可是搬過去以後，我們不再是一家三口，而是四口。多了一個小貝比。一個男孩。勞爾。街坊鄰居，看到醫生家收養小孤兒，家家都好欽佩。太后她編造了一個傳奇故事，大獲成功。『既然我們生活較為寬裕，行善是應該的，盡量在身邊做點好事。』她說這話時，臉上帶著聖母般的聖潔笑容，眞想賞她一巴掌。她從行善的光環中獲得莫大滿足。我父親的診所因而生意興隆，因為資產階級最重視道德了嘛。怪的是，他們竟然什麼也沒對我解釋。『妳太小，不懂。』我問太后，她這麼回我。然後有一天，我不知道怎麼回事，我把珍妮不告而別和這個孩子的到來做出連結。『去去去，妳怎麼會這麼想？』我父親紅著臉回我。原來如此，勞爾，是妳同母異父的兄弟。」

她兩眼放空了好一陣子。

「起初我父親把他照顧得很不錯，可是他太忙了。幾個月後，他就不再堅持自個兒照顧，而是隨他妻子去做。他把勞爾交給她。我很快就瞭解到我母親並沒有接受他，而是被迫收養這個孩子。她不是出於道德義務，而是因為她恨他。何況就她所處的位置，沒人比她更該給他苦頭吃。收養他才能懲罰所有人：我父親，愛的結晶雖在眼前，卻失去他所愛；妳母親，被迫遺棄親生兒子，還在不知情的狀況下把孩子交到自己害她蒙羞的那個女人手中；勞爾，則成了所有私生子活該遭到懲罰的受害者。」

原本就不怎麼亮的光線明顯變得黯淡。白日將盡，公寓靠裡處陷入昏暗，路易絲心頭一驚。鋼琴隱約使人聯想起斷頭臺，堆堆樂譜充當步上斷頭臺的臺階。鋼琴上方，壁爐突出的煙道看似將人導向一把隱形大鍘刀。

「什麼也看不見，」亨莉埃特說。「我去開燈。」

她端走托盤。

其他燈，一盞一盞，照亮了客廳，路易絲自以為看出來的危險形狀也從而消散。亨莉埃特回到客廳時，拎著一瓶酒和兩只小杯子，她倒滿杯子。

「水果酒，」她邊說邊遞了一杯給路易絲。「妳跟我說一些新消息吧。」

喝下第一口，路易絲就嗆得咳了一下，於是放下杯子，摀著胸口。

亨莉埃特倒是又幫自己斟滿，小口小口地喝，眼神茫然。

「當時我才十六歲。家裡有個小寶寶，妳能想像嗎⁉」

路易絲想像得到。她感覺手指發麻，好像有螞蟻在爬，她抓起玻璃杯，硬是按捺住別一口乾了。

她一放下杯子，亨莉埃特又幫她斟滿，順便也把自己那杯斟滿。

「一個非常漂亮的小男孩。又愛笑。那個保姆，懶惰鬼，巴不得看到我照顧他，她一半的時間都在花園看報，還邊抽菸。她愈少幫他換尿布愈好，因為那可是個大工程，所以勞爾經常包著好幾噸重的尿布在學走路。晚上，我還得幫他撒爽身粉，哄他很久，他才睡著。當然，我當作是在玩娃娃，但我也是那棟屋裡，唯一一個眞正愛他的人，這種事，小貝比懂。勞爾一會走路，局面就變了。太后爲了『照顧他』，從奧林帕斯山下凡。她辭退保姆，家裡別的傭人也一樣，每個月都全部換一輪。對孩子來說，不停換來換去是最糟糕的了，因爲很快就失去行爲準則，很難養成習慣。保姆，負責照料。太后，負責教育。她非常樂意，致力於這項任務。她終於以她自己的方式做足表面工夫，扮演慈母一角，表面是在教育孩子，暗中卻在享受樂趣，害他向下沉淪。她從來沒有給他任何喘息的機會。所有領域都一樣。她以飲食保健的名義把他討厭的食物硬塞給他，她以教育保健的名義禁止他玩他喜歡的遊戲。是的，對我母親而言，一切都與保健有關……她的保健。只要對勞爾來說是強迫，對她來說就是好的，使她感到放鬆。目睹這個惡毒的婦人不停折磨這個孩子，是我這一生中的重大考驗。妳知道嗎？勞爾是個好孩子。但是，各式各樣的剝奪，禁令，缺乏愛，永無止境展現權威，見不得他好，矯正教訓，關在漆黑房間一關就好幾個鐘頭，他在裡頭怕得大喊，功課永遠也寫不完，重寫重寫又重寫，羞辱，把他丟到管得最嚴的寄宿學校，這還沒算鄙視他，凡此種種，全都算他活該，自找的。其實他本性不壞。我偷偷幫他治療，我躲在幕後幫他癒合傷口，我眞的看不下去。我父親人咧？說他是個窩囊廢並不算侮辱他。跟所有膽小鬼一樣，他也曾突然有勇氣，一時出現反抗傾向，但最終，面對敗壞名聲的風險，職業生涯受到威脅，太后對他勒索，他一再屈服……他徹底和珍妮斷絕來往。他本該向她承認他動用關係帶回勞爾，撫養他長大，結果卻什麼都沒告訴她，以免必須承受她絕對會把事情鬧大而引發醜聞，何況她還可以告他，這些他都承擔不起。我母親終於贏了。起初，勞爾變得很難相處，後來就眞的太過分。偷拐騙樣樣來，每間寄宿學校他都逃走，每位老師都被他揍過。我母親說：『看看他啊！天生壞胚，就這樣！』街坊鄰居都同情她。」

亨莉埃特沉默片刻。

「我沒有馬上意識到……某天，我突然發現我父親失去神采。一個男人被自己這些煩心的事打敗。他漸漸把自己關在自己的世界裡，變得無法親近。」

路易絲的心好痛。

「那妳呢？妳從來都沒有對勞爾說過眞相？」

「我們蒂里翁家，勇氣不是強項。」

「他後來變成怎麼樣？」

「一旦他年齡夠大，他就離家參軍去了。其實他有拿到電工文憑。這孩子很聰明，手非常巧。去年被國家動員，現在是阿兵哥。」

夜幕低垂。亨莉埃特又斟滿小玻璃杯，兩人都小口喝著。路易絲不習慣喝這種酒，她怕等等自己站起來的時候，會不會像酒鬼一樣走得東倒西歪？

「妳有他的照片嗎？」

這個想法在她腦中一閃而過，她想看看他——他長得像誰？後來，她自問，莫非她希望看到自己的分身？即使他和她血緣甚遠，看到一個哥哥……一個雙胞胎。我們總是什麼事都想到自己。

「對噢，我應該有。」

路易絲的心在狂跳。

「拿去。」

亨莉埃特遞給她一張四邊有花邊的泛黃照片。

路易絲看著他。亨莉埃特面帶微笑，她好感動。這是一張十或十二個月大的嬰兒照片，看起來和世界上每個嬰兒一樣。在亨莉埃特眼裡，照片裡的這個小寶寶，她曾經愛過，但路易絲僅僅是看到了一個嬰兒罷了。

「謝謝。」路易絲說。

「妳留著吧。」

亨莉埃特轉身坐回座位，陷入晦暗思緒。捨棄這張照片，她可以擺脫沉重負擔？還是，正相反，她會後悔自己這麼做呢？

入夜後，公寓看似換了一副面貌。不再是一個圍著鋼琴過日子的女人巢穴，而是一個寂寞的人自我封閉的避難所。

亨莉埃特送路易絲出去，路易絲謝過她，她又說了個小祕密：

「勞爾需要我的時候才寫信給我。我不氣他，他一直都這樣，這是他投機的一面，即使當了兵，他依然忠於自己：他就是個流氓。我啊，我是很喜歡他啦，不過，他在最後一封信中向我要錢，還告知我他被關在榭什米迪軍人監獄。他向我保證，是司法出了錯。他這個人就是這樣，八成是把哪位將軍的勳章拿去秤斤秤兩給賣了。可是我再也管不了這麼多，反正明天他又會捅出別的婁子。」

兩名女子握了手。

「哦，」亨莉埃特說，「等一下！」

她不見人影，回來時，帶著一紮東西，用細繩捆著。

「妳母親寫給我父親的信，我在他書房找到的。」

她把那紮信遞給路易絲。

路易絲走下樓梯，心情沉重。

她母親的兒子是個小騙子，令她非常失望，但還有更殘酷的事。

珍妮·貝爾蒙特從來不知道眞相，既不知道兒子存在，也不知道他童年受盡磨難。

勞爾·蘭德拉德從不知道親生母親是誰，也不知道自己是哪種事造成的悲劇苦果，不知道他是哪些謊言的受害者。

最起碼他總知道收養他的那個人是他的親生父親吧？

她把那紮信塞進包裡。

然後回去投入朱爾先生懷裡哭泣。

1940.6.6

一九四〇年　六月六日

24

夜晚街道熙來攘往，慶祝七月十四日，舉行婚宴，有薪假外出度假，但是這回，毫不喜悅，毫不歡樂……爲人父者忙著把家當搬上車，爲人母者瘋也似的緊緊摟著寶寶在奔跑，也有人從樓上搬下床墊、紙箱、椅子，彷彿整條街都決定趁著大半夜搬家。

費爾南在飯廳窗邊抽菸，一邊看著群情沸騰，一邊思考要不要離開巴黎。

自從三個禮拜前在巴黎聖母院舉行的那臺彌撒以來，那段驚人插曲始終令他耿耿於懷，他一直在認眞思考出走巴黎這個問題。

當時他召集好機動大隊，確保在聖母院廣場前隨時待命。塞納河上每座橋都擠得水泄不通，人人憂心忡忡，引頸期盼，彷彿在等待彌賽亞。結果沒等到彌賽亞，看到的是巴黎教區代理主教身著金祭披，頭戴主教冠，手執權杖，正在迎接總理[50]、各國使節、國務大臣，以及達拉第耶先生[51]。看到這些政治領袖、激進分子、社會主義者、共濟會成員連袂來到巴黎聖母院，向一個他們不相信的神祈禱，已經夠費爾南震驚了，但對他而言，最令他不安的是，現場有爲數眾多的軍人穿著軍禮服盛裝出席。看到這些高級將領，貝當元帥、德卡斯泰爾諾將軍、古洛將軍等等，他不禁納悶，正值世仇德國侵犯法國期間，這些傢伙難道沒有比跑來望個小彌撒更好的事要做嗎？

先是架在廣場上的喇叭向悲傷人群播放讚歌「聖神降臨」（「懇求造物聖神降臨」），博薩主教緊接著布道（「來吧，聖米迦勒，你征服了魔鬼」），最後，布羅議事司鐸終於提高嗓門（「聖母，為我們祈禱吧！」），顯然，政府和軍方之所以出此下策，跑來望彌撒，那是因為他們再也不知道該祈求何方神聖保佑法國。

彌撒一做就沒完沒了。費爾南自問：做彌撒的這段時間裡，古德里安[52]將軍的裝甲師可以推進多少公里？

聖母院鐘聲在虔敬信眾上方噹噹噹響起。神職人員和政府官員緩緩步出教堂，顯而易見，天主方才受命成了法蘭西參謀總長。

這時費爾南估算了一下，這一大群人得花上兩三個禮拜才能全部跑個精光。因為大家搶著逃離巴黎的謠言不脛而走。光他們隊上就有不少隊員已經人間蒸發，甚至連軍官也一樣，藉口一大堆，但沒人忍心過分苛責。

費爾南回家途中，儘管愛麗絲的身體狀況不佳，或者更確切地說正由於她的健康狀況不佳，他堅持要她離開。她握住他的手，聲音嘶啞，他聽了就不忍心，她回他道：

「老公，你不走我就不走。」

50 指的是保羅．雷諾（Paul Reynaud，1878-1966）：一九四〇年任法國總理。二戰時，主張法國抗德。德國入侵後，遭捕入獄，一直遭拘禁到大戰結束。

51 指的是愛德華．達拉第耶（Édouard Daladier，1884-1970）：法國政治家，曾任法國總理、國防部長、外交部長。二戰時期，法國被德國攻陷後遭到逮捕，並被囚禁至一九四五年。

52 古德里安（Heinz Wilhelm Guderian, 1888-1954）：二戰期間德國陸軍名將，「閃擊戰」創始人，有「裝甲車之父」之稱。

話一說完，立即一陣心悸，逼得她非走不可。

這些片段總讓費爾南陷入絕望無助，因爲除了等，別無他法。他搗著妻子的心，跳得如此之快，必會造成嚴重後果，令他煩憂。

「你不走我就不走。」她又說了一遍。

她的聲音在發抖。

「好，」費爾南答應她。「好。」

他該堅持、堅決，非要她走不可，他怪自己怎麼這麼懦弱。莫非是受到戰爭影響？這幾個月，愛麗絲的健康狀況惡化。心悸得更頻繁、更劇烈，醫生說她需要休息。

那麼，既然她不願意一個人走，他該和她一起走嗎？他是否該像周圍的人一樣搭火車去鄉下？去羅亞爾河畔維倫紐夫投靠他姊？她在那邊開了一家小雜貨店。她寫信給他：「你們到我家來一段時間，這場戰爭沒這麼需要你，你以爲沒了你不行嗎？」

當然不會沒他不行，但是敵人愈靠近，他愈感到有義務等著抗敵。既然必須捍衛巴黎，他啊，他當機動憲兵隊員都二十二年了，現在大難臨頭，他有權利像兔子一樣臨陣脫逃，躲到姊姊家嗎？他必須盡忠職守，直到六月十日，他生日那天。這很荒謬，很難理解爲什麼在他四十三歲那天開始逃跑比前一天或後一天更理所當然？不過，那個年代，本身就很荒謬。

使他改變主意的是垃圾車。

不是早上五點鐘開過街，把白鋅垃圾桶使勁往人行道扔的那一輛，而是六月五日八點左右，在伊西萊穆利諾焚化廠天井裡的那一輛，身爲小隊長，他被派去監督。監督什麼呢？正是這點大有蹊蹺。

派十名機動憲兵隊員把裝滿垃圾開過來的卡車團團圍住……毫不尋常。

在這個現代化工廠裡，通常都只看到一些禮貌性拜訪，正在競選的國民議會議員來握個手啦，參議員來訪視「他的」工廠啦，因為他把工廠當成選民接待處分部，可是四名督察，一臉嚴肅，領帶一直繫到聲門部位，對所有人都投以懷疑眼光，費爾南還從沒見過。

沒人知道他們代表哪個單位，他們什麼也沒說。雖說他們在這兒跟在自家後院似的，可是看到焚化爐這個龐然大物，四座火爐碩大無朋，好幾條輸送帶把列車往地獄裡送，天橋和金屬樓梯錯綜複雜，四名督察臉上畢竟都略顯猶豫。

一名官員負責查驗身分，工人一個個從他面前經過，他讓工人在出勤登記冊上簽名。「政府命令！」另一名督察邊鬆開領帶邊如此說道，弔詭的是，鬆領帶這個動作反而使他這句命令更具威信。工人全都簽了名。

費爾南必須事先安排好手下看守每一扇門、輸送帶、焚化爐，然後才打開重型大鋼門，讓垃圾車開進來。工人奉命將車上的袋子全搬下來，然後把袋裡的東西通通燒掉。

全是些紙張。表格、用過的筆記本、收據、各種申報單、出席者簽到單、各式各樣通知、過期證書和副本、一大堆廢紙，看不出來有把它們處理掉的急迫性，但工廠處於緊張高壓狀態，好像不趕緊清掉，這些督察就會被炒魷魚。

早上清道夫把手推車推到樓梯那邊，上有「法蘭西銀行」戳印的袋子把推車壓得嘎吱作響，每一袋都重得像頭死驢。

負責這次任務的幾位官員帶著記事本和手錶，不停計時、核對、記錄、評論，坐視工人累得要命，這些公務員可真煩人，不斷修改作法：顯然沒人知道怎麼才能在合理時間內燒掉這麼多紙。輸送帶將袋子送進焚化爐，費爾南駐守在輸送帶入口。他向一名四十多歲的工人點頭示意，這名工人，小短腿，大肚腩腆在腰帶上方，體力倒是充沛得很，一整個早上，他都在打開袋子，把裡面的東西倒進焚化爐給料槽，看起來一點都不費力。

袋子一搬下卡車，官員就算過袋子的數量，每到一個點又核對一遍，在清單上打勾。快到中午的時候，官員邊不停討論需要多少人力，工作該怎麼重新安排，他們有多少時間，就這麼邊討論，邊掉頭走出工廠，沒跟任何人說再見。

費爾南回家途中，他的優柔寡斷宣告結束。愛麗絲必須盡快離開巴黎，而且她一個人走，因為他在伊西萊穆利諾這邊還有工作。

「什麼工作？」

「工作就工作，愛麗絲！」

費爾南說這個詞說得這麼嚴重，聽在愛麗絲耳裡，不是「工作」，而是「職責」。但，值此動蕩時期，她看不出來有什麼職責足以妨礙費爾南帶她離開巴黎。

「你會待很久嗎？」她問道，她好擔心。

他不知道。一天，兩天，更久，說不準。她感覺他心意已決，也就不再堅持。

於是費爾南下樓去找基弗先生。

禮拜一的時候，基弗先生提過他打算去訥韋爾投靠表親避一避，途中一定會經過羅亞爾河畔維倫紐夫。

費爾南在樓梯間找到基弗，他懷裡抱著一個紙盒。

基弗先生歪著頭，又點了一根「茨岡玉米」[53]。費爾南從他眼中看出他在考慮，他猶豫不決。

「只有你和你太太，」費爾南不死心問道，「車上應該還有一點空位，不是嗎？」

基弗先生曾經是郵局稽查員，日子過得不錯，他有個兒子，是軍人，還有一輛寶獅四〇二，是二手車沒錯，不過，這些車啊，坐在後座還是挺寬敞的，腿幾乎可以伸直，就像在餐車裡一樣舒服。

「啊，你說空位啊，」基弗先生說。「別以爲還有多大空位！」

這不算斷然拒絕，聽起來更像是有條件接受。

就基弗先生這方面，他垂涎愛麗絲已久，聽說這個女人病了，可是奶子和屁股還是美得咧。

「至於條件嘛，」費爾南繼續說，「我的意思當然是說吃的、燃料，所有這些，你告訴我……」

他畏畏縮縮提出這個建議，自己也沒把握會成功。話說這兩個男人之間的關係一直都不平衡，因爲基弗自認是人生勝利組，用鼻孔看人，不過卻嫉妒這位機動憲兵隊員，他唯一過人之處就是娶了個美嬌娘，整棟樓最標緻的女人。基弗先生眼神放空。費爾南的請求相當誘人，帶著這麼樣的一個女人……不但如此，他還付油錢。

「這……這可是責任重大啊。」

「我想到的是四百法郎。」費爾南提出建議。

53 Gitanes Maïs：一九一八年，出現的一款茨岡菸（或意譯為「吉普賽女郎」），由於外頭包的是玉米紙，故得其名。

和基弗期待的數目不一樣，一眼就看出來了。只見他直搖頭，吸了口菸，若有所思，兩人都沉默不語，氣氛詭譎。

「你知道，」他終於繼續說道，「開支方面……像這樣的旅行，是沒個準兒的。」

「那就六百法郎吧。」費爾南出價，這個想法卻令他擔心，因爲這筆數目幾乎等於他的全部財產。

「那好吧，誰叫我們是鄰居呢！明天出發，早上十點左右，你們方便嗎？」

兩人握手，但並無對視，各有各的理由。

費爾南告訴愛麗絲他已經和基弗先生談好了，她沒說什麼。他們在樓梯間碰到，這個鄰居對她色瞇瞇地行注目禮。他閃到一邊，讓她過去，每次都想辦法蹭到她，假裝不小心，這些愛麗絲都算了。男人盯著妳，或是手不經意碰到妳某個地方，要是每次妳都表示不快，那永遠沒完沒了。而且她知道費爾南這個火爆脾氣，還是永遠也別提這件事爲妙，她認爲自己完全有能力應付。

費爾南拿出法國地圖，夫妻倆看著這輛車去羅亞爾河畔維倫紐夫該走的路線。即便在當前情況下，也頂多需要兩天車程，不會更久。他們雖然沒提愛麗絲的健康狀況，不過得在路上待兩天，不是樁小事。

「你爲什麼不和我一起去？」

愛麗絲就是這樣，向來不罷休。

費爾南知道自己的決定是正確的，但他不能告訴她實情。如果他現在跟愛麗絲提起波斯和《一千零一夜》，她會怎麼想？太荒謬了。然而……

他們結婚快二十年。愛麗絲體弱多病，迫使她不得不待在家裡，不僅如此，她也無法生育，但這沒多大關係，反正她向來無心當媽。不過也無心操持家務就是了，她做家事做得勉勉強強，時間都花在讀小說。不，她啊，討她歡心的，可不是和這個機動憲兵隊員居家度日，而是雲遊四海。埃及、尼羅河，這就是她想看的。

她更想看的是波斯。對，現在得改稱伊朗，伊朗和波斯根本就是兩回事，《一千零一夜》，是波斯啊。這些神話故事總令她悠然神往。何況，費爾南看到妻子半躺在客廳長沙發上看書，覺得她舉手投足都帶著東方公主的氣質。她提到奧斯曼帝國、有黃金和象牙鑲嵌的家具、地毯、沁人心脾的香味、驢奶浴，他笑了，但他那是苦笑，因爲除了放假去羅亞爾河畔維倫紐夫之外，他的軍餉不允許他們有任何夢想。愛麗絲說一點都沒關係，想必她說這話是眞心的。但是對於費爾南來說，正相反，時間愈長，這個計畫就顯得愈重要。波斯之旅儼然成了一種內疚，月復一月，眼睜睜看著心上人日益消瘦，自己卻無能爲力，愈發凸顯他的罪惡感。

第二天，愛麗絲坐進基弗先生的車後座，坐在兩個紙箱和一個行李箱之間，費爾南親親她。

「不會太久，我的愛，最遲明天就到，妳就可以休息囉。」

愛麗絲緊緊握住他的手，對他微笑。她好蒼白。費爾南不知道該怎麼辦，我很快就會過去找妳，他說，我們在法蘭西妮家見，可是引擎已經發動，費爾南轉了一圈，繞過去對基弗先生最後叮嚀幾句，我把她託付給你了，不是嗎？基弗沒說話，只有笑了笑。

車一開動，費爾南站在馬路上，舉手揮別。他最後看到的是愛麗絲從車門上方伸出一條藕臂，對他說愈快見到你愈好，我愛你。

他上了樓，心力交瘁，從沒這麼焦慮過，心中滿是疑問和顧慮——他這麼做對嗎？他這樣不算拋棄愛麗絲吧？這是正確選擇嗎？他覺得公寓好像空了，宛如戲劇下檔後的布景。他幾乎一夜沒闔眼。

第二天一大早，他望著窗外，家家戶戶，其他車輛正準備出發。早上五點。巴黎上空穹蒼深處，旭日即將一躍而出，這條街看似寬闊，肯定有幾輛車趁夜開溜。他哼了一聲，穿上制服，下了樓，走進後院，挖出麻布袋，這些袋子原本裝馬鈴薯，袋子底部都是土。

然後騎上自行車。

他能不能得救？現在都靠清道夫保佑了。

25

榭什米迪軍事監獄介於懲戒所和軍營之間。首先，這裡備有痲風病囚室，天井狹窄，伙食既差，分量又不足。其次，典獄人員呆板，固執到食古不化，鐵律如山，組織安排分毫不差。正常情況下，這些就已經夠受的了，然而，確切說來，現在正是處於不正常情況。日復一日，大勢已去跡象益發明顯，全面潰敗這個罪名重重壓在這些囚犯身上，在獄警眼中，國軍一路潰敗，他們就是罪魁禍首。

榭什米迪關押大批政治犯和怠工分子。前者主要來自於無政府主義者、共產黨徒，不過難得在這些政治犯中，零零碎碎，找到幾個貨眞價實的怠工分子、間諜疑犯、賣國嫌疑人。而所謂的怠工分子，涵括了從逃兵到逾時不歸營的士兵，也包括出於道德信仰拒服兵役的人。除了上述這些罪犯，還包括觸犯普通法罪行的軍人，強劫、竊盜、殺人，五花八門，各種犯行都有。勞爾在監獄短暫進進出出過好幾回，比加百列容易適應，但榭什米迪的環境比其他監獄更糟。加百列躺在連熊都嫌的草墊上，輾轉反側，夜不成眠。

這裡的氣氛糟到無法忍受。隨著敵人步步進逼，助長了榭什米迪獄警對拘留人口更加憎惡，幾近於恨。戰爭脈搏甚至跳進這座監獄長廊。榭什米迪成了法國軍隊打敗仗的出氣筒。不論是法國軍隊在色當大敗，或是加萊遭敵人佔領，獄方都對囚犯祭出懲罰措施，拳打腳踢，如同雨點般落下，直到法國軍隊終於成功護著盟軍進行敦克爾克大撤退，天井放風時間才大致恢復正常。

勞爾和加百列被分開過兩次，後來又被關在一起。加百列每次都纏著勞爾，要他證明自己是無辜的。

「甭擔心，會過去的。」勞爾回他。「一個月內，咱們就出去了。」

再沒什麼比這更不確定了。法國軍隊毫不遲疑就接受將剛入伍的新兵整批整批往戰場送，任由他們當砲灰，卻無法容忍任何一個阿兵哥犯罪，因爲這種事激怒軍方，覺得軍紀遭到玷污。

勞爾的確有樂觀的本錢，因爲事實證明，他一直都能安全脫身。一直都是。有時候很難，得做點犧牲，付出一點代價，但他心想，就他童年的那些經歷，換成其他人，早就陣亡了，他卻「依然屹立不搖」。

不出幾天，他就混進伙房。對猜杯子的癡迷，舉世皆然，因爲這種遊戲基於證明一個人的感官有多靈敏，而每個人都傾向於以自己的感官爲傲。儘管加百列不以爲然，不過還是佩服勞爾這傢伙的確證明自己很有一套。於是，勞爾一進監獄，就靠猜杯子收買了獄警，不需要經過審查就幫他寄出一封信。「寄給我姊而已啦。」他解釋道。獄警願賭服輸，猜杯子他輸了，慘遭痛宰。

他也嘗試安撫加百列，要他理智一點。

「我要求見律師！」加百列對將他執行發監的軍官這麼說過。

「你『要求』？」

「我的意思是說……」

他沒來得及再多說一個字，肚子就挨了一槍托，硬生生打斷他的話。

「冷靜點，老兄！」勞爾建議他。

「你的案子大大不妙，」一名士兵對加百列說，他是因爲喝酒喝到一半，捅了同袍一刀所以被捕。「搶劫，他們不喜歡。我不知道爲什麼，可能是因爲不夠像軍人吧。」

加百列嚇得要命，於是又恢復對勞爾疲勞轟炸。

「傳喚你的時候，你得實話實說！」他不停對勞爾嘮叨，一遍又一遍。

勞爾尋他開心，每次都以不同理由回應這種命令，加百列不知道他到底是怎麼想的。

「什麼？實話實說？」勞爾說。「我不能說你不在啊，因爲你是現行犯。」

「現行犯？」加百列大叫。「我犯了什麼罪！」

勞爾咧嘴大笑，碰地一拳打在他背上作爲回覆：

「開開玩笑，中士長，我開玩笑的啦！」

勞爾挺喜歡加百列。他在特雷吉埃河橋上表現英勇。勞爾是個爆走砲，生起氣來炸毀一座橋符合他的性情，他整個童年都必須與暴力抗爭，挑釁打架對他來說是家常便飯。但是對這個小數學老師而言，就比較出人意料了，勞爾覺得加百列眞是條好漢。

全巴黎其中一個消息最靈通的地方就是榭什米迪，監獄經常都這樣。來探監的人形形色色，消息自然相互流通，交叉印證。六月頭幾天，消息之糟，前所未有。

連對國軍最有信心的鐵桿信徒都受到敦克爾克事件動搖。法軍與盟軍力抗德軍入侵這段期間，對囚犯造成嚴重影響。因爲正是在這個時候，法國當局（你要說政府也行）開始研究軍事監獄存廢問題，首當其衝的就是榭什米迪。

打從與德國一開始關係緊張，各行政單位已經收到指示，將有價值的東西移轉至安全處所，以防萬一受到重創，措手不及。各單位已經將絕對不能落入入侵者手中的物件，裝紙箱的裝紙箱，收袋裡的收袋裡，搬上卡車，隨後再轉運出去。各個單位燒掉大量文件，或是連夜運走大包小包，這些事聽得多了。就連中央政府本身也在認眞思考遠離巴黎。沒人想冒著出其不意被擄爲戰俘的險，受盡屈辱，還淪爲笑柄。

榭什米迪囚犯一案造成問題。舉國皆知，這座監獄充斥恐怖分子，主要是共產黨羽，所有非共產黨員都認爲他們是納粹共犯，萬一局勢惡化，這些共產黨囚犯留是不留？他們命懸於此，於是這就成了一大問題——而當前局勢恰好正在惡化。高層想像中，這些囚犯多半是第五縱隊成員，如果留著他們，到時候，如今還在巴黎自由活動並且效命德軍的共產黨員會把他們放出去，從而爲德軍佔領首都及控制首都居民助一臂之力。

獄警和囚犯飽受此一威脅折磨。德軍離巴黎愈近，氣氛愈沉重，獄警就愈凶狠，他們可不想因爲自己看守這些出賣法國的罪人，而被德國鬼子當成藉口逮捕他們。

六月七日，獄警傳給大家看的《小日報》宣稱：「國軍部隊對抗德軍突襲英勇無比。」最高司令部官方戰情公報證實：「我軍部隊士氣高昂」。第二天，新聞界卻承認法國空軍必須「以一擋十」。六月九日：「在歐馬勒和努瓦永之間，德軍重兵壓境」。

六月十日，十一點放飯過後不久，突然一片死寂，氣氛透著怪異。沒人知道發生了什麼事。謠言四起。「德國鬼子快到巴黎了，」有人說。「政府把他們趕走了，」另外一些人這麼安撫大家。囚犯紛紛詢問獄警，可是獄警突然像戴了大理石面具，悶聲不吭，感覺起來大事不妙。

沉默兩個鐘頭後，大家心裡有數，有什麼事正在醞釀。有間牢房，終於有人說出閃過每個人心頭的這句話：

「他們要把我們斃了。」

加百列差點暈過去。他呼吸困難，又嗆又咳，只差沒斷氣。

「啊，不行啦，」勞爾說，「你在咳嗽，不能開你槍啦，太不尊重人了。」

勞爾穿著汗衫，躺在簡陋的床上，有一搭沒一搭擺弄著羊拐骨，那是他和別的囚犯換來賭擲距骨用的。這樣擺擺弄弄，其實對他起著類似念珠的鎮定作用。他也很擔心這種情況，但他慣於掩飾情緒。

沒有任何闢謠遏止這種情形，謠言繼續經由混亂路線，從一間囚室散布到下一間。其中一名囚犯說：「不可能在天井槍殺好幾百名囚犯，否則屍體怎麼處理？」另一個回道：「要是他們把我們裝上卡車，就代表他們想在別的地方動手。」

突然，大家聽到：

「帶上東西，全都出來！」

一陣騷動，亂得一塌糊塗，獄警用警棍猛敲柵欄，飛快打開牢房，打著罵著，催犯人動作快。

「既然叫我們拿東西，應該是因爲要移轉我們。」加百列說道，他認爲被槍斃的可能性逐漸遠去。

「搞不好他們是不希望我們留下任何東西。」勞爾匆匆忙忙收著梳子、肥皂、牙刷、乾糧，還有幾件內衣褲、襪子，邊回道。

獄警已經在用槍托趕他們出牢房了。

幾分鐘後，大家全在天井集合。囚犯你問我我問你，沒人知道任何事。街上，好幾十名摩洛哥步兵[54]和機動憲兵隊員，端著步槍，圍在軍用卡車兩側，卡車還用篷布遮著。一位軍官吼道：

「任何企圖逃脫的行爲一律就地正法！我們會無預警開槍！」

一干囚犯在槍托威嚇下上了卡車。

勞爾被推了上去，發現旁邊就是加百列。加百列看到勞爾臉色慘白，脣邊掛著一抹慘笑。

「我的中士長，這回我相信完蛋了。」

54 les tirailleurs marocains：法國陸軍裡的非洲步兵團。創建於一九一五年，主要由摩洛哥新兵組成，並於一九五六年摩洛哥獨立後逐漸解散。

26

大中午的，地鐵裡人不多，因爲巴黎一半都空了。費爾南在車廂折疊木椅上坐定，背包夾在兩腿間。一名機動憲兵隊員，穿著制服，背著包包，準備遠行……他覺得自己八成造成奇觀，引人側目，結果根本沒人理會他。他對自己奉命前往榭什米迪監獄進行什麼任務一無所知，他心想看好這個背包不知道容不容易，而且現在這個背包已經使他感覺有點恥辱了。

愛麗絲走了四天，這期間發生太多事，當時他送她坐進基弗那個蠢材車裡去遠行的那種心境和滿懷希望，如今已不復存在。愛麗絲走的第二天，他就後悔莫及。他期待的事並沒發生。他和他的小隊被派去奧斯特里茲車站，成千上萬個搭火車候選人等著出發，上了車又爲了搶位子你爭我吵，其實根本沒人知道他們到底離不離得開車站。一節車廂明明載滿了人，最後還是停在月臺上；對面月臺上的另一節車廂，反而突然開走，可是沒人知道它開往何處？有人說「第戎」；「才不是，雷恩」另一個人偏偏這麼說。費爾南召集他的小隊，派手下一名哨兵去站長室打聽，沒人知道這裡誰在指揮，哨兵無功而返，費了好大的勁，找了半天，還是找不著小隊，原來費爾南緊急趕去車站另一頭，比利時難民和等著要去奧爾良的人在那兒打了起來。

費爾南看著這場人禍看得出神。成千上萬的人，到處散播從收音機聽來的消息：「杜邦先生在他的專欄節目裡面說，德國鬼子打算在來巴黎的路上，只要遇見小孩，一律砍掉右手。」這個消息傳了開。費爾南又聽到有人說，其實他們才不砍手，而是要砍媽媽的頭。這是個什麼狗屁時代，他心想。愛麗絲先出發，晚點他再出發，這是他期待的事，他把希望都寄託在這件事上，結果並沒有發生，他被一場幻影害了，他是盲目希望的受害者，他是個傻瓜。

禮拜五，他設法打電話到羅亞爾河畔維倫紐夫。他姊的雜貨店有電話，可以爲街區提供服務，然而，這段期間，除了火車以外，最不通的就是電話。

沒想到電話居然接通了，眞是奇蹟。可是費爾南卻從擔心東變成擔心西。愛麗絲的確到了，從巴黎到他姊那只花了整整一天，可是她剛到又走了。

「又走了？走去哪？」

「我得切斷了。」接線生已經說了。

「這……又走了……我的意思是說，不是眞的又走了，她在……」

他姊句子說到一半，電話被切斷。反正，不管是不是講電話，她講話就是吞吞吐吐，很多句子都從沒說完過。

不過他倒是收到去伊西萊穆利諾出任務的命令。他稍微有點理由相信天主。開心得差點當場跳起舞來。

費爾南抵達伊西的時候，都八點了，好幾名官員已經在現場，不過比上次少。八成是被徵調來監督這次行動的多餘人員，發現去瞧瞧羅亞爾河沿岸奧爾良附近的氣候如何更爲緊急，據說那兒的六月甚美，所以趕去那兒了。現場這幾位，僥倖逃過一劫，沒被突如其來的奧爾良觀光熱傳染到，只見他們臉發白，面面相覷，提心吊膽，重新分配工作。工頭叫工人（大夥兒管他們叫掃垃圾的）排成一列一列，靜候安排。怪異氣氛籠罩現場，沒人清楚好端端的禮拜天在這兒幹麼。

官員要工人在出勤登記簿上簽名，也一一核對了機動憲兵隊員身分。一切進行尚稱順利，直到卡車開進來，掃垃圾的心情盪到谷底，因爲一眼望去，一大堆袋子要搬、要燒，估計有八到十噸吧，他們明白這一天會累死人！不過，高潮戲還沒上演呢。一個鐘頭後，所有出入口，監察員都就位，卡車卸貨處，升降機上下方，焚化爐給料槽廊道，天橋通道，加料斗口，各有好幾個人監督，第一批袋子開始通過。

袋裡不再是沒用的表格，而是裝滿市面上正在流通的貨幣，五十、一百、兩百、五百、一千法郎大鈔，看得所有人眼花撩亂。

費爾南和一名工人交換了手勢，就是小短腿、大肚腩腆出腰帶外的那個，兩天前他看到他毫不費力把好幾噸紙張扔進給料槽。小短腿看到這麼多鈔票也看得眼珠子都快掉出來。一張一千法郎的鈔票差不多等於他一個月的工資，光他扛到輸送帶上的第一袋就有四十公斤重，不需要精通數學便可估算出，今天一天就將燒掉三、四十億法郎。德軍正在進逼，法國政府破釜沉舟，決定在他們開到之前燒毀戰利品。

每十米都有監察員在清點袋子數量。

這些工人通常都是在挑揀罐頭、自行車打氣筒、裝柳橙的板條箱，這會兒背著大把鈔票，可以買下整座工廠，足夠支付員工工資一百多年。不過，人哪，什麼都會習慣。一上來，光一個袋子就代表多少財富，想都沒法想像，這些清道夫因爲覬覦白花花的鈔票，喉嚨揪緊，說不出話，但是過了半天，他們用鏟子翻鈔票，跟在攪要貼壁紙的膠水沒兩樣。他們八成認了，眼睜睜看著國家資本煙消雲散，反正，向來都沒屬於他們過。

唯一感到滿足的人，肯定只有費爾南，他的直覺很準，上回卡車載來的那些紙張只是在沙盤推演罷了。

大功終於快告成。

會計在窮嚷嚷，數量不符，少了一袋。

兩百個袋子少了一袋，管它個屁，清道夫好像在這麼說，但是官員看待這件事的角度大不相同，他們給人的感覺是一個袋子的價值不止於袋子裡面本身裝了多少錢，而是一個象徵，袋子之所以會不見，那是因爲被偷……「偷」……這個非同小可的詞終於說了出來。

兩名督察、費爾南，外加另外兩名機動憲兵隊員，都在工廠裡到處找那個該死的袋子，數了又數，終於，找到了。原來掉在通往焚化爐的天橋底下。這個地方出現空袋子，代表裡面的東西已經被燒掉了，終於搞清楚怎麼回事，鬆了一口氣，辛苦的一天也幾乎來到盡頭。幾乎，並不完全是。掃垃圾的，一早上忙得筋疲力盡，正打算回家，又被叫了回去，喂，你們那邊那幾個，只見那名官員勾勾食指，眼神好像小學老師。費爾南嚇得當場愣住，又集合手下，列席旁觀督察密會，一道終極命令降下，清楚明白：每個人都脫光光。

下達脫光光命令的措詞當然比較官腔官調，不過就是這個意思。

一個清道夫開始抱怨，另一個加入他，隨後又第三個，我們才不要脫，還當場脫，我們只是工人……現場負責指揮的官員要求費爾南呼叫增援過來，人人膽戰心驚。事情鬧大了。

面對這一天竟然出現這種令人難堪的轉折，費爾南眉頭深鎖。

他守在一個工人面前，心平氣和，建議他脫下上衣。照他的話做。工人兩眼圓睜，目光呆滯，盯著他，看起來像隻蒼鷺。隨後開始解開腰帶，解開褲襠扣子。其他人，一個接一個，跟著這麼做，三三兩兩，除了一個人不識相，開始大聲嚷嚷，門兒都沒有，他領工資不是爲了脫光光。他發脾氣鬼吼鬼叫的當兒，其他人都脫光了，只剩下他還穿著衣服。

應督察要求，所有人轉過身去，舉起胳臂。他們服過兵役，同袍之間裸裎相見並不會尷尬，不過在這兒，在工廠，當著穿得正經八百的官員的面，自己卻脫得只剩下襯褲，這又另當別論。

好不容易才准他們把衣服穿回去，這時，那個大傻瓜還在氣得直跺腳，但是不再大吵大鬧。他終於下定決心，開始解開藍大褂搭扣。除了像小孩子一般專心致志、正在全神貫注把衣服穿回去的同事外，所有目光都轉向了他。那傢伙渾身冒汗。哀嘆一聲，褪下長褲。一大把五十法郎的鈔票從三角內褲冒了出來。

「帶走！」負責指揮的長官旋即喊道。

原本以爲工人會集體抗議大叫，結果什麼也沒發生。眾人不可置信，在這種渾噩氛圍中，「帶走」這道命令如同石頭般重重落下。

費爾南走上前，輕聲叫這名工人把內褲裡的鈔票收集好，把衣服穿回去。一位官員指間夾著鈔票數了數，十一張五十的。

工人穿好衣服，垂頭喪氣，費爾南小隊帶走這名違法男子，其他工人眼帶同情看著他。政府允許最有錢的人做的事，最窮的人哪怕只做出千分之一，公權力都絕不寬貸，儘管這是既定事實，依然十分可悲。

這時出了樁怪事，讓這些清道夫津津樂道了好長一段時間。話說掃垃圾的在天橋下排排站的時候，法蘭西銀行好幾位行員走了過去，跟他們握手。小小儀式，一旦開始，就停不了，每位行員都握了每一雙手。他們這麼做，八成是出於好意，不過卻使得這一長列感覺起來猶如送葬隊伍。國家滿懷感激，謝過清道夫，向他們表示慰問。

大肚腩工人最後朝費爾南揮揮手以示友好，就不見蹤影了。等等工頭會把工廠關起來。兩名小隊員架著那個貪財清道夫往派出所走去，費爾南走出工廠，向同事道聲晚安，騎上自行車，繞了一大圈，又回到工廠，沿著圍牆走到機房門口，打開門，找著前一天他放在那兒的小拖車，拖車裡有他匆匆倒進去的東西，原來就是那個搞丟了的袋子裡的一大堆百元大鈔。

費爾南把百元大鈔分裝成兩袋，然後把第一袋，比較大的那袋，放在角落，大肚腩工人夜裡會過來拿，另一袋裝在他的自行車拖車上，遂往巴黎騎去。

到了家，等著他的是一紙召集令，明天下午兩點去榭什米迪監獄出任務。同時附上執勤須知「對象：不確定」，但指明必須攜帶「執行短期出差任務的必要日用品」。

他想知道這是個什麼任務？他沒數究竟有多少錢，就把袋子搬上樓。袋子裡應該有好幾百萬法郎吧。夠讓他的愛妻好好發掘波斯了。

思念愛麗絲心切，他再也按捺不住。決定明天一大早要再打電話給她。

桌上那紙出勤令似乎在譴責他不盡忠職守。他該不理會它，逕自離去嗎？現在他有這麼一大筆錢，輪到他，也像其他許多人一樣離開巴黎，去和愛麗絲重聚，這難道不合理嗎？

沒這個任務，費爾南就可以自由離開巴黎，去維倫紐夫與愛妻相會，但他並不認爲自己眞會無視正式任務命令，他知道上級派他去哪，他就會去哪，他的個性就是這樣。

他決定把背包塞滿鈔票。將其餘戰利品塞進一口行李箱，提下去地窖，藏在兩個木板條箱之間。

他現在上了地鐵，背包夾在兩腿間，裡頭滿滿的都是鈔票。

他拿出那紙召集令，又看了一遍執勤地點。沒什麼值得特別注意的。

27

路易絲到了榭什米迪監獄前，這條街被路障擋住，任何人不得靠近入口大門。好些婦女站在那兒，緊張兮兮，躁動難安。

「暫時不准探監，」一位婦人說，「我中午就來了。」

從說話的聲音就聽出她焦慮。

好幾個穿制服的，在那邊走來走去。這些婦人不時拉高嗓門，詢問軍人：「幾點才能進去看人？」她們喊道。「到底是今天還是明天？」、「我們可是從外省來的！」甚至還有人嚷著：「我們有權利！」全都像石頭落入井裡。

完全沒人理會這些叫嚷，但是聚在榭什米迪街盡頭的這一小群婦人依然大喊，非要獄方聽到她們的聲音不可。路易絲感到憲兵（還是機動憲兵隊員？她對制服沒研究）情緒不寧，目光來回掃視這些婦女。她們敢推倒路障嗎？該不該驅散她們？一雙雙眼睛在軍帽下訴說出萬一得用武力驅逐這些婦道人家，他們可有多為難。

其他自行前來或是整支小隊前來的機動憲兵隊員，身上背著一個小包袱、一條毛巾，除此之外，幾乎什麼都沒有，就這麼從地鐵出來。他們走到這附近，婦女們連忙衝上去，七嘴八舌，詢問他們：「你們知道怎麼了嗎？」、「為什麼暫停探監？」但是，這些穿制服的逕自走了過去，有的低著頭，好像頭頂有石頭飛過，有的剛強威嚴，目不斜視，表明他們毫不通融。比較年輕的張開了嘴，比較資深的比出手勢，要他們住嘴，一行人越過路障，逐漸走遠，走到監獄門口去和同僚會合。大多數的機動憲兵隊員都先進去了，剩下幾人抽完最後一根菸再進去，大剌剌背對著這群來探監的婦道人家，刻意強調他們有多麼不把她們放在眼裡。

「軍士長！」有個女的認得軍階，喊道。「可以告訴我們這裡出了什麼事嗎？我們什麼都不知道！」

這位軍官背著包包，看樣子準備遠行；想必他知道些什麼，所以才會這麼裝備。

那名婦人擋在他前頭，費爾南停了下來。

「你們要帶走他們？」她問。

他們？她在說誰？

「我們有權利知道！」另一個說。

當然是囚犯。費爾南看到同事在遠處邊聊天邊好奇地望著他。

「抱歉，我知道不比妳多。」

看樣子他是真心抱歉。路易絲看到他肩膀略往前頂，開出道來，隨後走遠了。

「如果連他們都什麼都不知道，那……」某人說。但是沒人來得及回話，因爲這時街道另一頭突然冒出公車，正緩緩駛來，一輛緊接著一輛。引擎聲震得石頭都在發抖，鋪石路面也打起哆嗦，速度之慢，令人難忘。彷彿哪位達官顯貴到來，所有婦女，動作劃一，一律閃到路邊，讓公車通過。

原來是ＴＣＲＰ的車，巴黎運輸局，但是車窗玻璃漆成深藍色，晦暗不明，宛如鬼魅，嚇煞人也。大約有十輛一直開到監獄大門，停在那邊等候，一輛挨著一輛。所有等在大門口的軍人迅速進了監獄。只剩下公車停在那兒，像猛禽那般靜止不動。以及少數幾名婦人在看著它們。

28

最折磨死人的是——等。等——折磨死害怕的人，也折磨死造成害怕的人。近三百名囚犯被從牢房揪出，在天井裡焦慮不安猛打顫。約六十名機動憲兵隊員和兩小隊摩洛哥步兵，手執步槍走來走去，他們也在擔心，怕命令一直不下來或是不夠完整。

霍斯勒上尉——非常高大的一位男士，遊俠般瘦骨嶙峋，城府甚深，不動聲色，是他身爲軍人的一大優點——他拒絕回答，甚至對屬下也閉口不說。

費爾南召集好小隊。原本應該有六名隊員，結果只來了五名，杜羅西耶前一天告知他要離開巴黎，妻子懷胎八個月，他得送她去安全的地方。費爾南寧願沒來的是下士長伯尼耶這個蠢材。有的酒鬼因酗酒而肥胖，有的醉漢因酗酒而乾癟。伯尼耶是後者，骨瘦如柴，皮包骨，精力卻旺盛得要命，無處消耗，肯定是因爲這樣，所以看起來才像從沒喝醉過；他在任何地方都待不住，像他這樣不停跑來跑去，八成燃燒了不少卡路里。他就是你在舞會上會看到的那種酒鬼，拿著啤酒在樂隊前面扭來扭去，自得其樂。因爲喝酒，鼻子尖了，腦袋鈍了，隨時隨地準備把事情搞到白熱化，如果可能的話，何不就在這座監獄高牆之內？因爲他看起來比平時更亢奮。

霍斯勒上尉下令開始點名，然後將六名囚犯，老少不一，圈押在天井一隅，由兩倍士兵看守。

「這幾個是被判死刑的。」勞爾在加百列耳邊低語。

費爾南小隊負責監視觸犯普通法的這群，約莫五十來個。囚犯才剛三個三個排成一列，伯尼耶下士長立刻不再平靜地站在他們面前，反而不斷進進出出，神經質胡亂比劃著步槍，眼神四下亂飄，銳利又猜疑，使得囚犯的焦慮增加了十倍，交相竊竊私語。

「安靜！」伯尼耶喝道，又沒人叫他多事。

他一走開，又恢復窸窸窣窣。

據說達拉第耶想撤出軍事監獄裡面的囚犯，這到底是什麼意思？「就是移轉的意思，」有人低聲說。「移轉」一詞最廣為流傳，因為它最使囚犯安心。另一個詞則是「槍斃」。沒人相信眞的會這樣，問題是獄方的神經卻繃得如此之緊……「是因為命令一直下不來？還是因為他們非向我們開槍不可？」有人提到巴黎東郊文森那邊的排水溝。加百列覺得自己快撐不住。自從進了榭什米迪監獄，他大喊無罪已經不下十次，但誰不是這樣呢？監獄裡每個人都沒罪，除了共產黨徒，這些傢伙，每個人都認為他們罪無可逭。

話說回來，問題癥結正是他們，因為霍斯勒上尉正在對身邊士官輕聲解釋：

「我們確定共產黨羽計畫搶兵工廠，搶軍火庫裡的武器進行襲擊。命令本來昨晚就該發出來，甚至開始執行。這裡的共產黨恐怕有暴動的危險，連帶無政府主義分子和搞破壞的人一起鬧事。榭什米迪裡頭關著的全是些法國公敵。」

費爾南望著天井。此刻，這些法國公敵肩膀低垂，雙手發抖，密切注意著軍人的一舉一動，看得出來他們擔驚害怕，因為種種跡象顯示大勢不妙。

「那……我們要怎麼處理他們？」費爾南問。

霍斯勒上尉四肢僵硬。

「該告訴你的時候就會告訴你。」

他要求再點一次名。費爾南將背包放在牆邊，這樣才方便隨時盯著它，然後開始點名：「阿爾伯特．杰拉德、奧杜甘．馬克……」每個人都必須大喊一聲「右」，費爾南就在相應的格子裡面打個勾，這時一名機動憲兵隊員過來請他去一個地方。

加百列排在勞爾．蘭德拉德後兩排，臉色整個發白，勞爾也沒比他好到哪去。

引擎聲在街上響起，人人倏地全身緊繃。

柴油發動機轟隆轟隆響，頓時弭平所有臆測，七言八語當場凍結，一個傢伙尿了褲子，跪了下去，摩洛哥步兵架著他的胳肢窩，狠狠把他往死刑犯方向拖去，不過拖到一半就鬆開他，他就留在那兒，躺在地上，哼哼唧唧。

「排成兩列縱隊！」上尉喊道。

伯尼耶下士長緊繃得像張弓，重複一遍命令，聲音更爲高亢。費爾南走近他，想請他靜待命令，可是他還沒得及說，囚犯隊伍就微微顫抖，準備啟程，此時大門稍微開了一點，露出第一批公車。車窗被塗成藍色，看似靈車。

「任何企圖脫逃行爲將就地正法！」上尉宣布。「我們會無預警開槍！」

這種情況，就連伯尼耶也張大了嘴，震驚得說不出話。

那一小群死囚不上路。他們被圈成一圈，跪著，雙手置於頭頂，有多少脖子需要步槍指著，就有多少把槍。

費爾南把包包穿上背帶，甩到背上，也像同事一樣舉槍瞄準。囚犯開始往前，走在雙排摩洛哥步兵人牆之間，一個又一個，被推進公車。

「一路開到目的地，中間不停，天塌下來都要繼續開，這是正式命令。」

加百列被槍托猛一推，摔倒在地，連忙爬起來，跑過去坐下。他看到勞爾・蘭德拉德坐在車子另一頭。沒人說話。人人雙手緊握，脖子僵硬，喉嚨緊縮。

等著探監的婦女一直聚在路障附近，看到一列囚犯，差點喘不過氣。

人人無不引頸張望，仔細端詳身影，可是囚犯才剛現身，便衝進烏漆墨黑的公車裡。只聽到軍人大聲喝斥，槍托毫不留情頂在囚犯腰間，根本看不出來誰是誰。

「他們要走了！」有婦人大喊。

路易絲在這群婦人中找到一小個位子。她是唯一一個，不知道自己該看誰的人。遠處衝進車裡的任何一個身影，都有可能是她要找的那個素昧平生的哥哥。是哪一個呢？一切都進展得如此之快，一切都發生得如此之遠。還來不及看清楚這列囚犯，他們就已經全上了車。她什麼都沒看見。

第一輛公車已經啟動，緩緩朝她們這邊駛來，後頭跟著兩個穿制服的，走得很快，幾乎算小跑步。隨著公車駛近，婦女原本還想擋在路中央，可是路障被猛地往人行道一甩，公車加速，逼得她們非讓開不可。公車裡面的情形完全看不出來。隨後第二輛也開到，這些想探監的婦女兩手一攤，十分無奈，眼睜睜看著公車一輛接一輛載走囚犯。她們無能為力，讓人看了於心不忍。再也沒人大喊大叫，就算有，也被引擎聲蓋住。

這條街驀地空了。

婦道人家妳看我我看妳。手提包緊緊摀在胸口，人人各抒己見，最後總是回到同一個扎心的問題：「那些人要把他們帶到哪去？」

出現了一些假設，但旋即消失，人人腦海中浮現答案。

「他們總不至於開槍吧？」一名婦人，五十多歲，終於壯起膽子，含淚說道。

「這些公車好怪。」

路易絲認爲公車是障眼法，但她什麼也沒說。街道空了，監獄大門關了，沒什麼可做的了。這些婦道人家邁著沉重步伐，往街角走去，甚至沒有彼此交談。一聲尖叫，這群人全轉過身去。

其中一名婦人剛剛看到監獄大柵門的小邊門開了，一名男子，身著套裝，走了出來。

「是門衛，」一名婦人說，「我認識他！」

所有人都衝上前去。路易絲也一樣，加快腳步，加入她們。看到一大群婦女朝他撲來，一臉決絕，那名男子僵住。問題不斷，罵聲連連，朝他猛攻，把他嚇壞了，他終於鬆口：

「移轉。」

頓時一片靜默。

「移轉到哪？」

他不知道，他說的是眞的，這點沒人懷疑。原本這群人來勢洶洶，令他心生畏懼，但現在她們頓時成了一群嚇壞了的妻子、母親、姊妹、未婚妻。警衛有五個女兒，他很同情她們。

「我聽到他們說要往南走，」他補充說，「但是去哪，這……」

擔心他們遭到槍斃，繼而又擔心起從此失去他們。每個人脣邊都掛著奧爾良三個字。每天有成千上萬巴黎人出逃，只有一個方向：羅亞爾河地區。法方估計，德國軍隊過了博讓西就會被國軍擊敗。因爲屆時德國佬要不就是精疲力盡。要不就是灰心喪氣。要不，更好的是，法國軍隊將設法組成一條抗敵戰線，甚至展開反擊，有何不可呢？幻想緊接著噩夢。這一切顯然全是痴心妄想，不過這麼想卻起著安慰作用，從而廣爲流傳。無庸置疑，法國的新聖地耶路撒冷就是——奧爾良。

路易絲率先往地鐵走去。勞爾．蘭德拉德，自從知道這個名字以來，他就在她心裡佔了分量，就算不是他這個人（至今她還不知道他長得什麼樣子），起碼也有了存在感，某程度的重要性。她該放棄，不找他了嗎？還是該等世道變好？日子沒這麼難熬的時候再說？

「世道變好？」

朱爾先生大大撇了個嘴，他想對顧客表示自己不以爲然就會做出這種表情。

「好，首先，這傢伙是誰？」

「我母親的兒子。」

從他的反應看來，我們可以打包票朱爾先生從沒往這個方向想過。他抬頭望著天花板。

「就算是吧。妳爲什麼要找他呢？他在妳的生命中算什麼？嗯？什麼都不是！何況他還是軍事罪犯，這就更甭提了，立刻看出他不是個東西！他幹了什麼好事才被送進去？殺了將軍？還是勾結德國鬼子？」

朱爾先生一逮著機會開罵，什麼也阻止不了。大多數顧客摀住耳朵，靜待暴風雨過去。路易絲沒有。

「我有話要跟他說！」

「是啊！有話，什麼話？妳明明對這件事什麼都不知道，妳知道的都是蒂里翁那個寡婦跟妳說的！那個勞爾八成知道的比妳多！」

「那就由他告訴我。」

「很抱歉，我的小路易絲，妳眞的徹底瘋了！」

他用手指數落著。他喜歡一一數出自己的論點。在他看來，這種策略打趴對手最有效。一上來，他不是伸出大拇指[55]，而是食指，他認爲食指更加明確：

「第一，妳不知道這小子是不是公共危險！因爲他在牢裡，我有權提出這個質疑。萬一他被判上斷頭臺，難不成妳要他們把頭還給妳，裡面塞稻草做成標本供著？第二（這會兒，食指和中指連在一起，比出了個V，宣示自己辯證必勝），妳根本就不知道他們去哪！奧爾良？這只是假設，他們幹麼不去波爾多？里昂？格勒諾布爾？他在哪？是個謎啊。第三（猶如路西法的三叉戟[56]，三根手指齊指對手），妳怎麼去呢？妳打算買輛自行車，入夜前加入軍人行列？第四……」

每次朱爾先生都卡在這兒……「第四」……最想不出來。這時他收回手指，把手合起來，順著身子放回去，一副他都提出這麼多論據，不如見好就收。

「好，」路易絲說，「謝謝，朱爾先生。」

55 不像華人數數字習慣伸出食指開始數，法國人習慣從大拇指開始數。

56 le trident de Lucifer：原為基督宗教與猶太教名詞。後在文學作品中，逐漸轉變成魔鬼本名。通常路西法的形象都手持三叉戟。

這位咖啡館老闆抓住她的肩膀。

「我不會放任妳做傻事，這位小姐！妳不知道自己會惹上什麼麻煩！路上有成千上萬個難民和逃兵啊！」

「那你想怎麼樣？在巴黎等德國人嗎？反正希特勒都說了，他十五號就會到！」

「我管他的，我又沒跟他約！反正妳不能走，就這樣。」

路易絲輕輕搖了搖頭，他真煩，這個男人。她慢慢掙脫他，穿過咖啡館大廳，走了出去。

她該帶些什麼呢？

她把衣服亂七八糟塞進行李箱，這時朱爾先生的反對理由逐漸浮現腦海。她從牆上拿下郵局出的掛曆，看了法國地圖，往羅亞爾河一帶的路線，怎麼去？她完全沒概念。因為所有人都說德軍猛攻火車站，所以火車被排除在外，不能搭火車去。她看著國道蜿蜒曲折南下通往奧爾良，觀察了很長時間。她不會是唯一一個要找交通工具的人，絕大多數的巴黎人都沒車，他們還不是想辦法都出了城！

我再見機行事，她心想，然而朱爾先生的論據已經侵蝕了她的美好決心。

她繼續把衣服放進行李箱，其實心中已經知道自己會留在巴黎。

就算她設法找到他，突然出現在這個男人面前，她要對他說什麼呢？「你好，我是你母親的女兒」？未免有點荒謬。

她突然想像起一種男人形象，像連環小說裡面那樣，穿著苦役犯的服裝，一臉凶相。

灰心喪氣，她坐在行李箱旁邊。就這麼呆呆坐了好久，疲憊、迷茫，無能為力。

她打開燈，下樓看時間，走過窗前的那一剎那，頓時停住。

隨後她盡量快，又爬上樓去，抓起行李箱，把放在床罩上的東西一股腦兒通通塞進去，三步併作兩步，奔下樓梯，抓起大衣，打開門。

她家前面，朱爾先生身著套裝，腳踏漆皮鞋，正在悉心擦亮他那輛老古董寶獅二〇一的引擎蓋，這輛車將近十年沒離開過車庫。

「好，還得先想辦法給輪胎充氣。」

實際上，這輛車看起來瀕臨崩潰邊緣。車體，一度是天青色的，如今暗沉得有如殤鏡[57]。

「波希米亞女郎」鐵捲門已經拉下，他們開車經過，路易絲瞥見一張通告：「尋親中，暫停營業」。

57 un miroir de deuil：根據猶太人習俗，至親逝世需守喪七天，稱為「坐七」（Shiva，或音譯為「習瓦」）。坐七有許多習俗，其中就包括將鏡子暫時用布蓋上，因為殤期，喪家不應重視外表，不需要照鏡子，不應關注自己，而應關注亡者。後來衍生為迴避虛榮，應該自我反省，專注於內在而非外表。

29

勞爾旁邊那個瘦不拉嘰的小伙子從頭到腳都在發抖，看樣子狀況很不好。勞爾心想這傢伙前景堪憂，他就是會突然逃跑，背上吃槍子兒的那種人。

公車上，每三米就有一名機動憲兵隊員拿著步槍守在中央走道，長官從站臺處監視全場。前幾分鐘極其難熬。囚犯看著警衛，心想，搞不好未經進一步審判，半個鐘頭後，他們就會被槍斃。

時間慢慢流逝。

車窗上了漆，但是勞爾還是辦到了，不需要扭動得太明顯，便可從奇蹟似逃過油漆刷的一絲隙縫看到外面。他認出丹費爾廣場，公車在附近停了片刻，有報童在吆喝：「《巴黎晚報》！德國人打到努瓦永囉！快來買《巴黎晚報》唷！」

他記不太清楚努瓦永鎮確切位置，只知道它在皮卡第大區，離巴黎一百公里，也許一百五十公里。敵人很快就會來到首都大門口。這絕對跟他們離開榭什米迪有關。

交通繁忙，車速經常有如步行。警衛站著，很快就累了。費爾南批准他們在折疊座椅上坐定。

勞爾主要都在偷瞄下士長，勞爾這條走道由他看守。他一臉敵意，勞爾覺得他不好惹，這種噩夢出現這種人物再理所當然不過，下士長完全像安裝在衝壓模具上的衝頭，而且絕對衝得過頭。勞爾在部隊中見過這種人，狂熱分子，自走砲，熱血衝腦，天生嫉惡如仇，搞到最後，終於仗著軍服當令箭，濫用起職權。「伯尼耶」，勞爾聽到有人這麼叫他。他會像對瘟疫一樣對伯尼耶敬而遠之。

伯尼耶的上司，一名軍士，大約五十歲，塊頭大歸大，可是結實，一臉嚴肅，雄性禿，一大把海豹鬍連著鬢角，這年頭已經很久沒人留這種鬍子了。他是所有警衛裡面最沉得住氣的一個。勞爾默默記下這些特徵，警衛的姿勢，每個人的一舉一動，遲早會證明這些有用。可以救命。

他們正在離開巴黎的假設逐漸成真，會被拖去文森排水溝槍殺的想法逐漸遠離。雖然不再以為自己此去凶多吉少，神經依然緊繃，不過隨著分分鐘挨過去，比較沒那麼焦躁。氣氛稍事緩解。勞爾甚至還敢匆匆回頭看加百列，飛快送去一眼，但是正在監視的機動憲兵隊員猛地一槍托砸向他的座椅靠背，他趕緊乖乖坐好。嚇出一身冷汗。這輛公車受到和監獄相同的法規管轄。勞爾駝著背，等著警衛注意力轉移到別的地方，又大著膽子往公車後方平臺瞄了一眼。

費爾南力圖顯得沉穩，但事實並非如此。自從上尉向他提供囚犯名單以來，他一直在想：萬一要他槍決這些「法國公敵」，他要怎麼做？他投入機動憲兵隊的行列，又不是為了到頭來變成行刑隊長！要是他拒絕執行槍決命令，會怎麼樣？他會被指控叛國嗎？屆時遭到槍決的會是他嗎？

費爾南也擔心這個該死的袋子裡的東西。情勢所逼，他不得不隨身攜帶，因為他不知道自己會不會回巴黎，也不知道什麼時候能回去，更不知道到時候找不找得到他留在巴黎的東西，他沒別的辦法，只能這麼做，他一再安慰自己，你只能這麼做。

他也聽到報童嚷著德國往前挺進。萬一德軍入侵，所有空公寓都會遭到搜刮，他藏的錢也會不見。德國鬼子在他地窖發現裝滿鈔票的行李箱，一想到這裡，他微微笑了出來。找到這一大筆錢的德國佬，會是一個把錢全部跟上司報告的德軍典範？還是趁機揩油的機靈鬼？唉，不管了。他把背包放進囚犯頭頂的行李架上。原本還打算用軍大衣遮住，但這就像掛上一個牌子「此地無銀三百兩，生人莫近」。他只能兩害相權取其輕，就這麼毫無遮掩，大剌剌把背包放在上面。此外，因爲鈔票佔了大半空間，他自己的衣物少得可憐，甚至連執勤命令建議攜帶「執行短期出差任務的必要日用品」都沒帶。

令人困惑的是，車上所有人都覺得這輛公車象徵當前局勢。國家水深火熱，這輛不透光的盲目公車從恐慌的巴黎人籠中開出道來，駛向未知目的地，所有巴黎人全都朝著同一方向逃命，沒人敢說還回不回得來……

公車勉強加快速度。囚犯、警衛，因爲自己逃過一劫，避過連續開槍槍決囚犯的殘暴行爲，所有人都鬆了一口氣。人人又縮回自己的小天地。

費爾南想著愛麗絲。萬一她心臟病發作，他姊法蘭西妮知不知道怎麼處置？維倫紐夫有沒有高明的醫生還沒逃走？

費爾南和愛麗絲於二十年前相遇。或許是因爲他們都是獨生子女，或許因爲直到那時他們的愛都不夠完整，再加上兩人膝下無子，所以夫妻十分恩愛，如膠似漆，像常春藤一樣纏在一塊兒，不過他和她都不因膝下猶虛而感遺憾。愛麗絲是費爾南的天，他眼裡只有她。費爾南則是愛麗絲一生摯愛。

一天早上——一九二八年的時候——愛麗絲突然感到很不舒服，某樣沉重而晦暗不明的東西緊緊揪著胸膛，猶如焦慮蔓延全身，致使她臉色發白，雙手冰冷；她明明看著費爾南，卻看不見他。他盯著她，突然，她跌落在他腳邊。就在那一刻，他們的生活像一只立瓶，從上崩裂到下，他好怕失去她，從此更是拿她當個寶，始終好生呵護著。從那一天起，風險、疾病、消失，乃至於生別離的焦慮，他們的生活就圍著這些打轉。

費爾南雖然是教徒，但並沒虔信到恪守教規。他沒告訴愛麗絲，其實他又開始上教堂了。他暗暗覺得告訴她好像自己認輸，展現出自己軟弱的一面。他帶她去望彌撒，自個兒留在露臺抽菸，然後在前往軍營的路上，再獨自偷偷跑去教堂。經常親炙天主，成了他身為人夫的謊言。

為了安心，他又看了看行李架上那個海軍背包，然後看了看走道，儘管公車一路顛簸，屬下依舊保持警覺，坐得穩穩的。最後也看了看囚犯。他查過清冊。上有囚犯姓名，監禁日期，訴訟狀況，監禁事由。五十名。只有六名共產黨員，其他組成分子為偷竊、強姦、搶劫、殺人各類罪犯。在他看來，好一群人渣。

勞爾透過窗縫看到「王后鎮」路標。街上愈來愈擠，公車得不斷按喇叭才開得過去。每棟小樓房前，都有人在忙著把大包小包架到車頂，街上則有警察在十字路口指揮交通，試圖排開人潮，引出一條單行道。費爾南批准打開窗戶，大夥兒可以呼吸一點新鮮空氣，甚至聽得到街上在大呼小叫，至於不耐煩猛踩油門的引擎轟鳴，則為路上這些過勞駕駛拉起警報。

夜幕漸漸垂下，開始感到又飢又渴。顯然沒人敢表現出來。相反的，撒尿……總得解決，坐在勞爾隔壁的那個小伙子，從頭到腳不發抖了，卻一臉慘白，五官因為怕尿出來而扭曲。他像在學校一樣舉起手。那個機動憲兵隊酒鬼，被引擎的轟隆聲哄得打起了盹兒，立刻一躍而起，伸出步槍。

「你想幹麼啊你？」

軍士長也立刻站起來，伸出手，示意他冷靜。

「我得去撒尿。」囚犯字字說得清清楚楚。

這不在預料之中。當然可以叫囚犯忍住，可是沒人知道什麼時候才能解放。偏偏上級下達的命令又十分明確：不能停車。

費爾南轉過頭，公車剛駛出巴黎，開到郊區，現在路上比較暢通。他低聲對屬下發出指令。隨後囚犯排成一排朝車後方平臺走去，往馬路上尿，步槍抵在腰際。

這個小插曲讓大家稍解鬱悶。

囚犯開始竊竊私語。費爾南沉著以對，手那麼一比劃，警衛放棄干預。年輕人回到座位，靠向勞爾。

「你幹了什麼好事，怎麼會在這兒？」

「什麼都沒幹！」

他自然而然就這麼說了，一副天經地義的樣子。

「你呢？」

「散發傳單和重組遭到解散的組織。」

這是共產黨遭到監禁的主要原因。他說出來的時候，聲音裡面帶著驕傲。

「你還眞是個傻蛋呢。」勞爾開他玩笑。

公車繼續行駛，車燈全熄，夜幕降臨。自從過了埃唐普，車開得比較快，駛過一條條難民長龍。

大約晚上七點，開始感覺餓了，費爾南擔心吃的東西不夠。霍斯勒上尉什麼都沒說。倉促出發，命令又含糊不清，這種急救章的感覺，宣告著這次任務會相當棘手。國家深陷傾覆苦海，他看不出來這次移轉行動會是唯一有好好準備，並且準確執行的任何理由。

奧爾良終於到了。都八點了。

在機動憲兵隊員監視下，公車駛進中央監獄停車場。霍斯勒上尉集合士官。

「到了，」他宣布道，聲音聽出來鬆了一口氣。「安排移轉犯人到中央監獄可能要花一點時間。安全問題。等待進一步指示同時，各位各自看好公車，一切就都會順利。開始執行。」

他像偶爾來探監的訪客一樣去按監獄門鈴。槍眼開了，他和守在另一邊的警衛邊談邊走了進去，看樣子獄方並不知道他們要來。他感覺到屬下在盯著他，轉過身來，勃然大怒，吼道：

「快點行動，我是怎麼說的？」

費爾南回到車上。他立刻感受到他不在的時候，車內不穩定的狀況上升了一級。全車囚犯轉過來看著他，他的屬下也是。大家都沒想到會在這停車。

伯尼耶下士長一臉亢奮望著他。

「現在要準備移轉！」費爾南先對大家大聲宣告。

然後才走過去一一對屬下說：

「八成得稍微花點時間，千萬不能鬆懈。」

憂慮緩和了一點，他又下了車，靠在車後平臺踏板處，點了根菸。其他公車上的同事也想抽，於是，很快就有五名同事邊抽菸，邊若有所思盯著監獄牢牢關著的大門。不久後，伯尼耶也下了車加入他們。可是因爲他大部分活動都耗在酗酒上，所以他並不抽菸。誰知道他是耍什麼手段，才能在服勤時喝酒，向來都沒被逮著。他有帶幾瓶酒來嗎？費爾南納悶。他自己不就帶著將近一百萬的大面額鈔票，值此非常時期，沒有什麼是不可能的。

「搞什麼屁？」伯尼耶問。

費爾南不記得聽他心平氣和、好好說過話。每句話都很衝，好像誰虧欠他，就像他受到不公平待遇，老在那邊要求賠償。

「這種事啊，難免會有點久。」一位同事大著膽子說道。

「他們準會把我們跟這一車下三濫撂在這兒不管，走著瞧吧！」伯尼耶說。

現場幾個人全都轉過去對著那座建物，只見它碩大無朋、不友善，側影沒入晦暗。

「信不信老子開槍把他們全斃了，我……」

令人驚訝的是，竟然沒人跟他爭辯。沒人願意開槍射殺任何人，但是這個怪異的夜，這次從巴黎出逃，這些烏漆墨黑的車輛，這扇死也不開的監獄大門，加上事情會如何演變毫不確定，所有這些，在在使每個人都累了，再也不想表示意見。

「這什麼啊？」

費爾南口袋裡冒出來一本書，一位同事指著它問道。

「沒什麼，這是……」

「你竟然還有時間看書？」伯尼耶問。

他每句話都隱隱帶著指責。

「到底是什麼書？」那位同事堅持。

費爾南不甘不願掏出那小一冊。《一千零一夜》。沒半個人聽過。

「第三卷？所以說你看完了前兩卷？」

費爾南覺得尷尬，把菸給熄了。

「我隨手拿了一本，幫助睡……」

伯尼耶張開嘴，正打算回話，聽到他們那輛公車傳來喧鬧聲。下士長忙不迭衝過去，但是費爾南大喊：

「伯尼耶，你留在這！」

他抓住伯尼耶的肩膀，正如他經常都得這麼做那樣，也同時狠狠削了他一句，他老這麼說他：

「你給我等命令！」

囚犯累到極點，就像儲能機，每隔一刻鐘，又重新充滿莫名恐懼，所以當機動憲兵隊員一從包裡拿出香腸和一大個圓麵包，他們就爆發了。香腸從未引發過如此本能的鼓譟。

費爾南兩步就衝了過來。

「立刻給我收起來！」他命令隊員，講得咬牙切齒。

「那我們呢？我們什麼時候吃？」

他才剛走回去，有人大聲嚷著，不知道是從哪傳來的，但是大家都聽到了。囚犯坐在座位上群情激憤，眼看就要鬧事。這時，好幾名機動憲兵隊員衝上車，步槍立刻對準囚犯。原先那位隊員，慚愧得臉發紅，連忙把香腸和圓麵包塞回包裡。

都超過六個鐘頭了，沒人吃或喝過任何東西。更何況一直坐著，身體都僵掉，老被人拿著槍警戒更使人神經緊繃到心力交瘁。費爾南聞得出來，苗頭不太對。

「就快了！」他喊道。「在等的時候，我們先給你們喝點水。」

一片死寂，槍枝撞擊聲益發清晰。費爾南下了車。

「哪邊有水？」

沒人知道。

「羅亞爾河就在附近，」伯尼耶說著風涼話，「如果你要淹死他們，把車開上橋就得了。」

「沒錯，的確該讓他們喝點水，」一位同事插嘴說道。「我那車也開始不爽在抗議，場面千萬不能失控。」

費爾南走到監獄大門前，按了鈴，等著，槍眼開了，陰影中浮現一張臉。

「你知道還要很久嗎？」

「依我看，不會，應該快了。」

「啊！這樣最好，」費爾南回道，「因爲……」

他微微一笑，心想碰碰運氣，但願能緩和氣氛。

「因爲那邊……他們渴了！」

「嗯，可是還沒好。」

簡直像是爲了證明他說得是對的，這時大門開了，霍斯勒上尉走出來。六名士官看著他，心情七上八下。

「好吧，事情發展不如預期。」

他猶豫了一會兒。

「原本預期會怎麼樣？」費爾南壯起膽子問。

一般來說，霍斯勒上尉是個自信的男人，他上過軍校，容不得別人質疑。這次情況不同，連他都不禁動搖。其實他已經注意到，幾個禮拜以來，許多事情的進展僅有部分符合參謀部預期而已。今天晚上，這座不起眼的省級監獄竟然拒絕收治上級移轉來的這群囚犯，使得他到目前爲止一直都擁有的滿滿自信出現罅隙。

「這……正是什麼都沒預期到，」他不得不承認。「我奉命把他們移轉到這裡，不過這裡好像沒地方。」

「那軍需供給呢？」有人問。

「歸軍區負責，」上尉慶幸自己知道答案，如此回道。「晚上應該就會送到。」

大家立刻懂了，就像囚犯被移轉到奧爾良監獄一樣，軍需供給也是，也完全沒預期，毫無計畫。

上尉看看錶。晚上九點。

槍眼在他們的背後砰地一聲開了。

「霍斯勒上尉的電報！」監獄裡面傳出大喊聲。

上尉衝上前去。幾位士官面面相覷。

「我啊，」伯尼耶指著公車說道，「我不懂幹麼拖拖拉拉。反正最後還不是要把他們給斃了。這就是我的……」

費爾南正想回答，不過上尉已經又出現，手上拿著電報，終於滿意了，一臉得意。

「上頭下令我們退回格拉維埃軍營。」

沒人知道那是什麼地方。

「遠嗎？」

但是上尉還沒回答，已經又有人問：

「那軍需供給方面呢？」

「全都安排好了！好，上路吧！」上尉下令。

「還是可以給他們喝點水吧。」費爾南想說試試看，壯起膽子問道。

「你少他媽的煩我！格拉維埃在十五公里外，他們總能再等一刻鐘吧！」

這次，費爾南軍士長沒提供任何解釋，甚至連對屬下也沒有，看樣子他也慌了手腳。只見他又上了公車，向司機點點頭，示意開車，隨後就坐下去。又出發了，這首一下進一下退的遲疑華爾滋重重壓著每個人的神經。

「你覺得我們要去哪？」共產黨小青年低聲問。

勞爾完全沒有概念。

半個鐘頭後，公車開始減速，勞爾透過窗縫辨識出窗外一片田野，沉浸於皎潔夜色中，明亮到依稀看出農莊和鄉間小路。車子一個大轉彎後停住，面對著鐵蒺藜、鐵絲網……

費德南軍士長第一個下車。他先把背包滑到公車底盤下，才發號施令。

囚犯一個一個下公車，邊報出姓名和編號，機動憲兵隊員在名單上一一打勾。

勞爾一到車外，發現自己離加百列不遠。

他們兩個看到安南士兵排得跟儀仗隊似的，不過步槍倒是指著他們。最後面那邊，入口處，還有另一排武裝士兵，那些是法國士兵。

他們先叫囚犯排成三列縱隊，然後才下令往前走。帶頭的那個走得跌跌撞撞，大腿挨了一記刺刀，另外兩個想扶他也挨了好幾槍托，士兵邊打邊大叫「王八蛋，混帳東西，髒德國鬼子！」

勞爾原本還指望著趁機要點水喝，現在也不敢想了。

「『過去的榮光爲我們指引方向！』」他匆匆說道。

可是這回，他沒像平常複誦參謀部軍事口號那樣嬉皮笑臉。

在他們面前，臨時營房排列成行，使人聯想起軍人公墓裡的墓碑。

30

打從一上路，路易絲就納悶用走的搞不好還比較快。車子從聖旺大街就開始走走停停。

「火星塞啦，」朱爾先生說，「很快就會排乾淨。」

這輛寶獅是一九二九年的雙門車款，朱爾先生總共開出來過四次，第一次是把它從車庫開出來，開到第一個十字路口，就撞上運牛奶的卡車，於是他就開回車庫，這算第二次。隔年，他又開出來一次，開去熱訥維耶，姪孫女在那兒舉行婚禮。所以，這次是它第四次出門。儘管朱爾先生每兩個禮拜都把車子擦得鋥鋥發亮，隨著時光流逝，油漆還是變得暗淡無光。出於某個不知所以的原因，他始終把油箱和水箱加得滿滿的，備用輪胎也好生照料著。

從朱爾先生開車便感覺得出他缺乏實際上路經驗。他一坐上駕駛座，就把漆皮鞋換成花格子便鞋，不過這並沒能幫他開得比較順。

路易絲本想算了，可是這位咖啡館老闆雙手緊緊抓著方向盤，像在田裡開拖拉機一樣開著這輛車，只差沒拋錨或出車禍，不過應該快了。

他們等了好久，終於想辦法幫輪胎重新充好氣。然後往巴黎南出口行駛，沿路水泄不通，車速有如步行。

「我帶了一罐汽油還真帶對了呢，嗯？」

車子一股汽油味。

從奧爾良大道起，人流全往同一方向湧去，往南，每輛車裡都塞滿了人、行李、紙箱，外加車頂還有床墊。

「他們告訴妳『往南』，對吧？」朱爾先生問。

這個問題，他都問了十遍，路易絲回答他後，他第十次重複道：

「找到他們不容易。」

不過，這次他加了一段：

「我們開得比走得還慢，可是他們一定能開出道來行駛！想也知道，像他們那樣的車隊，才不會卡在交通堵塞裡面。」

路易絲愈來愈意識到這次嘗試注定會失敗。朱爾先生是對的。他們不僅捲入愈來愈滯礙的人潮中，而且他們連目的地何在都毫無頭緒。

「南部，如果不是奧爾良，還可能是什麼呢？」路易絲問。

朱爾先生的地理概念普普而已，對像他這麼一位重要的軍事戰略家來說夠奇怪的。所以他也只能滿腹疑問撇著嘴，搖了搖頭，表示他也這麼想。他點了根菸，左邊翼子板就在水泥柱子上蹭了一下。在路上追著榭什米迪囚犯跑，這個計畫毫不理性，不過光看車流佔了整整三線道，便可瞭解現在完全不可能向後轉。

車子開在路上，大部分都打二檔，有時甚至一檔，所以開始受不了。晚上八點左右，這列長隊開始改道，隨後停住。路易絲趁機下車。所有女旅客都在找沒人看見的角落，那怕一小簇灌木叢也搖身一變成了公廁，婦女大排長龍，耐心等候，眼角邊監視著自己那輛車可別突然發動，不過並沒發生。

路易絲趁著等上廁所的時候，左右打聽一下。有沒有看到一長隊巴黎運輸局TCRP公車，車窗都漆成藍色？這個問題本身就矛盾。很難想像明明作為首都市內短程運輸用的公車，怎麼會上了國道？何況還藍車窗……路易絲只得到否定回應，外加驚訝眼神，從沒人見過諸如此類的東西。她不灰心，沒回車上，反而沿著車隊往前走，問駕駛、問乘客，總是得到相同答案。

她順著原路又走回原地，車子正準備發動，她剛好回來。

「我擔心死了！」朱爾先生脫口而出。

她上了車，胳膊靠在車窗上。

「找TCRP巴士的就是妳嗎？」隔壁車上一名女子問。「今天一大早，他們超過我們。那時候我們開到萊克朗蘭比塞特爾。應該差不多是凌晨三點左右吧。對，往奧爾良方向。」

現在超過晚上九點。按規定必須熄燈駕駛，一輛車一輛車就這麼摸黑開著，深怕遭到敵人轟炸。長隊的車燈像聖誕燈飾一樣，一盞又一盞，滅了。朱爾先生不習慣在黑暗中開車，後保險槓撞上一輛自卸車，車上載著四家人和家具。

囚犯車隊比他們早六個多鐘頭，偏偏照目前這個狀況看來，兩天之內，到不了奧爾良。

朱爾先生索性停在路肩，下車打開行李廂。拎著柳條籃，籃裡裝滿吃的，香腸、一瓶酒、麵包，回到路易絲這兒。他穿過邊坡，把厚厚的白桌布鋪在濕漉草地上。路易絲笑了。

出逃巴黎，在這一個鐘頭裡，成了鄉間摸黑野餐。

31

軍營現場有機動憲兵隊員和軍人，軍人裡還包括殖民地安南部隊和摩洛哥步兵，每個群組似乎都出於不同原因而來。所有人的共同點是煩躁。費爾南一下公車就感受到這種緊繃氣氛。士兵握著步槍在營區入口處排成一列，予人一種壓迫感，好像他們整個車隊都不受歡迎，囚犯和機動憲兵隊員都一樣，全是不速之客。

傍晚時分，德國空軍中隊在高空飛過。這些警衛，一想到自己沒有防衛能力，在這種地方遭敵軍攻擊，慘遭槍殺，不禁群情激動，他們負責移轉這群囚犯人渣來到此地，可不想爲他們送命。

霍斯勒上尉依然像軍法那般硬如磐石，他想和對口同僚談一下，對方正在幫來自桑泰監獄那批囚犯編隊，他這才瞭解到原來他們這批是最後到的，所以只能挑別人撿剩的：六棟樓，沒有廁所，四周有鐵絲網包圍。這些臨時營房的窗戶暗濛濛的，遠遠望去，類似掩體。霍斯勒上尉詢問營區目前有多少囚犯。

「加上你們的，少說也有上千個。」

聽到有這麼多人，費爾南驚慌不安。

他們得看守上千囚犯到什麼時候？

霍斯勒上尉差人接通過一通電話，目前先脫衣搜身再說，由安南步兵負責。這是參謀部的命令。

搜完身，囚犯一個接一個進到樓裡。只有前二十五名分到鋪位，其他人把麥稈堆疊起來睡，不過連麥稈堆也不夠。勞爾和加百列打定主意，一定要理出一個角落睡覺。那名年輕的共產黨激進分子睡在離他們一米處。他還在打哆嗦。加百列把軍大衣借他蓋。

「唷，我說小子，」勞爾問道，「史達林不供應你們毯子啊？」

營養不良？精疲力盡？還是生病？這個年輕人的狀況眞的很糟。

費爾南下令去提水。伯尼耶提回四桶就不提了，還立即和隊友吵起來。經驗告訴費爾南，最好不要干預，而且他是對的。眼見一個大塊頭號召所有兄弟群起對付伯尼耶，就算不是爲了團結，好歹也爲了工作安排。因爲大塊頭不確定，水，伯尼耶愛提不提的，等等搬吃的東西會不會也這樣偷懶。

「運軍需物資過來的是軍區吧？」費爾南去問霍斯勒。

霍斯勒用手掌拍了額頭一下，對喔，還有這個問題。他回去問對口，一無所獲，沒人知道。上批物資是前一天送達，光我們自己這邊七百名囚犯都不夠得要命，我們還朝天上開了好幾槍才鎭住場面，沒造成騷亂。

勞爾．蘭德拉德忠於習慣，利用轉進新牢房的安頓時間跑去到處聊聊，他所謂的「認識認識」。種種跡象表明大事不妙，正朝錯誤方向傾斜，猜杯子賭博，沒人有興趣。飢餓、疲倦佔據整個心思，不歡迎勞爾這種愛湊熱鬧、好事的人。

這些細節，費爾南都看在眼裡，他認爲囚犯三兩成群，這種組織方式是另一個該擔心的問題。共產黨員瞧不起無政府主義分子，無政府主義分子又憎恨間諜疑犯，間諜疑犯又唾棄不按時返回部隊的阿兵哥，使得這些怠工分子、拒服兵役分子、失敗主義分子、賣國嫌疑分子，各自壁壘分明，不過他們倒是同仇敵愾，全都鄙視觸犯普通法的罪犯，因爲他們自己可是和偷拐搶騙、殺人越貨的犯人大不相同，他們死也不要和強姦犯混在一起。啊，對了，還有一些極右派，這裡每個人都管他們叫「卡古爾黨人[58]」，不怎麼多，只有四個，其中包括一名記者，他叫奧古斯特・多熱維爾，支持法德友好，因爲他比另外三個大二十歲，所以是這一小撮的頭頭。

費爾南和屬下分到的房間與囚犯宿舍相鄰，沒比囚犯那間舒適到哪去。好歹每名警衛都有分到草褥子。費爾南把海軍背包塞到床架底下。快十一點了，沒人吃過晚飯，看來今晚是沒指望了。他安排四個鐘頭輪班監控宿舍，自己簽下第一梯次，其他人可以休息一下。

他開始覺得餓。非得撐到明天早上不可，到時候軍需物資一定會送到，但是，與此同時，有一大問題超越社會政治階層和氏族仇恨──上廁所。抽完晚上那根菸，費爾南回到囚犯宿舍，當場逮著有囚犯正從半開著的窗戶往外扔出一大把稻草，一聞味道，就知道他爲什麼會這麼做。得想辦法解決，否則這裡的環境很快就變得沒辦法呼吸。

「我們安排一下，去上一輪廁所。」他對屬下說。

「我不想。」伯尼耶說。

「我不是說你，我是說囚犯！」

「那我更不想！」

58 卡古爾黨人（les cagoulards）：創立於一九三五年的革命祕密委員會（La Cagoule）或音譯為「卡古爾」，是法國傾向法西斯主義和反共產主義的恐怖主義組織。

「不想也得想，你就是得這麼做。」

囚犯獲准每三人一組，在一名機動憲兵隊員監控下去上廁所，不論對哪一方，這種處境都頗難堪。茅房光線昏暗，四天前噴水清潔過，還是臭得像地獄，前面幾個出來時面無血色，其他人寧願算了。明天一大早，費爾南就要安排一輪大清掃。「找掃除用具」，他在心裡想著，這份清單愈來愈長。他批准犯人沿著籬笆撒尿。「其餘部分，要就上茅坑，否則就什麼都沒有！」

加百列有籬笆就很滿足了。勞爾去茅坑，回來時臉發白。之後，機動憲兵隊員鎖好門窗。大家從宿舍裡面看到窗板闔起，聽見宿舍門被鎖上鐵桿。

加百列又開始喘不過氣。

「唷，我說我的中士長，」勞爾說，「你該不會當著大家的面心臟病爆發吧，嗯？我們又不在馬延堡！」

他的笑聲在宿舍迴盪，費爾南進來，下令安靜，笑聲當場停息。

「未經允許，任何人都不准起來，不准再說話！」

囚犯大半進入半睡半醒狀態。軍士長坐在椅子上，步槍放在大腿上，假裝沒聽到四下傳來的竊竊私語。

「你睡著了？」加百列問。

「我在想……」勞爾回答。

「想什麼？」

茅房，地勢稍微高一點，可以俯瞰營區。勞爾去過，一直憋著氣待在那兒，唯一目的就在於勘查地形、士兵動向、巡邏路線，還有沐浴在皎潔月光中的周遭環境。這個軍營又大又複雜。他數過出口、入口，回來時還是搞不清楚。這裡不像一般監獄那樣封得死死的，但是武裝士兵人數卻要多得多，所以他才在想……

逃獄這個詞使得加百列好像被電到。

「你瘋了！」

勞爾貼近他。即便聲音再低，也聽得出他語帶怒氣。

「你才笨到不行！你還不懂發生了什麼事嗎？沒有安排，沒有吃的，沒有指示，看管我們的這些傢伙不知道該拿我們怎麼辦。德國佬打到這裡的時候，你認爲會怎麼樣？」

「這些警衛會把我們當成禮物送給德國鬼子表示歡迎嗎？」

顯然加百列怕的正是這點，其他所有囚犯也是。

似乎不太可能。

「就算他們這麼做了，」勞爾繼續說道，「德國鬼子會拿我們怎麼樣？在第三帝國的勝利之師裡頭，給我們安插個職位？」

可能性更低。儘管如此，加百列依然抱持懷疑態度：

「怎麼逃？沒證件、沒錢？」

「不趕快逃的話，老兄，你要槍子兒打在肚子還是背上？隨你選！」

似乎是爲了回應他的憂慮，加百列聽到他旁邊那名共產黨小青年蓋著他的軍大衣，牙齒猛打顫。

「管他怎麼樣了，反正多死一個又沒差。」勞爾轉過去對著牆，結束了談話。

交頭接耳聲逐漸停息。

費爾南看了看錶，還差一個鐘頭不到就要換班。爲了別引起注意，他來值班前已經把背包放在床下，儘管不太可能有人會去搜查，他心裡還是不踏實。因爲他感到愧疚。每當罪惡感造訪，他就把注意力放回愛麗絲身上。他沒機會再打電話去維倫紐夫。他好想聽到她的聲音，一秒鐘也好，他只需要一點點時間就能瞭解一切，無論她好不好，無論她是擔心、焦慮、快樂、精神飽滿，只要聽到她說話的腔調，他就知道一切，困在這兒可眞煩人哪！

他又想著自己那一背包的錢，想著留在地窖裡的行李箱，他要怎麼向愛麗絲解釋呢？她是如此耿直，萬一……

波斯之旅的美好願景如此誘人，他向渴望低了頭，如今這一切對他來說似乎都付諸東流。他爲了實現愛麗絲的奇思異想，自己成了賊。她憧憬波斯，但口頭向來不說，因爲其實波斯之旅並不在於實現與否，而在於支持有病在身的她撐下去啊！偷走這筆錢，將部分贓款藏起來，其餘部分隨身攜帶，衝著這些，費爾南成了愛麗絲絕對不屑嫁的那種男人。

「安靜！不要逼我動手！」

突然大吼發洩一下，很有幫助。再看守三十分鐘，他就可以去睡覺。他會像緊緊貼著愛麗絲那樣窩起來側著睡，像一根小湯匙那樣。

第二天，六點一到，霍斯勒上尉召集軍官、士官，還有四小隊隊員，他們被派去看管剛被樹什米迪囚犯佔用的營房。

「提醒各位舍監，你們受到由本人指揮的機動憲兵隊管轄。禁止和囚犯交談！除非你也想被關，悉聽尊便。」

霍斯勒上尉發表講話，講得義正辭嚴，費爾南則在仔細端詳這些「舍監」，原來是一些從前線回到後方的步兵，年紀最大的那群，這些老兵一看就不積極，因為他們知道自己正在執行最後一次任務，之後便將成為輪掉軍事史上其中一場最短戰爭的敗軍之師的活標本。

因為從昨天就沒吃任何東西，囚犯正在喧鬧，不到一個鐘頭，這些舍監就顯得力不從心。

伯尼耶暴怒，衝進營房。

「誰不爽，這裡有輕機槍伺候！」他吼道。

伯尼耶好就好在他是說真的。就算沒能安撫好肚子，最起碼也鎮住了囚犯群情鼓譟。勞爾看到他暴怒狂飆，隨時準備朝囚犯開槍，不得不佩服自己料事如神：他果然是號危險人物。

囚犯形成的小圈圈彼此之間劍拔弩張，費爾南批准各個小圈圈一起出去放風，以避免他們相互鬥毆。

早晨，有人用撕碎的紙片做了跳棋和多米諾牌。勞爾又靠猜杯子贏來一個睡袋。

霍斯勒上尉再也沉不住氣。一直跑去通訊哨所請示上級並且要求補給，可是要不就是電話沒接通，要不就是他講了半天，對方什麼都不知道，說要去請示再回他，結果從來都沒回。

輪到他們出營房去活動一下筋骨，加百列做著伸展操。勞爾一臉輕鬆走到一邊，回來的時候，若無其事，跟一名老兵聊了一會兒，這個老兵完全不鳥上尉命令。

「德國鬼子到了巴黎西邊，」老兵說，「都過了塞納河啦！」

萬一德國人佔下巴黎，那就完了。徹徹底底。到時候，軍方要怎麼處置這一千名囚犯？這時，警報聲突然大作，似乎使他的疑問變得具體。囚犯和士兵趴在地上。一分鐘一分鐘過去。勞爾趴在門附近。終於，一支德國空軍中隊飛過上空，大家等著轟炸，結果什麼都沒，大地重新歸於沉寂。這才終於聽到法國軍機轟隆轟隆飛過。

「每次都是事後才飛到，這些傢伙！」伯尼耶脫口而出。

過了一會兒，勞爾挨到加百列身邊。

「逃跑就該選這個時候。空襲警報。每個人都躺下等著轟炸，沒人會管我們。」

「你打算怎麼出營區？」

勞爾沒有回答。他順著自己的想法，開始從各個角度重新審視營區。

「下次警報，我們就知道行不行得通。」

從這一刻起，勞爾逮著機會就四下勘查。每個出口，他都計算從一個點到另一個點得走幾步，找著最佳路徑，擬定替代方案解決。

終於，下午兩點左右，後勤部門卡車駛入營區，把費爾南嚇了一跳。卡車運來了一大個圓麵包重達一公斤半，一盒肉醬二十五個人分，還有一塊卡門貝爾乳酪供五十個人吃。

費爾南安排發放食物，囚犯過來領自己的份，爭先恐後，費爾南怕出事，命手下用步槍對著他們。

「我們會餓死。」一名囚犯說。

「混帳東西，你寧願被子彈打死嗎？」

是伯尼耶，他今天心情不好。難不成他把預藏的黃湯都幹光了？

「嗯？」他說道，邊走近那名囚犯。「你想這樣嗎？」

他把槍管貼在那名囚犯肚子上，害他那份口糧掉進灰裡，他急著想撿起來。

費爾南介入：

「算了，冷靜點。」

他像對同志那樣，拍拍伯尼耶肩膀。可是沒用，伯尼耶偏偏不罷休：

「餵你們吃已經夠好了，一堆蟑螂！」

看到這個場面，加百列皺皺眉頭。勞爾的預言得到證實。

「第一個撿起來的……」伯尼耶還在大吼大叫。

他還沒威脅完，就被費爾南推向營房，交代另一名上兵繼續發放。

最後，大家發現連菸草也開始短缺。

中午過後，有名囚犯冒險走到士兵丟咖啡渣的小垃圾場，弄出一種帶點淺褐色的飲料分給大家。

費爾南下令大家回營房，並在每個出口都部署了士兵和機動憲兵隊員看守。

32

「妳放心，路易絲，我這就鑽下去瞧瞧。」

因爲要換機油，朱爾先生誇下海口，自以爲鑽得進車底。瞧他那肥胖的身軀，這種想法相當具有野心。他嘗試換機油的時候，路易絲感覺底盤抖啊抖的。她怕他尷尬，沒過去看他換好了沒，可是沒多久，她聽到他在路肩打呼，原來無計可施之下，他終於在一條小毯子上找著慰藉。

她歪出車窗，看見朱爾先生的肥大身軀，他仰天睡著，大肚腩腆著，雙手交叉放在上頭。有那麼一會兒的工夫，她還以爲他死了。三秒鐘後，他雙頰抖了抖，打呼聲震天響，她知道自己錯了，不過剛剛那短暫的一刻，足以使她再次確信他在她生命中佔據無限大的地方。

至於她呢，她半躺半坐，後座不夠寬，整夜只能維持同一姿勢，以免掉下去，她做著噩夢，夢到自己跟耍雜技似的在攀岩。更不用說這條路上車輛川流不息，噪音有多嚴重，但他們並不想駛離這條路，彷彿生怕自己的位子會被別人搶走，或是這列逃難長隊會趁他們不在，撂下他們，自己逃跑。

短暫野餐過後，路易絲趁著朱爾先生鑽到車底之際，打開亨莉埃特·蒂里翁給她的那紮信件，上頭用細繩捆著。她原本確定自己有帶走那張小貝比的照片，但她突然想到匆忙離開時把它留在廚房桌上了。

她利用最後一抹微光，開始讀她母親的書信，大約三十封，都相當簡短。

第一封是一九〇五年四月五日寫的：

我下定決心永遠也別寫信給您，永遠也別打擾您，結果現在我兩個都做了。唾棄我吧，您是對的。

親親吾愛：

因為您問我為何沉默？為何「默不作聲」？我沒回您，所以我才寫信給您。您依然牽動我的心，這就是真相。我當然不怕您（我永遠也不會愛一個使我感到害怕的男人），您說的一切，我都聽得津津有味，一切都聞所未聞。我看不出來，除了聽您說話，我還有什麼更好的事可做。這些時光，有您的時光，於我足矣，因為我從沒感覺過自己像現在這樣活著。

昨天，離開您時，我感到天旋地轉……這些事無法言傳，更遑論寫，那麼我還是就此停筆吧。

但是，請您明白，我的萬千沉默無不在訴說「我愛您」。

珍妮

珍妮那年十七歲。她像所有少女都有可能那樣，愛上了一位比自己年長許多的男士。對他來說，受到女人仰慕應該不難。珍妮並不蠢，她會寫字，拿到初中文憑，而且，正如朱爾先生所言，她還「看小說」，這點從她的遣詞用語中便感覺得出來。向一名四十多歲的男子如此表明心跡會對他造成什麼影響？他可曾笑過她滿腦子浪漫幻想？

少女時代的母親如此熱情洋溢，令路易絲震驚，她自己從來不曾如此。爲情所苦，對她來說是個未知大陸。她並不覺得嫉妒，正相反，她欽佩一個年紀輕輕的女孩子家，竟然能全心沉浸於一段感情，不像她這麼理智，對談情說愛這種事不抱多大希望。路易絲從沒有過這種機會，或者即便出現，她也不曾把握；她也戀愛過，但沒愛到如癡如狂，她也做愛過，但不曾有過這種欲仙欲死的感受。珍妮寫了好多情書，路易絲，從沒寫過。哦，這些情書跟我們到處會看到的別無二致。只不過有時候，珍妮犧牲奉獻的程度，她的一片眞心，她整個人豁出去，義無反顧，感動了路易絲。一九〇五年六月，珍妮寫給醫生：

親親吾愛：

自私一點。

接受，再接受，永遠都接受。

請您聆聽，我的聲聲嘆息無不在訴說「我愛您」。

珍妮

光線漸漸暗淡。路易絲把信收好，用細繩捆了一圈，打了個結。

珍妮尊稱醫生「您」。他八成稱她「妳」。路易絲不覺得怪，也不覺得做作，想必他們兩人從一開始就是這樣，而且就這麼維持下去，有些事，是你無可奈何的。

睡意漸漸襲來，她想知道，那醫生呢？他是怎麼愛她的？

並不是只有路易絲和朱爾先生才累成這樣。前一天，堵車堵得心情大壞，一邊又心驚膽跳，搞得人人疲憊不堪，累歸累，還得一邊抬頭望天，生怕德軍空襲，神經緊繃，身心飽受煎熬。早上，幾名婦女去找有水的地方想梳洗一番，每個人都髒兮兮的。最近的農莊接待了難民，幫他們汲取井水。這是這列長隊大家最後一次有機會聊聊。

「義大利向法國宣戰。」有位婦人說。

「混蛋！」另一位婦人咕噥著。

不知道她說誰混蛋。一片死寂隨之而來，猶如威脅一般沉重。只聽到遠方傳來軍機聲，可是空中什麼也沒看見。

「義大利是因爲政變，」終於有人開了口。「好像嫌大家的麻煩還不夠多！」

得稍微梳洗一下，還得幫全家儲備用水供路上使用，話題岔到別的事情上去。大家都認命了，只能逆來順受。哪裡可以加油？蛋呢？麵包呢？上哪兒找？有位婦人需要鞋子，「這雙不是爲了走路設計的，」她說。「鞋子不是設計用來走路的，這下可慘了。」另一位婦人回她，人人大笑出聲，連爲鞋所害的當事人都笑了。

路易絲回到朱爾先生身邊，她注意到巴黎人潮不停湧來。從他們出發到現在，才開了四十公里，還剩下一倍多的路程。萬一交通流量愈來愈密集，得花幾天才能到奧爾良？兩天？三天？

「我知道。」路易絲說。

「妳知道什麼？」

「你想告訴我得要命，你是對的，離開巴黎很白痴。」

「我有這麼說嗎？我有嗎？」

「沒，可是你這麼想，我幫你說出來而已。」

朱爾先生雙手朝天，隨後啪一下打在大腿上，不過沒回話。他知道路易絲氣的是她自己，是這整件事，是造化弄人，不是他。

「得想辦法弄到汽油。」

每個開車的八成都在想這件事，沒人知道怎麼辦。

大家又上路了。卡車、貨車、自卸車、三輪送貨車、被牛拖著的翻斗車、大客車、小貨車、協力車、靈車、救護車……開在國道上的車輛五花八門，似乎正在展示法蘭西有多天才。除了車，還得加上每個人隨身攜帶的各式物品，行李箱、帽盒、鴨絨被、臉盆，還有燈、鳥籠、鍋碗瓢盆，外加衣帽架、娃娃、木箱、鐵箱、狗窩。法蘭西剛為本國史上最大的跳蚤市場揭開序幕。

「車頂上這麼多床墊，」朱爾先生忍不住，終於還是說了，「畢竟還是怪。」

的確很多。莫非床墊是為了緩衝軍機射下的槍林彈雨？還是即便無家可歸，好歹有床墊可以睡？

行人和自行車反而行進得比車快，車子開開停停，對變速箱、散熱器、離合器都很傷。每隔一段路都看到憲警人員、士兵，或僅僅是自願出來疏導交通的熱心人士，他們面對著這條成千上萬各式車輛組成的毛毛蟲，不惜一切代價也要蒙著頭往前爬，指揮了半天，最後，也只能兩手一攤，宣告放棄。

介於兩次突然發動之間，汽車往前推進二十米，路易絲解開繩結，又打開珍妮的書信。

「妳母親的筆跡。」朱爾先生說。

路易絲覺得詫異。

「這麼美的筆跡可不多，妳知道。這麼聰慧的女人也不多。」

他一臉痛心，路易絲沒打斷他，隨他說去。

「她什麼都會，妳想想看哪！」

他關掉引擎，眞正有需要再發動；一逮著機會，儘量讓機械休息。

一九〇五年七月，珍妮寫給醫生：

親親吾愛：

我一定是個壞女人。沒有任何體面的年輕姑娘經歷我所經歷的事會不羞得臉紅：和已婚男子上旅館！

我，正相反，我樂在其中，彷彿沒有什麼能比罪惡更使我快樂。敗德何其美味。

「所以……」朱爾先生受夠了強壓怒氣，開口說道，「她爲自己年紀輕輕跑去幫傭感到驕傲嗎？」

路易絲瞥了他一眼。這麼說話，尤其是這麼說珍妮，不像他的作風。

「我還沒看到那兒。」她回道。

「妳看到哪兒？」

路易絲大可把信遞給他，讓他自己看，但基於矜持或是羞恥的原因，某樣東西阻止了她，她也不太知道究竟是什麼。她寧願自己繼續看下去：

我已經沒有什麼不是您的了，然而，每次我都感覺自己又多給了您一點什麼，這怎麼可能呢？

我真的好想死，這個您是知道的，我沒在開玩笑，我跟您說過，我這麼想，您悶悶不樂，我能理解；可是我真的這麼想。不過這個願望並不哀傷，相反的，這個願望好強烈，但願能帶著我這輩子所擁有的最美好的一切離去。

我對您說這句話時，您用手掩住我的嘴。我的唇依然感覺得到它，您的手，就像我感覺得到您在我身上，無所不在，無時無刻。

珍妮

愛得如此強烈，路易絲喘不過氣。

「可悲吧？」朱爾先生問。

「這是愛。」

她不知道還能回答些什麼。

「啊，愛啊……」

老是這樣，語帶懷疑、嘲諷，終究成了污辱，聽了就刺耳。路易絲沒理會他。

當天下午，好幾批軍車強行通過，前方頓時淨空，形成一種吸入效應，使得這列長隊得以加速前進。幾個鐘頭以來，交通比較沒那麼密集，變得較爲順暢。他們開過十字路口，看到路肩停著一輛車，車上載滿了人，原來就是前一天兩車曾經短暫交會的那輛，雙方打了招呼，趁著還沒被長隊蠕動再度吞噬，將你和別的旅客之間的距離推得更遠，在此之前，和附近車上的人稍微聊個兩句。

他們離奧爾良約三十公里，突然一切凍結，這條長龍似乎打算駐足蟄伏。朱爾先生擔心汽油，開上右側一條村間小道，找著一座農莊。

從前一天到現在，情況大大不同。

隨你愛打多少井水就打多少的日子已不復存在（只不過才一天而已）。農民要二－五法郎，才提供穀倉讓他們打尖休息。否則風險太大，農民說，可是沒說清楚是哪些風險。

33

早上七點左右第一批物資送到，只供應全體幹部。

囚犯從窗戶看到安南步兵正在幫軍區派來的小貨車卸貨。費爾南擔心鬧事，命令屬下到一邊吃東西，爲了轉移注意力，他用大木桶裝了熱水，讓囚犯可以洗洗身子，可惜的是，桶子不夠，沒辦法換乾淨的新水。最前面幾個人洗過之後，接下來的人看到水這麼髒，拒絕他的提議。

「洗什麼洗？我寧願吃。」有人低聲埋怨。

費爾南假裝沒聽見。

兩個鐘頭後，終於開來了一輛卡車。很快合計一下：二十五個人分一個圓麵包，每人一勺飯，又冷又黏，八成是前一天剩的。

「我也沒辦法，軍士長，這是每個人的戰爭！」

上尉說得這麼衝，費爾南還沒來得及回他，就聽到伯尼耶在他後面大叫：

「你，你已經來領過，你這個寄生蟲！」

只見想偷揩油的那人一臉恐慌。原來是記者多熱維爾，他的雙頰耷拉著，嚇得一顫一顫。好幾名囚犯立即衝過去，將他撂倒在地，對他拳打腳踢。其他幾個跑來救援，這下好了，輪到那幾個無政府主義分子也猛地跳了出來。

費爾南趕緊衝過去，可是他們已經打成一團，場面一發不可收拾，無計可施之下，他只能對空鳴槍示警。

光示警還不夠。士兵們不得不拿槍管朝他們肋骨猛戳，用槍托往他們脖子猛砸，血流了一地。少數幾名囚犯特別激動，突然直挺挺杵在士兵面前，準備赤手空拳跟他們拼了，可見他們有多餓！

「上刺刀！」費爾南大喊。

士兵們雖然也驚慌失措，不過還算反應迅速，排好陣仗，槍口向前。

在那短短幾秒鐘內，大家還以爲囚犯會衝向士兵。費爾南趁機趕緊下令。

「全體囚犯，排成兩排！」他叫道。「用平常走路的速度！」

囚犯們一個接一個屈服了，沒按照順序，隨機排好隊。記者多熱維爾使勁想站起來，可是辦不到，雙手摀著肋骨，還是靠他的三名同志攙扶，才終於站了起來。全體囚犯拖著步子往營房走去。

費爾南一把揪住伯尼耶的領子。

「我發誓，」他說得咬牙切齒。「再一次，我就要你好看！你就去站崗放哨！」

其實這種威脅壓根兒虛無縹緲。很難想像伯尼耶得做出什麼不得了的大事，費爾南才能這樣處罰他。

伯尼耶服役二十三年，付出驚人努力的代價，終於晉升爲下士長。他的軍旅生涯，就只能指望達到這個級別了，一想到從他好不容易才爬到這個位置遭到降級，回去部長門口站崗當傳令兵，再沒什麼比失去下士長這個軍階更使他害怕，這種恐懼他揮之不去。

費爾南走到一邊，點了根菸，愛麗絲始終不准他抽的那根，「中午之前都不准抽」，她就是這麼說的。他看著囚犯慢慢回到營房。然後，他心意已決，回去找上尉，向他報告自己打算怎麼做。

「我不想知道，軍士長！」

代表他同意。

於是，費爾南集合小隊隊員，選定弗雷庫爾，隊上最有辦法的兄弟，三十出頭，應變能力強，同時派了另外兩名機動憲兵隊員和四名士兵給他。

勞爾和加百列看到窗外這一小群人離開營區。

「他們要去搬物資？」加百列問。

勞爾沒聽到，他正在觀察北圍牆，用食指指著。

「可以從那邊逃走。」

加百列瞇起眼睛。

「得跑快一點，但是如果警報時間夠長，只要跑過原來是後勤部門的那個地方，就可以躲過監視。」

勞爾說的那個地方是一棟廢棄建物，窗玻璃破碎，門被踹開，唯一的好處是有一部分被營區周邊的鐵蒺藜和鐵絲網遮住。

「到那裡以後呢？」加百列問。

勞爾做了個鬼臉。

「只能爬過去，把我們的肉留在鐵絲網上囉，因爲我想不出其他解決辦法。」

加百列剛剛親眼目睹短暫叛亂，飢餓對正面思考沒多大幫助，最初他抗拒這種逃跑的想法，如今不得不承認這裡的確情況不妙。監控愈來愈嚴格，囚犯之間開始內鬨、打群架，飢餓折磨每個人，使得大家都有點瘋狂，再加上德國佬已經到了巴黎西邊又得到確認。一個鐘頭前，他問過警衛，醫生可不可以來看一下那名共產黨小青年，從他到這開始，牙齒始終在打顫。對方還沒來得及回答，下士長伯尼耶就衝了過來。

「醫生？然後還要什麼，你這個小娘砲！哪怕是獸醫，也不會派給你們！」

而且，他還邊揮舞著刺刀邊繼續威脅：

「不過嘛，要是你想在肚子開一刀的話……」

加百列不敢再多問。

勞爾提議逃跑，他並沒有正式接受，但他已經在理性思考，權衡成功機會。必須在正確時間點到達正確位置。有機會。得彼此幫助才穿得過鐵絲網。一個人獨自越獄，想都別想。

費爾南剛派小隊去執行任務，不久後，兩名年紀相當大的士兵過來找他。

「報告軍士長，德國人愈來愈接近。」第一個說。

這不是新聞。

「萬一局勢惡化，我們自己也會變成囚犯……和我們的囚犯一起。萬一德國鬼子把我們和他們關在一起，只怕我們會……」

「還沒到那個地步。」費爾南駁斥他，說得卻頗心虛。

「報告軍士長，沒有砲，也沒有軍機。萬一德國鬼子一路打到這兒，誰來幫我們擋？」

費爾南面無表情，像大理石一樣。

「等上級命令。」

上級命令？他不見得比他們相信到哪去，但他又能說什麼呢？霍斯勒上尉一直掛在電話上，不管誰去請示他，他都像揮蒼蠅一樣把來人揮開，少煩我！

爲了安撫囚犯，費爾南安排讓他們去散步放風。輪到勞爾和加百列時，他們慢慢朝北圍牆走遠，很快就被士兵逮個正著。

「你們在這裡做什麼？」他用步槍瞄準他們，大聲喝斥。

一名矮胖的紅髮男，熱得都快融化了。他那不斷提高又發抖的聲音出賣了他，聽得出他也很怕，顯然當前這種考驗與他能力不符。區區幾秒鐘，勞爾就把當前情勢合計了一番，同時抽出一根菸遞給他。

「我們稍微躲開一點，」他解釋得小心翼翼。「躲打架。那邊鬧得挺凶。」

加百列看得一愣一愣的。既因爲勞爾隨機應變，轉得眞快，也因爲他很納悶，大家都沒菸了，勞爾怎麼還有？

士兵輕輕搖搖頭，似乎是說他不好意思接受，不過他們幹部那邊應該也不多了，因爲他迅速偷瞄後面一眼，隨後便走上前來，抓住那根菸。

「這沒辦法拒絕。」

他把菸收進制服上裝口袋。

「我留著，晚上再抽。」

勞爾比了比，表示他懂，點燃了自己那根。

「你知不知道接下來會怎麼樣？」他問。

「依我看我們他媽的被卡死了。德國鬼子大步逼近，我們偏偏又收不到任何命令。」彷彿爲了證實他說的進退維谷，一架德國偵察機從高空經過，三名男子頭都歪向天空，尾隨著它。

「是啊，」勞爾說，「感覺起來不妙，這是肯定的。」

士兵沉默不語，有默認的意思。

「現在該回營了，兄弟們，別逼我……」

勞爾和加百列舉起雙手，手掌向前，沒問題。

下午剛過，派去出任務的小隊回來了。

年輕的弗雷庫爾俯下身來，壓低嗓門向費爾南報告。

軍士長點點頭。

隨後邁著堅定步伐，走近軍營，穿過營區，打開士官室房門，抓起海軍背包，又走了出來，指著一群人，其中包括伯尼耶（他不想放他一個人沒人看著）和小弗雷庫爾，徵用營區唯一一輛平板卡車，朝離軍營最近的農莊駛去，一個叫聖雅克十字的地方，就從那邊開始吧。

沿途，費爾南絞盡腦汁，想知道自己要用什麼方式進行。

卡車停在農莊天井，他還沒想出解決辦法。

34

朱爾先生並不是天生有耐心，而是餐館顧客經常讓他付出慘痛代價才學到這點。兩晚不是睡在自己床上，其中還包括躺在稻草上一晚，對睡眠幫助不大，提供他們住宿的農民心知肚明。路易絲問他要桶水梳洗一下，他要收她兩法郎。這時，朱爾先生像頭大象，邁著重重的步子走了過來，花格子呢絨便鞋掀得塵土飛揚，所經之處，東西倒的倒、翻的翻，就像慢動作那樣，天井裡的人，農民的兒子，農民家的狗，還有那個放牛的，自以爲揮舞乾草叉可以逼退朱爾先生，不料他走過來帶起一陣強風，牛童自個兒反倒挨了他一巴掌。朱爾先生大手一揮，用兩根指頭，拇指和食指，揪住農民衣領，以驚人的精確度使勁按住他那顆亞當的蘋果，他的咽喉，然後用力收緊，農民跪跌在地，滿臉通紅，呼吸急促，兩眼暴凸。

「再跟我說一遍你的價錢，這位老爹，我沒聽清楚。」

農民兩隻手臂在空中猛揮。

「我沒聽到，」朱爾先生裝模作樣。「你說多少啊？」

路易絲跑過來，平靜地把手蓋在朱爾先生手上，咔嗒一聲，就像機關鬆了，農民跌落在地。朱爾先生，眼神陰鷙，掃射四周——怎麼？你們要我的照片嗎？人人趕緊轉過頭去，以策安全。

「路易絲，去提妳那桶水吧，我想現在價格可以接受了。」

路易絲在馬廄角落用冰水梳洗，朱爾先生守在外頭，這位「波希米亞女郎」老闆舉止怪異令路易絲不解。朱爾先生第一次看起來不像朱爾先生。

她走出穀倉，他已經不再守在門前，而是在拖拉機附近的草料棚下，她走過去。

「我沒辦法給你更多，」農民迭聲道歉，朱爾先生剛把油罐裝滿。「再給你的話，我們就不能幹活了。」

朱爾先生只顧看著油罐，再多一點，來，再來……好！他蓋上蓋子，抓牢戰利品，然後，連句謝都沒說，就往路易絲這邊走來。

「應該夠我們一路開到奧爾良，甚至還會剩一點。」

的確有剩。

寶獅二〇一喝起油來像個無底洞，不過怪的是，這一兩個鐘頭裡，沿途倒是通行無阻。交通流量時高時低，某些時候比其他時候更順暢，人哪，永遠也不知道事情會如何發展。

途中，路易絲又拿起那紮書信。

「又是珍妮寫的信。」朱爾先生看了看說。

只不過才瞄了路易絲一眼，這麼短的時間，他就狠狠撞上一輛推車的輪子，前翼子板像死命拍打翅膀的昆蟲一樣啪啪作響。朱爾先生再也不停車查看，再也不怪這怪那，「打仗時候就該有打仗時候的樣子。」他說。打從巴黎出發開始，這一路，他的寶獅鍛了不少羽，損傷不小，一出巴黎，後保險桿，進埃唐普，一個車頭燈，開了二十公里，後右方向燈，更不用說數不清的凹凹凸凸、刮傷擦傷，把整段旅程妝點得多采多姿。看到這輛車開過去，立馬瞭解，它……已經開戰了。

一九〇五年十二月十八日

親親吾愛：

您為什麼等到最後一分鐘才告訴我呢？您想懲罰我嗎？懲罰我什麼呢？我等了您漫長的兩個禮拜，結果，您跟我說了，說完就走了，在一秒之內，我就這麼成了您的遺孀與孤女……不如刺我一刀算了。沒錯，您當然有吻我，也緊緊抱著我，可是這些擁吻和您平時那些不一樣，而是一種您將印記狠狠烙在我身上的方式，不，這是……您請求原諒的一種方法！原諒您什麼呢？我對您一無所求，我的愛，您可以離開我，因為您可以對我為所欲為！但是這麼告訴我，等於拋棄我兩次。這種殘酷是無謂的，我對您做了什麼嗎？我哪裡沒做好嗎？推說離我而去是前一天突然決定的……您也在一夜之間不告訴任何人就關掉診所。您為什麼騙我？我又不是您的妻子！

實際上，您怕傷害我，所以才遲遲不敢告訴我，不是嗎？我要您發誓是因為這樣，您之所以讓我如此痛苦、難捨，完全出於愛！

「唷，我說……」朱爾先生打斷路易絲，「我是不知道她愛不愛他啦，她那個蒙古大夫，不過她還真愛寫信給他。」

路易絲抬起眼睛。朱爾先生開著車，一臉執拗。

「愛，她愛他。」

朱爾先生輕輕撇了撇嘴。路易絲感到驚訝。

「不，這沒什麼，」他加上這句。「既然妳說是愛，那就是愛吧。我啊，照我說的話……」

您遠離我的時候，我數著每一天、每一個鐘頭，才能撐下去，可是兩禮拜沒有您！這麼多天，您要我如何是好？

您不在我身邊，我度日如年，猶如身處荒漠，我轉過來轉過去，我原地打轉，我不知道該怎麼辦，我整個人空了。

我想去院子裡用指甲扒著白雪，扒出個洞，鑽進去冬眠，直到您回來，您再次出現的那一刻，我正好醒來，到時候您又在那兒，又躺在我身上。我連哭都得躲起來。

將我所有淚水付諸於您。

珍妮

聖帕泰訥主教座堂十點鐘的鐘聲響起，他們到了。

奧爾良整座城市宛若市集。處處唯有疲憊與絕望，家家戶戶筋疲力竭，修女姊妹忙得不可開交，像小老鼠一樣跑來跑去。躁動與悲觀的氛圍籠罩全市，人人都在找哪裡可以吃、可以睡、可以去，到處都一樣。

「好吧，」朱爾先生說，「我們等等約這裡見？」

路易絲還沒來得及回答，他已經進了最近的一家小酒館。

她左右打聽，是否有人「看過車窗塗成藍色的巴黎運輸局公車」，聽起來畢竟很古怪，但實際上，並沒有任何人感到驚訝。因爲大家忙著找煤氣罐、嬰兒車、哪裡可以埋狗、一個拿著鳥籠的女人、郵票、雷諾汽車機械零件、自行車輪胎、哪裡可以打電話、去波爾多的火車……距離首都一百公里外找巴黎公車，並沒超出這麼一大串問題的範圍之外。路易絲沒得到任何答案，無論是在監獄前面，她沒遇見半個人知道，還是在好幾座城市的市中心廣場上，或是沿著河邊，無論出城或入城，任何地方，都沒得到答案。沒人見過那些該死的公車。

下午過了一半，她回到朱爾先生身邊，他坐在車裡，呢絨便鞋裂得一團糟，他正拿著針線在補。

「幸虧我該帶的都帶了，」他嘟嘟囔囔，刺到拇指。「可惡！」

「給我吧。」路易絲邊接過他的針線活兒邊說。

疲累在她姣好的臉蛋上劃下紋路與皺痕，這對美女來說太不公平了！不過反而凸顯出她的嘴如絲絨般光滑，雙眼清澈明亮，使你想擁她入懷。她邊補鞋，邊跟他大致說了她在市裡東奔西跑的情形。

「大家，」她最後說道，「無心欣賞風景，各有各的事要忙，各人自掃門前雪。」

朱爾先生看破世事，長嘆一聲。路易絲停下縫補了一會兒。

「我不知道接下來會怎麼樣。可是我們現在已經到了羅亞爾河一帶……不是應該……？」

她問到一半，問不下去。成千上萬的難民離開巴黎，大家盼著的是什麼呢？期待羅亞爾河成爲新馬其諾防線？眞正的希望當然是在這裡找到一支法國軍隊，休養生息過後，重新整裝待發，隨時準備抗敵，甚至近一步收回失地。結果呢？只看到士兵潰敗散亂、惶惶不安，軍用卡車遭到棄置，法國軍隊已然煙消雲散。最近兩次空襲警報，連法國軍機的機翼前緣都沒見著。全國陷入空前恐慌，羅亞爾河地區不過是直通這個驚惶國度的額外中途站罷了。

人潮一波一波持續湧來，不可能找到ＴＣＲＰ巴士和勞爾．蘭德拉德。回巴黎更是癡心妄想。

「據我瞭解是這樣，」路易絲又開始幫他補鞋，朱爾先生看著她說道，「難民到來，還有德國鬼子快打過來，奧爾良全市慌了。因爲難民從北邊進來，所以奧爾良人開始從南邊開溜。」

路易絲補好了。

「這一路你打算繼續穿這雙花格子便鞋？」

「一直穿到格拉維埃營區。」

路易絲看著他，一臉不可置信。

「沒錯，我啊，我可不是爲了愛喝兩杯才上酒館！我是出於責任感哪！我去過五家。要是不能很快找到妳那個小滑頭，我啊，我就要被酒精害得死於肝硬化囉！」

「格拉維埃？」

「離這邊十五多公里。他們應該就在那裡。前天大半夜到的。」

「你爲什麼不早跟我說？」

「怎麼！因爲我沒花格子便鞋穿，哪開得了車？那我們怎麼去呢？」

沿路沒看到格拉維埃營區路標，朱爾先生不得不在小酒館停了三次打聽消息，害他都有點醉了。

他正開在一條沒鋪柏油的大路上，猛地煞車，因爲有鐵鍊和「軍營」指示牌擋住通道。

「抱歉。」他對路易絲說，路易絲差點迎頭撞上擋風玻璃。

「幸虧及時到了。」她輕聲說。

「都怪到處打聽，害我好累。」

「我們還等什麼呢？」路易絲指著路問道。

「先想好再行動！解開鐵鍊，私自闖入營區，妳知道這是什麼意思嗎？」

他說得沒錯。強行進入，他們會開到一個有軍人守衛的營區，她想像那兒有瞭望臺、鐵絲網、軍人，等在他們前面的會是什麼？

「或許可以和士兵、守衛談談？」她大膽建議。

「如果妳想在軍營前面隨便拉人亂問害自己被捕，這招最好。」

「還是等裡面有士兵出來再問問看？」

「據我瞭解，裡面少說也整整塞了一千個人，妳隨便問哪個士兵，最好他每個人都認識！」

路易絲思考了一會兒，乾脆這樣：

「那我們先等一下吧。問題是不進去軍營，沒人能告訴我們任何事。我們先等等看，總有人會經過。」

朱爾先生碎碎唸了些什麼，應該是他也同意之類的。

路易絲拿出珍妮的信。每次拿著，她都先把結解開，看完後，再把結打好。

一九〇六年五月。珍妮十八歲。她剛順利進了醫生家幫傭。

她一開始讀信，朱爾先生就下了車，要用麂皮把寶獅擦亮。荒謬之舉，就像幫垃圾場重新粉刷垃圾桶一樣。也許他想念擦拭「波希米亞女郎」櫃檯吧。他忙著擦車，動作粗魯，幾乎像在發洩怒氣。

親親吾愛：

對不起，對不起，對不起，您永遠不會原諒我，我活該，我知道。我現在做出了這種低級、卑劣、不光彩的舉動，您有權恨我，但願您知道我有多氣我自己！一站到您妻子面前，我就懂了。我經常想像她是什麼樣的人（我沒見過她就討厭她，因為您整個人都是她的，我卻一無所有），儘管我恨，我還是祈禱她把我趕出去。可是天主要我深受恥辱，揚棄了我，因為您的妻子非但沒趕走我，反而僱用了我。

噢，我正在客廳端茶，您走了進來，您的眼神……我想懇求您，請求您們兩人原諒，對，甚至連她也是，我好卑鄙。

朱爾先生出現在車門外打斷了她，令她發窘。他像加油站服務生那樣，正在擦車窗。

他從什麼時候開始在這的？就在她旁邊而已？

他有從她肩膀上方看信嗎？

他故作輕鬆，張嘴，哈出一團霧氣，使勁擦了擦，全神貫注，甚至還用指甲床把玻璃刮乾淨。開車每開十公里一定會撞上路燈或是撞翻母牛，對這種人來說，如此悉心照料車子還真令人詫異，路易絲看信看得正投入，不想停下來。既然他想看，就看吧。

您會把我的信撕了，遲早會大聲說出您的真心話，把我趕出去，這很正常，因為我是自私的怪物：我登堂入室傷害您，害您感到恥辱，殊不知全部恥辱又落回我身上。

可是，您知道嗎？我的全部生活都是您。我太傻了，我以為透過擾亂您的生活秩序，您不得不做出選擇，就會保護我的生活。這樣很惡劣，是的，我知道。但是您明白嗎？我只有您啊。

我原以為能把您家當成擋箭牌來抵抗您，結果我現在害怕在您自己的屋裡遇見您……

快趕走我吧！我會繼續愛您勝過愛我自己。

珍妮

朱爾先生走遠了。她望著他的背影，低著頭，彷彿正在觀察腳邊的昆蟲或是尋找掉在地上的鑰匙。他雙肩低垂，看他的樣子好像在硬撐，別流露出情緒低落、心情沉重，別顯示出某樣東西走了調、遭到拋棄。

路易絲好奇他怎麼了，她下車，走過去。

「朱爾先生，有什麼不對嗎？」

「灰塵。」他邊說邊轉過身來。袖子還蒙住雙眼。

「灰塵眞討厭。」

他在口袋裡摸索，掉過頭去，好像以免被別人看到他在擤鼻涕。路易絲不知道該怎麼辦。在森林的這個角落，這裡的灰塵沒比「波希米亞女郎」櫃檯上的灰塵多。他到底怎麼回事？

「噢，操他媽的！」他突然喊道。

路上剛剛冒出一輛軍用卡車，直奔他們而來。

「對不起！」他對路易絲說，邊衝去方向盤。

找離合器踏板花了點時間，然後朱爾先生又在找倒車檔，軍卡減速，按著喇叭，感覺得出不耐煩，一名士兵跳下車，拉開鐵鍊，大喊：

「開走，這裡是軍營，開遠一點！」

寶獅倒車，撞到一棵樹，劇烈震動，不過好歹已經沒擋住通道。

士兵把鐵鍊扣回去，又喊了一次：

「開走，這裡是軍營！」

軍卡呼嘯著駛過他們身邊。

「跟它！」

朱爾先生不懂她的意思。啊，在這一刻，路易絲眞希望自己會開車！

「保持一點距離，可是要跟著卡車。」

車子又上了路，經過一個個彎道，軍卡車尾遙遙在前，路易絲解釋道：

「坐在前座的那名軍官是軍士長。他們把犯人帶走的時候，我在榭什米迪監獄外面看過他。我要想辦法跟他談談。」

35

這個農民吃得飽飽的，擁有大農莊、牲口，老婆又聽話，生活穩當，這些遺產四個世代以來都不動如山，並且從六十年前傳給了他，凡此種種都使他有恃無恐。

直到看見他，費爾南這才終於明白自己該做什麼。

「你們其他人在這邊等我，」他說道，倏地抓起海軍包，邊跳下卡車邊喝道：「徵用！」隔在他和農民之間有三十來米，費爾南大步走過去的時間夠讓農民臉色大變的了。只見他從腰桿挺直，緊緊握拳塞進口袋，到頭縮進肩膀，費爾南明白自己選對策略。他杵在農民面前，再次喊道：

「徵用！」

他背對卡車，小隊裡沒有任何隊員看到他咧嘴一笑，語調較為溫和：

「當然，徵用的所有東西都會付錢。」

對農民來說，這是個好消息，可是不夠。軍方要徵用什麼？徵用的東西會付他多少錢？

「我要一百顆雞蛋，二十五隻母雞，一百公斤馬鈴薯，還要生菜、番茄、水果，諸如此類的東西。」

「首先，我沒有全部都有！」

「你有什麼，我現在先帶走。」

「這個嘛……我再看看。」

「好，聽著，我可不想在這耗一整夜。我徵用，我付錢，我運走，這件事就完了。這樣比較清楚了嗎？」

「這，這，這！」

「雞蛋多少錢？」

「得要五法郎。」

比平常貴五倍。

「好吧，我要一百顆。」

農民算了算。天哪，五百法郎剛剛飛了。

「我只有二十……頂多三十顆，就這樣而已。」

他是眞的感到遺憾，眞誠無比。

「全給我。母雞咧？怎麼賣？」

儘管因爲沒有對方要求的數量而痛心，這位農民卻度過了務農生涯中最美好的一刻。他賣的家禽價格是市場價八倍，生菜十倍，番茄二十倍，馬鈴薯三十倍。每種農產品，他都可以證明開價有理，稀有性啦、雨水啦、日照啦，不過眼前這位軍士就是那種千載難逢的凱子，如假包換的冤大頭，完全沒討價還價，全包了。

「我說，這筆生意，你打算怎麼付？我啊，我可不接受賒帳！」

費爾南正在看著隊員把農產品搬上卡車，頭都沒回，說道：

「付現。現金。」

農民提醒自己注意：法國軍隊說得比唱得好聽，我可不會拿鈔票開玩笑。

「借一步說話。」

他們走到一邊，消失在牲畜棚拐角處，費爾南從包裡掏出厚厚一沓百元大鈔，農民活像看到閹雞大腿，整個人愣住。

「拿去。」

費爾南走了。但是正當跟他做生意的那個農民把錢塞進褲子口袋的時候，他又轉過身來。

「啊，對了，我想告訴你，德國鬼子距離這裡三十公里。你們還待在這兒的話，只怕有你們受的！」

農民臉發白。三十公里……可能嗎？前一天，他們甚至都還沒到巴黎！收音機是這麼說的啊！

「你們步兵還是什麼的，不是在這兒嗎？你們在哪兒？」

「我們剛到格拉維埃軍營保衛村莊。還有農莊。」

「那就好。」農民安了心，說道。

「但是不保衛你們。你們啊，你們得自己保衛自己。」

「噫？你們為什麼不也保衛我們呢？」

「你們賣吃的給我們，所以現在對我們來說，你們不再是農莊，而是供應商，跟我們要保衛的對象無關。你們自個兒當心吧，嗯，德國鬼子可是不徵用的喔。他們霸佔農莊，愛拿什麼就拿什麼，離開時放火一燒。野蠻人，你們走著瞧吧！那就，自求多福吧。」

費爾南本該爲這些謊言感到羞恥，不過，反正最後敵人還是會到，讓這個農民提心弔膽等著，他也算聊以自慰。

他們去了兩間合作社、三家麵包店、四座農莊，每到一處都一樣，把馬鈴薯、包心菜、蘿蔔、蘋果、梨、火腿、乳酪襲捲而空。費爾南當著部隊兄弟的面，到處喊「徵用！」，然後再將業主拉到一邊，打開海軍包，掏出一沓百元大鈔。

他趁著小隊忙著把買來的貨搬上卡車，偷偷瞞著其他人，發點賞金或是小東西給自己人。這場戰爭使這一區的農民難得發了一筆國難財，高價出售農產品，有時價格高得離譜，甚至高到恬不知恥。費爾南不計較價格，只要是方便的、不怎麼需要準備就可以吃的，他一概都要。

他們開進梅西庫爾鎮的時候，他大喊「停」，卡車車斗上的貨物滑動，士兵撞到一塊兒，費爾南已經下車，在這邊等我，一間郵局，奇蹟似的竟然有開，他走了進去。

第二個奇蹟發生了，裡頭竟然還有一位員工。

「電話可以用嗎？」

「看情形。這兩天都沒接線生。」

這名女子瘦削，壞脾氣女家教那型。

「再怎麼樣，還是試試看吧。」費爾南說出羅亞爾河畔維倫紐夫他姊的電話號碼。

他望向窗外，手下正在抽菸，邊盯著空蕩蕩的人行道和荒涼的街道，各個難以置信，一個小小的機動憲兵隊軍士長竟然輕而易舉就徵用到這麼多食物，堂堂軍區卻沒辦法爲三十個人提供一個卡門貝爾乳酪，兄弟們好像感到相當震驚。

「電話交換局沒回應。」

「妳可以一直打嗎？」

郵務員繼續努力，這時費爾南走近櫃檯。

「妳怎麼還沒走呢？」

「我走了，郵局誰管？」

費爾南笑了，女郵務員突然低下頭。

「吉娜特嗎？我是莫妮克啦！所以說妳又回來了？」

那個原本已經走了的吉娜特解釋了一長串，這位梅西庫爾女郵務員只有哼著哈著，扯了半天，才終於接通維倫紐夫。她伸出食指，指著一間電話亭給費爾南看。

「啊，是你，我的好弟弟！」

他並沒真的急成這樣，也不是沒想到問候一下他姊近況，但他就是忍不住：

「告訴我，愛麗絲，她好嗎？」

「我不知道怎麼跟你說……」

費爾南突然感到渾身發冷，好像正在放血。

「她把所有時間都花在貝洛小聖堂……」

他姊的聲音好嚴肅，幾乎受到驚嚇。費爾南不明白這是什麼意思？不過他很快就會明白。至於這個貝洛小聖堂，他知道它在偏遠田野，一小棟非常老舊的廢棄建築物，爬滿常春藤，邊上一圈荒墳，好多墓碑都倒了。他甚至納悶搞不好連小聖堂本身部分屋頂也塌了。

「首先，弟，那邊很遠！」

遠這個概念是相對的，他姊最遠只去過蒙塔日。就記憶所及，費爾南想起這座小聖堂離維倫紐夫幾公里。

「所以她才都在那過夜！」

這很難理解。當前這個時期，愛麗絲堅信自己應該更虔誠，所以奉獻精神愈發強烈，這不足為奇。但是虔誠到睡在離雜貨店好幾公里外的偏僻小聖堂？不過，費爾南很快就懂了，原來從前的小聖堂，現在被用來作為難民收容所。

「她說那裡有好百個難民，我們不能拋棄他們，她是這麼說的，不能拋棄他們，很好是很好，可是萬一她賠上自己的健康……」

「妳有跟她說這樣不合理嗎？」

「她什麼都聽不進去！而且，反正啊，自從她去過那裡，就再也沒回維倫紐夫，所以，跟她談……」

愛麗絲的心臟稍有差池隨時會停，她在臨時改成收容所的廢棄小聖堂裡，沒日沒夜地當義工，費爾南一想到就坐立難安。她睡哪呢？他們會不會要她幹粗活呢？費爾南確定愛麗絲絕對沒告訴任何人她的健康狀況。

他邊聽他姊說，邊望著窗外。真想開卡車，衝向那個他媽的小聖堂，幾個鐘頭的路程而已，找到愛麗絲，將她安置到安全的地方……要不就去開卡車，要不就繼續幫囚犯找吃的。有那麼一瞬間，他覺得自己好像伯尼耶上身，跟他一樣恨死了這些囚犯。或許正是因為他和下士長這點相似，滿肚子火，才逼得他不得不採取另一種較爲智慧的型式，凡事更加沉著穩重。

「我很快就會到。」

他姊無力照顧愛麗絲，哭了起來，都什麼情況了，他還得繼續在這邊執行勤務！

他走出郵局，第一眼先看到阿兵哥一個一個眼睛睜得好大，他順著他們的目光看過去，一名年輕女子，漂亮，藍眼睛，滿臉倦容，站在他前面。

「軍士長先生？」

路易絲不知道該怎麼跟軍隊裡的長官說話，那天他帶著海軍包出現在街尾，走向榭什米迪監獄的時候，那名囚犯的妻子還是女兒是怎麼稱呼他的？

費南德一動不動站在她面前。跟他姊的簡短談話使他對盡忠職守搖擺不定，正因爲剛剛聽到愛麗絲的情形，現在整個人心神不寧，卡在機動憲兵隊職責和去跟愛妻相會的渴望之間左右爲難。這名年輕女子遞給他一封信，她的出現使他想起愛麗絲，不禁心頭一酸。

「這是要給一名叫勞爾．蘭德拉德的囚犯……」

她嗓音嘶啞，筋疲力竭的女人的聲音。

蘭德拉德，蘭德拉德？他在想……

年輕女子的手在發抖。她旁邊的老寶獅眼看就快不行了，方向盤後面，一張胖臉，一名男子戴著貝雷帽，應該是她父親吧。

蘭德拉德。這個名字浮現在他的腦海。

「勞爾嗎？」

路易絲的臉亮了，精緻的小嘴勾勒出一抹微笑，和愛麗絲的一樣，這個微笑曾使費爾南就算下地獄也甘願，而且始終甘之如飴。

「沒錯，勞爾．蘭德拉德。如果你可以……」路易絲說。

費爾南伸出手，拿過信封。這當然不合乎規定，但是，促使大家違抗禁令的正是這個時代本身。他周遊農莊和合作社，他說過的謊言和他正準備要說的謊言難道就「合乎規定」？

「他被指控什麼罪名？」路易絲問。

不，費爾南心想，他不能太過分，透露軍事指控罪狀，不行。

然而此時此刻，剛走出郵局，心裡想著愛麗絲，愛妻的狀況令他掛心，他在這名年輕女子焦慮的臉上看到的是他自己的縮影。他們兩人都因爲自己掛念的人而無所適從，滿懷疑問，都需要求個心安哪。

「搶劫。」

他把信塞進口袋，原則上，還是要把話講清楚：

「我沒辦法承諾妳什麼。」

但這句話就是承諾。

霍斯勒上尉立即氣急敗壞：

「這些只夠你的人吃，可是還有九百五十個暴徒隨時要鬧事，這樣不行！」

「報告上尉，每個人都有得吃。不多，不過應該可以撐個一兩天。平靜一下人心。然後……」

對上尉來說，這應當是個好消息，不過它首先是個謎。

「你怎麼搞到這些的？」

「報告上尉，徵用。」

這麼簡單？

「軍隊先請農民掛在帳上。要是我們打贏這場仗……」

「你在呼嚨我嗎？」

「……結果債務由德國人繼承。」

霍斯勒忍不住笑了。

他們吩咐下去，拿盆子煮馬鈴薯，把火腿切成丁，用母雞煮起濃湯，幾乎每個人都分到一顆水果，沒水果的也有乳酪。徵用幾名囚犯當伙夫，所有人都在跟他們一樣飢腸轆轆的士兵監視下切切弄弄，準備吃的。

費爾南把他的小隊帶在一邊，分給他們他所謂的「津貼」，一些他沒拿出來跟大家共享的小東西。

有幾個拿到香腸，另外幾個拿到冷盤熟肉罐頭，伯尼耶拿到一瓶燒酒。他握住它，厚嘟嘟的下唇顫抖著，淚水模糊了雙眼。費爾南兀自納悶，不知道這筆「津貼」能使他的攻擊慾望平靜多久？就這一點，他不太樂觀。

物資到來，吃了一頓，本可讓大家心情舒坦一些，誰知道正在興頭上，卻被警報打斷。全體趴平。這次德國軍機不是在高空飛，而是中等高度。出偵察任務。人人心理有數，這宣告著快轟炸了。

兩個轟炸機中隊相繼而來，先從這個方向，再從反方向，愈飛愈低。從上往下俯瞰，好幾百個人臥倒在地，八成予人一種感覺，這些人性命不保，只有任憑宰割或是任由機槍掃射的份兒。

如果德國佬有好好探聽情報（我們知道他們的確消息比誰都靈通），就不會轟炸確切這個地方，因爲囚犯裡面可是充滿了他們的支持者啊。再也沒有人弄得懂任何事。

警報一響，勞爾趁亂摸走三個蘋果，然後加速跑去一個地方臥倒，從那裡可以看到從前的後勤部門，加百列壓低身子跟在他後面。

「好極了！」

勞爾很高興，他的直覺是對的。跨過一個障礙，可是還有一個。假設他們到了這座廢棄建物後面，怎麼越過鐵絲網？這個問題依然存在。

「梯子。」

這回是加百列想到的。

德國軍機再次飛越營區，人人雙手抱頭，他們兩個趁機爬了幾米。

勞爾猛地抓住加百列的手腕，稱讚他厲害。天哪，這主意太妙了！大地被德國軍機震得發抖，兩人並肩趴在地上，互看一眼。有一架木梯倒在建物左邊，刷油漆的那種，可能是屋頂工人用的吧。這是明擺著的啊。把一根梯腳平著架在鐵絲網上，爬過去，然後再架下一根……直到爬出圍牆。

德國軍機結束了格拉維埃一遊，所有人都爬起來，驚魂未定，不過值此同時，大鍋飯倒是準備好了。還有麵包呢。

囚犯依照點名順序往前。一天點四次名，這還不算隨時有舍監到各個營房臨時抽點。隨著德軍轟炸，犯人越獄成了全體幹部另一揮之不去的夢魘。好，終於可以吃點東西了。

爲了避免打架，囚犯輪流進食堂，排到最後面的怨聲載道，生怕都被搶光。伯尼耶，武器從不離手，向他們猛衝過去。

「你要等？還是老子立刻賞你刺刀吃？」

他亮刺刀這檔事，經常發生，像他這樣做事不用大腦，感覺得出來他八成有強迫症。兩個同僚已經夠累了，抓住他的肩膀，制止他。他們這種莫可奈何的認命動作，使得費爾南更爲擔憂。現在這種情況，萬一無限期延長，屆時每個人都太累，自顧不暇，再也沒人會去安撫伯尼耶下士長。

費爾南向負責其他營房的同事建議，要他們送囚犯回宿舍前，先給他們半個鐘頭走一走。囚犯吃了東西，警報解除了，還可以在天井散散步，緩和一下緊繃情緒。

「囚犯蘭德拉德！」

勞爾僵住。莫非他們不夠謹慎？逃生計畫露了餡？他慢慢轉過身去。軍士長邁著大步向他走來。

「搜身。」他宣布。

蘋果。他偷了三顆蘋果。

「你們其他人，別待在這。」三個手下已經靠上前來，想協助軍士長，他對他們吼道。

勞爾心裡七上八下，乖乖聽話張開雙腿，雙手置於頸後，感覺到這位軍官依照規章和慣例指示，搜遍了他全身所有可能藏武器的地方。他感覺軍官的手停在一顆蘋果上，然後是第二顆，他不禁發起抖來。他閉上眼睛，準備挨一頓毒打，加百列離他幾米，整個人愣住，呆呆看著這一幕……結果什麼都沒發生，軍士長的手繼續在他身上搜，緩慢且有條不紊，然後說：

「好了。下去吧！」

勞爾又驚又憂，到建物拐角處和加百列碰頭，加百列偷偷問他。勞爾正打算回答，這時摸到後褲袋有一張紙，之前並沒有啊。

「例行檢查。」他說。

但是加百列的注意力剛被吸引到別的地方去了。原來有囚犯傳來這則消息：「政府宣布巴黎爲不設防城市。」

消息像火藥引線一樣迅速傳將開來。趁著這則消息造成群情動盪，勞爾一個人走開，一直走到有兩名士兵看守的一處地方，白天准許上這兒撒尿。勞爾手上抓著那張紙，兩名士兵像其他士兵一樣正在議論這則消息，並沒有很注意看守他。原來是一只信封，他抽出信，跟口渴的人看到水那樣，飛快看完：

這位先生和親愛的勞爾：

你不認識我，我叫路易絲・貝爾蒙特。我立刻先給你一些基本資料，免得你會把這封信扔掉，但願這些資訊能向你證明，我沒有發瘋。

你於一九〇七年七月八日遭到遺棄，並於同年十一月十一日委託給了寄養家庭。負責戶籍登錄的行政長官以七月七日和八日這兩天聖徒的名字將你取名為勞爾・蘭德拉德。你在訥伊鎮奧柏戎大道六十七號蒂里翁醫生家中長大。

其實我是你同母異父的姊妹。我們有同一位母親。而且我有關於你的出生和童年的重要資訊要讓你知道。我克服了不少困難才找到你，當前形勢對我們團圓不怎麼有利。還有，萬一我沒辦法和你在某個地方碰面，請注意，我住在巴黎第十八區佩爾斯胡同。要是你來找我時我不在，你可以向朱爾先生打聽我的消息，他是我家附近街角那家「波希米亞女郎」咖啡館的老闆。

如果你允許我這麼署名的話，恕我冒昧。

鍾愛你的路易絲

同一時間：

「『不設防城市』，」共產黨小青年問加百列，「這是什麼意思？」從他到這以來，軍大衣始終不離身，吃過東西後，全身發抖的情形只不過好轉片刻，但是瞧他臉發白、黑眼圈，都不是好預兆。

「德國人到巴黎了，」加百列解釋給他聽。「我們可以保衛這座城市，但在這種情況下，德國人將轟炸、砲擊，幾天內巴黎就會被夷爲平地，變成廢墟。政府透過宣布巴黎爲『不設防城市』，告訴德國人不需要摧毀它。法國政府把巴黎奉送給他們。」

後果不堪設想。將首都拱手獻給敵人，這種政府非流亡不可，以免遭敵軍俘虜。國家遇難，格拉維埃營區上千囚犯命運堪憂，獄方甚至養不活他們，偏偏這又取決於不知道跑到哪去的參謀部。

「所以說，我們會在這裡被捲毛活逮？」伯尼耶問。

費爾南也不知道怎麼回答。

他感到自己像扛著甲蟲殼般沉重，壓得直不起腰。

他走到一邊，坐在一塊石頭上。佝僂著腰，口袋敞著，露出書頭，他把書拿出來。《一千零一夜》的封面是百媚千嬌的舍赫拉查德，裹著紅色馬德拉斯，只遮住乳房和下腹，她像愛麗絲一樣，一頭烏黑水亮的秀髮將額頭勾勒出一顆倒過來的心。

費爾南目中含淚。

天哪，她到底在貝洛小聖堂做什麼？

時局混亂，他兀自苦苦掙扎，不知所措，他試圖辨識出箇中隱藏著什麼意義。他發現自己竟然在祈禱。除了他們夫妻倆去望過幾次彌撒外，他從來沒一個人祈禱過。他振作起來，四下看了看，身為士官，在這種情況下不該顯得懦弱！為了讓自己鎮靜下來，他闔上書，朝那名囚犯的方向望去，他躲到一邊在看信。

他立即感到羞愧難當。他怎麼會為了這種事而墮落犯規？因為打給他姊的那通電話，害自己變得軟弱？這配得上他的軍階和職責嗎？倘若另一個士官表現得像他這樣，他會怎麼想？他以自己違反禁令為恥。

這時他想到這個問題：萬一剛剛那名女子是間諜？

萬一這封信是暗號？德軍即將攻占巴黎的消息和這封信的到來之間有無關聯？

費爾南驀地確信自己被那名女郎耍了，她使出美人計，在確切的那個當下利用他的同情心，他決定去向這名囚犯追究責任。

他大步朝囚犯走去，憤怒使然，自尊心受到十倍傷害。

全營區立即轉向那個方向，望著軍士長，魁梧、粗壯，動作卻快得嚇人，他聳起肩膀，朝著那名囚犯衝去，對方則正瞇著眼睛，昂首望雲，似乎不相信自己眼睛看到的。

費爾南從沒跑完。

跑不到一半，低沉隆隆聲響起，營區上方連空氣都爲之震動，音量增加的速度令人膽顫心驚，每張臉都朝天望去。

費爾南中斷跑步。

德國轟炸機支隊轟鳴而來，移動中的黑影，密密麻麻，投在營區地面。德機在不到五百米外的車站上投下大量炸彈，軍士長忘了自己爲什麼在跑。方圓幾公里內的大地都在震動，全營區個個嚇到腿軟，隨驚嚇而來的是恐慌。每名囚犯都遮住頭，俯臥在地。

勞爾看了加百列一眼，他們等的就是這一刻。

1940.6.13

一九四〇年　六月十三日

36

不同於費爾南的記憶，貝洛小聖堂的屋頂並沒坍塌，只是到處都有點破損。和惱人的食物與衛生問題比起來，相形之下，保護自己免受風吹雨淋成了個非常小的問題。

愛麗絲算過，有五十七名難民每天都會過來。「別擔心，」神父說道，一如既往，笑容可掬。「因爲天主向他們指明道路，所以他們才會過來。」似乎沒有任何事可以動搖神父。愛麗絲第一次走進小聖堂時，他笑著歡迎她：

「義工？無償付出的義工不存在，我的孩子。天主總會在某個地方支付我們報酬！」

感動她的，正是他那始終不變的好心情。還有他的意志，他的機智，他的奮鬥精神……他事必躬親，而且正如他自己說的，他對「親力親爲，即便雙手沾滿油污」也毫不猶豫。

「耶穌無視伸向祂的手乾淨或污穢。」

小聖堂傍著河灣，禮拜四早上，神父都在那兒幹活，想辦法做點什麼，以彌補因爲沒廁所可上而對健康造成危害。

愛麗絲沿著小斜坡往下走。

神父每走一大步，教士袍跟著飄啊飄，他邊上圍著七八個難民也在幹活。神父向來不指使任何人做任何事，都是大家主動幫忙。他才剛拿起鋤頭或鏟子，男男女女便都圍了過來。

「神父，我們可以幫忙嗎？」

「當然可以啊！」

這聲驚呼老是引得他自己一陣大笑，不過什麼事他都哈哈大笑就是了，八成就是因爲這樣，孩子們才都喜歡他，老拽著教士袍，跟在他屁股後頭。他幫孩子們安排玩球、玩躲貓貓，隨後突然說：「各位小朋友，剩下的要靠你們自己囉，因爲天主不會全部一手包辦哪！」然後又回到小聖堂修修弄弄，照料傷者和病患，用油脂和木灰做肥皀塊，或是將蔬菜去皮煮湯。

每天早上五點左右，做完朝讚課後，開始忙碌的一天，直到中午時分做午課時才中斷，下午約莫五點再做晚課。

「對，我知道，」他說，「這樣還不夠，不過我確信天主還賜予我們三時經[59]和睡前晚禱的恩典呢。」

實際上，他奉獻給天主的時間遠遠不止於此。每當收容中心有重要的事，逼得愛麗絲不得不來找他，一走進神父的單人小室，她很驚訝總是看到神父手執念珠，跪在跪凳上祈禱。其實這間小室原本是小祭臺，現在被神父改裝成像修道院的修士寢室一般樸實的單人寢室。

在白天被他稱爲「敬耶穌的休息時間」的三次短暫日課期間，他不斷忙著解決問題，一會兒找補給品、器皿、工具、材料，一會兒又跑去行政部門，纏著依然堅守崗位的省府員工不放，不過他總是笑咪咪的，彷彿眼前這種艱困生活是庇佑眾人的淘氣天主開的一個大玩笑。

59　三時經（la tierce）：天主教徒日課經的一部分，三時源於古羅馬的計時方法，為古羅馬的三點。通常在早上九點進行。

這天早上，他計劃蓋一間廁所，利用從廢棄農莊回收來的手動幫浦驅動。上完廁所離開時，幫浦可以給水，沖乾淨便器，下一個人又可以使用。

愛麗絲找到他，只見他掀起教士袍，蹲在爛泥巴裡，正在配合每個人節奏，努力把管道引進廁所。數到三，每個人使勁一起拉。

「耶穌、瑪利亞……**若瑟！**」他叫道。「耶穌、瑪利亞……**若瑟！**」

每喊到一聲「若瑟」，管道就往前進一米。

愛麗絲看著神父側影，經常都是他胸口上的那個窟窿吸引了她的注意力。每個人都注意到教士袍下的這個窟窿，圓圓的，明顯又清晰。一顆子彈。德軍轟炸期間，他在介於巴黎和這裡之間的某個地方中彈。

「我的聖經，」誰想聽，他就解釋給誰聽。「我總是放在心臟部位。」

說完後，他展示他的聖經，封面燒焦，子彈剛好射穿書心，卡在正當中，如今他用長鍊子將那顆子彈懸於胸前，只要一動，子彈就撞得他的十字架叮咚響。「就像家畜頸上的鈴鐺，」他說，「我是天主的羔羊。」他繼續使用這本聖經，他不要別本。他依然讀著這些扉頁，雖然一半文字都被射出的子彈燒掉了，他也絲毫不以爲意。

「啊，愛麗絲姊妹！」他邊忙著拉管道邊叫道。

打從第一天他這麼叫她，她就下定決心要留下來犧牲奉獻。

她一臉愁容，從斜坡一路往下，走到他那。管道剛剛拉到目的地。兩名男子開始把它接到手動幫浦上。

「開始。」神父說。

大家聽到低沉隆隆聲和咕嘟咕嘟聲，其中一人胳臂使勁用力，幫浦動了。神父眼帶懷疑，盯著管道，什麼都沒出來啊。

他稍事遲疑，隨後雙手合起，呈托缽狀，放在管道末端下方。彷彿天主等的就是這個手勢才要啟動，管道霎時湧出大量排泄物，數量多到驚人。

「哈，哈，哈！」他開心得大喊大叫，雙手朝天，兩隻手滿是糞便。「感謝天主賜予，哈，哈，哈！」

他走到河邊清洗，邊走邊笑，然後往上走向愛麗絲，她力圖鎮定，別讓自己受到這種瑣碎小事影響。

他走到她身邊。

「又有四個新……」她儘量讓自己的聲音聽起來帶著譴責。

「怎麼啦？爲什麼擺出這張臉？」

這是他們之間的一種儀典。愛麗絲說，按照難民到達的速度，幾天之內小聖堂就會爆滿，屆時人滿爲患的問題將成爲最需要擔心的事。針對這點，神父回道，拒絕世人「有違天主住所精神」。兩人沿著斜坡而上，朝小聖堂走去。他捲起教士袍，兩隻滿是污泥的半筒靴露了出來。

「開心點，姊妹！天主送給我們新生靈，因爲祂對我們有信心啊。我們不該感到喜樂嗎？」

愛麗絲算起帳來比神父入世一點。很難養活所有人，即使大多數難民受到周遭熱情鼓舞，非但沒有頹唐喪志，反而積極參與，在左近四處尋找資源，可是小聖堂能力畢竟有限。中殿和耳堂已經滿到爆，有的人不得不睡到外頭，缺人、缺藥、缺尿布，連有三十代院長安息著的老墓園，都被晾衣服佔去好大一塊。其實神父已將部分墓園改建成食堂，還將石頭墓碑扶正充當餐桌。

「這未免有點……」愛麗絲曾經壯起膽子問道。

「有點什麼？」

「褻瀆？」

「褻瀆？我說愛麗絲，那些好僧侶，將他們的臭皮囊棄置於此，用他們的血肉哺育大地，妳說他們怎麼會拒絕提供飢腸轆轆的人一張餐桌呢？有一節經文不是說：『用你的眼睛，發出光芒；用你的心，激起希望；用你的身體，打造出主的花園！』」

愛麗絲記不太清楚有這節經文。

「出處是？」

「厄則克耳先知書。」

對於墓園，她已經讓了步，可是這次，愛麗絲決定非要神父聽她講道理不可。由於小聖堂沒有護士，所以醫療保健工作由她負責。幸運的是，至今沒有碰到嬰孩狀況很差或是長者垂危，可是收容中心沒人身體健康，疲累侵蝕人體機能，營養不良的人比比皆是。

她正打算回去工作，心臟一陣亂跳，又急又快，她非常不舒服，驀地停下腳步。

她快要癱倒，她低下頭，免得被別人看出來，僅僅裝出一副走得很喘的樣子。小小病痛就唉唉叫，她真該為自己感到慚愧。這麼多家庭流離失所，受到戰爭荼毒折磨，神父為大家犧牲奉獻，是的，面對這些，她還自艾自憐、還發病，她真該感到羞恥，彷彿引起別人關注自己是不體面的事。

在這些心顫瞬間，當新一波威脅使她痛苦呻吟之際，她的思緒飛到她想念至極的費爾南身上，臨死前沒能再見他一面的恐懼，正如小火慢燉，比這顆碰碰亂跳的心，更令她飽受煎熬。

她任心臟發作幾秒鐘，才剛脫離不舒服，她就已經慢步往前，朝神父走去。

「神父，這樣不合理！接納新難民會危及收容中心本身生存，而且……」

「啐啐啐！首先這裡沒有難民，只有處境困難的人。再者，這個小聖堂不是『收容中心』，是『天主住所』，兩者畢竟大不相同！我們這兒不挑人。揀選是天主的工作。我們只管張開雙臂。」

「德希雷神父！你這些『天主的孩子』大多病的病、累的累，要不就是營養不良！好幾個禮拜，他們連塊肉都沒看到！你不僅不確定能夠拯救他們，而且接納新難民，還會有賠上現有住民生命的危險！這就是天主要的嗎？」

德希雷神父停下腳步，盯著自己的鞋，陷入沉思。眼前的他，再也不是她所認識、她所敬愛的那位熱血沸騰的年輕教士，而是突然變成一介凡夫俗子，她從他那張緊張又蒼白的臉上看出他有多惶恐。

「我知道，愛麗絲。妳說得對……」

他的聲音在發抖，愛麗絲擔心他會哭出來，她不知道該怎麼辦。

「我經常自問，」他繼續說道。「主為什麼要像這樣將好幾百萬人扔在路上？我們犯了什麼錯，需要承受如此試煉？對我而言，主的道路從來沒有像現在這樣難以深入……我不斷祈禱光明降臨。愛麗絲姊妹，環顧四周，妳看到什麼？在我們許多人身上，這場浩劫喚醒了最低劣的本能、最黑暗的利己、最貪婪的私慾。但在另一些人身上，它喚醒了助人、愛人的想望，強加了團結職責啊。而主告訴我們的就是：選擇自己的陣地。妳要走去自我封閉那邊，衝著走向妳的人，他們不幸又窮困，關上妳的大門和妳的心扉嗎？還是當張開雙臂的那個人呢？張開雙臂的人，不因沒有困難險阻而慶幸，而是對困難險阻抱持感恩。面對利己，面對恐懼匱乏，面對只想到自己的反應，我們唯一的力量，我們眞正的尊嚴，就是在一起，妳懂嗎？大家一起在天主住所中啊！」

愛麗絲這個人，感動往往勝於信念。她點點頭，我懂。

「並且記住：『切莫計較勞動或辛苦，因爲天主住所是避風港，只知道一心奉獻。』」

瞎掰聖經經文，是德希雷最喜歡的一門學科，他並不見得總是游刃有餘，不過一般而言，他對自己的小聰明造成的戲劇效果還挺滿意的。他扮演的這號人物每天都在精進、成長。要是這場仗持續打下去，兩個月內，搞不好他會成爲封聖候選人呢。

他牽起愛麗絲的手，兩人一起上坡就更慢了。愛麗絲想找些話說，什麼也想不出來。

他倆停下腳步，望著小聖堂、墓園、花園、毗鄰的草地，還有那拴在小木樁上緊綳著的帆布篷，稍遠處，兩個烤爐的轉軸在轉啊轉，有一個懂砌磚的農工蓋了石灶，供難民用來煮飯，還有一個布魯塞爾人，原本是麵包師傅，做出許多小麥煎餅和各式蔬菜餡餅供大家食用。右邊一隅，一塊防水篷布延展出來，充當德希雷神父「辦公室」，那兒有條十五米長的繩子懸在兩根電線桿上，就成了方鉛礦礦石收音機的天線，德希雷用來收聽最新戰況新聞。

愛麗絲心想，德希雷神父是對的。當她看到這位神父十來天內竟然做了這麼多事，他才二十五歲啊，深受澤被眾生之信仰感召，並且起而行，這種信仰沒有任何東西、也沒有任何人抵禦得了，她確信神父所向無敵，任何逆境都打不倒他。

「所以，」德希雷神父說道，他恢復血色與寬宏笑容，「我們難道辦不到嗎？」

愛麗絲點點頭。和神父在一起，爭論是沒有用的，最後都必然被他說服。

他們穿過院子，走進小聖堂。

爲了彌補鋪蓋不足，德希雷說服洛爾里鎮上一家工廠負責人提供了好幾米黃麻布，拿它們做成非常大的袋子，袋裡塞滿麥稈，成了一大包又一大包，睡個一兩夜後，就睡成了床墊形狀，完全像個樣啊。

神父一現身，所有人都圍了過來，婆婆媽媽抓住他的手猛親（「唷，我說溫柔一點，」他大聲笑道，「留著親教宗哪！」），男人們畢恭畢敬，大劃十字聖號。對所有這些難民來說，他們受到「貝洛小聖堂有聖人」傳聞吸引，聞風而來，他是救世主。人人無不覺得他金光萬丈。「拯救你們的不是我，是天主！該感謝的是祂啊！」大多數的人到的時候都精疲力盡，焦慮不安，他供所有人吃喝，安撫焦慮，又給了大家希望，如今他們全都虔信天主。

誠如我們看到的，德希雷濟世救人，全心投入。他的創新精神不斷推陳出新，他的想像力全然發揮。他，從不信天主的一個人，醉心於扮演這個救世主的角色。承平時期，他必將成爲一代宗師；戰爭時期，給了他一件教士袍，在他看來，即便不是徵兆，好歹也是邀請啊。

這份邀請原本屬於一位神父，他在靠阿姆內維爾鎮那邊的小路上被機槍掃到，中彈身亡。

德希雷發現神父屍體，十分感動。教士黑袍使他想起「大陸」人行道上小嘴烏鴉那一幕。他是不是因爲後悔如此積極參與此一龐大謊言操弄和假傳情報，才突然出逃巴黎呢？他是不是感到搖身一變成爲神職人員是他這輩子首度對周圍的人無所求呢？他天生慷慨大方是否成爲他熱衷於篡奪神父職位的犧牲品呢？我們可能永遠不得而知。話說德希雷發現神父屍體，他毫不遲疑，將神父屍體拖入溝中，脫下自己的衣裳，換上他的，捨下自己的行囊，拎起他的。

他已經走在路上了。每走一步都使他更融入這個角色，更投入此一嶄新志向。還沒走到一公里，他已經是神父了。

他為自己想出聖經那個橋段尤感自豪。話說當時他正在和一個阿兵哥聊天，阿兵哥士氣低落，垂頭喪氣坐在界石上，德希雷為了練習一下自己這個神父新角色，於是稍稍振奮一下阿兵哥的精神……突然靈光一閃，想到這個點子。他趁著在士兵身旁，摸走手槍，使得聖經遭子彈打穿的傳奇臻於盡善盡美。殊不知他的這段聖經說詞，實乃對物理定律之一大挑戰，然而竟無一人感到詫異，蓋因人人都想相信啊。

德希雷偶然來到貝洛小聖堂，他不過想喝口水罷了。聖堂裡有兩家盧森堡人，為了逃避德軍挺進，從自個兒村上，長途跋涉，隨身攜帶的一點家當沿途都不知去向，也包括他們的最後幻想，一切都毀了，毫不誇張。無論他們駐留何處，都被視為外國人。隨著德軍挺進，法國土崩瓦解，國人相互間的團結已然化為烏有，人與人之間關係緊張，個人利益從而甦醒，激烈更勝既往，利己短視佔了上風，求助無門的痛苦經驗一再發生，狂吃閉門羹，再沒任何人比外國人處於最佳位置了。「你乾脆要一支艦隊吧。」有人這麼回嘴，只因一個比利時人要杯水喝。

德希雷一到，兩家人都誤認為是負責小聖堂的神父到了。德希雷順水推舟，粲然一笑。

「歡迎來到天主住所，」他張開雙臂說道。「這裡是你們的家。」

他剛從神父成了本堂神父。

時時刻刻，日復一日，都有新的家庭前來尋求庇護，多半是外國人，因爲這個地方有點像貧民窟，法國家庭寧可敬而遠之。群眾人數愈多，日常生活需求就愈不可少，德希雷就愈喜歡他的新角色。就冒名頂替這方面，還有什麼角色比本堂神父更好呢？

他捲起袖子幹活，不過才區區一個禮拜，愛麗絲出現在小聖堂入口，爲了這裡發生的奇蹟當場熱淚盈眶，因爲她一到達維倫紐夫就聽說了。

他走近她，她禁不住，跪倒在地，垂下雙眼。他將一隻手置於她的頭頂，這隻手，輕柔、溫熱，幾乎像在愛撫。

「我的女兒，謝謝妳的到來。」

他向她伸出雙臂，她握住它們，站起身來。

「天主引導妳走向我們，因爲我們需要妳加入，需要妳的愛心與熱誠。」

他們走去迎接新來的人，大老遠的，德希雷神父已經對他們微笑以示歡迎。不過他稍微止步，俯身對愛麗絲說道，語調極其溫柔：

「我的女兒，妳滿心是耶穌之愛，好是好，但是這顆心，可得注意，別對它要求過多啊！」

37

炸彈衝著車站濫炸，連格拉維埃軍營的地面都為之震動。

所有人都趴著，勞爾和加百列正準備伺機往原本是後勤部門的方向衝去，這時軍士長，杵在天井中央，喊道：

「回營房！」

炸彈向全區投擲得更加猛烈，士兵和機動憲兵隊員重新集合，步槍對準囚犯，大步走過來，把他們往營房方向推。

想到爆裂物會將建物炸個粉碎，有可能塌在他們身上，囚犯無比恐慌。感覺自己陷入洞中，永遠無法活著出去。發臭的宿舍即將變成他們的棺材。

子彈在頭頂上空呼嘯飛過，德國軍機在離營區愈來愈近的地方投下炸彈，他們即將面對德國士兵。費爾南知道情況就快失控，當前情勢危及，勞爾也看在眼裡。

軍士長是否有預感蘭德拉德準備逃跑？

警衛和囚犯同時處於恐慌情緒，蘭德拉德看得出這是他執行越獄計畫的最後機會嗎？

混亂人群中，這兩名男子短暫對視。

恐慌浪潮席捲各個群體。

伯尼耶拔出手槍，朝天鳴槍。

雖然這顆子彈，比在幾百米外炸彈爆炸聲小，致命性也小得多，但迴響卻清晰地令人詫異，因爲在囚犯眼裡，這顆槍子兒是衝著他們來的。德軍進攻頓時退居後景。這些想殺死他們的士兵才是敵人！他們得聚集起來，群起抵抗。第二次暴動一觸即發，只不過這回幾乎是在敵方炸彈突襲下。一場戰鬥即將展開，非你死便我亡，每個人都準備好了。勞爾和加百列意識到集體恐慌是他們逃脫計畫中的最佳盟友，於是走到最前面。

伯尼耶將手槍對準往前走來的這一群人。

費爾南衝過去，想避免最糟狀況，爲時已晚。

伯尼耶把槍放低，開了兩槍，兩人應聲倒下。

第一個是奧古斯特·多熱維爾，那個卡古爾黨徒。

第二個是……加百列。

所有囚犯都嚇傻了。這樣就夠了。就那麼一瞬間，其他士兵已經衝了過來，槍管近身指著他們，囚犯全往後退，此時一顆砲彈在營區邊上爆炸，因爲恐懼，大家出於反射都在找地方躲避。進營房已經結束了。這位記者的三名同黨抓著他的腳硬拖。勞爾也架著加百列的胳肢窩，拖他。

「會沒事的。」他大喊，一邊躲德國砲彈，一邊還要警戒法國士兵刺刀威脅。

門用掛鎖鎖上，窗板拉下。

囚犯陷入困境，又驚又怒，用拳頭猛敲窗戶。

加百列點頭示意。勞爾急忙撕破傷口那邊的長褲，血流出來，畫出一個黑點，黑點逐漸變大，木地板拼接不良，血滲入縫隙。

子彈射穿大腿，不過沒打到股動脈。

「得幫他綁止血帶。」共產黨小青年相當激動。

「你……」勞爾匆匆翻找他的東西，邊說：「有你這種蒙古大夫，最高蘇維埃走不了太遠。」

他掏出一件襯衫，捲成球狀，緊緊摀住傷口。

「與其說廢話，」他接著說道，「不如去幫他找點喝的。」

年輕人走開去找水。太瘦了……看他走路，簡直像在跳舞。

加百列恢復意識。

「你壓得我好痛。」

「得先固定住受傷的地方，老兄，得先止血。」

加百列的頭又垂了下去，臉白得像紙。

「沒事的，我的中士長，會好的，別擔心。」

掛鎖和插銷嗒的一聲鎖住，不久之後，德軍空襲結束，彷彿意味著這頁歷史已經翻了過去。

車站被夷為平地。藍色和橙色的火光爬上樹梢，應該是有油箱被擊中吧，嗆鼻黑煙飄入空中。

費爾南在營房外，他被震得頭暈腦脹，目不轉睛看著塵土血跡斑斑，可見損傷有多嚴重。囚犯不再鼓譟。他們似乎也從噩夢中醒來，隨著德國軍機突然離去，這場噩夢也告終結。

伯尼耶下士長的手槍已經塞回皮套。他雙手發抖。說不出自己究竟是鎮住場面，或者，正相反，惹得場面失控？沒人知道。

費爾南想的並不是追究責任。而是他注意到屬下竟然失控到對囚犯開槍，這點嚇到他了。營房裡有兩個人受了傷，搞不好很嚴重，伯尼耶拔槍這件事處理不好，有可能轉變成大開殺戒。其他營房也已關閉。警衛、機動憲兵隊員、士兵、安南人、摩洛哥步兵四下駐守，經歷過剛剛德軍轟炸驚魂，使得現在他們三五成群待在一塊兒。

霍斯勒上尉，雙手負於身後，在天井裡大步走來走去。一切尚稱滿意，營區沒被炸到，小隊平息了因恐慌造成的躁動，一切都朝最好方向發展。然而，任何觀察者，例如費南德來找他的時候，都不難從他的抬頭紋和微微抽搐的雙脣看出他憂心忡忡，和其他所有士兵一樣。

法國砲兵跑哪兒去了？

法國軍機飛哪兒去了？難道說法蘭西領空如今已經沒它的份，專屬敵軍了嗎？

我們會全軍覆沒嗎？

光朝營區這些掛了鎖的營房瞄一眼，就向這些士兵展示出有待他們完成的任務規模有多龐大，賦予他們的使命有多進退兩難。

他們即將縱入虛無，沒人說得出這一切將如何結束。

38

軍士長會不會把她寫的信交給勞爾・蘭德拉德？路易絲一點都沒把握。

「他收下信，搞不好只爲了擺脫我。」

「才怪，」朱爾先生說。「眞那樣的話，他會直接拒絕。依我看，那傢伙是個很懂說不的人。」

這封信既然託付出去了，那輛軍卡也開走了，現在該怎麼辦呢？德軍湧入，走回頭路是落入狼口的最好方法。待在這兒嗎？等於坐等惡狼張開大嘴將你生呑活剝。爲今之計，只能像好幾十萬難民那樣，成群結隊，一路南下。南下到哪裡爲止？沒人知道。反正繼續逃就對了。

「我們可以在這裡吃晚餐，」朱爾先生說，「但是，不能留下來過夜，這邊太荒涼，很危險。」

「吃……晚餐？」路易絲應道，表示疑惑。他們什麼都沒得吃了。

朱爾先生把手臂伸往後座，挖出紙袋，從袋裡拿出四個三明治。還有一瓶酒。

「我趁著去酒館找妳那個小流氓的時候，順便補充存糧。」

只不過買一杯水的時間，朱爾先生是怎麼成功弄到四個三明治的？這儼然成了一大偉績，一個謎。路易絲什麼都沒問，僅僅撲上去摟住他。

「好好好，夠了，夠了……尤其是因爲……妳吃了就知道。」

他指著打開的三明治。一片火腿薄如聖經紙。他拿著開瓶器，開了酒，然後兩個人各自嚼著硬邦邦的麵包。

路易絲拿出珍妮寫的信。

朱爾先生兩眼定在擋風玻璃上，大杯大杯喝著酒，一口氣喝完，速度快得叫人擔心。

「我也想喝一點。」路易絲說。

朱爾先生這才反應過來。

「哦，對不起，小可愛，對不起。」

他幫她倒酒，手卻在發抖，她只得自己抓住瓶頸，免得酒倒到杯外。一個小酒館老闆，倒酒竟然……

「你還好嗎，朱爾先生？」

「爲什麼這麼問？我看起來不好嗎？」

語氣好嗆。路易絲嘆了口氣，他這個人就是這樣，暴躁得毫不理性，沒辦法，不是一場世界大戰就改變得了他。

她還是回去繼續看信吧。

這封信的日期是一九〇六年六月，當時珍妮・貝爾蒙特受僱在蒂里翁醫生家幫傭。

親親吾愛：

我出了狀況，無法想像後果會多嚴重。

路易絲感覺朱爾先生歪向她，正從她肩膀上方看信。

如果她想把看信當成純私人行爲，她就不會在車裡當著朱爾先生的面開始看。因此，她假裝沒注意，繼續看下去。這是一封長信。珍妮在信中表達良心不安，因爲她受僱進了醫生家，但她十分矛盾，因爲她寫著：「隨時隨地都感受得到您，我好快樂。目前，我很享受這種竊取來的幸福，因為它是我的全部生命」。

她放下信，看到朱爾先生熱淚盈眶。一個心胸寬大的大胖子的大顆淚珠。路易絲有點窘，僅僅將自己的手放在他的手臂上，他並沒有抽開。他哭到鼻涕直流。路易絲找手帕，像對小孩子那樣，幫他擦了擦。

「好了，」她說，「好了。」

「都是這個文筆害的，妳懂嗎？」

路易絲不懂，她等著，手帕還在手上。朱爾先生看著前方。

「對，我不是醫生，或許就是因爲這樣才……」

從任何人嘴裡，如此招認都顯得可笑，但從朱爾先生嘴裡……不。路易絲懂了自己有多盲目，她強加在這個男人身上的行爲又有多殘酷。

「除了妳母親，我從沒愛過任何人，妳懂嗎？」

好了，終於說出來了。

「任何人……」

他接過路易絲的手帕。

閥門既開，潮水傾瀉而出。

「隨著事情發展，我眼睜睜看著她走了。我又能怎麼樣呢？嗯？誰的話她都聽不進去。」他邊盯著空酒杯，邊絞著手帕。忽然，彷彿看穿了什麼，轉過頭來對著路易絲。

「我是個胖子，妳懂嗎？胖子很特別。大家喜歡把心事告訴胖子，可是永遠不會愛上胖子。」

朱爾先生八成感覺自己有淪於荒謬之虞，於是清了清嗓子。

「所以，我娶了……天哪，我甚至連她的名字都想不起來。格曼妮！對，是這樣沒錯，格曼妮……她跟一個鄰居跑了，她做得太對了。和我在一起，她不會幸福，因為我這一輩子，除了妳母親，心裡從來沒有過別的女人。」

暮色，通常都太深沉，重壓著這一刻，使人心碎。

「我從頭到尾都只愛她一個。」他又說了一遍。

為了確認這點，他八成自問過上千遍，壓得他不堪重負。淚珠又滾了出來，路易絲一顆一顆擦掉，總之，她有一種奇怪感受，覺得自己和朱爾先生同病相憐。他們兩人都希望為同一個女人所愛，那個女人卻把滿腔熱愛投向他方。認知到這點使她喉頭一緊，說不出話。在這輛寶獅裡面，緊緊相擁是一大挑戰，但他們自自然然就辦到了。

「我唸剩下的部分給你聽，你要嗎？」

「妳想唸就唸吧。」

「一九〇六年寫的。」

「啊，珍妮懷孕了，是嗎？」

「應該是。」

一封信起首的那幾個字總是最表情達意的，「親親吾愛」。既痛，又簡單，而且必要。

親親吾愛：

您不會拋棄我，對嗎？我把我整個生命都給了您，我現在這種狀況，您不能離開我。

我等您答覆，我靠您才活得下去，萬一您離我而去，我會變成什麼樣？

快回我信。

珍妮

「他怎麼回？」朱爾先生問。

「我沒有他的信，只有媽媽的。」

「媽媽」？她最後一次想到母親時，稱她「媽媽」是什麼時候？

「哦，管他的，誰鳥他寫什麼屁！接下來她怎麼說？」

一九〇六年十二月四日

親親吾愛：

我等等就去。我聽從您的理由。我贊同您的承諾。

我只能現在才告訴您，因為一切都無法改變了。我好怕。我懷的可是您的骨肉啊，我卻要拋棄他，我的心都碎了。

我求求您，永遠也別拋棄我。

珍妮

朱爾先生什麼也沒說。他眉頭深鎖，緊緊握住濕手帕。他的頭在肩膀上搖晃，彷彿被風吹動。

路易絲繼續唸：

一九〇七年七月十日

親親吾愛：

這封信很短，我哭得太傷心，什麼事都做不了。

我從沒想過會有這一刻：我再也不想看到您。這並不代表我再也不愛您，這是不可能的。而是我身上有什麼東西碎了。我再也不是我自己。也許以後，如果我還有東西可以給您的話。噢，如果您看到他那張小臉……我只看到他一眼。他們想盡辦法，讓我看不到他，好殘忍！儘管痛，我還是站了起來，飛快穿過產房，快到沒人攔得住，跑到護士那，護士正抱著他……我掀開包著他的大毛巾。

噢，寶寶的那張小臉！

一輩子都會留在我心中。

我昏了過去。我醒來的時候，已經太遲了，我就是聽到有人這麼對我說，已經太遲了，妳已經挽回不了了。

我終日以淚洗面。

儘管這一切都使我好痛，我依然愛您，但，如今再見您，我辦不到，超出我的能力。

我愛您，我要離開您。

珍妮

朱爾先生已經平靜下來了。

「她跟我說是個死胎，妳懂嗎？她爲什麼不跟我說實話？不跟我說，她又能跟誰說呢？嗯？跟誰說啊？」

珍妮生了孩子，寶寶被從她身邊奪走的那一刻，她看到他。光是這個影像，便足以證明路易絲付出這麼多精力尋找勞爾是對的。

現在，她到處尋親不再是爲了勞爾，而是爲了珍妮，爲了這位受盡煎熬的母親。

「一九一二年九月八日，」路易絲唸道。

她和朱爾先生見證了這一刻。這樁情事在他們眼前透過這幾封信向他們娓娓訴說醫生和珍妮兩人就此各分西東。

一九〇八年，珍妮嫁給亞德里安．貝爾蒙特。次年，路易絲出生。

珍妮離開醫生五年之後，又和他恢復聯絡，展開婚外情。

兩人重逢，是誰主動的呢？是珍妮：「您沒忘了我，您同意和我再見，這已是何等幸福……」她僅僅表示：「我再也無法忍受。我原本已離您遠去，但您常在我心，於是我決定了，只要能在您懷裡，即便遭到天譴，我也無怨無悔……」

路易絲打了個機伶，渾身發顫。

「好歹妳不冷吧？」朱爾先生問。

路易絲沒有回答，望著車窗外好長一段時間，向晚時分，陽光幾乎呈現金黃，彷彿是從樹上落下來的。

「對不起，你說什麼？不，不冷。」

要是路易絲和父親相處更多一點，這部分珍妮寫的信會害她難過，但父親僅以一張照片的形式存在，何況那張照片還不怎麼樣，要想因此而惹得她難過未免薄弱了點。

「想繼續聽嗎？」

「妳不覺得煩的話。」

一九一四年十一月

親親吾愛：

您為什麼做出這種事呢？您明明不用去，偏偏要去，難道這場戰爭這麼需要多一個人犧牲嗎？

您就這麼想離開我嗎？

我每天都祈禱我的小路易絲留得住她爸爸。難道還需要我夜夜垂淚，這場戰爭才能讓我保住我唯一的愛嗎？

您向我保證過您愛我，但是您更愛戰爭的這份愛又是什麼呢？

回到我身邊。保護我。

您的珍妮

蒂里翁醫生志願入伍出人意料之外。年過五十（這場戰爭來者不拒，尤其是醫生，戰場上每個人都有得忙），竟然甘冒生命危險，選擇親上前線。

珍妮問他的問題也在路易絲脣邊：爲什麼呢？出於保家衛民的信念？有可能。

路易絲腦海中突然浮現回憶，一戰結束時，她母親收留過兩名退伍軍人。在他們之前，珍妮向來不同意把那間耳房租出去。難道說她在他們身上看到了她曾經愛過並且自願入伍的這兩個男人的影子？

「那小子，很難想像他去打仗。」朱爾先生脫口而出。

路易絲也覺得醫生這種愛國情操恐怕與事實略有出入。沒拿到醫生的信，她從沒像這一刻這麼懊惱過。搞清楚這樁情事並不容易，何況她只有一半線索……唯一確定的是，醫生自我犧牲，志願入伍捍衛祖國。或者，捍衛自己免於爲愛所苦。

一九一六年八月九日

我先生於七月十一日戰死沙場。

珍

這封信是寫在一頁撕下來的小學作業本上。

這一次，父親過世使路易絲的心揪了起來。

這場婚姻眞是一團糟。當時她還是個孩子，完全無能爲力。她擤了擤鼻涕。

「好了，好了。」朱爾先生拉她過去緊緊依偎著他。

只剩下一封信。

堅持看下去的是朱爾先生。他的聲音顫抖又嚴肅，好像每說一個字都快咳了出來。

一九一九年十月

親親吾愛：

寫最後一封信給您，宛如我倆初相見的回憶那般令我激盪。心跳得一樣快。

唯一的區別在於希望，因為您剝奪了我的希望。因為您拒絕和我在一起，不願意和我一起生活，所以現在才有這封信。

您明明知道您這是在致我於死地，您還是這麼做了。

我仰仗我帶給您的愛安慰自己活下去。我虧欠我的小路易絲，我不要像您拋棄我那樣也拋棄她。若不是她，此刻的我已死了。死而無憾。

此生我只愛您。

珍妮

這些文字和一個鐘頭前朱爾先生說的那番話如同出一轍。世間所有的愛都是相似的。

所以說，珍妮成了寡婦，可以與醫生重修舊好，展開新生活，但是醫生拒絕了。

「混帳東西。」朱爾先生說。

路易絲搖了搖頭。

「他同意撫養珍妮的孩子勞爾。卻從沒告訴她。現在一切都太遲了。他成了這個祕密的禁臠。要是他和珍妮遠走高飛，蒂里翁夫人一定會去告訴她一切。無論如何，他們的那一段情都走到了盡頭。醫生被綁手綁腳，受制於他夫人，他也無能爲力。」

信看完了，兩人都在想這段情造成了多大傷害，就這麼各自沉思了一會兒。

朱爾先生將酒瓶裡的酒一飲而盡。路易絲杯裡的酒還有一半。兩人彼此心照不宣，終於都嘆了一口氣。路易絲把杯裡還沒喝完的酒往車門外一倒。朱爾先生下車去搖手柄，發動汽車。

他們出了樹林，沒有交談。

在那之後，夕陽西下，燦燦金光淡出，他們開上出奧爾良的幹道，到處可見手推車載滿家具沿著田邊經過，口渴的馬兒跳過重重田埂。有錢人想逃的好幾天前就逃了，現在這些是其他人，步履蹣跚，走在一群各式制服大雜燴裡，其中夾雜著農民、老百姓、殘疾人士，好幾個窯子裡的姑娘坐在警車裡面，一個牧羊人趕著三頭羊，路上什麼樣的人都有。

車輛在逃難洪濤中緩緩顛簸，這就是這個慘遭撕裂、遺棄的國家形象。到處都是臉，一張又一張的臉。路易絲心想，這列綿延不絕的送葬長隊，成了我們難以面對自己苦難與戰敗的一面殤鏡。

通往羅亞爾河畔聖雷米的路上堵得水泄不通，寶獅以步行速度開了二十公里還是卡在裡面。寶獅旁邊，一名婦人原本推著推車，車上載滿大包小包衣物，她也停了下來。

「你們還有水嗎？」

朱爾先生回覆她說行李廂最裡面還有一瓶。他一副愛理不理的樣子，感覺得出來他說得不太甘願。路易絲去拿來，交給這名婦人。

「沒有也得有。」路易絲對她說。

不是因爲手推車裡面的一堆衣物，而是因爲孩子。推車上三個孩子都在睡覺。

「兩個大的一歲半，」婦人說道，「小的還不到九……」

原來她是幼兒園老師，路易絲沒聽清楚哪座城市。市長下令立即撤離。家長全都匆匆趕來接孩子。

「除了這三個以外，我也不知道爲什麼。」

這個爲什麼，她八成從一開始就在反覆思考。

「這兩個大的，家長人很好，一定是有事耽擱了。至於這個小的嘛，她，我們沒見過她母親，她才剛到，妳懂嗎？」

恐懼、疲憊使然，幼兒園老師全身抖個不停。

「這孩子可受罪了，還沒斷奶。我又有什麼辦法呢？她還不能吃東西，只能用喝的。」

她把那瓶水還給路易絲。

「留著吧。」路易絲說。

朱爾先生按了一聲喇叭。長列再次蠕動，沒人知道究竟會推前一米還是一公里，眾人就這麼迷失在這座煉獄裡。路易絲拿起珍妮的信，並不是說她想再看一遍，而是這種機械式的下意識動作顯露出她惶惶不安。

她才剛拿好信，毫無預警，厄運從天而降，一如既往。德國軍機以翼龍展翅之姿，在他們頭頂幾十米處，發出震天嚎叫，飛得如此之低，彷彿要用利爪將瀝青、樹木、車輛、難民抓走，但翼龍沒抓，而是以機槍順著這條路一連掃射了一百多米，才又呼嘯著高飛而去。難民全都趴倒在地，被這個鬼魅惡靈嚇得心驚膽顫，動彈不得，魂飛魄散，個個恨不得鑽進土裡。

朱爾先生衝過去，趴在敞開的車門附近。路易絲一直待在車裡，嚇到動不了，她來不及下車。前翼子板震了一下，她驚跳起來，撞到車窗。警報大作，聲聲刺耳，子彈的衝擊力道伴隨著尖銳、平坦、重複的聲音刺進她的四肢百骸，沒人知道自己有沒有受傷，因爲大腦再也無法運作。

翼龍同屬等不及分一杯羹，緊接著又來了，兩隻，三隻，四隻，散播驚恐，每一隻都受到同樣精確、偏執、凶殘的狂暴驅動，翼龍的耶里哥羊角60從而高聲響起，摧毀意志，扭曲肉體，直到骨髓，刺穿鼓膜，深入胸膛，充斥腹腔，吞沒大腦。機槍子彈瘋狂連發，擋我者死，血肉橫飛，四處噴濺。路易絲整個人呆掉，完全不能動，雙手摀著耳朵，她再也不知道自己是不是還活著。車子不停上下跳躍，路易絲躺在後座，因爲炸彈斷斷續續投下和機槍連發掃射嚇得失了魂，她再也什麼都感覺不到，大腦和身體都癱瘓了。

驟然，翼龍飛走，留下一地心碎死寂。

路易絲把手從耳邊挪開。

朱爾先生人呢？

她用肩膀頂開車門，前翼子板碎裂，還冒著煙，路易絲雙腿發抖，繞了車子一圈，看見朱爾先生倒在路上，肚子朝下，大屁股佔了半條路。她俯身摸他的肩膀，他的頭慢慢朝她轉了過來。

---

60 ses trompettes de Jéricho：根據天主教思高本《舊約聖經．若蘇厄書》，以色列人在若蘇厄領導下每天繞著城牆行軍，第七天行軍七次，然後吹響羊角，耶里哥的城牆就垮了。

「路易絲，妳還好嗎？」他問道，嗓音低沉。

他慢慢站起來，拍拍膝蓋，看看車子，旅途到了終點，車毀了。而且一切都毀了。放眼望去，盡是被炸得稀巴爛的車輛，屍橫遍野，哀嚎處處，無人救援。

路易絲搖搖晃晃，往前走去。

幾米外，她認出幼兒園老師那身藍色連衣裙，那名女子躺在地上，雙眼圓睜，一顆子彈穿過咽喉。

三個孩子在推車裡嚎啕大哭。

「我要留下來。」朱爾先生剛走過來她這邊，對她說。她看著他，不解。他低頭，指指他的花格子便鞋。

「用走的，我走不了太遠。」

他指著三個嚇壞了的孩子。

「妳得帶著他們，路易絲，他們不能留在這裡。」

朱爾先生第一個察覺到空中傳來隆隆聲。他抬起頭。

「他們又來了，路易絲，你們得走了！」

他催促她，並且抬起推車，要她握住手把，快，逃命去吧！

「可是你……」

朱爾先生還沒來得及回答。

第一架轟炸機已經開始掃射這條路。路易絲抓牢推車，推了推，出奇的重，得使盡全力才行，她終於推動推車，往前走了一步。

「快！」朱爾先生喊道。「快啊！逃命去啊！」

路易絲轉過頭來。

她對他的最後一瞥是一個胖子，穿著他那雙花格子呢絨便鞋，站在他那輛報廢了的寶獅旁邊，無視德國軍機邊衝著路面掃射邊高速朝他俯衝，只顧著對她打手勢，催促她走遠一點，快走，快走。

那名身著藍色連衣裙女子的屍體橫在路上，喉嚨流出好多好多血，路易絲受到恐懼刺激，一害怕，跨過那具屍體，穿過路肩。

三個孩子在尖叫，德機愈飛愈近。

這時，路易絲已經推著推車在田間狂奔……

39

「*Credo um disea pater desirum, pater factorum, terra sinenare coelis et terrae dominum batesteri peccatum morto ventua maria et filii*⋯」

啊，這個，他喜歡！

德希雷半點拉丁文的基礎都沒有，就這麼脫口而出。由於他很少上教堂，所以不太知道在小聖堂該做些什麼，於是，他就以自己的方式即興做彌撒，還以一種類似拉丁文（儘管差了十萬八千里）的語言進行，不時派上他唯一會的這句短語加強一番：*In nomine patri et filii et spiritus sancti*[61]，虔誠信徒難得終於聽懂了一句，有所依歸，滿心喜樂，全體一致回道：「阿們！」

第一個感到疑惑的人是愛麗絲：

「神父，這臺彌撒非常⋯⋯深奧難解。」

德希雷神父先脫下祭披，這件祭披正是他在那位神父行李箱翻到以後悄悄塞進德希雷・密格衣物裡面的那件，這才回她道：

「是啊，伊格納修斯派禮拜儀式。」

愛麗絲自認孤陋寡聞。

「就連這些拉丁文⋯⋯」她壯起膽子問道。

德希雷神父微微一笑，態度和藹包容，向她解釋說他隸屬於聖伊格納修斯修會，恪遵「在第二次君士坦丁堡公會議之前」的宗教儀式教規。

「姑且這麼說吧，我們修會的拉丁文才最正統，最接近源頭，最貼近天主啊！」

但是因爲愛麗絲說她很惶恐（「神父，我們不知道該怎麼行禮，怎麼坐下，怎麼起身，怎麼跪下，怎麼回答，怎麼唱詩歌……」），他一臉慈祥，安慰她：

「這種禮拜儀式簡單樸實，我的女兒。我的手這麼一比，兄弟姊妹起身。像這樣的話，坐下。根據伊格納修斯儀典，兄弟姊妹毋須唱詩，由神父代勞即可。」

愛麗絲將神父的這番話傳下去，大家也就習以爲常，見怪不怪了。

「……*Quid separam homines decidum salute medicare sacrum foram sanctus et proper nostram salutem virgine*……」

每隔幾天都有好多難民抵達，致使現在連祭壇都擠得滿滿都是人。彌撒只能在半圓形後殿和迴廊進行，每回都擠到爆滿，德希雷主禮的彌撒轟動無比，不是每個人都擠得進去。有些教友只能待在墓園那邊，透過破碎的彩繪玻璃缺口聆聽彌撒。

白天，只要天氣允許，德希雷就會在戶外舉行儀式。孩子們搶著幫忙執事，因爲彌撒一出現空檔，他就會轉向他們，對他們使勁眨眼睛，好像他也是個孩子，只不過假裝本堂神父在主持彌撒。

「*Confiteor baptismum in prosopatis vitam seculi nostrum et remissionem peccare in expecte silentium.* 阿

61「因父及子及聖神之名」。

們。」

「阿們！」

最令德希雷感到挫折的是，由於他全心全意忙於指引牧民，諸事如麻，使得他無法將同樣這麼多的時間奉獻在自己最喜歡執行的聖事上，那就是：告解。親耳聽到這些生靈身上擔負著多少罪孽使他著迷，他們，沒有一個不是受害者啊。德希雷平易近人，赦罪寬容，人人都想向他告自己的罪。

「神父……」

這會兒開口的是菲利普，一個比利時人，塊頭有酒桶那麼大，聲音卻像小女生，大家懷疑他一夫二妻，因爲他和一對分不出誰是誰的雙胞胎姊妹一起東奔西跑。戰前他是電工，正是多虧了他，本堂神父的礦石收音機才能發揮功能，使得小聖堂跟參謀部似的消息靈通。

「七點多了。」

德希雷神父從縫紉活中抬起頭來（他正在爲新來的住民縫製睡袋，邊聽著播音員證實馬恩河畔沙隆和科地區聖瓦勒里已遭德軍佔領）。

「走吧！」

一禮拜兩到三次，他搭乘軍用卡車前往副省會蒙塔日，這輛軍卡是他們在幾公里外發現的，因爲油耗光了被拋在路邊。德希雷神父想辦法弄到燃料，把卡車開回來後，差人拿掉防水篷布，拆掉機槍，改以將上有耶穌像的大十字架高懸車斗，這個十字架則是有一回狂風暴雨從小聖堂牆上給掀下來的。於是乎，從此以後，車斗上就有兩米大的十字架衝著前方道路。

「如此一來，耶穌將爲我們開路啊。」德希雷這麼說過。

由於此一「天主坐騎」恆定散發大團白煙，耶穌被釘在十字架上衝著你而來，朵朵渦形珠光卷雲跟隨其後，宛若天使下凡。卡車駛進蒙塔日，路人見狀，莫不大劃十字聖號。

副省長洛索聽到喧鬧聲，便知是德希雷神父來訪，的確，毋須通報，神父很快逕自進了他的辦公室，因爲在這個政府部門裡，除了這位喬治．洛索外，沒剩幾個人在辦公。至於喬治．洛索呢，這名男子冷靜果敢，他決定堅守崗位，直到入侵者把他攆出去爲止。

「我知道，我的神父，我知道！」

「那好，我的孩子，既然你知道，你打算怎麼做？」

這年頭政府官員可說是奇貨可居，所以德希雷神父向這位政府官員竭力請託。他要政府幫貝洛小聖堂難民做人口普查並且造冊，他們才能擁有一切權利，他要政府給他補助，做出具體措施，使這一小群人有得睡，有得吃，得到照護，他還要一位醫生或護士。

「神父，沒有人了。」

「有你啊！你自己來，耶穌會感激你的。」

「難道耶穌也在小聖堂嗎？」

沒錯，這位副省長樂於和德希雷神父抬抬槓、開開玩笑，忘卻工作疲累，一掃煩憂，得到片刻輕鬆，畢竟他整天都在對還忠於職守的同事下達命令，想辦法怎麼協助逃到該省的這支難民步兵大隊，還得加上動員憲兵隊、社服單位、醫院，累得夠嗆。

德希雷微微一笑。

「我有個好主意。」

「天哪！」

「你叫天給誰聽啊！」

「什麼好主意？你就說吧。」

「你專管那些沒救了的案子，從來不上我們小聖堂瞧瞧，我們可是差不多自己想辦法走了出來喔，要是我……姑且這麼說好了，要是我放著一打難民餓死不管，你怎麼說？」

「一打很少啊！」

「副省長先生，要死多少人，你才會介入？」

「說眞的，神父，不死上三十個，很難讓我大駕光臨呢。」

「要是我專挑婦女和兒童呢？」

「你那邊不好下手吧。」

兩人你來我往之後，相互會心一笑。其實他們在做同樣的事。雙方都花了大把時間在堵住戰爭造成的缺口。這種開場白成了一種儀式，先行禮如儀，鬥一下嘴，才談正事。事實上，德希雷從沒空手而歸。有一次，多虧他開著「天主坐騎」（還壓到副省長的腳），到手了好幾罐汽油，還有一次則是副省長准許他把學校食堂的設備搬回去。

「我缺的是人力，你懂嗎？衛生人員。」

其實洛索手上還有幾名護士，他一直瞞著神父，可是貝洛小聖堂的情況每天都使他更擔心。他還沒去過哪兒，這個臨時收容中心成長速度快到令人稱奇，促使他想去一趟瞧個分明。

「我派一位護士給你。」

「不要。」

「不要？什麼意思？」

「不要派給我，我現在就帶回去。」

「好極了。不過我知道你永遠也不會把她還給我，我只能自己上門去討。那就下禮拜二吧。十點。」

「你會來做人口普查嗎？」

「再看看吧。」

「你會來做人口普查嗎？」

副省長拗不過他，只好讓步。

「會。」

「哈利路亞！衝著此一美好善行，你值得一臺彌撒，洛索先生。做一臺彌撒如何？」

「那就做一臺彌撒吧。」

他真的被神父纏得好累。

一名慈善修女會的修女。年輕。面無血色，五官堅毅。

她伸出手，白皙而修長，跟菲利普握手致意。

「塞西兒修女。」

比利時人一下子不知道說什麼好，唯有畢恭畢敬跟她打了招呼，然後將這位年輕護士隨身帶著的紙箱和行李箱搬上車斗。

從蒙塔日回去，卡車都會順著一條蜿蜒曲折的路線行駛，方便德希雷神父在附近農莊盡情搜刮食物，才能餵飽小聖堂住民。他訪視菜園（「我看到那邊那些可不是番茄嗎？」），勘察地窖（「你的馬鈴薯多到圍城也吃不完，總可以讓出一半來服侍天主吧，不是嗎？」）。

「這是敲詐！」愛麗絲第一次參與巡迴大托缽時曾經這麼說過。

「才不會呢。妳看看他們奉獻得有多喜樂啊！」

途經瓦勒雷洛什村，塞普里恩．波雷正在田裡幹活，一頭牛犢拴在稍遠處，德希雷神父向波雷揮手致意。

「右轉！」德希雷神父下令。

比利時人菲利普停了車，不是為了討德希雷神父歡心，而是因為軍車縱隊連綿不絕擋住了路。

「這些法國軍隊，」德希雷神父大膽猜道，「我納悶他們沒有走對方向？打德國佬，應該往那邊才對，不是嗎？」他指著反方向，補上這句。

年輕修女微微一笑。整整一早上，副省長洛索辦公室都在談這件事：第七軍正朝羅亞爾河地區撤退，眼前這些軍車無疑是最早經過的一批。

「可是他們要去哪兒呢？」德希雷問。

「有人跟我說他們要去蒙希安，」修女姊妹回道，「我不太確定。」

縱隊通過後，「天主坐騎」終於開進這條通往波雷農莊的長土路，在這座所謂的村裡，全村只有兩棟屋，裡頭住著這位性情乖戾的農民塞普里安和他母親萊昂汀娜，偏偏兩人不對盤，鬧翻了。一場古老到難以追憶的戰爭致使母子反目成仇，再也不說話，門對門的兩棟屋，各自佔了一棟。動都不用動，兩人便可從窗戶對望，互相叫陣對罵。

「天主坐騎」停在院子裡，德希雷神父下車時凝視著這兩棟屋，露出滿意神情。陪他前來的修女和波雷大媽同時走到他身邊。

「妳好呀，我的女兒。」神父說。

萊昂汀娜點點頭。本堂神父穿著黑袍，身旁跟著一身白的修女，使她心頭一驚，彷彿天主給她派了個代表團來著。

「我來拿拖車的板子，妳能告訴我在哪兒嗎？」

「拖車的板子？我的神父，拿了做啥？」

「趕小牛上卡車啊。」

萊昂汀娜的臉刷地白了。於是德希雷解釋給她聽，塞普里恩剛剛把這頭小牛捐給貝洛小聖堂。

「這頭小牛是我的。」萊昂汀娜抗議。

「塞普里恩說是他的。」

「他說歸說，可是小牛是我的！」

「那好，」德希雷神父這個人很好商量，「塞普里恩獻給天主，妳要把牠從天主那裡討回去……妳自個兒看著辦吧。」

他轉身朝卡車走去。

「等一下，神父！」萊昂汀娜伸直胳臂，指著鐵絲網圍欄。

「他給你那頭小牛，我啊，我把這窩子雞給你。」

回程，塞普里恩看到卡車載滿了他的雞鴨鵝，血液直衝腦門，氣急敗壞，獻出了屬於他母親的小牛。不需要拖車的板子，人家德希雷神父光憑自己，就把小牛給弄上車斗了呢。

40

加百列身邊圍著五、六名囚犯，透過窗戶間隙觀察天井。他們大多一夜沒闔眼，累到不行。多熱維爾，那個卡古爾黨徒，還在斷斷續續哼哼唧唧；大家才剛睡著，他就痛得哇哇叫，真的很煩。「要死快死啦！」無政府主義分子大喊，共產黨徒有時候也接力跟著罵。

現在還不到清晨六點，不過可以看到外頭士兵和機動憲兵隊員已經奉命展開行動。軍服下的身子緊繃，點了菸傳來傳去，一邊踢著灰塵乾蹬腳，一邊留心著自己的小隊長，長官們則個個神情緊張，在大隊長上尉身邊轉來轉去。

「發生了什麼事？」共產黨員小青年站了起來，身子左搖右晃，如此問道。

「他們被昨天的轟炸嚇到，」一名囚犯回道，眼睛死盯著窗縫。「正在做決定……好像不怎麼順利。」

每次囚犯一感到有威脅，消息就會瞬間在營房傳開，於是十四、五名囚犯衝到窗前，發生了什麼事，讓我看看。

「我不知道他們在動什麼歪腦筋，但是……軍士長好像跟上尉意見不合。」

共產黨員小青年體力依然沒恢復，經常突如其來猛發抖，加百列拍拍他的肩膀。

「你還是去休息吧。」

他自己則繼續觀察現場。現在是軍士長在講話，可是上尉的架勢盛氣凌人又高傲，證實空氣中的確瀰漫著不合氣息。

加百列對這位軍士長的看法一直在改變。下士長伯尼耶個性衝動，無疑是因爲沒酒喝，也因爲天性使然，還因爲憎恨囚犯，夜裡值班警戒時，任由自己本性胡來。軍士長卻始終頭腦冷靜。集體沉船中，所有囚犯和警衛都注定會跟著陷落，但他不動聲色，拒絕任由自己沉淪。加百列明白，昨天晚上有得吃，是拜他所賜。營區裡將近一千名挨餓的大漢，供這些人吃，即便東西少得可憐，還是相當不容易，可是卻沒人感到奇怪軍士長是怎麼辦到的。大家太餓了，餓到提不出問題。

快入夜的時候，軍士長過來看看受傷的兩名囚犯，勞爾跟他要水和乾淨毛巾。他再回來的時候，把自己能找到的那麼一點點東西分給加百列及多熱維爾。加百列大腿穿孔，需要止痛藥，多熱維爾的腳腫了兩倍大，子彈卡在裡面，需要外科醫生，軍士長對此感到擔憂。

其實，加百列的傷口沒他想得那麼嚴重。子彈斜著穿過大腿，看起來損傷慘重，而且非常痛，事實上不需要太緊張。勞爾叫他放心：

「只傷到肌肉，中士長，沒別的！過兩天，你就像兔子一樣活蹦亂跳。」

然後夜來了，多熱維爾痛苦呻吟，使得夜變得分外難以忍受。

勞爾心急如焚，他從沒這樣過，他仰面躺著，手上一直拿著路易絲那封信，拿了好久，甚至有好幾行都已刻在腦海。貝爾芒特？還是貝爾蒙特？這個姓，他聽都沒聽過，可是這名女子打聽得十分詳細。他的出生日期正確無誤，訥伊鎮的住址也對。奧柏戎大道的回憶宛如一道傷口害他痛苦。他在那棟奇大無比的屋裡，成了瘋婆子格曼妮．蒂里翁的獵物，那個虛僞的化身，他這輩子從沒那麼不快樂過。

「我是你同母異父的姊妹，」信上這麼寫著。「我們有同一位母親。」她多大了？比他小？還是比他大？都有可能，有的女人過了二十年又生孩子。但是，在他腦海最縈繞不去的還是那句話是：「我有關於你的出生和童年的重要資訊要讓你知道」。

其實她知道得比他多，比方說，他就不知道自己被委託給蒂里翁一家的日期。

「你沒睡？」加百列問。

「有，睡了一會兒。你呢？我的中士長，痛嗎？」

「開始覺得痛了，我怕傷口感染。」

「別擔心，傷口很乾淨，自己會長好，你暫時還會覺得痛，不過就這樣而已。」

他們的頭距離幾公分，低聲說著話。

「我可以問你嗎？」

「問什麼？」

「這封信……怎麼會到你手上？」

勞爾不習慣講知心話，何況，提起這封信，勢必會談到內容。他不喜歡這樣。有些孩子遭到毆打、虐待，不幸使他們變得膽小，從而變得懦弱。但是，受虐反而使得勞爾更爲頑強，將他打造成了戰士，足以抵禦挑釁，但也對吐露心跡與傾訴設下障礙。不過這封信從天而降，在他心中產生一種化學沉澱，使得他整個人爲之翻攪，害他心神不寧，有關他母親的事，他的親生母親，在某處等著他去揭開這個謎，他完全沒有心理準備。一個人沒母親，會習慣的，尤其是當你有可恨替代品的時候。他一直禁止自己去想另外一個，眞正的那個，那個母親把他……根據不同時期，根據不同年齡，他會說「遺棄」或「弄丟」或「保護」或「賣掉」，版本一直在改。

「你不一定要告訴我。」

「是軍士長給我的，」勞爾終於還是說了。「他趁著幫我搜身，把信塞到我的口袋。」

對於加百列來說，這太不可思議。勞爾以前認識軍士長嗎？這位軍官爲什麼要爲了一個他看守的囚犯扮演信使的角色呢？

「信是我姊妹寫的……其實，並不眞的算……」

情況混亂。他一直都把亨莉埃特當成姊姊看待，但是心裡清楚得很，根本不是這回事。他現在該把這名女子當成眞正的姊妹嗎？他從未見過她，而且也許永遠都見不到她。他想逃出營區，逃不出去，現在加百列又受了傷，不可能再有新的嘗試。即便逃了出去，找到這名女子也機會渺茫。

千頭萬緒，徒增煩憂。比方說一九〇七年十一月十七日這個日期，蒂里翁家就是這一天收養他的。

「嬰兒多大斷奶？」他問。

出其不意問這個，加百列還以爲自己沒聽懂他的問題。

「我不知道，我是獨生子，」他回道，「我身邊沒有嬰兒。不過，好像是九到十二個月之間，諸如此類的。」

蒂里翁家收養勞爾時，他四個月。

疑問一個緊接著一個，他需要喘口氣，他坐了起來。

「有什麼不對嗎？」加百列問。

「沒有，都很好。」勞爾騙他，邊扯開衣領，才好呼吸。

他這個人變化無常，衝著他對加百列表現出逞凶鬥狠，暴力相向，坑拐騙，甚至惡毒，這麼說他還太客氣了。加百列回想起在特雷吉埃橋上那次，兩人冒著生命危險炸橋，從那以後勞爾對他的態度變了個樣。戰時一樁單一事件不會讓他們名留軍事青史，但炸橋那件事卻是他們共同完成的。加百列不喜歡這種「戰時袍澤情誼」的想法，每本小說裡都有，他可不想成為這種陳腔濫調的受害者。儘管如此，他還是注意到他和勞爾之間已經有了某種連結。

他看著勞爾敞開衣領，脖子扭過去大口吸著氣，也許是因為他剛剛提到嬰兒，所以想起兒時吧，突然，兩個影像浮現加百列腦海。第一個是他發現勞爾．蘭德拉德在他們洗劫過的那個大資產階級家，衝著孝親房床上撒尿。第二個是，他沒特別注意，其實卻記住的一個事實：在榭什米迪監獄，勞爾與一名警衛打商量，請他幫忙寄信給他姊妹。

「你姊妹叫什麼名字？」

勞爾沒有吭聲。他該怎麼回呢？亨莉埃特？路易絲？回答「我不知道」未免太白痴，雖然這是最好的答案。所以他什麼都沒說，僅僅把信遞給加百列。

太黑了，看不清楚。軍官室的門下露出一線光。加百列躡手躡腳，悄悄摸到那邊，在地上躺平，拿出信，就著門縫露出的那一絲光線，看完路易絲．貝爾蒙特寫給勞爾的這封信後，終於稍微懂了。

「他們該不會打起來吧？」一名囚犯眼睛始終死盯著窗戶，突然問道。

天井正中央那邊，軍士長強硬回應上尉。這正是這個時期的徵兆，軍階等級再也確保不了上級對下屬擁有權威。

「我們奉命要前進到羅亞爾河畔聖雷米為止。」

上尉邊說邊打開一幅部署地圖，沒人知道他從哪弄來的。

「軍需物資預計會送到聖雷米那邊。吃的東西應該晚上就會運到。」

這些情報並沒引起他預期會有的興奮。前兩天宣布過會有物資補給，結果根本就沒到，多虧軍士長比其他人有辦法，要不是這個奇蹟，大夥兒早餓死了，所以現在對長官那邊來的好消息和給的承諾，兄弟們傾向不信任。

「從聖雷米，」上尉續道，「再用卡車把囚犯送到謝爾省的邦納罕軍營。」

他先看了費爾南一眼，隨後才把話說完：

「機動憲兵隊可以在聖雷米解散。任務告一段落。其他小隊繼續，直到抵達邦納罕，屆時輪到他們解除任務。」

費爾南鬆了一口氣。對他來說，這個消息再好不過。聖雷米距離這裡大約三十公里。開軍卡過去，不到兩個鐘頭。然後他將正式解除任務。之後可能要走上十公里才能走到羅亞爾河畔維倫紐夫，甚至不到十公里，因爲貝洛小聖堂在半路上。中午，他就到了，就可以在那裡見到愛麗絲。然後，在他姊家待一天，然後就可以回巴黎，然後，再看看情勢如何發展。

「理論上是這樣。」上尉總結道。

所有人都僵在原地沒動。

「但實際操作上，我們沒有交通工具可以開去聖雷米，所以必須用走的。」

此言一出，大家花了一點時間才反應過來。將近一千名囚犯上路，得看守、監督、管訓，而且因爲有人受傷，所以還得照護……簡直就瘋了。

上尉沉默不語，很明顯，還有別的壞消息在等著輪到它們上場。

「此外，有幾小隊被重新指派去防衛國家。因此，我們的有效兵員將略有減少。」

所有人都轉向剩下的兵員，主要是安南人和摩洛哥步兵，原來一大早，不少士兵就出發了。

「有三十四公里的路要走。早上八點出發，傍晚六點抵達聖雷米，這樣實在太完美了。」

按照他這種算法，聖雷米和格拉維埃軍營只相距一天路程，基於自信男人的天真，這麼剛好令他感到神奇。

「我決定分成八小隊，每小隊一百三十名囚犯，每小隊都交給一位機動憲兵隊士官，由他負責指揮十五名兵員押解囚犯。」

十五名兵員押解一百多名囚犯？費爾南正在想該怎麼回他才好。

「不可能。」

他脫口而出，語氣好像在抗議。上尉轉過來對著他。

「你說什麼？」

其他士官望著費爾南，有同僚出頭，針對這種超出理解範圍的情況表示意見，大家都鬆了一口氣。

「押解一千名囚犯上路，我們永遠也辦不到！」

「參謀部就是這麼交辦的。」

「沒卡車?也沒火車?」

上尉沒回答,只管悉心將地圖捲好。

「執行!」

「等等,上尉,我這隊有兩名囚犯受傷,一個不太能走,另一個完全不能走。而且……」

「我也是,我這隊也有殘廢的。」有人低聲埋怨,聲音小到沒人知道是誰在說話。

「只好對他們說抱歉了。」

上尉沉默了一下,隨後一個字一個字說得堅決果斷:

「我們接到命令任何人都不准拖在隊伍後面。落隊造成的危害再清楚不過。」

「這個意思是說……?」費爾南不敢相信,但他還是壯起膽子問了。

霍斯勒上尉沒料到當下這一刻就得把這點講清楚,不過,情勢所逼,他只得當場宣布,語氣堅定:「上個月,五月十六日,巴黎軍政長官埃林將軍向政府最高層申請向逃兵射擊許可,並且得到授權。我相信這對我們來說也同樣生效。誰想偷跑、誰落隊,一視同仁。」

此話一出,現場一片死寂,人人腦海中都充滿了這種格殺勿論的畫面。

「有規定。」這時費爾南說道。

費爾南說得十分篤定,聲音沒有發抖,霍斯勒上尉稍微被他鎮住了一會兒。

「規定什麼?」

「第兩百五十一條明文規定:『未經訪視且未經確認其狀況足以承擔旅途勞頓,不得要求任何遭到判刑的犯人上路』。」

「這玩意兒，你從哪找來的？」

「憲警守則。」

「啊！這下可好了，等到哪天法國軍隊必須服從憲警守則，你再來跟我說吧。但是目前，你還是得聽命於我；你的規定，哪邊涼快哪邊去吧。」

討論結束。

「執行，少屁話！你去準備晚上要吃的東西，有什麼給他們吃什麼，我只管明天八點準時出發！」

費爾南集合小隊。

「我們得押解一百多名囚犯去三十公里外的地方。但是沒有交通工具。」

「我們要……用走的？」伯尼耶下士氣呼呼地問。

「難道你有別的辦法？」

「爲了這群廢物，我們得冒著被機槍掃射的險？」

他身邊傳來認可的抱怨聲，費爾南當場止住大家：

「對，我們就是要徒步前往。」

他先讓沉默之神在空中盤旋個幾秒鐘，才以一種他希望能夠鼓勵士氣的語氣補充說明：

「然後任務就告一段落。今天晚上就到此爲止，明天，我們就回家了。」

費爾南咬住嘴唇。「回家」？愈來愈令人難以置信。

押解囚犯的兵員不買帳，囚犯的反應也沒熱烈到哪去。

「聖雷米，」有囚犯說，「少說也三十公里。」

加百列好不容易才站了起來，露出大腿。

「快好了。」

「我看……」

勞爾解開繃帶。他在軍中，各式各樣的傷口，看過不少。

「沒想像得糟，你走走看。」

加百列跛著腳走了幾步，不過還行。

那個卡古爾黨徒的傷口則是另一碼事，不趕緊交給外科醫生處置，只怕很快就會引起敗血症。

一千名囚犯要步行超過十個鐘頭，不可能彈指之間整備完成。光準備就拖了很久。先把剩下的糧食發放出去，免得還要背袋子，士官不得不多次介入，以核實分配公平，避免囚犯之間又出現衝突。霍斯勒上尉在各小隊間走來走去，他把部署地圖捲起來，拿它當馬鞭似的拍得啪啪響。他似乎對這件事這麼轉變十分滿意，同時將終極指令又向全體幹部提點了一番。少數幾個阿兵哥，從沒出過別的任務，已經把橄欖帽高高撩起，等著親眼目睹這悲慘的一幕。

囚犯從榭什米迪就拖著一小包隨身物品，隨著一站又一站，愈來愈扁。打包完後，兩兩一排，站在大太陽底下等著。在他們後頭壓隊的兵員看起來沒幾個人。

都快十點了。

上尉堅持遵守「戰時嚴格執行有關囚犯行爲之指示」，當著犯人的面將武器上膛。槍栓清脆的撞擊聲既鄭重其事又帶有示警意味。

「誰膽敢逃跑，當場就地正法！」他大聲宣布。

然後，他走到縱隊最前面，下令第一小隊出發，軍哨聲一響，他一馬當先，毅然邁出大步。

只見前一百多名囚犯呈單列縱隊逐漸走遠，掀得天井塵埃四起。

「各小隊一個接一個出發，」費爾南向小隊成員解釋。「我們小隊排到最後面。絕對要避免縱隊拖得太長，最前面的和最後面的千萬不要距離太遠。最要緊的是，隊伍不可以散掉。前面的，不要走太快，後面的，不要拖。」

就理論而言，這似乎可行，可是每個人都深表懷疑。儘管自從德軍入侵，他們已經受了不少罪，但這麼蠢的命令，還從沒見過。

他們等了好久，其他小隊才輪流離開軍營。

「現在，費爾南花了部分錢供應營區補給，他的海軍包也變空了一點。他避開別人視線，在他那本皺巴巴的《一千零一夜》封面上飛快吻了一下，然後塞進包裡。

是時候了，輪到他吹響軍哨。

頭頂德國中隊飛過高空。快十一點了。

41

路易絲一顛一簸推著推車在田裡狂奔，三個孩子又哭又鬧，那邊，她背後，德國軍機又用機槍再次把這條路打了個稀巴爛。路易絲想到自己正是一個明顯目標，於是更加快速度飛奔，跑著跑著，一個車輪撞到樹根，推車差點翻倒，幸虧路易絲及時穩住，孩子們哭鬧得更凶，她又開始跑。顯然，任何一架德國轟炸機都沒有這種想法，甚至連這股勁兒都沒有，它們不會想改變航道去對付一個難民，她只不過在空曠田間推著一輛手推車在逃命罷了，但是怕被炸死的恐懼卻掐著路易絲的喉嚨，壓住她的胸口，她死盯著遠方前面那一排樹，她跑不到，她喘著粗氣，吁吁作響，喘得連肺都白了。

她逃跑時什麼都沒穿，一絲不掛，有那麼一瞬間，她還以爲自己是那名全身赤裸的女子，正在林蔭大道上盲目狂奔……

她終於停了下來，快喘不過氣，轉過身去一看，那條路已經很遠了，看不清楚那裡到底怎麼樣，倒是德國軍機還在她頭頂呼嘯，警報器的尖銳聲響還在耳旁肆虐。她又開始跑，跑到與小路接壤的樹林那邊，然後跑上右邊那條路。她整個身體跟燒了起來似的。她終於放慢腳步，想辦法吸口氣。這一帶的地貌稍微有點崗巒起伏，到處都有樹林，有一座農莊，只有一座。我該怎麼辦？去那裡嗎？回想起她和朱爾先生從農民那裡得到的待遇，算了，她寧願繼續往前。前方一兩公里處，依稀看出有個小灌木叢，也許是一片樹林。

她跑到現在，這才意識到從她開始逃命，三個孩子一直哭鬧不休，她好惶恐。

她停下來，斜倚在這臺臨時搖籃上，第一次看著這三個孩子。兩個男孩兒穿著手工編織的藍色嬰兒服。她抓住大毛巾一角幫他們擦去鼻涕。這個動作具有鎮定效果。也或許是因爲他們發現眼前出現一張新面孔吧。

「好，」她說，抱起第一個，舉高。「你會站了嗎？」

他用兩條腿站了起來，手還是抓著推車車輪。第二個也跟著他站了起來。她輕聲細語跟他們說話，一邊眼觀四方，在她左邊很遠處，那條路慘遭德軍蹂躪的痕跡現已無影無蹤，天空恢復平靜祥和，猶如一塊裹屍布。

她將奶娃兒抱在懷裡，凝視遠方煙霧，應該是因爲汽車燒毀所致。她唱著搖籃曲，小貝比平靜下來。

她彎著身子，查看手推車裡面有什麼東西，從孩子身體下面拉起一堆毯子和床單，那紮用細繩綁著的珍妮書信滑到那邊去了，那是她唯一碩果僅存的一樣東西，因爲剛剛大難臨頭，她正拿在手上，所以逃命的時候，順手往手推車裡一扔。她把信塞到毯子底下，繼續查看，找到幾個碗盤，馬口鐵餐具，雜七雜八的衣服，一個圓形大麵包，一個馬口鐵壺裡面裝著水，兩罐果泥，幾盒餅乾，一包融化的巧克力，三個蔬菜罐頭，一小袋白米，一袋嬰兒麥粉。她坐在路肩草地上，將最小的那個抱在兩腿間，一邊把麵包撕成小塊，遞給雙胞胎。雙胞胎，動作一致，一屁股坐了下去，開始貪婪地嚼起麵包。小女娃兒聞起來好臭。路易絲找到一塊沒用過的尿布，開始幫她換。可是她不知道尿布的三個側邊該朝哪個方向折，也找不到嬰兒用的安全別針，只好把尿布緊緊綁在孩子身上，還打了個結，八成很快就會髒掉。至於這塊髒尿布，她寧願扔掉，也不願意帶著，她哪有辦法洗呢？

夜幕垂下。路易絲六神無主，她又往右邊看去，附近唯一的那座農莊，她覺得它遺世孤立，自我封閉，這種呈馬蹄形的建築物，通常都代表不好客。她先把雙胞胎抱回推車，隨後是小貝比，她又上路了。

馬爾博羅去打仗，
米隆冬，米隆冬，米隆丹。

這首兒歌浮現腦海。三個孩子得到片刻撫慰。

遠方小樹林清晰可見，路易絲獨自在這條筆直道路上朝那兒前進，順便想一下她需要做哪些事，幫孩子換衣服，餵他們吃東西，找個地方讓他們睡覺，尤其是幫他們找到可以安置棄嬰的收容中心。

聽到我帶來的消息，
米隆冬，米隆冬，米隆丹，
聽到我帶來的消息，
妳美麗的眼睛會哭。

朱爾先生在路上的孤單身影浮上心頭，「快啊，路易絲！逃命去啊！」朱爾先生是不是穿著他那雙花格子呢絨便鞋，在鄉間路上，被德國轟炸機炸死了呢？

我們看到他的靈魂在飛，
米隆冬，米隆冬，米隆丹，
我們看到他的靈魂在飛，
飛過月桂樹。

雙胞胎吃了麵包，暫時穩住，進入夢鄉，小女嬰又開始哭鬧，路易絲處於崩潰邊緣，因爲突如其來逃命，加上這些事逼著她扛起照顧他們的責任的後座力使然。不久之後，就看到她單手推著推車，推得非常非常慢，另一隻手抱著小奶娃兒，寶寶的頭貼著她的頸窩找尋慰藉。

她到達小樹林，夜霧薄紗已籠罩田野。跟她想的不一樣，不是樹林，原來又是一條路，她兩個鐘頭前才剛逃離的那條路。難民一波又一波，連綿不絕，提著行李，步履沉重，機械式地往前進。還有好多自行車，可是再也沒看到汽車。

路易絲搞不清東南西北。她拋下朱爾先生和他那輛半燒焦寶獅的地方是在她右邊？還是左邊？三個孩子已經醒了。迫切需要好好安排一下，給他們吃點固態的東西，幫他們換衣服，餵他們喝水……「她甚至還沒斷奶」她想起這句話。要餵什麼東西給一個還不會咀嚼的小嬰兒吃呢？她有可以給她吃的東西嗎？滿腦子都是這些問題，路易絲再度上路，融入難民潮中，不知道怎麼安排前，絕對不能停下腳步，三個孩子又哭又鬧，連推車都被震得亂晃亂動，她愈唱愈大聲，力圖安撫他們：

有些帶著老婆，

米隆冬，米隆冬，米隆丹，

有些帶著老婆，

有些自己一個人。

沿路都有轎車和卡車倒在排水溝裡，爲數驚人，宛如墓園骸骨處處。引擎還冒著煙，車體受損，車門敞開，露出一大堆被發狂雙手匆匆掏過的行李，被清空後張著大嘴的紙箱。路易絲行進得還算快，因爲人潮變得稀稀落落，但也因爲其中許多人決定停下來過夜，在排水溝另一側臨時以零星篷布、毯子、床單搭出野營區，每個人都得祈禱別下雨，已經夠不幸的了。

促使路易絲繼續往前走的是一團火。沿著路塹，有一家人拿枯木生了一團火，他們背對這條路，正圍著那團火在狼吞虎嚥，她好羨慕。

路易絲在離他們幾步路的地方停下推車。三個小娃兒的哭鬧聲引得他們轉過頭來。不過是電光石火一剎那，路易絲就感覺到那兩名青少年蠻不在乎，父親充滿敵意，母親看似於心不忍。

路易絲讓雙胞胎坐在地上，懷裡抱著嬰兒，把她僅有的一點東西放在地上，雜七雜八，湊不成一套。她又撕了麵包給雙胞胎吃。那名婦人，坐在火堆旁，從眼角偷偷注意她。此時聽到田裡有頭母牛一個勁兒在哞哞叫。路易絲打開那袋麥粉，隱約散發出香草氣息，把水倒進馬口鐵碗。麥粉頓時結成好幾大坨。兩個男孩兒嚼著麵包，好奇地看著她，小寶寶等不及，路易絲用湯匙背面壓碎一團一團的結塊，可是麥粉和水還是混合不了。

「不用熱水，泡不開。」

女人站在她面前。約莫五十歲，相當結實，一身大花裙，好像套著床罩。

「妳少多事，特蕾絲！」男人留在那團火前，制止她。

不過他說話，這名婦人八成習慣當成耳邊風。她拿起碗，把一整碗的東西通通倒進平底小鍋，這家人的裝備比路易絲要齊全得多。婦人在火上煮著麥糊，丈夫邊壓低嗓門兒對她說話，句子斷斷續續，只聽得出聲調急迫、專橫，好像在吵架。

與此同時，路易絲放下寶寶，拿波浪鼓給她玩——一個帶著柄的木頭哨子，小女娃兒伸直手臂使勁揮動——然後她想舀罐子裡的果泥，可是蓋子旋得太緊，路易絲腕力不夠，打不開。她徑直走向那個男人，男人看著她走過來，擺出一副他準備好要應戰的不友好態度。她停在兩個青少年中比較高的那個前面。

「我力氣不夠大，可以幫個忙嗎？」

男孩立刻握住罐子，輕輕噗地一聲，開了，他拿著罐子的那隻手伸向路易絲，好像拿著戰利品，另一隻手拿著蓋子。

「謝謝，」路易絲說，「你人真好。」

就算她請他去旅館睡一宿，也不會比聽到這句話更開心。

母親攪拌好麥糊。

「小心，燙！」她提醒路易絲。

沒想到餵小嬰兒吃東西還挺難的。小貝比急了，哭個不停，路易絲好不容易餵她吃進一點點，她一張出於對乳房或是奶瓶的期望，小貝比也累了。雙胞胎坐在兩步外，正在嘴，全吐了出來。堅持餵了一個半鐘頭，路易絲精疲力盡，小貝比也累了。雙胞胎坐在兩步外，正在玩毯子。這時路易絲想到一個點子，把麥糊再稀釋一下，變成液體，她才終於一匙一匙灌入小女娃兒雙脣之間，她喝得好累，喝著喝著，突然睡著，好像對自己白費力氣感到厭煩，幾乎什麼都沒嚥下肚子。

路易絲第一次仔細端詳她。五官細緻，睫毛彎彎的，好秀氣，小耳朵玲瓏可愛，嘴脣粉紅，她覺得她好漂亮，漂亮到她不禁悲從中來。因為剎那間她又想起珍妮在信中寫到：「噢，寶寶的那張小臉！」母女兩人的命運走上同一條怪異的路令她無限悵惘。珍妮和她都失去了貝比。路易絲現在懷裡卻抱著三個。

雙胞胎，這兩個男孩非常愛玩又愛笑。路易絲把湯匙、波浪鼓、平底大口杯藏起來跟他們玩，逗得他們咯咯笑。兩名青少年現在背對著火堆和父親，這樣才能看著這位雙手白皙的俏麗女郎，她滿臉倦容，火光照耀下，露出一抹苦笑。

兩個鐘頭後，一切歸於平靜。

孩子們換好衣服，小貝比醒了，路易絲設法又將幾勺冷麥糊湯滑進她嘴裡。

她自己只能蜷起身子在推車裡側著睡，寶寶睡在她身子彎起來、靠肚子那邊，兩個男孩睡她身旁，一邊一個。

在他們上方，天空是深藍色的，繁星點點，三個孩子的呼吸既深沉又平穩。路易絲輕輕撫摸著小貝比的頭頂，溫暖又柔軟。

42

費爾南也向他這小隊吹響軍哨，但是任何「樂迷」都能聽出他的哨音帶著一絲憂慮，與霍斯勒上尉果斷決絕又志得意滿的那種截然不同。前面七個小隊，各由一百多名囚犯組成，花了一個多鐘頭才終於上了路。費爾南擔心旅途勞頓，有些囚犯會承受不住，特准他們坐著等出發信號。

他利用等待期間將自己的策略修改得更爲完善。他擔心走得最快和最慢之間的距離會難以掌控，所以把自己排在縱隊最前面，下士長伯尼耶排在隊伍中間，這個位置，他的侵略性比較沒機會表現。勞爾和加百列恰巧排在伯尼耶附近，雖然隊伍按照字母順序排列，他們還是想辦法並肩排在一起。儘管全體幹部對囚犯私底下這些小動作睜一隻眼閉一隻眼，但寬容僅止於此，機動憲兵隊員依然步槍不離手，神情緊繃，安南人則顯得躁動不耐。

在漫長等待過程中，紀律難免放鬆，囚犯低聲交談。戰事消息甚囂塵上，誰知道囚犯是怎麼知道的？這是監獄的永恆謎團。據說魏剛將軍主張提出停戰要求。謠言從縱隊頭傳到縱隊尾。人人心知肚明，消息是眞是假都沒關係，重要的是戰敗這個念頭第一次這麼直白被表達出來，何況還是從法軍總司令的嘴裡說出來的，更是意味深長，怪不得參謀部公布的官方戰情公報還在聲稱法國必可英勇抵抗德國入侵，再也沒人相信。

「什麼？」勞爾問。

自從收到那封上有路易絲·貝爾蒙特簽名的謎樣信件以來，他就變了一個人。大概是因爲不斷想這封信害他心煩氣躁，早上突然發火，把信撕爛，碎片四散紛飛，但這什麼都沒改變，信的內容繼續糾纏著他。

「我們會沒事的，你等著瞧吧，」加百列說。「到時候你可以去找這個人，把事情搞清楚。」他們是囚犯，罪名是搶劫，可能還得加上逃兵，就當前情勢看來，他們在這條路上遭到就地正法的機會比被帶上法庭的機會大，刻意顯得樂觀未免荒謬，加百列感受到勞爾這麼想。

「我的意思是說……」

勞爾·蘭德拉德盯著鞋子，頭都沒抬，說：

「她應該有……三十、三十五歲吧？不可能再大。這個年齡還能生孩子。」

加百列試圖弄清楚他說的是誰，但不想多問。

「你知道嗎？」勞爾看著他續道，「我在想，要是姓蒂里翁的那個婆娘，那個賤人，是我的親生母親……當時她應該最多是這個歲數吧？」

「那她爲什麼拋棄你，三個月後又把你領回去呢？」

「這就是我想不通的地方。她可能是被逼的。所以她才那麼恨我。」

這個字終於說出來了。

「我並沒有那麼想知道誰是我親生母親，讓我煩心的是，我怕是這個賤貨。」

勞爾抓住加百列的胳膊，抓得好緊。

「因爲，我看不出來那個老頭會是我父親，你懂嗎？也許就是因爲這樣，她才不得不帶我回去。

因爲我是她和另一個男人生的。這樣一切都解釋清楚了。老頭氣自己戴了綠帽，逼她把我帶回去。所以才……」

當然，什麼都有可能，但是加百列並不贊同這個假設，這似乎是經過帶著恨意硬湊出來的後果，不是健全思考的結果。

「閉不閉嘴，娘砲！」

伯尼耶在縱隊裡面走來走去，拿步槍威脅所有人，命令他們保持安靜。沒人眞的認爲他會拿槍對付排排坐的囚犯，不過腦門或是肋骨挨上一槍托還是大有可能。

聽到軍士長吹響軍哨。

出發時刻終於到了。

加百列稍微一拐一拐的，還好傷口沒有綳開。多熱維爾的狀況比較令人擔憂。這位記者在同志攙扶下瘸得相當嚴重，很難想像他怎麼走得了三十多公里到聖雷米。那名共產黨員小青年也在同志伴隨下，遠遠落在隊伍後面，加百列沒看到他，不過他的狀況想必也好不到哪去。

長隊很快就拖成一百五十米，隨後又延長成了兩百米。費爾南每隔一定時間都在路邊等著，敦促囚犯加快步伐，然後立刻又回到最前面，要求走慢一點。來來回回，充當牧羊犬，出發兩個鐘頭後，已經累到快虛脫。

午後陽光毒辣，沿途氛圍一片慘澹。難民也朝著聖雷米而去，他們停下來讓囚犯先走，但由於看到隊伍拖得無邊無際，難民終於也和囚犯並肩而行，使得看守工作分外困難。難民原本就看囚犯不順眼，加上機動憲兵隊又大聲吆喝，要他們讓到一邊，使得他們更是衝著囚犯破口大罵。於是聽到「賣國賊」、「奸細」、「第五縱隊」，難民愈不瞭解這些詞語是什麼意思，這幾百名囚犯就愈像敵人。費爾南不怕有武裝部隊押解的犯人隊伍會受到難民攻擊，可是這種押解犯人的狀況原本就荒謬可笑，難民還在一旁挑釁，更是火上加油。他不解，怎麼會下達如此荒唐的命令，讓少數軍人押解一千多名囚犯，徒步走上逃命之路？

下午過了一半（他們已經走了四個多鐘頭），因為囚犯都在槍支射程範圍內，費爾南特准他們離隊到溪邊喝水。他知道要他們繼續往前走，就不能阻止他們喝水解渴，偏偏總是有人稍微違反規定，擾亂行進，軍士長也慌了。

他轉過身去，看不見長隊尾巴，到處三兩成群，要不就是四個圍在一塊兒，警衛或士兵夾在中間，酷熱肆虐，每個人都累了，現在看起來就像大家各走各的……八成有人準備逃走，他心知肚明。他甚至開始覺得有些面孔已經消失不見。除非重新集合整隊點名，然後再上路，否則只怕鎮不住場面。

下午四點左右，離目的地還有六公里多。不時聽到步槍砰地一聲，就在那兒，前面很遠的地方，隨後又是另一聲，就像某個禮拜天，一開始狩獵後，他和愛麗絲在鄉間蹓躂時聽到的那樣。

霍斯勒上尉和費爾南一樣，他也擔心隊伍愈拖愈長，傍晚六點左右，他站在路肩，檢查各小隊前進節奏是否在可接受範圍。他看到步伐不斷放慢，強烈不滿，垮著一張臉，就是看到事情不順著自己意思進行看得很痛苦的那種表情。兩眼陰鷙，目光射向囚犯，更糟糕的是，還射向士兵和警衛，他們的身體狀況沒比囚犯好到哪去，勉為其難地執行勤務。同一時間，最前面幾個小隊，遙遙領先，搞不好只剩一兩公里就到了。

費爾南這小隊碰到軍卡擋在路上，很快就被一分爲二。他們現在該怎麼辦？沒人知道，既然不得不等，乾脆趁機坐下來恢復一下體力算了。

就在這個時候，加百列出狀況。突然腿一軟，勞爾撐不住他，他整個人跌倒，痛得要命。又走了幾百米，蘭德拉德迅速脫隊，抓住一輛廢棄推車，推車側板裂了一米長，他使勁把襯衫捲起來緊緊綁住推車側板，幫加百列改裝成一根拐杖。雖然加百列並沒因而走得比較快，但是走起來比較不痛。

前面幾小隊，警衛不停衝著那些走得上氣不接下氣的、跛腳的、快沒力氣的大吼大叫，費爾南他們開始超過這些人。漸漸，許多很難走到聖雷米的囚犯落在最後面，自成一群。記者多熱維爾在同志輪流攙扶下，狀態愈來愈糟，休息得愈來愈頻繁，因而被遙遙拋在後頭。遠遠看到一百多米外，那一小群人忙著照顧他，還輪流背他。

費爾南走過霍斯勒上尉身邊好一陣子，才驀然意識到原來上尉站在路上，並非光出於監視隊伍前進這個唯一目的。他正在窺伺長隊尾巴。

費爾南，震驚之餘，轉過身去，開始往回跑。

勞爾讓加百列把胳膊搭在他肩上。

「你走前面吧。」加百列氣喘吁籲地說。

「沒我，你怎麼走？白痴噢！」

他們趁著短暫休息時間，監視稍微放鬆片刻，發現好一陣子沒看到的那位共產黨小青年，他比任何時候都更像幽靈，被兩個跟他差不多衰弱的同志拖著，眞的是用拖的，毫不誇張。

就在這一刻，所有人眼睜睜看著高大的霍斯勒上尉走向他們，殺氣騰騰，身邊跟著行刑小隊，這些安南人既冷酷又殺人不眨眼，此外還有下士長伯尼耶。

「你，」上尉對伯尼耶說，「留在這邊，給我看好！」

下士長彎著腰，握著步槍，得意洋洋執行任務，惡狠狠盯著加百列和勞爾，還有那幾個共產黨員。

值此同時，上尉和安南人朝隊伍尾端走去，走向那一小撮從蜂群中分蜂出去的落隊囚犯。遠遠看到霍斯勒上尉的高大身影站在路當中，雙手負於身後。安南行刑小隊將那一小撮人聚到排水溝前。

只聽得一聲令下。

一聲槍響。

接著另一聲。

然後第三聲。

勞爾轉過身去。軍士長從另一邊，兩三百米外，飛奔而來，邊猛揮手，邊大喊大叫，沒人聽懂他在叫什麼。下士長伯尼耶臉發青。

「起立！」上尉嚷道。

沒人看到他什麼時候到達這邊，正在叫加百列和共產黨小青年起立。但是由於這兩個人很難站得起來，他大喊：

「全都給我退開！」

他一整個暴怒。指著身體狀況還可以的其他囚犯。

「你們給我閃開點！」

勞爾明白現在一切準備就緒，要幫這齣悲劇收場。那裡，三名剛剛遭到槍斃的囚犯被扔進溝裡。這裡，輪到這兩名殘疾囚犯準備腦袋開花。

費爾南還在跑，但是愈來愈喘不過氣，他愈跑愈近，一邊狂喊「等等！等等！」上尉衝著伯尼耶下士長說：

「下士！幫我把這幾個人處決，這是命令！」

勞爾伸出胳臂，非常非常慢，抓住加百列的拐杖，把它往加百列那邊推，確保他握得到，一手撐著地，就可以站起來。同一時間，安南人走近，盯著伯尼耶，他的兩片嘴唇在顫抖。

現在聽得清楚費爾南的聲音了：

「住手！」

可是他還是很遠，側胸某處劇痛，他痛得齜牙咧嘴，只能抱著肋骨部位，緩緩往前。

「開槍！」上尉大喊，邊拔出手槍。伯尼耶舉起步槍，可是他猛打哆嗦，兩眼飄忽……

好不容易，終於瞄準了加百列的腦袋，加百列還想說點什麼，他也渾身發抖，兩條腿都濕了，盯著伯尼耶的步槍，槍管正對著他，彷彿來自噩夢。

值此同時，勞爾牢牢握住充當拐杖用的推車側板，評估他和上尉、下士長、安南人之間的距離。

費爾南跑得快斷氣，終於到了。

「住手！」他再度大叫。

「開槍！」上尉大喊。

但是下士長伯尼耶轉開步槍，槍口指著地上，他猛搖頭，滿眼是淚，簡直就像要被槍斃的是他。這時上尉伸直胳膊，對準共產黨小青年，開了槍，男孩的頭猛地向後一擺。上尉接著轉向加百列，胳臂依然伸得直直的。

現場僵住，每一張臉都抬了起來。上尉站著不動了片刻，手槍瞄準。不到一公里處，一支德國空軍中隊沿路俯衝而來，朝地上投下槍林彈雨。

安南人衝過去跳進溝裡。伯尼耶臥倒在地。

勞爾一躍而起，衝過也趴在地上的費爾南面前，拿拐杖使勁朝霍斯勒上尉雙腿掃過去，上尉倒地。說時遲那時快，勞爾已經跪下去，抱住加百列的腰，又站起來，把戰友扛到肩上，開始飛奔……

上尉大吃一驚，伯尼耶看上去像個傻瓜，安南人則圈起胳臂護著頭。

勞爾才跑了不到十米，費爾南已經拔出手槍，對著勞爾的背，此時德國中隊從他上方飛過。

費爾南開了兩槍。

43

母牛轉過頭，哞了好大一聲。

「慢慢來！」

路易絲輕輕叫出聲。伴隨著她的叫聲邊揮著手。那名青少年點點頭，他懂。路易絲轉過去對著另一名，打手勢示意他往右。

她轉過身去。那邊，那位父親在排水溝前，雙臂抱胸，冷眼旁觀，一看就知道，他希望他們搞砸。比較高的那名青少年拿著繩子，路易絲很清楚要是母牛不肯就範，繩子也沒用。

隨著路易絲第二個手勢，三個人慢慢靠近母牛。

「放輕鬆，美女，」路易絲說，「放輕鬆。」

母牛雖然搖頭晃腦，不過沒動。

牠在馬路對面田裡哞了一整夜，所以路易絲才想出這個點子。

「牠的小牛沒了，」她對青少年解釋說，「牠漲奶漲得很痛，剛好，牠的奶……」

她懷裡的小女娃兒一大早醒來一直哭鬧不休。兩名青少年表現得像鬥牛士，胸部高高挺起，準備馴服整個地球。沒必要。母牛一動不動，他們非常非常慢，挨到牠附近。

「來吧，美女，」路易絲說，「過來啊！」

她向那兩名青少年眨了眨眼，他們終於走到母牛旁邊，被這頭牲口的龐大身軀嚇到，兄弟倆用指尖親熱地輕輕拍打牠的側身。

那位父親站在馬路附近，還是雙臂抱胸。路易絲短暫想到朱爾先生，他甚至連在顧客面前也擺出這種姿勢。

她將平底鍋放在地上，跪在量體超大的乳房前，抓住腫脹發燙的奶頭，母牛緊張地蜷起後腿，所有人都嚇了一跳。路易絲稍微用力。什麼都沒有。她再擠一遍，更用力一點，沒用。她不知道該怎麼擠。牛奶就在眼前，她偏偏不會擠。

「沒擠出來？」高個子男孩問。

他也試試看運氣怎麼樣。母牛的尾巴再度從空中掃過，打到他們臉上，不過牠倒是既沒往前也沒往後，似乎感覺到擠出來自己會舒服一點。路易絲又試了一次，扯啊，壓啊，沒半點動靜。三個人面面相覷，既無能為力又失望難過。路易絲不認輸，一定有辦法解決。

「讓開！」

是那位父親。他以帝王之姿，龍行虎步，走了過來，手那麼一攤，流露出面對他們三個人這麼笨手笨腳有多麼看不下去，擺平這種苦差事有多麼不耐煩，從事如此平淡無奇的任務有多麼慚愧，因為這害他想起青澀的當年，一個農莊男孩。

他跪在母牛乳房前，用兩團土塊夾住平底鍋，一手抓住一個乳頭，奶倏地噴濺而出，力道大得還噴進草叢流掉了不少。這時，大家聽到金屬鍋被噴得喀噠喀噠響，鍋裡滿滿都是奶油狀液體。母牛輕輕搖著頭，搖得非常非常慢。

「你，」父親對兒子說，「快去找大一點的東西來裝，快去！」

他沒看路易絲半眼，只聽到她喃喃說著：

「謝謝。」

他沒回應，牛奶噴得平底鍋起了泡泡，兩個兒子拎著桶子回來，路易絲看到這桶不是很乾淨，但她什麼也沒說，擠出這麼多奶，足夠餵飽三個孩子一整天，假如沒有太快變酸，搞不好還能喝更久。

她清空果泥罐用來裝奶。寶寶喝了，打了嗝，睡著了，唇邊泛起淺淺一笑。雙胞胎冒出白鬍鬚，路易絲用清潔度堪慮的抹布幫他們擦了擦。

「祝妳好運。」那位母親說。

「謝謝，」路易絲回她，「你們也是。」

兩名青少年，喉嚨乾澀，說不出話，目送路易絲遠去，恍如在夢中。

每個人都說得繼續往前，走到羅亞爾河畔聖雷米鎮為止。關於目的地的謠傳不脛而走，一會兒說那兒可以得到庇護，又有得吃，還有政府部門在管理，一會兒又說德國鬼子在那兒當著丈夫的面強姦良家婦女，之後再砍下他們的頭，德國鬼子比共產黨還凶殘。但是，從巴黎出發以來，這些風言風語和比他們早四五六天離開巴黎的人聽到的是一樣的，結果謠言不攻自破，以至再也沒人聞風喪膽。

路易絲沿途停了好幾次，放小小孩走走路，讓他們運動運動，把他們操到累，才會又睡著，她才能繼續趕路。

她僅有的存糧都吃完了，水也開始不夠喝，牛奶早上就變酸，還需要乾淨尿布幫孩子更換，更不用說兩條腿奇重無比，她願意折壽十年，只希望這場噩夢快點結束。她心心念念，只想為孩子們找到避難所。把他們交給能夠照顧他們的人。

她走過羅亞爾河畔聖雷米路標，這時候小貝比拉肚子拉得正凶。

這座市鎮十足是被難民潮沖垮的，鎮公所慘遭強佔，大型婚宴廳收容了一整家一整家的人，消防局天井、鎮上三所小學、鎮公所附屬建物、約瑟夫．梅林[62]方場也塞滿難民；聖希玻里教堂廣場看起來像吉普賽營地；紅十字會在中學對面搭起大帳篷，曾經一度從早到晚直到深夜都提供熱湯，但現在因為補給遲遲沒運到，所以沒得分給大家喝了。路易絲知道紅十字會是難民聚集地、生活中心、小道消息匯合處，於是急忙趕過去。

這座市鎮將你扔進另一個時代，野蠻時代，隨手把推車停在某個地方，永遠找不回來，讓孩子坐在地上，孩子立刻就會不見。「我的寶寶病了，」她朝紅十字會帳篷走去，說道。「所以呢？每個人都有孩子生病，那又怎麼樣！」一名婦人回她；而且推車又笨重，「妳總不至於從我腳上推過去吧！」另名婦人大喊，路易絲迭聲道歉。義工忙得暈頭轉向，難民在辦公桌前你推我擠，有人問什麼時候才有吃的，沒人知道，人山人海，看不到盡頭，難民全擠到這兒，結果空手而去，還得再回來看看，什麼都缺，藥、乾淨的尿布、煮熱湯的蔬菜，全部。

62 約瑟夫．梅林（le square Joseph-Merlin）：作者應是藉此機會向《天上再見》裡那位其貌不揚卻剛正不阿的部級特派員致意，可參閱《天上再見》。

路易絲什麼都沒拿到，小貝比大哭大鬧，兩個男孩大哭大鬧，一整個絕望，加上小貝比又拉個不停，肯定是那頭母牛的奶太油了。

這三個棄兒該交給誰呢？

有人告訴她去鎮公所，可是也不確定，告訴她去紅十字會看看，可能找得到人，於是她來了，又有人告訴她暫時不可能，兩三天後應該會開始收容孩子，可是現在，沒地方可以給他們住，義工又不夠，懷裡的小貝比又奇臭無比，路易絲從胳膊到手肘都被她弄髒了。

她找到噴泉，大排長龍，不過還是讓她過去，尤其是怕她擋路，小貝比好像快撐不住了。路易絲咬緊牙關苦撐，她得有三頭六臂才夠用，他們不是我的小孩，她說，你知不知道哪裡可以託付棄兒？

這個寶寶需要緊急護理。她由絕望轉爲狂怒。

她突然把推車推到廣場上的咖啡館門前，不由分說，先把兩個大的放在地上，抱起寶寶，隨後邁著堅定步伐，走到櫃檯，把米袋還有她四下撿來的三根紅蘿蔔和一顆馬鈴薯放在上頭。

「我需要幫這個生病的小寶寶煮點湯和米飯。」她對老闆說。

咖啡館裡人好多，看不太出來這些客人是打哪兒來的。他們聊天的聊天，喝酒的喝酒，也有人在吃東西，難得傳來一點新消息，每個人都針對在鎮裡傳來傳去的消息說三道四。

「挪威人投降了。」

「魏剛說大勢已去。」

「他說挪威人嗎？」

「不是，是我們。」

「這位小姐，不能在我們這裡煮湯。而且我們什麼都沒有。妳得去找紅十字會。」

這名男子滿臉泛著酒糟紅，頭上只有幾根毛，一口黃板牙。

路易絲抬起胳臂，把哭鬧不休的小貝比往櫃檯上一放。

「不餵她吃點東西，不出幾個鐘頭，寶寶就會死。」

「這這這……這話妳不該對我說啊！」

「我偏偏對你說，因爲你可以救她的命！我需要煤氣和水，就這樣，難道太過分嗎？」

「這這這……」

他氣急敗壞，好一個人渣。

「我把她留在你的櫃檯上，直到她斷氣。讓每個人眼睜睜看著她死！大家看著吧！」

嘈雜聲減弱。

「大家過來看啊，靠近一點，這個小寶寶快死了！」

小貝比痛苦得全身扭曲，渾身一股拉稀臭味兒，纏繞寶寶四周的這條良心不安的沉默之蛇開始鬆動。

「好吧，情況特殊，嗯！」

一名婦人走了過來。看不出歲數。三十到五十歲之間，說不上來。

「妳去忙吧，我幫妳看著。」

「一個小女生。」路易絲說。

「叫什麼名字？」

路易絲腦中一片空白。

「瑪德蓮。」

女人笑了。

「瑪德蓮，很好聽。」

路易絲為兩個男孩準備蔬菜湯，同時悉心用小火慢慢燉米湯給小貝比喝，她心想瑪德蓮這個名字是從哪來的？怎麼會從她嘴裡就這麼冒出來？可是她想不出來。

44

十二隻母雞、同樣數量的小雞、三隻火雞、五隻鴨、六隻鵝，在六個木板條箱中咕噠咕噠、嘰嘰喳喳、咯咯咯、嘎嘎嘎叫著。這群小東西，個個都從木板上方探出頭來，彷彿等不及被砍頭。難就難在這頭小牛。牠只有脖子被一條繩子拴在卡車側板，一路在車斗上晃啊晃的。即便「天主坐騎」開得並不快，但是每個彎道，小牛都有從側板翻出去的危險。

「我說，神父，」塞西兒修女問道，「你打算如何處置這頭牲口？」

「這……親愛的姊妹，當然是吃啊！」

「我還以爲禮拜五要守齋。」塞西兒修女說。

「我的姊妹，」德希雷神父答道，語帶懇切，「我們那兒每五天倒有四天都守齋呢！慈愛的天主都知道。」

比利時人菲利普頻頻回頭，檢查那頭畜牲站得穩不穩。修女不死心，繼續追問：

「神父，你打算親手宰殺牠？」

德希雷神父忙不迭劃了個十字聖號，口中念道耶穌、瑪利亞、若瑟。

「我才不要！但願天主免除我這種試煉！」

他們倆都轉過去看著這頭漂亮的小牛，兩隻耳朵張得開開的，眼神溫順，牛鼻子濕潤……

「我同意妳，我的姊妹，這件事的確棘手。」

「這種事，只有屠夫才幹得來。」比利時人菲利浦脫口而出，語帶尖酸，嚇到所有人。

「牧民中有嗎？神父，」塞西兒問。「天主必供你所需，沒嗎？」

德希雷雙手一攤，表示他信賴天主安排。

小牛到來使得「天主坐騎」在貝洛小聖堂受到前所未有的熱烈歡迎。大夥兒趕緊幫忙，卸下卡車上的全部家禽，將小牛綁在毗連墓地的草地上，水煮開準備幫家禽拔毛。

「他很棒吧？」愛麗絲問塞西兒修女。

她們倆看著德希雷神父，他正在把好幾隻鵝圈起來，逗得圍在他身邊的孩子咯咯笑。

「是啊，很棒，的確是這樣沒錯。」塞西兒回道。

兩名女子走進側殿僻靜處，愛麗絲掛了幾件床單作隔間，裡頭收治一些她認為病況最糟的。氣力放盡，營養不良，衛生問題，傷口還沒癒合等等。

修女幫以燒灼治療的靜脈曲張潰爛傷口換敷料（「多吃肉類，攝取蛋白質有助傷口癒合」），這時注意到愛麗絲戴著婚戒。

「妳結婚了？」

「都二十年囉。」

「他是軍人？」

「二十二年了。機動憲兵隊員。」

愛麗絲心神突然一陣激動，頭低了下去。兩人之間有片刻尷尬。

「我沒有他任何消息，妳知道嗎？我的姊妹。他留在巴黎，我不知道為什麼，他應該來和我碰頭的，可是……」

她在口袋裡翻來翻去，掏出手帕，擦了擦眼睛，因為自己失態一臉抱歉。

「我不知道他現在怎麼樣？」

她勉強擠出一絲微笑。

「我每天都和德希雷神父一起祈禱費爾南早日歸來。」

塞西兒修女輕輕拍拍她的手。

照顧完病人，修女請愛麗絲和她一起去找德希雷神父。

「神父，你們這兒有三位病人需要住院治療。」

然後轉向愛麗絲：

「這種靜脈曲張潰瘍有可能惡化成壞疽。那名青少年，妳讓我看過他的症狀，我想到糖尿病，不過我沒辦法確定。至於這名男病患，妳說妳確定連著好幾天都看到他糞便帶血，可能需要擔心腸道問題有點嚴重。」

愛麗絲因為自己照顧不周感到內疚，激動得發抖。德希雷神父將她攬入懷裡。

「好女兒，這不是妳的錯，資源這麼少，妳已經盡全力做了妳能做的！這些人來自四面八方，全部都還活著，已經夠神奇了！至今無人過世，這個奇蹟是妳創造的啊！」

塞西兒修女比神父實事求是：

「蒙塔日醫院已經滿載，沒病床了。而且沒有其他醫院。」

「啊，」德希雷說，「我們需要天主幫助！但是，等著接受天主幫助之前，或許我們自己可以先盡力自助，妳們怎麼說？」

他要比利時人菲利普把卡車準備好，每回出門都這樣，他先吩咐備車，好像得幫牲口套車似的。

修女趁機抓住愛麗絲的胳膊，把她拉到一邊，免得被別人看到。

「妳做得很好，愛麗絲，非常好，這並不容易。」

這句話似乎話中有話，愛麗絲聽不太懂，因此她並不急於回答。

「但是，妳知道，我們只能做自己能力範圍內的事。」

難道她的意思是說要置所有這些病人於不顧？愛麗絲微微點了點頭，心想她應該講完了吧，於是走了一步，可是塞西兒修女拉住她，抓住她的胳臂，一隻手一路往下探，直到她的手腕，另一隻手伸到她臉上，大拇指壓在她眼睛下方。

「實際上不是三位，而是四位……比較緊急。愛麗絲，妳是不是有健康問題？」

塞西兒修女邊說，邊量起她的脈搏，摸摸她的喉嚨，談話轉變成臨床檢查，愛麗絲想躲開她。

「不要動來動去。」塞西兒修女語氣堅決。

未經許可，她把手放在愛麗絲胸口，靠近心臟部位。

「妳還沒回答我，妳有健康問題嗎？」

「恐怕有，不過……」

「心臟？」

愛麗絲默默點了點頭。修女對她微笑。

「妳現在最好休息吧。醫院住不進去，我懷疑德希雷神父找不找得到辦法解決，可是……」

「噢，」愛麗絲打斷她，「他會找到的，妳放心，他會找到的。」

她的聲音如此堅信不移，修女聽了也不禁感動。

「塞西兒姊妹！」德希雷神父叫她，笑容滿面，站在即將從小聖堂出發的卡車踏板上。「我們這就出發，一切聽從天主安排。我們在路上會祈求天主幫助，我相信多兩個人懇求祂介入幫忙，對天主來說沒差啦！」

不到一個鐘頭，「天主坐騎」駛入蒙希安軍營，第二十九步兵師有幾小隊剛剛進駐此地，大家在塞普里恩．波雷的農莊附近看到他們經過。

「天主坐騎」突然闖入，此情此景無比震撼。原本士兵奉命撤退，情緒已像降半旗般低落，停戰謠言竄得跟老鼠一樣快，乍見偌大一個十字架開進軍營，白煙繚繞中隱隱望見受難耶穌，耶穌腳底還有位神父，身著教士黑袍，雙臂朝天，呼喚天主助他一臂之力，觀者莫不爲之一震。

現場一片靜默，許多人忙不迭大劃十字聖號，博瑟弗伊上校走進天井。

年輕修女從駕駛座出來，眾人旋即喉頭一緊，說不出話，有的人是因爲她頭戴修女帽，有的人則是因爲她一身白，宛若天使下凡。

現在輪到德希雷神父現身。在場人士看到這對神職人員莫不肅然起敬。

「神父？」上校問道，這名男子，臉方得像盒子，雙眼明亮，鬢鬚與濃密白髯共一色，上方還綴有兩撇紅髭，幾乎呈橘黃色。

「我的孩子……」

德希雷知道這位上校信教，於是以一種尊敬甚至崇敬的方式向他致意。

「我相信是天主差遣我來找你的。」

兩人進了上校的臨時辦公室談話。

士兵在天井抽著菸，望著修女，她待在卡車旁邊靜靜等候，比利時人菲利普鎮守方向盤，彷彿擔心誰從他這兒把車給偷了。一名士兵壯起膽子走上前去。塞西兒修女很快成了矚目焦點，士兵問她要不要喝咖啡？她終於笑了。還是喝點水？她予以婉拒。

「不過，要是能給我們幾袋咖啡、糖、餅乾，我會很樂意接受。」

值此同時，德希雷神父和博瑟弗伊上校正望著窗外那個兩人此番會談的重點：一輛重型車，上有一個大大的紅十字，野戰軍醫院不可或缺的運作要素。

「不可能，神父，這個你能諒解。」

「孩子，我可以問你一個問題嗎？」

上校等他發問。

「幾個鐘頭前收音機剛宣布德軍佔領巴黎。第三帝國旗幟似乎已在艾菲爾鐵塔上飄揚。依你看，政府多久時間之內會向敵人投降？」

這種措詞著實傷人。要求停戰是倡議和平；向敵人投降則是接受失敗啊。

「我不知道。」

「我這就告訴你，孩子。你這裡有多少傷員啊？」

「呃……目前……」

「沒有，你沒有傷員。在我的小聖堂裡，明天將有十來個人過世，後天又有另外十來個。你對你上級說什麼，我不在乎，你到天主面前受審，對天主說此什麼，這才是最重要的。你能夠俯仰無愧地對天主說你寧願服從上級而非良知？切記：『以色列[63]的後裔對天主說：告訴我們道路，我們就會遵從。指引我們途徑，我們將作為我們的途徑。』」

上校在聖西爾軍校因表現傑出，受到軍方矚目，不過他在進軍校前，曾經進過小修院一段時間。但任憑他絞盡腦汁想破頭，都不記得這節經文。

德希雷神父又繼續說道：

「萬一你們需要，這輛車可以在不到兩個鐘頭內開回原地。在這兩個鐘頭裡，有誰會需要它呢？孩子，然而，對我們卻……『天主的手放在對信仰做出奉獻的人的心上』啊。」

顯然，小修院的回憶比上校想像的要遙不可及，因為這節經文，他也完全沒印象。

德希雷，他啊，他對自己的新發明還挺得意的耶。啊，他好喜歡這份工作！即興創作經文，簡直就像在重寫聖經啊。

醫療車掉了個頭，跟在「天主坐騎」後面。車子開過去，上校劃了個十字聖號。車上載著藥品、敷料、儀器，還有一位軍醫，負責在至多四十八個鐘頭內把夯不啷噹這一大堆再載回軍營。

63 Israël：這裡的以色列是人名。原來叫雅各伯（Jacob）。雅各伯與神摔跤後，被神改名為以色列，後來成為以色列人的祖先。可參閱天主教思高本《舊約聖經‧創世紀》三二：二三—三〇。不過，這節經文當然又是德希雷瞎掰的。

在駕駛室裡，塞西兒修女轉向德希雷。

「神父，你好有說服力！你跟我說過你屬於哪個修會來著？」

「聖伊格納修斯。」

「聖伊格納修斯？怪了……」

德希雷神父好奇地看著她，她補充道：

「我是說，很少聽到。」

這名年輕女子雖然點頭稱是，但德希雷聽出她的聲音中帶有一絲疑惑，他對她報以燦爛一笑，這是他最有魅力的一種笑法。

可別搞錯了，德希雷絕非喜歡招惹女人的登徒子。當然，他並不缺乏機會，因爲他的多重化身經常吸引女性青睞，無論是律師或外科醫生，機長或小學教師，他都討女人喜歡。但他從不違反一條金科玉律：工作時絕不跟女人夾纏不清。之前，可以；之後，樂意之至；但在工作期間，從不。我們德希雷可是專業級的！

不，他之所以對塞西兒修女笑得如此迷人，只是爲了多賺取點時間思考。不是問答之間的短暫時間，而是，不論男女，我們總是會給吸引我們的人更多時間。他們的魅力使我們的懷疑懸在空中，因爲當下感覺愉悅，從而將我們爲什麼懷疑的原因推遲到以後才審查。

塞西兒修女的語調雖然聽不出嘲弄，卻喚醒他心中警訊，他一定會被揪出來。因爲有人開始懷疑德希雷神父這號人物。

毫無疑問，這個示警徵兆早晚會害他不得不逃之夭夭，他習慣了，但使他不解的問題是：爲什麼來得這麼快？他們才認識不到一天……

45

勞爾背著加百列在樹林裡跑了一百多米，上氣不接下氣，才把他放在地上。

「操他媽的，我們給他們好看了，那些王八蛋，對不對？」

他氣喘吁吁，左看右看，好像連自己也不敢相信，然後又背起加百列。

「不能拖，來，上路。」

加百列驚魂未定，上尉的手槍直直向他伸來，共產黨小青年頭上中的那發子彈，槍聲依然迴盪耳邊，他想吐，他的腿再也撐不住，他會倒下，再也無法動彈，等著別人找到他，斃了他。

其實，德國中隊並沒掃射這條路。或許是偵察機吧，可是它們幹麼朝地上俯衝呢？恐嚇逃亡人群嗎？有可能。大家再也不知道這場戰爭到底想做什麼。

他們兩個在樹林裡也許已經走了三百米，灌木叢中依稀看出有一條路。這時加百列才意識到這條路他們剛剛才跑過。

他們繞回原地！

再往前走，多熱維爾的屍體八成在溝裡腐爛了，那個共產黨小青年也該僵硬了吧，其他人無疑也是。

「走吧，從這邊，中士長，上去那裡面。」

一輛搬家公司的車停在路肩，篷布上漆著義大利文名稱，他們在上尉、他的手槍、他的安南行刑隊突然冒出來之前不久剛經過，當時軍士長氣喘吁吁跑過來要他們住手。

「回到這邊不合乎邏輯，你懂吧，」勞爾解釋道，邊把加百列抬上車斗。「他們不會想到。他們會往前找我們，順著逃難路線，往羅亞爾河那邊，永遠不會回頭找。」

加百列縮成一團，睏得要命，勞爾從篷布破洞監視路上動靜。

「睡吧，哥兒們，」他頭也沒回就說，「睡一下你會舒服點。」

加百列累到不行，立刻睡著。

加百列記得早上一度醒來過，然後，好像還沒從震驚中恢復過來，又睡著了。

現在，他一個人。

他想辦法滾到一邊，然後用爬的，一直爬到篷布那兒。這輛車停在路邊，從這裡可以看到晨曦中難民走得極慢，歪歪扭扭，不過人潮稍微乾涸了一點。偶然大神隨機安排整批人流，難民潮密度一陣濃一陣稀，符合偶然定律。一下子有數百個，隨後，幾個鐘頭內，幾乎看不到半個，然後人潮又湧過來。加百列看到的大部分都是騎著自行車的人，車上載滿行李。由於缺乏燃料，幾乎再也看不到機動車輛。

突然，加百列臥倒在地。一列軍用卡車駛過。法國軍隊。他們有燃料。像難民一樣，他們好像也順著羅亞爾河走。他們要去哪兒？這時，他想到：「你留在這邊，」勞爾說。「我到處轉轉。」我的天啊！他們剛剛差點在路邊遭到槍殺。他們逃亡，又攻擊上尉，萬一被抓到，一定會被送去槍斃，勞爾偏偏又去「轉轉」，他以爲他們在陌生城市的旅館房間嗎？勞爾．蘭德拉德還急著去觀光！軍車車隊震得路都在晃動。萬一勞爾被抓，我會怎麼樣？加百列自問，自己竟然這麼想，眞該打自己一耳光。蘭德拉德救了他的命，他竟然只擔心自己這條小命！

加百列持續不安的同時，那列軍車車隊已經像毛毛蟲那般往前蠕動，盲目又吃力，彷彿臨陣脫逃，徒留一片可怕的空。他四下張望。他躲在卡車裡面，其實這輛卡車並不大。綁在卡車側板上的亨利二世風格餐具櫃佔了大部分空間，櫃子裡的東西早被拿光了。粗麻布袋被刺破、木板條箱被砸爛、麥稈攤了一地，這裡已經有人掠奪過了。

加百列腿發麻，還好傷口周圍的繃帶並沒有滲血。他解開繃帶查看傷口。化膿了。

他好擔心。加百列聽到人聲，急忙緊貼餐具櫃。原來是勞爾：

「一整隻兔子，運氣眞好，嗯！」

他的頭探進篷布。

「所以說，我的中士長，咱們開始進攻吧？」

但是他沒給他時間反應，已經轉身朝路上走去，嘴邊一直念道：

「我的老天爺啊！一整隻兔子欸，這下可好了！」

看到兔子，加百列才感到飢腸轆轆。他們多久沒吃東西？八成也因爲餓，所以他才這麼脆弱。不過，一隻兔子……

「我們要怎麼煮牠呢？」他問。

勞爾的臉又冒了出來，瞧他樂的。

「不用煮啊，兔子沒了，哥兒們！全被吃光光了！」

加百列從卡車上歪過身子。

「跟你介紹一下，這位是米榭。」蘭德拉德說。

一條好大的狗，一身的毛呈灰色條紋，胸前有一塊白色，大大的黑鼻子，一條粉紅舌頭約有三十公分長……應該有七十公斤重。

「我就是這樣跟米榭套交情的。我找到一隻兔子，全給牠吃了。現在，牠和我是生死之交。是不是啊，米榭？」

「可是這隻兔子，」加百列畏畏縮縮地反駁他，「我們本來可以想辦法煮牠，然後……」

「嗯，對啊，我知道，可是好心有好報嘛。你看，證據在此，你猜猜看我們帶了什麼給你。」

加百列不得不把頭探出卡車外，看到一大個木箱裝在四個鐵輪上，木箱上面還有藍色廣告詞「我的肥皂，我的蒙莎」。等他看到勞爾把一根繩子套在米榭脖子上，這才豁然開朗。

「不知能否勞駕這位爵爺……」勞爾對米榭說道。

於是米榭就這麼拉著肥皂箱，只不過加百列取代了肥皂，跟在勞爾．蘭德拉德後頭，只聽到他高聲唱得聲嘶力竭：

「我們會戰勝他們的！我們會勝利，因爲我們是最屌的！」

一次奇妙相遇的結果，他找到一條卡斯羅犬，這條狗，力量奇大，臨事沉著鎮定，輕輕鬆鬆拉著肥皂箱車。蘭德拉德一停下不唱，伴隨他們的只剩下刺耳聲響，鐵輪子壓得路面唉伊唉伊，陣陣催人斷腸。

勞爾趁著早上去轉轉的時候，摸清了方位。

「羅亞爾河畔聖雷米在那邊，離這邊差不多十二公里，」他解釋說。「可是我們在那邊恐怕會被認出來。所以最好避開聖雷米，直接溜到維倫紐夫。到了那兒，應該就安全了，可以好好治你的腿。」

勞爾計劃往南走。他們兩個是逃兵，身上背著搶劫罪名，又是逃犯，肯定遭到通緝。避開很多人經過的橋梁和大路，這樣才明智。之後，他們可以再往東移動，設法過羅亞爾河，到達維倫紐夫，然後，再看看吧。

第一次休息過後，兩人都意識到這種聰明策略很快就碰到障礙。米榭必須喝很多水，而且也不難猜出牠的食量有多驚人。勞爾發現牠的時候，牠被綁在村邊一棟屋子的院子裡。想必屋主一定是擔心牠會跟著他們……他們一停，米榭就走過來把鼻子放在勞爾大腿上。

「這條狗超屌的，不是嗎？」

加百列想起馬戲團那隻小猴子，蘭德拉德愛死牠了，可是最後結束得很糟糕。米榭塊頭太大，勞爾沒辦法把牠扔進排水溝，實在很難預知這場新冒險會怎麼結束。

他們安排的路線迫使他們在支道上繞來繞去，以免和比較直行的難民潮混在一起。所以，走起來路更長，更難找到吃的。加百列的傷口偏偏又需要治療。

「沒什麼啦，」勞爾說，「只需要給創口排液。」

很明顯，他們當然辦不到。

46

手推車停在咖啡館外頭，三個孩子在車上，路易絲出去找他們。她已經在這家咖啡館裡餵他們吃過東西。她準備米飯和湯的時候，那名婦人將孩子們安置在咖啡館最裡面，幫忙看著。

「欸！」老闆從櫃檯大喊。「別放在撞球檯上，妳會害它壞掉！」

「少在那邊放屁，雷蒙！」那名婦人回道，看都沒看他一眼。

路易絲從不知道她是誰：他的妻子？母親？顧客？鄰居？情婦？櫃檯上杯子叮叮咚咚，大咖啡壺噓噓作響，瓷碗瓷盤放到櫃檯上喀啦一聲……整間咖啡館聽起來有點像「波希米亞女郎」。朱爾先生有怎麼樣嗎？路易絲無法想像他死了。她試圖說服自己他還活著，而且大多數時候，她都能成功說服自己。

這一個鐘頭把她給累慘了。她也好長時間什麼都沒吃。而且她覺得自己好髒。婦人帶她到後廳，那兒有水龍頭和洗滌槽。她從壁櫥拿出兩塊粗抹布，指著一塊肥皂，隨後補上這句：

「我用鑰匙把門鎖起來。妳好了以後，敲一下門。」

妓女在旅館房間裡面梳洗想必就像這樣吧？路易絲腦中閃過這個念頭。洗好後，內褲先打上肥皂，然後再用清水洗乾淨。

敲門前，她踮起腳尖，打開壁櫥門，抓了幾條抹布，塞進上衣，深深吸了一口氣，可是又放了回去。

「妳就拿著吧，」那名婦人說，「之後妳會需要的。」

路易絲梳洗的時候，婦人幫三個孩子換好衣服。路易絲知道自己必須走了。這名婦人能做的幾乎都做了。

「謝謝，」路易絲說。「妳知道哪裡可以託付這幾個孩子嗎？他們不是我的……」

對，她去過鎮公所。不，紅十字會，不可能。所以或許該去警察局。那名婦人現在回她的話有一搭沒一搭，生怕路易絲把三個孩子撂在撞球檯上，自己跑掉。

於是，路易絲又回到街上。

婦人給了她兩瓶水，一罐米湯，裝在醃酸黃瓜罐子裡，還有幾條抹布，還用報紙包了一小塊肥皀一併給她帶上。路易絲覺得自己乾淨多了，孩子們的尿布、衣服都換過，也餵過了。但是，不出幾個鐘頭，所有這一切都得從頭再來一遍。她感到心力交瘁。她意識到自己並沒有把小女娃兒跟雙胞胎一起放在車裡，而是一直抱在臂彎，抱著寶寶推車，很不容易。

她在心中列出她非找到不可的東西清單。

她和一名推著嬰兒車的女人擦肩而過。

「對不起，妳有尿布可以分我嗎？」

婦人沒有。她在噴泉附近，又問了另一名婦人：

「可以給我一點洗滌液嗎？」

而且由於她身無分文：

「可以給我兩法郎嗎？那邊有人在賣蘋果。」

不知不覺中，甚至連她自己都沒意識到，路易絲成了乞丐。

她遠離巴黎，南下尋找某個叫勞爾．蘭德拉德的男子，她原本大可待在巴黎，像她在巴黎北站看到的那些女人那樣，伸著手，高舉照片，在一排排人群中間穿梭。但她並沒那樣，反而伸著手向難民乞求一口麵包、一杯牛奶、一顆糖。

苦難是無懈可擊的好老師。不過幾個鐘頭，路易絲就學會根據乞討對象男女老少之不同派上各式話術，看是要佯裝因害羞而滿臉緋紅，或是擺出一張絕望的苦瓜臉，都難不倒她。

「我的叫瑪德蓮，妳的呢？」

問完以後，一臉若無其事，繼續問道：

「妳該不會剛好有長袖內衣可以給這兩個大的穿吧，就算是兩歲小孩穿的應該也可以。」

傍晚前後，她已經回收了一些衣物，幫三個孩子換好（她又去市中心的噴泉前排過隊），也餵了兩個大的。她有一公斤的蘋果，三塊尿布，曬衣夾，一條三米多長的繩子。一位年輕的父親背著老婆，給了她一件包屁衣，她要幫雙胞胎其中一個換上的時候，發現太大了。她還找到一塊篷布，她捲起來，放進推車，萬一下雨可以用。太陽即將西下，推車推起來相當沉重。從乞丐到小偷，差不了多遠，她虎視眈眈，覬覦嬰兒車。她在這兒站了很久，假裝在等人，緊盯著一位母親，搞不好她需要把嬰兒車留在人行道上一會兒，可是她正要採取行動的時候，臨時改變主意，大步走開，因爲自己竟然計劃偷東西感到羞愧，但又氣自己這麼怯弱，我八成會是個糟糕的母親，她心想，她只能繼續用左手推著推車，因爲小貝比還是抱在右手臂上，她一直和寶寶說話，唱搖籃曲給她聽。她就這麼一身破破爛爛跟吉普賽人似的走在街上，跟瘋婆子沒兩樣。

這一天結束時，她整個人快虛脫。

因爲現在她活像個要飯的（「要飯的」，是朱爾先生的用語），所以路易絲討厭這座市鎮。既然無法爲三個孩子找到庇護所，她決定離開，或許到鄉下運氣會好些。有人建議她去警察局。或許把孩子們留在某座農莊？一想到德納第夫婦[64]，她不寒而慄，加快了步伐。

她出了城，走上通往維倫紐夫的那條大路。

寶寶又開始拉稀，她不得不連著幫她換了兩塊尿布，不能再這樣下去，所有抹布都用了，小女娃兒肚子發脹，非常不舒服，哭鬧不休。

這時下雨了。雨水大滴大滴落下，預告雨勢會非常大，頭頂天空烏黑密布，難得有幾輛車開過去，水花濺到路肩，她的腳很快就凍僵。她急忙拿出那塊篷布，試圖用繩子和曬衣夾把它張開來，遮住孩子，可是篷布被風吹跑，她眼睜睜看著它高高飛起，拍打著翅膀，旋轉又旋轉，飛上了天，宛若一隻被繩圈纏住的鳶。

第一道閃電劈下，三個小孩嚇得哇哇大哭，她抓起手邊所有衣物，遮住他們。

她想過拋下雙胞胎。她打算折回去，把他們留在教堂。既然她收留了他們，要是她把他們留在教堂，其他人應該也會收留他們吧。她淚流滿面，但雨水淹沒一切，她的眼淚，這條路，樹木，三米外就什麼都看不見。她不停把毯子、床單往孩子身上堆，別怕，她大聲喊，想壓住雷聲隆隆，她在想，對，把他們留給一個懂得照顧他們的人，不像我這樣。右手邊，一道閃電劈在田間某處，三個孩子嚇得大哭大叫。

路易絲望著天，張開雙手，一切都結束了。雨水又狂又急，她全身濕透，變得有點神智不清，她從罩頂烏雲中看到好多張可怕的臉，也在閃電裡看到劍和矛。雷聲隆隆作響，猶如魔音穿腦，她覺得一道閃電剛剛劈在她身上，這時她看到在她上方，層層烏雲中，一個碩大無朋的十字架，輪廓逐漸明顯。這個十字架非常眞實，架在卡車上。

有人一躍而下，跳到她身旁，雨太大，他的頭髮貼在頭上，可是他笑得像天使，原來是一名身著教士黑袍的年輕男子。

「我的姊妹，」爲了壓住雷聲隆隆，他大聲叫道，「我相信天主剛剛對妳大發慈悲！」

64 德納第夫婦（des Thénardier）：雨果《悲慘世界》裡面的一對夫妻。傅安婷將私生女珂賽特交給他們代為照顧，豈料珂賽特卻慘遭虐待。

47

移轉犯人長征已於傍晚在聖雷米北方的大型航空站宣告結束。

現在，囚犯不分小隊，有點亂七八糟，三三兩兩坐在水泥跑道上。

「全都在嗎？」霍斯勒上尉問。

「恐怕沒有……」費爾南回道。

軍官臉發白。毫無疑問，囚犯明顯比出發時少得多。

「點名！」上尉叫道。

每位士官都掏出皺巴巴的名單，跟念經似的念出一大串名字，老是因爲沒人回應而遭到打斷，這時他們就大聲說「沒到」交差了事。上尉來回踱步，有點一跛一跛的，勞爾・蘭德拉德朝他小腿打的那一記的後遺症。費爾南負責匯集點名結果，他把它們全記錄在自己的單子上，然後一併交出。

「報告上尉，共計四百三十六員沒到。」

超過三分之一的囚犯跑了。現在，在路上自由自在的搶劫犯、小偷、無政府主義分子、共產黨徒、逃避兵役的人，外加其他怠工分子，離五百名不遠。從領導階層的角度來看，軍隊剛剛清出大量叛徒和間諜庫存，爲第五縱隊增添了生力軍。

「報告上尉，有幾位是因爲死亡才沒報到。」

這個消息似乎使軍官振奮起來。在戰爭中，缺員代表失敗；死亡象徵勝利。霍斯勒上尉要求士官寫份報告。死人也要算進去。同時注明原因。

「報告上尉，共計十三員，」費爾南宣布。「六名逃犯遭到射殺。令外七名囚犯是……」

該怎麼說呢？

「是什麼？」上尉鼓勵他說下去。

費爾南不知道。

「他們是……」

「逃兵，軍士長，逃兵！」

「沒錯，報告上尉，逃兵也遭到射殺。」

「根據規定辦理！」

「報告上尉，根據規定辦理，當然。」

出乎意料之外，這回上級竟然有想到軍需補給。而且將近一千人份。他們差點沒在格拉維埃軍營餓死，現在可以分發的物資又未免太多了。

「我說，軍士長。」

費爾南轉過身來。上尉把他拉到一邊。

「二十四公里處事件，你會寫份報告給我吧？」

他在二十四公里處直接參與、親自處置犯人的那件事，大家都以「事件」相稱。

「報告上尉，我儘快。」

「先向我口頭報告，讓我先知道一下你要怎麼提交報告。」

「報告上尉，那……」

「開始，開始報告！」

「好的。在第二十三公里處槍處決三名逃兵後，你在下一公里處處決了一名生病的囚犯，他的頭上中了一發子彈。你正打算對另一位腿部有傷的囚犯也這麼做的時候……」

「他拖著一條腿走路！」

「報告上尉，絕對是這樣沒錯！這時一支德國空軍中隊飛經馬路上方，造成大家分心，一名囚犯趁機將你拐倒，和另一名共犯兩人一起逃跑。」

上尉張著嘴，緊盯著費爾南，彷彿他第一次見到他。

「很棒，軍士，很棒！那你呢？囚犯逃亡的時候，你做了什麼？」

「報告上尉，我開了兩槍。不幸的是，我瞄準時心神不寧……」

「爲什麼？」

「報告上尉，因爲我擔心長官剛剛受了傷需要協助。」

「無可挑剔！然後你就去追逃犯。」

「當然，上尉，我當然趕緊追捕他們。」

「然後呢？」

「然後，我往左邊追，上尉，可是逃犯八成往右邊逃竄。」

「然後？」

「報告上尉，我的職責不在於追捕兩名逃犯，而在於押解一百二十名囚犯到羅亞爾河畔聖雷米！」

「非常好！」

他眞的非常滿意。人人恪遵職守。毫無指責之處。

「當然，你得先把報告寫好才能走。」

他這種措詞方式使費爾南提高警覺。

「報告上尉，剛好兄弟們問我什麼時候可以解除任務。」

「囚犯出發前往邦納罕基地的時候。」

「也就是說……」

「軍士長，目前還不知道。一天，兩天，我還在等上級指示。」

沒完沒了。

這個航空站的設備甚至比格拉維埃軍營還差，根本容納不下六百個人。他們找到野戰帳篷，可是沒有床。軍區運來的每一餐，分量夠是夠，問題是沒有炊具可以加熱，大夥兒只能湊合，吃冷的大鍋飯，反正熱的也不會好吃到哪去。

費爾南召集他負責的這小隊囚犯。起初約有不到一百名，現在只剩下六十七名。「少了百分之二十三，」他心想，「比總體平均數要好得多。」

他決定稍微放鬆紀律，管理得恰到好處即可。

「不知道我們還得在這裡等多久。」他對屬下解釋。

「因爲還會很久嗎？」

伯尼耶經常需要別人向他重複一遍，費爾南習慣了。

「誰都不知道。但是，萬一拖下去，這些小伙子很快就會躁動。不如從現在開始稍微放鬆一點。」

任何事都逃不了伯尼耶下士長大唱反調，可是這回不同，他沒像慣常那樣大聲咆哮。二十四公里處事件也震撼到他，至今重壓心頭。

於是他們准許囚犯彼此交談。各黨各派、各個小團體已經重組，不論遇到任何狀況，結黨結派這種事都會倖免於難，不過總體而言，囚犯之間還算相安無事。有的人認爲自己錯失良機，眞該想辦法逃跑。其他人則認爲自己之所以還活著，正是因爲他們沒有隨便亂來。共產黨員失去了三名同志，卡古爾黨兩名，無政府主義分子也失去兩名等等。現在，每個人都確切知道，管理幹部的威脅不是在撂狠話而已。

航空站的夜無比寧靜。只聽到德國軍機從高空飛過。大家都習慣了。

費爾南開始自怨自艾，暗黑念頭油然而起。由於手邊沒有別的東西，他只好把海軍包當枕頭。他枕在差不多有五十萬法郎上面睡覺。都是這筆錢，害他沒和愛麗絲一起離開巴黎，這筆錢令他厭惡。太不值得了。他爲了滿足美夢成了小偷，豈料美夢做得正甜，卻被戰爭爆發當場轟醒。還不如好好執行任務！在這張他指責自己的清單上（小偷、騙子、懦夫等等），現在還可以加上叛徒。他明明瞄準了兩個逃犯的後背，卻蓄意朝空射擊。連想都沒想。這種反射動作，他現在才明白：那是因爲他才剛看到上尉朝囚犯腦門開了一槍，一槍斃命，他沒辦法想像自己會有能力從背後朝手無寸鐵的人放冷槍，何況幾個鐘頭前，他在寫給妻子信裡提到的正是這名囚犯，兩者雖然沒有關聯，可是他感覺和他較爲親近。

費爾南好氣自己，猛地轉過身來。手伸進包裡，摸到一沓鈔票，他在找那本書，找到了，緊緊握住。他好想好想愛麗絲。

48

「這場暴風雨竟然沒到我們這兒搗亂？」德希雷神父從卡車上下來，一臉驚訝，如此問道。

「並沒有，讚美主！」愛麗絲說，她還正在想萬一暴風雨選擇在貝洛小聖堂歇腳，必須緊急採取什麼措施保護營區外圍地帶。

「是的，讚美主！」德希雷神父說。

「你怎麼了，神父？」

他從頭到腳都濕透了。教士袍在滴水。

「我的女兒，天上掉下來一份禮物。應該說四份！」

邊說，邊打開卡車駕駛室，一名年輕女子走下來，滿眼驚恐，懷裡抱著嬰兒。愛麗絲立即感動莫名。大家從不認爲聖母會以小胖妞形象現身，如果愛麗絲非得說出她對聖母的想像，那麼，她會說：就像現在這樣！一名美麗女子，一臉堅毅，幾乎算嚴峻，五官受到拉扯，肯定是因爲她將這個嬰兒緊緊攬在懷裡的關係，渾身散發一種氣息，單純又怕生，一種獸性。她也全身濕透。愛麗絲趕緊跑去找了條毯子，披在她肩上。

至於德希雷神父，剛剛在暴風雨肆虐下，特地跑到卡車車斗那邊，幫這位母親和她的孩子騰出一點空間。路易絲轉過頭，從小小的後車窗望著他，看見儘管卡車被風吹得東搖西晃，神父他依然屹立不搖，雙臂大大張開，一張臉朝著正在大發雷霆的天空仰起，面對耶穌十字架高喊：「感謝主，感謝祢的仁慈！」

德希雷狀態好得很。

路易絲走了兩步，勉強一笑，將寶寶遞給愛麗絲，然後從駕駛室裡把雙胞胎抱下來，兩個小男生，驚魂未定，看著周遭，覬覦混雜恐懼。

「天啊。」愛麗絲說。

「我也是這麼對我自己說的。」德希雷神父回道。

路易絲發現這一切超乎她理解範圍。她剛從一座因戰亂而變得野蠻的市鎮出來，在那裡，讓三個這麼小的孩子生存下來是一大挑戰。現在她眼前是一種類似波希米亞營區，由懸掛的帆布，綁緊的細繩，草編的睡袋，堆疊的板條箱所組成，人群麇集，個個忙進忙出，那邊是烤爐，香噴噴的肥雞在轉軸上旋轉，後頭是菜園，煙灰色的管道懸掛其上，把水引過去，再遠一些，一頭小牛，圈養在圍場中，眼神溫和純真，毗鄰處還有一座傾頹方場，裡面有四頭豬在忙東忙西，營區中央停著一輛上有紅十字標誌的巨型醫療車，通往小聖堂大門的金屬階梯上方還臨時架起簡易披檐擋雨。到處都是不得閒的男人，忙碌的女人，晾著的衣服，豎在墓碑上的桌子，在帳篷之間跑來跑去的孩童，有人把活跳跳的鮮魚倒在草地上，女人家拿著刀，剖開魚肚，去除內臟。右邊有一處方場看似專供長輩休憩，五花八門的椅子和沙發經過修整，老人家坐在上頭聊天，左邊是一處圍欄，家禽棚之類的，不過裡頭圍著的是小孩，笑哈哈潑水到彼此臉上，跑來跑去，跌倒，再爬起來。很快看到一名婦人穿著黑大褂，頗有農民架勢，跨過籬笆，邊用溫柔但堅定的聲音說：「小朋友，夠了喔，現在乖乖的，別鬧了！」

「這位姊妹，歡迎來到天主住所。」

路易絲轉過身，看著這位年輕的本堂神父，他飄然而至，有如聖神顯現。約莫三十歲，兩眼炯炯有神，細眉，下巴堅毅。外加笑容單純、坦率，開朗又活力十足。

塞西兒修女已經在輕拍寶寶的肚子，眼露憂心。

「我沒辦法好好餵她……她沒有……」路易絲感到慚愧。

「得餵她喝瓶奶，一切都會好起來的，妳放心。」

修女一說完，立即走開，去忙別的事。

「好，」德希雷神父說，「愛麗絲會照顧你們，小天使喝完奶後，我們再幫你們找個小地方。這兩個我照顧，別擔心，他們是雙胞胎，不是嗎？」

「他們不是我的……」路易絲才開口，但是神父已經走了。

小聖堂另一側有一個急就章的托兒所，尿布晾在那邊曬乾，桌上放著一整套五花八門的衛生用品，肥皂、爽身粉、潤膚水、洗滌液、奶瓶、奶嘴，各個牌子，各種出處。

路易絲幫寶寶換好衣服。愛麗絲準備了一奶瓶米湯，滴在手背試過燙不燙，應該沒問題。路易絲朝愛麗絲豐滿的胸脯投以羨慕一瞥，就是每個女人都會艷羨的那種眼神。

路易絲邊想著這些，邊在和尿布奮戰。

「下襬從這邊穿過去比較方便。」

「是，當然，」她結結巴巴。「都是因為累……」

「然後再往下面，像這樣，然後再從這邊。」

終於幫寶寶包好尿布。

「她叫什麼名字？」愛麗絲問。

「瑪德蓮。」

「妳呢？」

「路易絲。」

接著就是神聖的吃奶儀式囉，寶寶咕嘟咕嘟，大口吞著米湯。

「跟我來，」愛麗絲說，邊把路易絲帶到一邊去，「這邊比較清靜。」

德希雷神父，拿著榔頭，正在把圈養豬隻的圍場釘牢一點。夜幕低垂。兩個女人在小聖堂入口附近的石凳上坐下。從這兒，可將整個營區一覽無遺。

「了不起！」路易絲說。她發自內心。

「是啊。」愛麗絲說。

「我說的是神父先生。」

「我也是。」

兩人相視而笑。

「他是哪裡人？」

「我也沒怎麼聽懂，」愛麗絲皺著眉頭回她，「他跟我說過，不過這不重要，重要的是他在這兒！那妳呢？妳是哪裡人？」

「巴黎。我們上禮拜一走的。」

小女娃兒打了嗝，開始想睡覺覺。

「因為德國人？」

「不……」

路易絲怪自己嘴巴太快。她能說她是為了尋找同母異父的哥哥才離開巴黎，何況還是幾天前才知道他的存在，完全沒想清楚，就在穿著花格子呢絨便鞋的咖啡館老闆陪同下，這麼一股腦兒邁上逃難的路，而且他還……

「好吧，對，」她改口道。「是因為德國人。」

這時愛麗絲開始將她對這個營區的瞭解，還有德希雷神父怎麼親手將它打造出來，一一講給路易絲聽。當她描述到神父對自己犧牲奉獻從不懈怠，聲音裡帶著欽佩，但也帶著一絲揶揄，幾乎都像在開玩笑了。

「妳覺得德希雷神父好玩？」

「我承認的確是。完全取決妳從哪個角度看他。一方面，他是神父，另一方面，他是個孩子。妳永遠都不知道哪個勝過哪個，相當令人驚訝。」

愛麗絲想著該怎麼措詞才好，經過短暫沉默後，她才說：

「妳的孩子……有爸爸嗎？」

路易絲臉一紅，張開了嘴，不知如何啟齒。愛麗絲眼睛轉往別處。

「妳的雙胞胎在那邊（她指著小聖堂）。白天，我們都把最小的小孩聚集到那邊，由三名婦女輪流照顧。」

「我也可以幫忙。」

愛麗絲對她親切一笑。

「妳剛到，慢慢來。」

49

他們在果園分著吃了摘下來的水果，還吃了生菜，第一夜睡在穀倉裡。米榭聞了一下水果和生菜，然後就走了。

麥稈聞起來好香，鄉下好寧靜，要不是加百列那麼擔心他的腿，他幾乎可以一覺睡到天亮。

「你覺得牠會回來嗎？」勞爾問他，語帶擔心。

穀倉陷入一片黑暗。

「牠餓了，」加百列選擇實話實說。「得走相當遠才可能找到吃的。之後，我不知道牠會不會回來。」

他們兩個有時候覺得有老鼠從兩腳之間悄悄溜過。

「你爲什麼把信撕了？」沉默一陣子後，加百列又開口說道。

「害我一直想，好煩。可是那封信偏偏不放過我。」

「因爲……」

「那個賤人。」

「她對你眞那麼壞？」

「你不知道她有多可惡。不會有太多小孩在沒有半點燈光的地窖裡面待過這麼長時間。我偏偏吭都不吭，她快氣死了。她就是要我哭，她就是想這樣，看到我哭。看到我求饒。可是她愈懲罰我，愈把我鎖起來，我就愈跟她槓到底。我十歲的時候就壯得可以把她給宰了。可是我僅止於想，從沒眞的忤逆她，她從沒聽過我嘰嘰歪歪，我從來沒有舉起手來對付她，我只有死盯著她，什麼都沒說，快把她搞瘋了。」

「你想知道她爲什麼……」

「我告訴自己，她希望再生一個，因爲生了一個女兒後，她想要個兒子。但是她再也生不出來。除了這個原因，我想不出來有其他原因。所以他們才去孤兒院收養我，然後……」

這種說法雖然他自己也無法接受，但依然傷他甚深。可是除此之外，他也沒有別的解釋。

「我八成害他們失望。」

好糟糕的一句話。

「他們又不能把我送回去，沒有人這麼做，法律就是這麼規定，你可以收養孩子，萬一收養到廢物，你也認了。」

「收養一個四個月大的嬰兒……」

「爲了覺得好像是自己生的，收養嬰兒再好不過。」

感覺得出來勞爾這麼想已經相當長一段時間，所以問他什麼，他都有答案。

「家裡都沒人幫你說話嗎？」

「有亨莉埃特，可是她還小。那個老頭，向來都不在家，老是出外看診。要不就待在診所。候診室裡，每天搞到很晚都還有病人，我們根本見不到他。他認爲我是個很難管教的孩子。他同情他老婆。」

深夜，米樹回到穀倉，一身腐肉的味道，難聞得要命，可是勞爾還是讓牠過去靠在他身邊。

夜裡，加百列的傷口並沒好轉。

早上，傷口比前一天化膿得更厲害。

勞爾當機立斷：

「現在，我的中士長，你需要醫生、醫療器材、引流管、乾淨繃帶。」

看不太出來怎麼可能。最近的市鎮依然是羅亞爾河畔聖雷米，他們一度希望逃離該鎮，現在卻被迫衝回去。羅亞爾河在他們左邊，但是想找到橋過河，得走上好幾公里的路。

他們把米樹套上繩子，朝羅亞爾河前進。

如果能找出過到對岸的方法，就把狗留在這邊岸上。勞爾決定這麼辦。得有十八般武藝才養得活米樹。更甭提他們總共有三口，大工程，何況帶著牠絕對會引人注意。所以米樹不能加入這次旅程。

勞爾失去活力，顯得一臉緊張焦慮，加百列覺得這件事不妙。任憑勞爾點子再多，他也看不出他們怎麼過得了羅亞爾河，怎麼到得了聖雷米，何況他們還冒著危險，因爲隨便哪個憲兵或士兵都可能逮著他們，他們甚至連德國軍隊打到哪兒了都不知道。勞爾心想，或許也像從前他房東趕走他那樣，輪到他自己也得拋下米樹，情勢所逼，暗黑的想法油然而生。

清晨，他們來到達羅亞爾河邊。這個地方，河道不算太寬，不過這條河依然夠瞧的，得橫渡一百多米，才到得了對岸，這還沒算暗流什麼的。

「你，」勞爾對米榭說，「你要注意。不管誰來，你都把牠給吃了，這樣肚子才會飽。」

說完勞爾就不見了。

加百列先是一個鐘頭一個鐘頭等，隨後成了一秒一秒。他從來都不相信會勞爾拋下他一個人跑掉。很奇怪，他就是這麼篤定。也許這種莫名信任對他來說是必要的，因為他的腿痛到不行，使得他連腿都感覺不到，壞疽這個詞糾纏著他，想像勞爾拋下他，超出他的力量。

米榭站起來的時候，都快四點了，牠嗅了嗅空氣就不見了。二十分鐘後，牠跟著勞爾一起回來，勞爾正在破口大罵。不過他的聲音不是來自田裡，也不是來自左邊小路，而是來自右邊，河的右邊。他在上游很遠的地方終於找到一艘漁船，從河岸一路拖到這邊，差點沒把他累死。

「我們要划過去？」加百列驚慌失措，問他。

「並沒有，」勞爾說，「我有船，可是沒槳。」

他渾身是泥，連膝蓋都是，汗流浹背，一看就知道他這麼努力把船拖過來已經耗掉很多力氣。沒槳？不太知道這艘漁船有什麼用。

「我認為最後米榭還是會成為這次旅程的一分子。」

經過漫長的幾分鐘，那條狗又被綁上繩子，這回牠不拉蒙莎肥皂木板條箱了，而是在游泳。鼻子剛好露出河面，米榭正拖著漁船在過羅亞爾河，船裡坐著我們的那兩名逃犯。

這頭可憐的畜牲游到對岸，氣力用盡，癱在草地上。呼吸沉重，垂著舌頭，兩眼翻白。加百列勉強單腳蹦著跳著，把肥皂箱從漁船拖了出來，這時候勞爾拍拍米榭的肚子，說：

「啊，河上救援真不是蓋的！淹死的比真正過得了河的多多了。」

米榭狀況很糟。沒吃固態食物，拖漁船過河耗掉牠太多精力，加上河中激流暗潮處處，骨瘦如柴的牠被徹底打敗，四肢始終鬆軟無力，呼吸又短又急。

一個人靠著臨時拐杖跛行，拐杖是從田裡偶然發現的一根支撐葡萄幼苗的支架做的，另一個人推著肥皂箱加輪子硬湊的小車，箱裡有條狗，塊頭有小牛那麼大，奄奄一息，兩人一狗走進這個叫拉塞邦提耶爾的地方，此地總共只有四、五戶人家，其中只有一戶沒拉下窗板，他們就按了這家門鈴。

開門的是一位老太太。她抱著戒心，只把門微微開了幾公分，有什麼事嗎？

「伯母，我們在找醫生。」

老太太臉上顯出一副好幾十年沒聽過這個詞的神情。

「這……得去聖雷米那邊瞧瞧還有沒有。」

他們早些時候曾經看到聖雷米的路標。得走上八公里。老婦人打量著加百列，從上到下，從綁帶到拐杖，這才完成審查。審查結果似乎並不正面。

「我只想到聖雷米。」

她正要關上門，好奇心被勞爾藏在身後的小車吸引。她歪過頭，瞇起眼睛。

「那裡面是條狗嗎？」

勞爾讓到一旁。

「米榭。牠的情況也很糟。」

站在門檻上的老太太瞬間變臉，哭得跟淚人兒似的。

「我的天哪！」

「我覺得牠的心臟快停了。」

老太太很快劃了個十字聖號，然後咬著拳頭。

「聖雷米，有好長一段路呢。」勞爾說。

「你們應該……對，你們應該去找德希雷神父。」

「他是醫生嗎？」

「他是聖人。」

「我寧願找醫生。或是獸醫。」

「德希雷神父不是學醫的，可是他創造奇蹟。」

「奇蹟也不錯。」

「你們可以在貝洛小聖堂找到他。」

她伸直胳臂，朝那條往左而去的小路一比。

「不到一公里。」

50

他們在航空站等命令，一些當地人，主要是農民，經過附近，會把從收音機聽到的消息告訴他們。

所以他們才知道在德國人威脅要摧毀巴黎的情況下，政府已經簽署了有關巴黎的停火協議。有人聽說所有公家機關大樓，法國國旗都被卐字旗取代。到了晚上，因爲沒有報紙可看，從街上往來的汽車正透過揚聲器向民眾放送訊息，他們才因而得知德國軍隊已經佔領首都。

他們等到第二天，然後是第三天，終於，禮拜天快中午的時候，出乎大家意料，第二十九步兵師一個小隊，大約二十輛軍卡在這裡停車。一位上校報上名來，他奉命將囚犯押解到邦納罕。

對費爾南、對他的屬下來說，一切都結束了。

霍斯勒上尉確認費爾南可以解除任務後，費爾南把屬下帶到一邊，以便離另外一些正在拆帳篷的士兵遠一點。他和每位同僚都握了握手，人人各有各的計畫。竟然還有人想找火車回巴黎，其他人聽到都笑了，因爲他們啊，他們想繼續往南。沒有人提到要復職接新任務，再也沒人知道上級長官何在，如今他們唯一的長官只有費爾南，他說：「好了，兄弟們，以後再見吧，祝大家好運。」

費爾南把伯尼耶下士長拉到一邊。

「槍斃囚犯的命令……是一件卑鄙齷齪的事，嗯？」

伯尼耶低下頭。

「真有你的，」費爾南補充道，「叫你服從命令嘛，有時候你笨到不行。可是一旦你必須採取主動，有時候，你做得還眞不賴！」

伯尼耶抬起頭，笑了笑，他很開心，覺得放鬆。

費爾南輕輕拍了拍他的肩膀，背上海軍包，上路了。

他覺得自己好髒。這不僅僅是隱喻，也因爲他兩天沒好好梳洗，像熊一樣發臭。他轉向羅亞爾河，總會找到一個角落，可以好好清洗一下，他在背包最下面找著一塊肥皂。他沿著小徑往下，朝河邊走去，然後停下腳步。羅亞爾河平靜無波，河道在山谷之間蜿蜒逶迤，此情此景，美得令人屏息。

他脫下襯衫、鞋子、襪子，把長褲往上拉到膝蓋。

約莫午後五點，他來到羅亞爾河畔聖雷米。

我們還記得這座窮苦市鎭的慘況，難民潮襲來，將其團團包圍，毫不誇張，鎭裡僅剩的政府部門被需求淹沒。副省長洛索前一天離開蒙塔日到地方巡視，結果慘不忍睹。這名政府官員，精力充沛，孜孜不倦從名單上勾出公務員，將他們一一分配到難民集中的地方，其中大多數一連四天都沒闔過眼。早上，他徵收了一個市立車庫，將社服單位安置在此，大家找不到桌子，於是又搬空了一所學校，並且在那邊找到紙，可是沒找到鉛筆。

費爾南想到去警察局幫忙，但是僅止於想而已。現在他快走到貝洛小聖堂了，路標顯示還有三公里，煩憂與失望情緒逐漸淡出，愛麗絲的影像愈漸鮮明。他怎麼能不顧她的健康，分心去做別的事呢？幾天前，他原本可以跳上卡車緊急去找她，結果卻在路上耽擱了，後來又花了點時間梳洗，想到這兒，他加緊步伐。

在他背上的海軍包裡，在一沓一百法郎的大鈔下面，他那本《一千零一夜》在晃呀晃的。

51

這輛肥皂箱小車，勞爾．蘭德拉德用推的，而不是用拖的，從而使任務變得複雜。他從沿著羅亞爾河拖著那艘漁船已經夠累了，現在肥皂箱又不斷偏離軌道，逼得他只得左歪右斜，累上加累。

「還是用拖的吧。」加百列建議。

但是勞爾拒絕，因爲用推的，他才看得到米榭，可以隨時注意牠。其實他並不能怎麼樣，狗快死了，再也不動，大頭靠在一邊，舌頭吐出，四肢癱軟，目光呆滯。帶著鐵輪的小車聲音刺激著神經，聽了就煩。一會兒這裡坑坑窪窪，一會兒那裡路又裂了，勞爾都繞過去，以免碰上，他因爲太用力而面部扭曲，臉發白，彷彿上了粉。

加百列想到可以輪流推，可是他拄著拐杖，幫不上忙。

若說米榭處境堪憂，加百列的傷口也完全不見好轉。勞爾兩天前才認識米榭，可是比起好歹跟自己打過這一役的同志，他還更擔心狗，換了任何人，都會因爲勞爾這樣而不開心，大鬧一場，可是加百列沒把這當回事。短短幾天，他看到勞爾變了。勞爾的變化可以追溯到他拿到信，後來氣得把信給撕了，但自此之後，心情已大受影響。那封信害勞爾心生疑問，雖然它回答了他的好多事，卻打破了他賴以建立生活的心理架構。加百列開始有點瞭解勞爾，他知道勞爾不對勁。

走近貝洛小聖堂，加百列心焦不已，他不知道神父對他有什麼用？他需要的是醫生，哪怕是外科醫生都好。他想像只有一條腿的自己，就像他小時候見過的那些殘疾軍人，一戰後，他們解甲還鄉，在第戎街頭賣國家彩票維生。

他歪過身去，除了勞爾的扭曲神情，他還看到那張大狗嘴，米榭眼看是不行了。

正是在這種心理狀態下，他們已經到了貝洛小聖堂敞開著的大柵門前。

他們停下來。看著眼前這幅勤奮勞動和無序喧囂的景象，這一幕好不怪異。

「創造奇蹟的就是這裡嗎？」勞爾問。

他對此表示懷疑，這裡明明是吉普賽營區啊。

「是的，兩位兄弟，」一個聲音說道，「就是這裡！」

他們雙雙抬起頭來，找著這聲清脆又青春有活力的讚嘆來自何方？看到一棵榆樹守望在小聖堂門口，榆樹叢中有一襲黑色教士長袍，宛若烏鴉，迎風招展。原來是一位神父。他沿著繩索滑下，降落在他們腳邊。朝氣蓬勃，笑容可掬。

「唷，我說，」神父斜倚小車說道，「好一條勇敢的狗啊，」——他發現加百列——「還有一位士兵，似乎非常需要天主幫助呢。」

沒人料到，加百列也沒有……勞爾突然兩腿一軟。

加百列想撐住他，可是拄著拐杖不方便。勞爾的頭撞到石頭，碰地一聲，低沉、令人不安。

「天主啊！」德希雷神父喊道。「仁慈天主，祢的這些孩子們，就交給我吧！歡迎來到天主住所！」

愛麗絲和塞西兒修女同時趕到。

修女在勞爾身邊跪下，抬起他的頭，檢查有沒有挫傷，再把頭輕輕放回地上。

「去拿擔架過來，愛麗絲，麻煩妳。」

愛麗絲衝向醫療車。塞西兒幫勞爾量脈搏，抬頭看著另外那名年輕男子，拄著拐杖，搖搖欲墜。

「他累壞了，這個男人……累壞了。那你呢？你怎麼了？」她問加百列。

「大腿被子彈打穿。」

修女瞇起眼睛，解開加百列的繃帶，動作奇快。

「不怎麼好看喔，不過，無論如何……（她摸摸傷口邊緣），總算還來得及。你等等過來找醫生。」

加百列點點頭，轉過去看勞爾，他毫無生氣，然後又轉向小車。

「有誰可以照顧他的狗嗎？」

「我們只有醫生，」塞西兒姊妹回道，「沒有獸醫。」

這句話害加百列聽得很難過，從他臉上表情糾結就看得出來，他張開嘴，正想說話，這時德希雷神父介入：

「仁慈天主愛祂的所有造物，牠也不例外。我相信我們的醫生也是如此。不是嗎，塞西兒姊妹？」

她懶得回他。德希雷神父轉而對加百列說道：

「你慢慢休息，我會照顧狗。」

語畢，他將小車推向營區，往醫療車方向推去。

愛麗絲拿著擔架到了，一塊帆布繞著兩根棍子充當把手，有點像轎子。塞西兒修女觀察愛麗絲，她臉色慘白。

「還好嗎？」

愛麗絲勉強擠出一絲微笑，「還好。」

「待在這兒別動，」修女續道，「我叫別人。菲利普！」

比利時人正在那邊幫「天主坐騎」加油。他大步走了過來。幾秒鐘後，塞西兒修女和菲利普兩個人把勞爾滾到放在地上的擔架上，再小跑步抬向醫療車。

他們剛抬走，加百列看到愛麗絲張著嘴，撫著胸……突然雙腿一軟。

每個人都倒了，這是時代標誌。

他連忙扔下拐杖，拉起她，抱著她，一拐一拐走向醫療車，看起來像一對新人正朝著新房走去。

路易絲遠遠看到這一整幕，可是幫不上忙。一切都發生得太快，何況她正在看管十歲以下的孩子，正在盯著一齣永遠都有新高潮上演的劇碼，可以稱其爲「雙胞胎大戰全世界」，這種況狀可不能沒人看著。更別提小女娃兒在她懷裡睡得正香，因爲她找不到地方可以把她放下。

她看到那群人到了醫療車那邊，車門開了，擔架抬了進去，隨後是加百列，他懷裡抱著愛麗絲。場面有一瞬間混亂，然後看到一隻手把加百列推開，車門砰地一聲關上。

金屬臺階前只剩下加百列和那個比利時人菲利普，還有德希雷神父剛剛推過去的那輛小車，米榭在車上奄奄一息。

看到一名年輕男子一跛一跛穿過部分營區，懷裡抱著一名昏了過去的女子，而這兩天來，她和三個孩子正是一直受到那名女子照顧，路易絲相當震驚。

她盯著他瞧。

只見他看著那條狗，好像在權衡自己的決定是否得當，然後，怒氣沖沖，驀地衝上階梯。正準備用拳頭敲門，門飛快開了。是那名修女，手裡拿著針筒，用胳膊肘撞他，少在這裡擋我的路。她跑下樓梯，俯在狗身上，抓起一撮皮，針插了進去。

「會沒事的，」她說。「這些畜牲壯得很。你倒是閃開啊！」

剛說完，她又用肩膀頂了加百列一下，叫他讓開，少擋在卡車進出口，她又上了卡車，砰地一聲關上車門。

加百列俯下身去，狗好像死了，他用手探探狗前胸，還有氣。原來牠是睡著了。

路易絲看到那名年輕男子退後一步，撿起拐杖和修女扯下來的綳帶，然後走到稍遠處的石凳那邊，與其說坐下去，不如說是一屁股癱倒在上面。

「我可以坐嗎？」路易絲問。

他笑著稍微挪過去一點，拐杖靠在肩上。

「男生還是女生？」他問。

「女生。瑪德蓮。」

路易絲喃喃加上這句：

「天哪！」

「有什麼不對嗎？」加百列問她。

「沒，一切都很好。」

「瑪德蓮」，她剛剛才想起來。一戰結束時，貝爾蒙特太太的房客愛德華．佩瑞庫爾，那個毀了容的年輕阿兵哥，瑪德蓮就是他姊的名字。阿爾伯特．梅亞爾，愛德華的戰友，一直獨自賣力撐著愛德華，儘管有一天他去佩瑞庫爾家吃過晚餐，回來時情緒低落，但他說瑪德蓮人很好。路易絲她自己也見過那位瑪德蓮一次，不知道後來她變得怎麼樣，愛德華總說他家唯一只有她眞正愛過他。

「她好可愛，這個小瑪德蓮。」

隨後加百列又提了很多關於小瑪德蓮媽媽的事，其實就路易絲的這種情況，他根本不該提這些。但是，路易絲並沒揭穿，她微笑著接受讚美，就當作他是在讚美她吧。

加百列指著整個營區，問她：

「這裡到底是個什麼地方？」

「到底是個什麼地方？我想沒人知道。看起來像難民營，偏偏是座小教堂，既像鄉村教區，又像童軍營。這裡是一個營區……四海一家的普世[65]營區。」

「所以才會有很多修女？」

「不，塞西兒修女是唯一一位。可以算是德希雷神父勒索到手的贖金。他要脅副省長……」

「醫療車也是嗎？」

「德希雷神父應該是把醫療車視爲戰利品吧。暫時的。」

她看著加百列腿上的傷口。

「大腿被子彈射穿。一上來都沒事，可是感染得愈來愈嚴重。」

「醫生應該會去找你。」

「好像會。修女姊妹看了一下，她說不算嚴重，我想自己去找醫生，不過，我沒什麼好抱怨的。我最擔心的是我朋友，這一路他累壞了。」

「你從很遠的地方來的嗎？」

「從巴黎。然後從奧爾良。妳呢？」

「我覺得每個人都來自於同樣的那幾個地方。」

之後他們望著營區，這個人多雜亂的螞蟻窩，沉默良久。這兩個人的共通點是他們都隱隱覺得自己終於抵達了目的地。這個忙碌、無序、勤快的地方帶著使人放心、安心的一面，他們兩個人都好久沒有這種感覺了。她想到朱爾先生，自從到這裡以後，她經常想到他。他也找到地方避難嗎？她拒絕相信他已經死了。

自從路易絲過來和加百列一起坐在這張長凳上，自從他看著她俯身照料小寶寶，有個問題一直折磨著加百列：

「小瑪德蓮的爸爸是……軍人？」

「她沒有爸爸。」

她說這話是笑著說的，臉上完全不見一個女人宣布這種痛苦消息的那種神情。加百列繼續按摩那條受傷的腿，若有所思。

65 œcuménique：有團結、大同之意。傳統基督教中的大公會議法文為Concile œcuménique，提倡現代基督教內各宗派和教派重新合一的運動則為oecumenisme，所以加百列才會以為這裡有許多修女。

「你該去醫療車那邊，在階梯下面等著輪到你。」路易絲說。

加百列比出手勢，表示他知道。

「對，妳說得對，不過我去之前……妳知不知道我可以先吃點東西嗎？」

路易絲向這名年輕男子指了指菜園那邊的烤爐。

「去那邊看看，問一下伯尼耶先生。他會發牢騷，說現在不是吃飯的時候，可是他會給你一點東西塡一下肚子，可以撐到吃晚餐。」

加百列向路易絲微笑致意，往熙熙攘攘的營區內部走去。

52

加百列不得不爬上四級金屬臺階，進入軍醫野戰診間，檢查他的腿，面對這一刻，他感到忐忑不安。塞西兒修女表現得令人安心，身爲修女，安撫人心，這是她的角色。該來的總會來，不過他很難想像檢查傷口，判斷需要截肢會是這位修女就是了。

由於害怕面對眞相，加百列覺得傷口更痛了。

「你怎麼會在這兒？」

這就是這位軍醫問他的第一個問題。加百列驚訝到暫時忘了痛。

「難不成馬延堡的人全都在這兒？」

這位醫官就是當初和他一起駐紮在馬其諾防線（在此之後，時間過得眞快）、喜歡下棋，還幫他找到軍需福利品士官一職的那位醫官啊。

「就是說嘛，我剛剛才看過那個誰……他叫什麼名字來著，那個滑頭？」

他查閱病歷。

「勞爾．蘭德拉德！他也是，他也在馬延堡！媽的，整條馬其諾線都跑到後方來了，眞的沒救了！」

邊說，邊把加百列推到檢查臺上，解開繃帶，開始清創。

「我說你拿挨槍子兒代替了哮喘，眞有你的！」

「德國子彈。」

加百列咬著牙，邊說，邊換個話題：

「你在這兒……」

問這名軍醫問題，向來不需要把問題問完，光說前面幾個字就行。

「什麼玩意兒，老兄！我兩個月就報到了四次。你看一下我的調職單，就知道我們爲什麼會輸掉了這場他媽的大戰。沒人知道要怎麼安排我。我並不是說沒打勝仗是因爲缺了我，不過，好歹我知道做點有用的事，但是關我他媽的屁事！」

他停下來，隨手比劃了一下，指著周圍環境。

「所以，這會兒我又到了這。」

加百列痛得全身緊繃。

「會痛嗎？」

「有一點。」

軍醫看起來似乎不信。他不這麼認爲。

「這裡還派駐了野戰醫院？」加百列緊緊抱著床柱，問道。

軍醫想強調他要說的話，停下來，清創清到一半的手勢懸在空中相當久，幸虧他不是外科醫師。

「德希雷神父到處想辦法籌措物資。需要醫療車，他就去找。把車子，連我，一起帶了回來。大家說他這個人啊，他決定要做的事，做起來好像都輕而易舉，這點我可以向你打包票，眞的是這樣！」

軍醫繼續清創，邊搖著頭，好像在說，眞是一團糟。

「眞是一團糟！這裡有比利時人、盧森堡人、荷蘭人……神父說，在法國，外國難民的處境比其他人更困難。他收留了一個、兩個，然後三個，我不知道今天收留了多少個，一大串，反正啊，我從昨天開始，一直都沒停過。副省長好像被他纏住，非要他派人來做人口普查。神父聲稱這些人有權利！打仗打得正激烈，普查個什麼勁兒?!傻啊！反正，根本就沒人來查。於是他又回去纏副省長，他每次都來這套。副省長禮拜二會到。這下好了，神父突然宣布當天要做一臺露天彌撒，眞是個滑稽的怪咖，我可以告訴你。」

「那你……」加百列又起了個頭，問他。

「噢，我啊，」軍醫不需要聽他問什麼，打斷他，自顧自回答，「博瑟弗伊上校讓我過來幫兩天忙，可是看到情勢變化，只怕我最後會像你一樣……」

「像我……怎麼樣？」

「變成德國鬼子俘虜，就是這麼回事！好，來，站起來。」

他走到充當辦公桌的餐桌旁坐下，看了加百列一眼。

「搞了半天，你和我，我們一直都是囚犯。從前是在馬延堡。現在是在這裡。下回改成德國監獄。我比較喜歡前面兩個，可是我們沒得選呀。」

加百列還是坐在桌上。

「我的腿怎麼樣？」

「什麼？你的腿？啊，對，你的腿……」

軍醫埋首於面前的病歷。

「你的腿不是被德國槍子兒射穿的，你把我當笨蛋耍嗎？」

軍醫尙未做出任何診斷，加百列等著，他偏偏什麼也不說。加百列終於爆發了：

「沒錯，既然你喜歡眞相，那我就告訴你眞相！打穿我的腿的是你們軍隊的槍子兒！現在，你告訴我，我到底留不留得住這條該死的腿？還是乾脆把它餵豬！」

軍醫看似大夢初醒。他一點也沒生氣，身爲醫生，他凡事都看得很開。

「第一：是法國子彈，你沒跟我說實話。第二：很抱歉，豬不得不去找別東西吃。第三：我幫你裝上引流管，每六個鐘頭換一次。如果你乖乖按著我的處方做，下禮拜，離這最近的妓院，你可以走著去逛窯子。第四：晚上和我下盤棋吧？」

那天晚上，軍醫連輸兩盤，樂得好像當上了教皇。

加百列就寢的時候，夜已經很深了。他想去看看勞爾，得穿過大半個營區，最直的一條路是穿過小聖堂，他還沒進去過呢。到了門口，稍事停留，小聖堂中殿，耳堂的交叉甬道，就連祭壇都被草褥、便床、床墊佔據。好幾家十來口人睡在那兒。加百列抬起頭。屋頂處處破破爛爛，好像在星空下。氣氛完全不會使人聯想起人擠人的難民營。反而一派……加百列想著該怎麼形容。

「和諧。」

他轉過去。

德希雷神父站在他身邊，雙手負在背後，他也正在看著這個聚集了這麼多人的龐大睡眠體。

「怎麼樣？」德希雷神父問，「你的腿？」

「還撐得住，軍醫向我保證過。」

「他是個在地獄受苦的靈魂，不過是個好醫生。你可以相信他。」

加百列詢問愛麗絲狀況怎麼樣。

「她很好。看起來很嚇人，其實並不嚴重。她需要休息。因爲天主還需要她啊！」

加百列鬆了一口氣，他當然也擔心勞爾。

德希雷神父八成感覺到了：

「你那位同袍也很好。腦門會留下一大個包，不過打完仗只留下一個包，這可不是天主的禮物嗎？」

加百列以手示意，表示他也贊成，不管天主不天主，勞爾和他，他們都從這場戰爭脫身得還不賴。

「禮拜二，」德希雷神父續道，「爲了迎接副省長到來，我們要做一臺彌撒。哦，沒有硬性規定，當然，不用覺得非參加不可。『耶穌對使徒說：不要跟隨我的道路。跟隨你自己的，因爲它會將你引向我。』」

德希雷神父迸出輕輕一笑，連忙掩住嘴脣，硬把笑聲按下去，兩眼骨碌骨碌轉，就像孩子剛說了蠢話。

「祝你睡得安穩，孩子。」

伴隨著他的祝願，他輕輕劃了個十字聖號。

的確，加百列一夜好眠。他和勞爾被安置在離豬隻食槽不遠的地方，不怎麼好聞，這些畜牲從不休息，找啊，拱啊，呼呼呼，嚄嚄嚄，眞累人。對兩個累得只想睡覺的男人則不然。加百列發現米榭躺在勞爾身邊，他一點都不奇怪。他自己也摸了摸米榭的頭，牠睡得正香，呼吸平穩。

一大早，他們醒了。戰時養成的習慣。

加百列拄著拐杖來到天井，勞爾已經一手拿著一碗咖啡，另一手，摸著坐在他身邊米榭的頭。

「我看牠好多了。」加百列說。

勞爾心情不好，眼神黯淡。

「我應該不會在這邊待太久。」

太不知輕重了。他想去哪？巴黎都轉成柏林時間了。德希雷神父從收音機聽到消息，政府撤退到了波爾多。除了等待最終投降外，看不出能還能怎麼樣，而且，反正都要投降，待在這兒，或是別的地方，還不都一樣。

加百列順著勞爾的目光，落在塞西兒修女身上，她正在小聖堂附近和德希雷神父談事情。

「她覺得米榭吃太多。這裡連供人吃的東西都快不夠了，她認爲『餵狗不是優先要做的事』。」

他喝完那碗咖啡。

「我去梳洗一下，然後去找醫生，請他給我一點可以照料米榭的藥物什麼的，然後我就走。」

加百列想勸他，可是勞爾已經走開了。米榭緊緊跟著他，腳步沉重、疲累。加百列決定去找德希雷神父商量怎麼解決。走到半路，碰到路易絲，她剛送雙胞胎去托兒所，途中順手拿了杯咖啡。

「腿？怎麼樣？」

「它會精神抖擻，等著迎戰下場戰爭，軍醫很有信心。」

兩個人一起坐在一座墳墓上。加百列感到詫異：

「妳確定這樣不會帶來厄運？」

「德希雷神父甚至大力推崇呢。他說這些墳墓充滿智慧，大公無私，就像是一種另類坐浴，誰都可以坐在上面。」

想到坐在盆裡清洗這個影像，路易絲臉紅了。

「我連你叫什麼名字都不知道……」

他向她伸出手。

「我是加百列。」

「我是路易絲。」

他突然握住她的手。這肯定只是偶然，有那麼多人叫路易絲……可是勞爾收到那封信不過是三四天前寫的，而且，既然信是軍士長轉給他的，寫信的人應該就在這一帶。

「路易絲……貝爾蒙特？」

「沒錯，貝爾蒙特。」她回他，好驚訝。

加百列站了起來。

我不知道為什麼，反正路易絲就是懂了。

「我去找一個人，妳在這邊等我。拜託！」

片刻之後，他帶著他的同伴一起回來，加百列僅僅對他說：「路易絲在這裡。」

「路易絲，跟妳介紹一下我的戰友，勞爾．蘭德拉德。我讓你們兩個好好聊聊。」

他走開了。

這也是我們要做的。路易絲和勞爾需要隱私，然後，我們就知道了這個故事。只要看看這一幕就好，令人動容。勞爾坐在路易絲身邊，他們連一個字都還沒說，他從口袋最底下，掏出一小張紙片，這是那封信他唯一保留的一小部分，她的簽名：路易絲。

他們聊了一整天，只有路易絲得照顧小瑪德蓮時，兩人才走動一下，隨後兩人又接著繼續聊，勞爾想知道關於他母親的一切，這樁瘋狂情事，這種使她痛苦使她愁的憂鬱情緒。得知她生前住在巴黎，蹴手可幾，醫生只要告訴他實情，他就能有個母親。勞爾瞭解到他母親珍妮從不知道自己的孩子在訥伊鎮，離她咫尺之遙，就在那棟她幫傭的屋裡！最令他驚駭、對他最傷害最大的是：得知這位醫生，把他丟給自己妻子，這個後媽手中，竟然是他的親生父親。醫生向來沒伸過一根小指頭保護他別受她傷害。

早上過了一半，德希雷神父搭著「天主坐騎」結束了巡迴托缽之旅，回到小聖堂的時候，經過他們身邊，停下腳步，看著他們，看到他們雙手緊握，頭靠著頭，兩相依偎，勞爾笨手笨腳擦著眼淚，神父看在眼裡，這兒發生了令人心碎的事。

「天主，」他開口說道，「將你們安排在同一條路上。無論你們感到如何悲傷，都告訴自己，天主這麼做是對的，因爲悲傷使你們更堅強。」

他在他們頭頂劃了十字架聖號，逕自走開。

中午時分，勞爾手裡拿著珍妮那一小紮信件，逃難途中，路易絲竟然奇蹟般地將信件保存得完好無缺。

「你看吧。」她說。

「等等再說。」他回她，他還不敢打開。

然後，終於，他們彼此問了千百個問題，醫生和珍妮這份情的全部豁然開朗，勞爾鼓起勇氣，解開那個結。

「不，妳別走，留下來，」他說。然後開始看。

「一九〇五年四月五日……」

大約七點，暮色漸深。德希雷神父始終堅持早點上晚餐。爲了孩子，他說：「對孩子來說，與家人共進晚餐是件好事，可是他們必須早點上床睡覺，所以我們早點擺上餐具吧。」對所有初來乍到的住民來說，晚餐時刻絕對是最大驚喜。午餐大家各吃各的，沒有共餐，但是晚餐完全是另一回事。

「晚餐有點像是我們的彌撒。」德希雷神父如此評述。

每一家、每個小隊於指定時間，三三兩兩，各自坐在墓碑上，僅有的幾張桌子留給最小和最年長的難民。而且德希雷神父還沒爲大家祈福之前，沒人開動。每一張臉都轉向他，每根叉子、勺子都仰天朝上。只見他將眼神投入雲間，語調誇張，嗓音宏亮，如此說道：

「主啊，祝聖這分享的一刻吧。且讓我們的身體獲得力量供主所用。且讓我們的靈魂因主與我們同在堅強茁壯。阿們。」

「阿們！」

每個人開始安靜進食，然後才逐漸窸窸窣窣，很快就成了像在食堂那樣大聲喧鬧，德希雷神父聽了就開心。他喜歡這一刻。他一心希望自己對大家的祝福符合每晚情況，甚至順應當下情勢。

那天晚上，他說：

「主啊，祢提供我們食物，滋養我們的身體，也哺育我們的心靈。因為主，我們才能與另外一個人相遇，他與我們如此相似又如此不同，我們在這個人身上認出自己，主也幫助我們向這個人敞開我們的心，誠如主向我們敞開祢的。阿們。」

「阿們！」

開動。

值此祈福時刻，愛麗絲總是一臉癡狂，天主的仁慈、當下的美好、德希雷神父的恩惠，佔據了她的心。

但是那天晚上沒有。

花園入口處有個黑影吸引住她的目光。那兒站著一個大鬍子，一身軍裝髒兮兮的，手臂上掛著個海軍包。

「費爾南！」

她站起來，雙手摀住嘴巴，說道：

「我的天主啊！」

「阿們！」德希雷神父說。

「阿們！」大家跟著念道。

53

「這不一樣，」費爾南堅持說。「他在這裡，妳懂嗎？他們倆都在。」

宿舍裡人滿爲患，所以他說得很小聲。

愛麗絲緊緊抱著他。一如既往，他一隻手握著她的乳房，堅挺、飽滿、熱情、細嫩、母性、充滿愛意、光滑如緞，形容愛麗絲的雙峰，他向來詞窮。找回這種感覺使他感動落淚。他問了她所有自己想問的問題。妳的心臟怎麼樣？妳怎麼會在這？妳別這麼累好嗎？妳到底在做什麼？除了妳之外，沒其他人能幫忙嗎？很抱歉，這位本堂神父看起來什麼都像，就是不像神父！我們回維倫紐夫，妳得好好休息。不要？爲什麼不要？等等。

愛麗絲瞭解費爾南就像是她親自編織出來的一樣。每當他連珠砲似的問一串問題，他絕非說著玩的，而是問題很重要，他在等答覆，但這反映出他有多爲難，有多擔心，他這個人啊，太愛自尋煩惱。她都以好或不好作爲回答，但是饒有耐心，最後她總能達到目的。首先就是因爲他緊握著她乳房的這種形式（一年四季，他的手都好溫暖，讓她感到如此安心），說道：

「從清道夫開始，我當然就想到《一千零一夜》，想到波斯，妳懂嗎？」

愛麗絲輕輕嗯了一聲。對她而言，將清道夫和《一千零一夜》連結起來完全說不過去。

不用她問，他自己就開始解釋了。

她非但沒怪他，反而覺得他鋌而走險，浪漫得令人嘖嘖稱奇，簡直媲美《一千零一夜》。費爾南自曝做出這種事，就爲了實現她的夢想，使得她熱淚盈眶。費爾南以爲她對他絕望，她會怪他，可是她卻對他傾吐衷腸，輕聲細語，說她要他，她趴在他身上，他進到她裡面，他們不知道有沒有發出聲音，這裡，就像在貧窮的大家庭中，大家什麼都聽到，大家什麼都沒說。

他們終於再度融爲一體。通常，這一刻費爾南會開始打呼，今晚卻保持清醒。

愛麗絲瞭解他還有事沒告訴她。

「我身上帶著部分的錢。在我包裡。裡面應該還剩下五十多萬法郎。」

到目前爲止，他提到過錢，但並沒講清楚多少。他提過「一包錢」，她以爲是錢包的「包」。沒想到，光在他的海軍包裡就有五十多萬！

「那地窖呢？巴黎那邊？」她問。

費爾南不知道，他沒數過。

「依我看……八百萬……一千……」

愛麗絲瞠目結舌。

「對，差不多有一千萬。」

一大筆錢，我們會驚訝。很大一筆，我們會被嚇到。但是天大一筆……愛麗絲突然放聲大笑。費爾南連忙摀住她的嘴，但她停不下來，咬著充當枕頭用的草墊，以免發出聲音，我好愛你，她說，不是因爲錢，而是因爲他怎麼這麼瘋狂，她又躺到他身上，他又進到她裡面，她準備好死於心臟停搏，再沒有比死於這一刻更好的選擇。

接下來，費爾南還是沒開始呼呼大睡。

所以說還沒結束。她覺得自己這禮拜的經歷抵過一輩子，他還有什麼要對她招認的嗎？

「犯罪，愛麗絲，犯罪。」

她怕。費爾南殺了人？於是他從榭什米迪的TCRP公車開始說起，最後講到一個年輕人腦袋挨了一發子彈，一位上尉，一板一眼，因爲自己盡忠職守而自滿，費爾南他自己也拿槍對著兩名逃犯，但沒勇氣開槍。

「沒想到他們竟然在這裡，眞不敢相信，」他說。「我一看到他們坐在墓園桌邊，應該當場一把揪住他們的領子，依法逮捕他們，我卻什麼都沒做。他們是逃犯啊，愛麗絲，逃兵、搶劫犯！現在，一切都結束了。戰爭結束了，我也完了。」

費爾南並不難過，而是沮喪。他並不是在想難民，而是在想自己如此怯懦、意志薄弱、沉淪。關於職責方面，這和錢不一樣，愛麗絲沒辦法安慰他，因爲費爾南執著於忠於職守，有理說不清。到頭來，兩個人都一夜沒睡。每天早上五點左右公雞喚醒所有人（有人懇求德希雷神父用鐵桿子把牠串起來當烤肉吃，他完全不聽：「牠這是在叫我們起來念頌讚經哪，孩子們，耶穌是我們『朝陽』啊！」），公雞並沒有把他們從睡眠中喚醒，因爲兩人整夜都在仰望群星，一宿沒睡。這時愛麗絲轉向費爾南。

「我的愛，我知道你躲著不喜歡上教堂，我不知道原因，這與我無關，可是我在想你去告解是不是比較明智，可以得到救贖。」

她怎麼知道他躲著不上教堂？費爾南沒多問，反正愛麗絲什麼都知道，這沒什麼好驚訝的。告解不是不行，令費德南爲難的是要向德希雷這種本堂神父告解，根據咋晚餐會他和他們共度的那些時光，他覺得德希雷靠不住。

「靠不住？」

「我的意思是說……」

「他是聖人，費爾南！我跟你保證，我們可不是每天都有機會向聖人告解。」

於是，五點半左右，費爾南在德希雷神父小室門口等候（神父每天六點前會出來），他一見到神父便說：

「神父，我要告解，很急。」

好長一段時間，小聖堂已經沒了椅子、跪凳、祭壇，不過告解亭還在。罪孽聖洗池則是小聖堂裡面唯一碩果僅存的一件「家具」。

費爾南全都說了。逃犯的問題尤其噛食著他的心。

「我說孩子，你的職責是什麼？」

「逮捕他們，神父！所以我才……所以天主才安排我在那裡！」

「天主將安排你在那裡是爲了逮捕他們，不是殺死他們。如果天主眞的想，相信我，那兩個人逃不了一死。」

這種邏輯使費爾南啞口無言。

「你依照良知行事，也就是說，符合天主所願，你安心地去吧。」

「就這樣而已？」費爾南好想問他。

「倒是這筆錢，」德希雷神父問，「你剛剛說你隨身帶著？」

「沒有全部，神父！只有一小部分……這些是竊取來的不義之財。」

這回，我們怎麼覺得德希雷神父好像火冒三丈：

「大錯特錯，孩子，正相反！政府當局失去理智，驚慌失措之下燒掉了老百姓極大部分的財富，這些財富屬於全民所有。你不是竊取，而是保護了其中一部分，這才是事實眞相。」

「既然如此，那……現在，我得把這筆錢還回去。」

「這得看情形喔。如果你確定這一大筆財富會用於行善，就還了它。否則，你就留著唄，自己行善啊。」

告解過後，費爾南出來時頭昏眼花。德希雷神父聆聽告解的方式怎麼好像辯護律師，相當怪異。但費爾南不得不承認，他感覺輕鬆多了。

54

長談對路易絲和勞爾都產生了安慰作用。路易絲感覺彌補了某樣東西，正義得以伸張。

「當然，對我母親來說有點晚了。」

她原本想說「珍妮」，不過話到嘴邊，又成了母親。

至於勞爾，幾個鐘頭內，他就換了一張臉。加百列從遠處看著他們，觀察到這種變化，就像《悲慘世界》裡面尚萬強在阿拉斯市接受審判期間，突如其來白了頭那般戲劇化。勞爾終於有辦法將自己一直以來過的生活，訴諸話語全盤說出，這些話，其實是路易絲幫他說的。他身上發生的一切都不是他的錯。他並不是一個令人失望的孩子，不是因爲他沒救了，大人才藉由拋棄他來懲罰他。他瞭解到，原來自己遭到那個壞女人戕害，他是受害者，對他來說，眞是一大解脫。

對他父親則抱著滿腔怒火。這個男人拋棄他兩次。先將他拋在棄嬰中心，然後又把他交到妻子手中。

他強迫路易絲做的事也極其殘酷。

「哦，不，」路易絲說，「並不殘酷。他從沒想過要傷害我。他只是忍不住。他很喜歡我……他應該是萬念俱灰，才會做出那種事吧。」

勞爾搖搖頭，嚴肅到連他自己都不認識自己。跟路易絲聊著聊著，感覺自己已經從童年的漫長痼疾中逐漸康復。

同一時間，在他們周遭，整個營區陷入亢奮。藉著副省長到來，要辦一臺彌撒這件事，振奮了每一個人，因為這臺彌撒發生在一個非常特殊的日子。前一天，貝當元帥「心情沉重」，大聲疾呼結束戰鬥，德國部隊越過羅亞爾河，想必不久之後就會看到他們。總之，針對接下來事件發展，貝洛小聖堂的這一群人表現得像去年政府當局那樣，一切聽憑天主安排。至於露天彌撒，大家還在傳來傳去，畢竟非同小可，有人這麼說，禮拜一一整天都在傳這件事，為了好好做一臺彌撒，最後他們決定乾脆清空中殿、耳堂、祭壇，隔天的彌撒將在小聖堂裡面舉行。

德希雷神父很高興看到教友們如此投入準備盛會。「天主祝福你！」誰想聽，他就對誰這麼說。必須預留足夠空間，讓每個人都能面對祭壇，於是一張餐桌高高抬起充當祭壇，有百年歷史的石板地掃過又清過，禮拜二的時候，德希雷神父建議大家按照宗教儀式列隊進入小聖堂。這項創舉為此一神聖場合增添莊嚴肅穆氛圍，廣受好評。由於德希雷一條聖歌都不會唱，因此特別央請塞西兒修女和愛麗絲走在隊伍最前面，為大家起個頭，教友們再跟著唱。他也請比利時人菲利普做了一個十字架，他要掛在身上，又請愛麗絲用還算白的床單縫製了一件悔罪者袍服。

副省長按照預先約好的十點左右到了，不過被這列儀式隊伍擋在花園。塞西兒修女帶頭唱道：「主啊，是祢成了為我們生命所需而掰開的食糧！主啊，是祢和我們合而為一，復活的耶穌！」

德希雷神父跟在她後面，一身白，低著頭，背著十字架，宛若擔負著千斤重擔。德希雷把自己當成主教。教皇。

在隨後的彌撒中，副省長洛索被安排坐在第一排，左手邊是塞西兒修女，一臉莊嚴肅穆，右手邊是愛麗絲，一臉泫然若泣，她旁邊是費爾南。

後面坐著加百列和路易絲，路易絲懷裡抱著小女娃兒，雙胞胎坐在她雙腿之間。後來勞爾沒有離去，因為離開再也沒有意義。他在米榭陪同下坐著望彌撒，沒人覺得不得體，只見米榭像普通堂區教民一樣，乖乖坐在他旁邊。

「*Arse diem ridendo arma culpa bene sensa spina populi hominem futuri dignitate*…阿們。」

「阿們！」

在場每個人都知道德希雷神父宗教儀式怪裡怪氣，請大家起立的手勢，請大家坐下的手勢，一大串「正統拉丁文」獨白，外加一系列動作都透著古怪，沒錯，的確有點像一般習慣看到彌撒禮儀動作，可是順序怪異。

「*Pater pulvis malum audite vinci pector salute christi*…阿們。」

「阿們！」

塞西兒修女聽了就上火，數度回頭，望著洛索，豈料卻看到他整個人沉浸於這種禮拜儀式之中，明明就很創新，德希雷神父偏偏說它是有史以來最古老的那種。

德希雷神父很快就跳到講道。懺悔禮是他最喜歡的部分，這一刻，他才能天馬行空，盡情發揮。

「我非常親愛的兄弟們，我非常親愛的姊妹們，讓我們感謝主（他雙手朝天高高舉起，並將他那深深銘刻著苦痛與希望的眼神拋向小聖堂破爛穹頂），使我們共聚一堂。是的，主啊，我們呼喚過祢。是的，主啊（他酷愛首語重複法），我們懇求過祢。是的，主啊……」

德希雷開講，一大串辭藻，優美冗長，可惜聽眾分了心，因為此時所有腦袋都轉向小聖堂入口。

「是的，主啊，祢來是爲了使我們對祢……」

引擎聲。而且好幾個引擎。好像是卡車，而且大家聽到外面傳來人聲。

「是的，主啊，我們已經看到了祢的聖光照……」

德希雷閉上了嘴。

車門砰地一聲在墓園響起，三名德國軍官站在門口，現在每個人都轉頭看著他們。

沒人知道怎麼辦。

副省長洛索嘆了口氣，正準備起身去跟敵人正面交鋒，此時，德希雷神父聲如雷鳴：

「是的，主啊，這是試煉啊！」

大夥兒又轉過頭來對著他。德軍士兵沒有動，依然釘在那兒，直挺挺站著，雙手負於身後。

德希雷拿起聖經，拼命狂翻。

「我的姊妹們，我的兄弟們，想必各位還記得《出谷紀》[66]。話說法老到了（他的胳臂朝小聖堂入口那麼一比），法老，專制又殘酷，霸道又邪惡，是撒旦的造物！法老奴役人民，壓迫希伯來人。於是，主啊，祢指定了一位救世主，但由於他出身卑下，人微言輕，使得祢不得不對埃及降下十災來支持他啊。」

德希雷神父舉起一條胳臂，指向天際。

「哦，是的，法老悔過！但他的靈魂依然邪惡，他受到邪惡的天性主導！他基於仇恨追捕希伯來人，因爲他想消滅他們啊！」

德希雷恍如講道者遭神明附體，聲音高亢，如雷貫耳，響徹小聖堂。

「作全世界的唯一主宰，這就是法老想要的！希伯來人從而展開大遷徙。我們看到他們在大路上，在小徑上，逃離法老的末日怒火，我們發現他們膽戰心驚，到處躲藏，試圖逃脫法老仇恨，引人悲憐！我們看到他們走著走著，走了又走，因爲此番出逃筋疲力盡，看似永無終點！」

他沉默良久，目光掃過人群。最後面，那幾位德國軍官連睫毛都沒眨一下，僅僅用冷酷、鎮定、決絕的眼神凝視著神父。

「於是那一天來了，法老緊跟在後，近到他們不需要回頭就感覺得到他不祥的存在。希伯來人迷路了。不屈服就得死。人人無不感到絕望。他們會放棄，向法老的野心卑躬屈膝嗎？還是繼續往前，溺死於海中？這時，是的，主啊，就是祢表達旨意的時候到了。祢幫助希伯來人，因爲他們需要祢。是的，主啊，祢分開水域，祢分開浪濤！幸虧祢的恩典，希伯來人得以過海，逃離法老魔掌！然後，祢衝著法老、他的部族與軍隊，將海浪又闔起來，雖然無情，但是公正啊。」

德希雷雙臂大張。他在微笑。

「主啊，今天我們在祢面前。我們已經準備好接受試煉，但是我們知道祢與我們同在，我們不會白白犧牲，遲早，法老將屈服於祢的旨意。阿們。」

「阿們！」

正如我們所看到的，德希雷神父對聖經經文稍微自由發揮了一點，不過意圖明確，訊息清晰。

德希雷剛剛獻出了寶貴性命。

---

66 本譯採用天主教思高本。新教的說法為《出埃及記》。

他講完道，走進中央走道，來到三名軍官前面，這三人的身影嵌在門框裡。

德希雷伸出雙手，放慢腳步，走到一看就知道是長官的那人面前站定。

他張開雙臂，刻意凸顯自己以身獻祭。

「希特勒萬歲！」軍官伸直胳臂，大聲喊道。

這時，大家瞭了，三個德國鬼子沒人聽得懂半句法文。

這就是爲什麼，中午一過，我們就看到原本充作祭壇的那張大餐桌豎在天井的原因，每位難民把證件交給德國軍官後，軍官往右轉向副省長洛索，要他翻譯每個人的話。德希雷神父坐在副省長左邊，正在加油添醋詳述彌撒儀式枝微末節，副省長挑重點翻譯，三兩句就打發了。

有幼兒的家庭率先通過。

路易絲抱著小瑪德蓮來了，雙胞胎站在兩側。她指著兩個男孩，解釋說幼兒園老師跟她說過一座城市的名字，可是她沒聽懂，由於該市市長下令撤離，父母沒去接孩子等等。她講得十分激動。

副省長聽過德國人的問題後，翻譯道：

「這位先生問妳有沒有他們兩個的證件。」

「什麼都沒有。」路易絲說。

她的聲音在發抖。德國軍官臉型瘦削，喜怒不形於色，猜不出來他打算怎麼樣。

「那這個嬰兒呢？」洛索先生問。

德希雷神父放聲大笑。

「哈，哈，哈！這個不是啦，這個是她的孩子！是她的寶寶！」

說完，身子歪向副省長。

「既然這位女士和她寶寶的證件在路上都掉了，可以請這位先生重新發一份給他們嗎？」

軍官點點頭，示意下一家往前。

要不是德希雷神父連忙站起來，把她帶到加百列那兒，只怕路易絲會當場倒下。

盤查身分持續了一整天。

每個人都走過桌子前面。

費爾南拿出他的證件，德國軍官要求副省長逐字翻譯，不過沒人知道爲了什麼原因。

加百列和勞爾說他們曾在哪些軍團服務，倒是沒遇到任何麻煩。他們還說自己跟許多其他士兵一樣，被環境所逼，淪落街頭，這就有點失眞了。不過他們發現自己倒是在當下這一秒就洗白了。

終於，軍官闔上登記本，向副省長伸出手，兩人交換了幾句客套話。軍官想向德希雷神父致意，好幾個鐘頭都沒看到他。由於找不到他，三名德國軍官先行離去，約好第二天再過來拆除營區和移轉難民。

大家找德希雷神父找了很長時間。白費功夫。再也沒人見過他。

到了很晚的時候，費爾南發現海軍包不見了。

塞西兒修女得知德希雷失蹤的消息，整個人快氣瘋了，愛麗絲則笑容滿面。

「洛索先生早就感覺到了！他跟我說過！他是個冒牌神父，就這樣，一個冒牌貨！」

「沒錯。」愛麗絲依然笑咪咪的。

「什麼！妳早就知道了？」

塞西兒修女只差沒氣死。

「對，我當然知道。」

愛麗絲看了一眼營區，這麼多人在此找到庇護。

「管他是不是神父，這不重要，」她幽幽說道。「他是天主派來給我們的。」

尾聲

且讓我們從朱爾先生開始說起吧，好久以前，他就從我們的故事中消失了。你放心，他並沒有在那場迫使他和路易絲分離的轟炸中受難。而是想盡辦法繼續南下，到了羅亞爾河畔拉沙里泰鎮，在那兒聽到停戰的消息。於是他決定往回走，北上巴黎。「這下子他們那些狗屁倒灶的事兒搞完了，我的餐館，我得重新開張啊我！」誰想聽他說，他就對誰這麼說。話說朱爾先生從南方到巴黎，一路上歷經艱難險阻，本身就是一個完整的探險故事，沿途想必不乏引人入勝的情節，這點我們毫不懷疑。他於一九四〇年七月二十七日重返巴黎，剛到第三天，「波希米亞女郎」重新開張大吉。

一九四一年三月十五日，路易絲在巴黎和加百列成婚。他們沒生小孩。加百列在私立學校找到一席數學老師的教職，十年後，當上校長。小瑪德蓮成了他捧在手心的命根子。她在數學方面展現出天賦異稟，不知是他對這孩子寵愛有加的原因？還是結果？她甚至成了全法國年紀最輕的數學教授，這個紀錄還保持了相當長一段時間。加百列先是當她的老師，後來成了她的學生，當時她還不到十六歲。她離開法國去美國實驗室，加百列突然老了十歲。他對她的研究工作亦步亦趨，直到力有未逮。有一天，他終於向路易絲坦白，他讀瑪德蓮的研究和文章，可是看不懂，就像我們讀外文詩，純粹欣賞其和諧之美。

路易絲大部分時間都花在小瑪德蓮身上，所以沒回達姆雷蒙街市立小學教書，也就在意想之中了。在「波希米亞女郎」幫孩子過生日成了一種傳統。朱爾先生悉心爲瑪德蓮準備與眾不同的生日大餐和蛋糕，他告訴小女孩，他去世前一天會把蛋糕的食譜傳給她。瑪德蓮八歲生日那天，朱爾先生心臟病發作，倒地不起。小瑪德蓮在醫院病床旁握著他的手，他向小瑪德蓮解釋說他現在還死不了，因爲他還沒給她食譜。他說得沒錯。但是自他出院後，他再也不一樣了，精氣神大不如前。他問路易絲要不要接下「波希米亞女郎」，她接了。事實證明，她是一位出色的廚師。就像當年朱爾先生一樣，餐館總是高朋滿座。她從沒想過要對大廳進行整修，唯一的調整是，她搬走了醫生每次來坐了將近二十年的那張桌子，換成自動電唱機。

朱爾先生於一九五九年過世，正像大家說的那樣，臨終時，他愛的人全部隨侍在側。一九八〇年，路易絲時年七十，不再擔當大廚一職。加百列於前一年去世，她再也無心工作。瑪德蓮居住在另一個星系，路易絲決定出售餐館。今日，「波希米亞女郎」成了一家鞋店。

雙胞胎的父母傷心欲絕。我們瞭解到，原來這位幼兒園老師，當初一聽到德軍進逼驚慌不已，等父母過來帶孩子並沒有等多久，自己就帶著三個孩子一起上路逃命去了，或許該說幼兒園把三個孩子全都丟給她。成千上萬個孩子，因爲大逃難的艱難險阻，與父母生別離，雙胞胎是其中兩個。這些小孩爲數眾多，從沒重回父母懷抱，這種事今日實難想像。此後在好幾個月內，只聽到父親和母親在絕望呼喚，看到好幾百則尋人啟事，其中有的還附帶照片，反映出骨肉分離，造成父母嚴重焦慮與自責。

雙胞胎算幸運的。

不過，路易絲留下來的這個小女孩，那個村裡倒是向來沒人要求把她討回去。她母親早上把她送到城裡幼兒園，從來沒回來找她，儘管沒有任何證據，但根據推測，恐怕她母親遭逢不測。

勞爾．蘭德拉德很難從路易絲向他透露的過去中恢復過來。他確信亨莉埃特明明知道一切，但是出於怯懦而向他隱瞞眞相，他生她的氣。

他不太知道自己要做什麼，於是選擇軍旅生涯。「我看不出我還能做什麼，」他對他妹說。顯然，軍中是塊符合他小偷小摸品味的沃土，卻是一個錯誤選擇，他和她都不明白，因爲對於一個以抵抗權威（以格曼妮．蒂里翁爲代表）維生的人，軍隊不是個好主意啊。所以他在軍中並不得志。但隨著事情演變，最後還是照著他的性子走，他依然留在軍中，並且重新體會到了和加百列在一起時的同袍情誼。一九六〇年代初，軍中袍澤拉他進了祕密軍事組織（ＯＡＳ）[67]，因爲該組織反抗戴高樂將軍，而戴高樂正代表著勞爾反對的父權形象，所以他才這麼容易就支持ＯＡＳ宗旨。路易絲知道勞爾涉入這個組織甚深，她將他攬入懷中，說道：「我爲你感到開心，可是再也看不到你，我不開心。我總是不知道你打著什麼主意。」

就是在那個時候，勞爾回去找過亨莉埃特，她熱情歡迎他，彷彿他才剛離去一天。

---

67 ＯＡＳ（Organisation Armée Secrète）：一九六一成立於馬德里，接近極右翼的法國地下政治軍事組織，其目在於不擇手段阻止阿爾及利亞脫離法國殖民統治。

瑪德蓮第一次和她母親唱反調就是爲了勞爾。對她來說，他一直有點像她有求必應的「美國舅舅」、「山姆大叔」。從她還是小不點的時候，他每次來都帶著禮物，和她說說話，講他的故事給她聽，耐心十足，向來不嫌煩，她覺得他好酷，他救了她爸加百列的命欸，這種男子漢，小女生哪裡抗拒得了！

但一次次出任務，又是這些事，終於使得勞爾的一生劃下了休止符。一九六二年十一月，勞爾在一場OAS和MPC（社群合作運動）[68]的暴力衝突中喪生（插句題外話，身爲忠實酒鬼的前下士長伯尼耶，也是戴高樂忠實信徒，他是MPC激進分子）。

在路易絲和瑪德蓮之間的那塊傷心地上，勞爾依然長留其間，她們很少膽敢冒險探入。瑪德蓮不時都要她父親跟她說說「奪取特雷吉埃橋」那一段，對她來說，那段經過可與一頁拿破崙戰事青史媲美。

停戰後幾個禮拜，愛麗絲和費爾南也北上巴黎。他們回到家，下去地窖，發現那個裝滿鈔票的行李箱完好無損，但是他們連碰都沒碰。

費爾南擔心自己沒有積極參與聽命於維琪政府的警方行動會惹來麻煩，於是想方設法，終於找到一個下級軍官職位，被調到共和機動衛隊參謀部。他在該部門負責收發郵件將近四年，靜候時來運轉，最後終於等到一九四四年八月十三日。那一天，他領導全國憲兵罷工，兩天後又領導警察罷工。他加入解放巴黎行動和法國內務部隊[69]並肩作戰，並於一九四四年八月二十二日在聖普拉西德街拐角處（離榭什米迪監獄不遠）遇害身亡。

愛麗絲一生心臟病數度發作，但並無大礙，最後享壽八十七歲。費爾南死後幾個月，她出清公寓、地窖，搬到羅亞爾河畔敘利鎮一帶定居，在那兒照料她深愛過的男人的姊姊。她做得十分稱職。她將財產全數奉獻給慈善機構、協會、援助機構、團結運動。她在敘利地區成了類似卞福汝主教[70]的大慈善家。正是拜她所賜，聖塞西兒孤兒院這棟宏偉建物方得以建成（以及持續受到維護，直到她去世），我覺得今天該地好像屬於私人銀行（大家在那邊開會、舉辦研討會等等之類的），但非得一提的當然是那些遠近馳名的園林，尤其是那座雄偉壯麗的「聖塞西兒孤兒院大菜園」，訪客來自世界各地，紛紛到此參觀。

還剩下德希雷。我不想跟你們胡說八道，因爲一般人自以爲知道他的一切，幾乎都未經證實或者沒有眞憑實據。難得有一些學術研究對他感興趣，從中便可明顯看出（「明顯看出」一詞不用在小說結尾，什麼時候用呢？），關於他生平的活躍期間，一九四〇到一九四五年（我引用研究之語）「這段期間是唯一可以肯定的」。一九四〇年初，德希雷加入抵抗運動，這點無庸置疑。地下抗德運動爲這號非比尋常的人物提供了比戰爭更豐饒的沃土來支持他千變萬化的各種身分。德希雷在抵抗運動

68 MPC（Mouvement pour la communauté）：一九五九於巴黎創立。在阿爾及爾被稱為「合作運動」，主要目標為支持戴高樂的阿爾及利亞政策，並以使阿爾及利亞和歐洲兩個社群友好為政治使命。

69 FFI（Forces françaises de l'intérieur）：一支法國內地部隊，二戰後期參與及推動抵抗運動。

70 卞福汝主（monseigneur Bienvenu）：《悲慘世界》中的大善人。善良仁慈，樂於幫助窮苦普羅大眾。該書主人翁苦役犯尚萬強便是受其感化而改邪歸正。

中八成感覺如魚得水。據信在好幾個地方和各個時期都看得到他的身影。葛德希．雷密（顯然是德希雷．密葛這個姓名改變排列後組成的化名）——是菲利普．格比耶[71]大膽逃獄（一九四二年底？還是一九四三年初？我記不太清楚）眞正幕後藏鏡人，話說當時格比耶靠著一條繩子和幾顆煙霧彈，從里昂槍決現場成功脫逃。抵抗運動的好幾次行動中，都看得到德希雷介入的痕跡（或者我們自以爲是他）。有些歷史學家依然堅信（雖然照片相當模糊），一九四四年八月二十六日，德希雷和戴高樂將軍在香榭麗舍大道上一起勝利大遊行，這是非常可能的。德希雷．密葛（還是密格？密農？等等）和諸多偉大人物一樣：世人對他們穿鑿附會甚多。一位研究精神令人欽佩的歷史學家，鍥而不捨，宣布已經針對羅蘭．巴特[72]所謂的「德希雷神話」展開深入研究（他的出版商表示該研究將揭發驚人內幕），你我滿懷好奇，拭目以待他早日發表研究成果。

二〇一九年九月書於豐維埃耶

---

71 菲利普．格比耶（Philippe Gerbier）：一九六九年法義合資長片《影子軍團》的男主人翁，該片改編自Joseph Kellel於一九四三年出版的同名小説。菲利普．格比耶領導地下抗德組織，後來被捕，但押解到巴黎蓋世太保途中成功越獄。

72 羅蘭．巴特（Roland Barthes, 1915-1980）：法國文學批評家、文學家、社會學家、哲學家和符號學家。不過「羅蘭．巴特所謂的『德希雷神話』」云云，顯然並非真有其事。

謝總歸是要謝的……

最後，理應致謝。在此，我滿心喜悅與滿懷感激致上謝詞。

首先感謝卡蜜兒·克雷瑞，我對她疲勞轟炸，問了她一大堆問題，但她始終頭腦清楚、鞭辟入裡、反應明快。

我有一小群朋友，他們人非常好，組織起來幫我校閱這部小說，給了我許多寶貴意見。所以，針對他們對這部小說的耐心與悉心付出，我第一個就要感謝傑拉德·歐柏和卡蜜兒·特魯曼，也要感謝尚─丹尼爾·巴勒塔沙、尚─保羅·沃爾穆斯、凱瑟琳·博左爾甘、索蘭·夏巴奈、弗羅倫絲·哥德費爾諾、娜塔麗·格拉爾。此外，吾友兼參謀提耶里·德旁布爾使這部小說閱讀起來更爲順暢合理，對我助益甚大；第二十二章最後面鴿子和小嘴烏鴉那幕，就得感謝他。最後我還要謝謝我的編輯薇若妮卡·歐瓦勒德。

我欠下的諸多人情債中，尤以賈基·特羅奈爾之於「出監獄記」這筆最讓我耿耿於懷，他提供了我許多資料，令我瞠目結舌，難以想像。我指的是一九四〇年六月，有一列軍事罪犯縱隊在路上行進（說詳細一點就是六月十二號從榭什米迪監獄還有十號從桑泰監獄出發的那兩批），準備前往謝爾省阿沃爾鎮，令人印象深刻。六月十五日，六名囚犯遭到槍斃，因爲「造反、試圖越獄或抗命」。隔天，又七名。六月二十一日，抵達居爾拘留營，當初從巴黎出發的一千八百六十五名囚犯裡面少了八百四十五名，也就是說原本犯員少了百分之四十五點三一。我以此一事件爲基礎寫下「出監獄記」，當然自由改編了不少。

歷史學家賈基・特羅奈爾在這方面的研究一絲不苟，讀者諸君可以上他的網站找到這樁傷心往事的細節（http://prisons-Cherche-Midi-mauzac.com/bienvenue-sur-leblog-de-jacky-tronel）。

我還大量參考了下列兩本作品中當事人現身說法的許多眞實細節：莫里斯・亞齊耶的《單純戰士》（Denoël，一九七四）和雷翁・穆西納克的《美杜莎之筏》（Aden，布魯塞爾，二〇〇九）。

我在亨利・阿穆胡《大難下的人民》（Laffont，一九七六）一書中找到燒毀法蘭西銀行鈔票（他保證有三十億）這個令人意想不到的情況，不過他僅以四行帶過。法蘭西銀行檔案中心存有這樁怪異事件之所有相關要素。

德希雷・密格的某些靈感來自於一九四二年莫里斯・雅爾松律師爲「奧賽白衣天使打針謀殺病人事件」做辯護那件事，由於作家皮耶・阿索利納曾經特別提過，所以引起我注意。

至於路易絲任教學校的校長回嘴時講的那些拉丁文，我要向傑若姆・里莫爾特致上誠摯謝意。

德希雷在廣播節目中提到的種種情報，有些相當光怪陸離。然而極大部分都絕對眞有其事，而且那些還不是最離奇的呢！

馬延堡是我發想出來的，深深受到摩澤爾省韋克蘭鎮上的哈肯堡[73]啟發。我在當地受到熱誠招待，特此感謝傑出的導覽貝爾納·雷德文傑爾，以及萬事通先生歷史學家羅伯·瓦若奇。雅克·朗伯和他發行的「亞爾丁地區」期刊也提供了我珍貴無比的細節。

我也要感謝下列作品：雷翁·偉爾斯的《三十三天》（Viviane Hamy，二〇一五）、艾立克·阿拉里的《大逃亡》（Perrin，二〇一三）、皮耶·密奎爾的《大逃亡》（Plon，二〇〇三）、弗朗索瓦·馮維埃勒—阿勒吉耶的《怪戰下的法國人》（Laffont，一九七〇）、艾立克·胡賽勒的《沉沒》（Gallimard，二〇〇九）、尚·維達朗克的《一九四〇年五到六月大逃亡》（PUF，一九五七），若非上述作品提供我珍貴參考，寫一部以一九四〇年大逃亡爲背景的小說，我無法想像。

除此之外，以下作品對我也助益甚大，茲一一對作者表示感謝：艾立克·阿拉里、班奈蒂特·偉爾傑—錢農、吉爾·葛凡（《一九三九年到一九四〇年的法國人日常》，Perrin，二〇〇九）、馬克·

73 哈肯堡（Hackenberg）：馬其諾防線的最大防禦工事。

布洛區（《怪異敗仗》，Franc-tireur，一九四六）、弗朗索瓦·科謝（《打怪戰的阿兵哥》，Hachett Littérature，二〇〇六）、尚－路易·克瑞密厄－布利拉克（《一九四〇年的法國人》，Gallimard，一九四〇）、卡爾－海因茨·弗里澤（《閃擊戰神話》，Belin，二〇〇三）、（《沒爹沒娘，一八七四年到一九三九年公共救助下的兒童三兩事》，Seuil，二〇〇六）、雅克·朗伯（《受苦受難的亞爾丁人》，Terres ardennaises，一九九四）、尚－伊夫·馬里和亞蘭·奧納德勒（《馬其諾防線的兄弟與工事》，Histoire et collections，二〇〇五）、尚－伊夫·馬里（《裝甲車長廊》，Heimdal，二〇一〇）、尚－皮耶·安德烈－胡埃區（《東線暴風。法國戰役下的貝里步兵》，Alice Lyner，二〇一一）、邁克爾·賽哈穆爾（《洛林及亞爾薩斯要塞部隊和馬其諾防線。失踪的軍營》，Sutton，二〇一六）、多明尼克·維庸（《在法國生活與生存，一九三九年到一九四五年》，Payot，一九九五）、莫里斯·瓦伊斯（《一九四〇年五到六月。外國歷史學家眼裡的法國戰敗，德國獲勝》，Autrement，二〇〇〇）、亨利·德·維利（《土崩瓦解》，Perrin，二〇〇〇）、奧利維耶·維維爾卡及尚·洛培茲（《第二次世界大戰神話》，Perrin，二〇一五）。

感謝以上作品。

數位資料方面，我再度求助於Gallica（法國國家圖書館），至於紙本的日報方面，法國國家圖書館數據資料庫Retro-News對我幫助甚大。目前大家還在耐心等待將戰後的資料數位化。

路易絲不孕的原因，多虧吾友尚－克里斯朵夫·胡方當我的參謀，加百列的健康狀況細節，則需要謝謝吾友貝爾納·吉哈爾醫生，我去亞爾丁戰爭與和平博物館參觀也得到許多有用的資訊，該館的瑪利亞－法蘭絲·德沃日和史蒂芬妮·安德烈不但接待我，還幫了我很大的忙。

照例，本書寫作期間，有許多詞彙、許多句子、許多畫面，一會兒是某個點子，一會兒是某種說法，浮現在我腦海，而且隨後收入書中。這些靈感來自於：路易·阿拉貢、杰拉爾德·奧貝爾、米榭·奧迪亞、奧諾雷·德·巴爾扎克、夏洛蒂·勃朗特、迪諾·布扎蒂、斯蒂芬·克蘭、查爾斯·狄更斯、丹尼·狄德羅、弗朗索瓦絲·多爾托、羅蘭·多爾蓋萊斯、費奧多爾·杜斯妥也夫斯基、阿爾伯特·杜龐帝、居斯塔夫·福樓拜、羅曼·加里、加百列·德·吉列蓋爾、維克多·雨果、約瑟夫·凱塞爾、尚—帕特里克·曼切特、卡森·麥卡勒斯、克勞德·梅因、保羅·莫瑞·肯德爾、馬塞·普魯斯特、弗朗索瓦·拉伯雷、雷蒂夫·德·拉·布勒托納、喬治·西默農、埃米爾·左拉等等。

兩次大戰間的三部曲就此終唱，二〇一二年開始踏上這段冒險旅程，當然，若非芭絲卡琳娜，永遠不可能成行。

以及其他許許多多。

藍小說 325

殤鏡

作　　者—皮耶．勒梅特
譯　　者—繆詠華
編　　輯—張瑋庭
美術設計—徐睿紳
內頁排版—邵麗如

總 編 輯—嘉世強
董 事 長—趙政岷
出 版 者—時報文化出版企業股份有限公司
108019臺北市和平西路三段二四〇號三樓
發行專線—（〇二）二三〇六—六八四二
讀者服務專線—〇八〇〇—二三一—七〇五．（〇二）二三〇四—七一〇三
讀者服務傳真—（〇二）二三〇四—六八五八
郵撥—一九三四四七二四時報文化出版公司
信箱—一〇八九九臺北華江橋郵局第九九信箱

時報悅讀網—http://www.readingtimes.com.tw
電子郵件信箱—liter@readingtimes.com.tw
法律顧問—理律法律事務所　陳長文律師、李念祖律師
印　　刷—勁達印刷有限公司
初版一刷—二〇二二年五月二〇日
定　　價—新臺幣五二〇元
（缺頁或破損的書，請寄回更換）

時報文化出版公司成立於一九七五年，
並於一九九九年股票上櫃公開發行，於二〇〇八年脫離中時集團非屬旺中，
以「尊重智慧與創意的文化事業」為信念。

殤鏡／皮耶．勒梅特 (Pierre Lemaitre) 著 ; 繆詠華譯 . – 初版 . – 臺北市 : 時報文化, 2022.5
面； 公分 . –（藍小說；325）
譯自：Miroir de nos peines
ISBN 978-626-335-383-1

876.57　　111006350

ISBN 978-626-335-383-1
Printed in Taiwan